Михаил Петрович Арцыбашев

Санин

萨宁

[俄] 阿尔志跋绥夫 著 陈文娟 译

上海文艺出版社

图书在版编目(CIP)数据

萨宁/(俄罗斯)阿尔志跋绥夫著;陈文娟译.—
上海:上海文艺出版社,2017
(企鹅经典丛书)
ISBN 978-7-5321-6341-0

Ⅰ.①萨… Ⅱ.①阿… ②陈… Ⅲ.①长篇小说-俄罗斯-近代 Ⅳ.①I512.44

中国版本图书馆 CIP 数据核字(2017)第 103324 号

Михаил Петрович Арцыбашев
Санин

Simplified Chinese Copyright © Shanghai 99 Culture Consulting Co., Ltd. 2017

"企鹅经典"丛书由上海文艺出版社联合上海九久读书人文化实业有限公司及企鹅图书有限公司共同策划。

"企鹅"、🐧®和相关标识是企鹅图书有限公司已经注册或者尚未注册的商标。未经允许,不得擅用。

总 策 划:黄育海　陈　征
责任编辑:张　翔
特约策划:邱小群
封面绘图:杨　猛
封面设计:汪佳诗

萨宁
〔俄〕阿尔志跋绥夫　著
陈文娟　译
上海文艺出版社出版、发行
地址:上海绍兴路 74 号
新华书店经销　上海利丰雅高印刷有限公司印刷
开本 890×1240　1/32　印张 11.5　插页 5　字数 308,000
2017 年 8 月第 1 版　2017 年 8 月第 1 次印刷
ISBN 978-7-5321-6341-0/I·5064　定价:49.00 元

企鹅经典丛书
出版说明

这套中文简体字版"企鹅经典"丛书是上海文艺出版社携手上海九久读书人与企鹅出版集团（Penguin Books）的一个合作项目，以企鹅集团授权使用的"企鹅"商标作为丛书标识，并采用了企鹅原版图书的编辑体例与规范。"企鹅经典"凡一千三百多种，我们初步遴选的书目有数百种之多，涵盖英、法、西、俄、德、意、阿拉伯、希伯来等多个语种。这虽是一项需要多年努力和积累的功业，但正如古人所云：不积小流，无以成江海。

由艾伦·莱恩（Allen Lane）创办于一九三五年的企鹅出版公司，最初起步于英伦，如今已是一个庞大的跨国集团公司，尤以面向大众的平装本经典图书著称于世。一九四六年以前，英国经典图书的读者群局限于研究人员，普通读者根本找不到优秀易读的版本。二战后，这种局面被企鹅出版公司推出的"企鹅经典"丛书所打破。它用现代英语书写，既通俗又吸引人，裁减了冷僻生涩之词和外来成语。"高品质、平民化"可以说是企鹅创办之初就奠定的出版方针，这看似简单的思路中植入了一个大胆的想象，那就是可持续成长的文化期待。在这套经典丛书中，第一种就是荷马的《奥德赛》，以这样一部西方文学源头之作引领战后英美社会的阅读潮流，可谓高瞻远瞩，那个历经磨难重归家园的故事恰恰印证着世俗生活的传统理念。

经典之所以谓之经典，许多大学者大作家都有过精辟的定义，时间的检验是一个客观标尺，至于其形成机制却各有说法。经典的诞生除作品本身的因素，传播者（出版者）、读者和批评者的广泛参与同样是经典之所以成为经典的必要条件。事实上，每一个参与者都可能是一个主体，经典的生命延续也在于每一个接受个体的认同与投入。从企鹅公司最早出版经典系列那个年代开始，经典就已经走出学者与贵族精英的书斋，进入了大众视野，成为千千万万普通读者的精神伴侣。在现代社会，经典作品绝对不再是小众沙龙里的宠儿，所有富有生命力的经典都存活在大众阅读之中，它已是每一代人知识与教养的构成元素，成为人们心灵与智慧的培养基。

处于全球化的当今之世，优秀的世界文学作品更有一种特殊的价值承载，那就是提供了跨越不同国度不同文化的理解之途。文学的审美归根结底在于理解和同情，是一种感同身受的体验与投入。阅读经典也许可以被认为是对文化个性和多样性的最佳体验方式，此中的乐趣莫过于感受想象与思维的异质性，也即穿越时空阅尽人世的欣悦。换成更理性的说法，正是经典作品所涵纳的多样性的文化资源，展示了地球人精神视野的宽广与深邃。在大工业和产业化席卷全球的浪潮中，迪士尼式的大众消费文化越来越多地造成了单极化的拟象世界，面对那些铺天盖地的电子游戏一类文化产品，人们的确需要从精神上作出反拨，加以制衡，需要一种文化救赎。此时此刻，如果打开一本经典，你也许不难找到重归家园或是重新认识自我的感觉。

中文版"企鹅经典"丛书沿袭原版企鹅经典的一贯宗旨：首先在选题上精心斟酌，保证所有的书目都是名至实归的经典作品，并具有不同语种和文化区域的代表性；其次，采用优质的译本，译文务求贴近作者的语言风格，尽可能忠实地再现原著的内容与品质；另外，每一种书都附有专家撰写的导读文字，以及必要的注释，希望这对于帮助读者更好地理解作品会有一定作用。总之，我们给自己设定了一个绝对不低的标准，期望用自己的努力将读者引入庄重而温馨的文化殿堂。

关于经典，一位业已迈入当今经典之列的大作家，有这样一个简单而生动的说法——"'经典'的另一层意思是：搁在书架上以备一千次、一百万次被人取下。"或许你可以骄傲地补充说，那本让自己从书架上频繁取下的经典，正是我们这套丛书中的某一种。

上海文艺出版社编辑部
上海九久读书人文化实业有限公司
二〇一四年一月

目 录

萨宁   1

导读   337

第一章

人生最重要的时期,就是受最先接触到的世界与自然的影响而形成性格的时期,而在这个时期,弗拉基米尔·萨宁却是在家庭之外度过的。没有一个人保护他或指导他;他的灵魂遂完全自由、别致地成长起来,恰如一株生在田野中的树。

他离开家庭有许多年了,当他归来时,母亲和妹妹丽达几乎认不出他了。他的面貌、声音及姿态没什么变化,然而有一些异样的新的东西,在他的内心成熟了起来,脸上焕发出一种新的神采。他是在黄昏时分到家的,他安然走进房里,好像他五分钟前才离开那里似的。他身材高大、相貌英俊、肩宽背阔,脸上表情平静,嘴角微带轻蔑的意味,丝毫看不出倦意或激动,以致他母亲和妹妹迎接他归来的热闹兴头,自然而然地沉静了下去。

他吃饭和喝茶的时候,妹妹就坐在他的对面,目不转睛地看着他。她爱他,像许多浪漫的姑娘爱她们常年离家在外的兄弟一样。丽达一直将哥哥想象成与众不同的人,所谓与众不同却是她借助书本上的描写自己构造出来的。她把他的生活看作一个不为人理解的伟大人物的悲壮的斗争、磨难与孤寂。

"你为什么这样看着我?"萨宁微笑地问道。

这种专注的微笑是他脸上常见的表情,但是,说来很奇怪,本来是很美丽而动人的微笑,竟使丽达有点反感,在她看来,这种微笑似是自满的表现,丝毫没有受苦受难与经历斗争的痕迹。她没有回答,转身机械地翻起一本书来。

午饭过后,母亲亲切地摸摸他的头,说道:

"好了,告诉我们你在那边的生活,及你所做的事。"

"我所做的事?"萨宁笑着反问了一下,"唔……怎么说呢……喝酒,吃饭,睡觉;有的时候我去工作;有的时候,我不做什么!"

起初,他好像不愿意说他自己的事,但是当他母亲细问起来的时候,他却很乐意地讲了起来。然而,也不知为什么缘故,总觉得他像在叙述别人的事一样,别人对其讲叙持什么态度也无所谓。他的态度,虽是和善而且亲切,但却缺乏那种亲人之间非同一般的骨肉之情。好像这种和善和亲切是从他那里自然地流露出来的,如一根蜡烛发光,以同等的光辉照射于一切的东西。

他们走到通往花园的凉台上,坐在台阶上。丽达坐在底下的一层石阶上,沉默地倾听她哥哥说话。一股几乎觉察不出的凉意钻进了她的心里。她以一种年轻女性特有的敏感本能告诉自己,她的哥哥并不是如她所想象的样子。于是她在他面前,觉得羞怯与不安,好像他是一个陌生的客人。夜幕降临,微弱的阴影笼罩着他们。萨宁点了一支香烟,烟草的香味和花园里夏天的馨香气息融合在一起了。他讲到生活使他颠沛流离;他怎样地常常忍饥挨饿到处流浪;他怎么冒险参与了政治斗争,又怎样地觉得厌倦了,放弃了这些事。

丽达一动不动,心领神会地倾听着,她看上去既美丽却有点令人感到奇怪,如一般可爱的女郎在春日的黄昏中一样。

他告诉她的话愈多,她愈加清楚她所想象的那种轰轰烈烈的生活其实是既简单又平庸的。不过还是有些特别的东西在它里面。它是什么东西?她没能觉察出来。从她哥哥说的情形里看来,她觉得那种生活很简单、很无味、甚至还很庸俗。显然地,他曾随意地在什么地方住着,随意地做些事情;前一天在做工,第二天却又漫无目的地闲逛着;他贪杯好酒,和许多女人来往。在这样的生活后面并没有隐藏着黑暗和不幸的命运,它一点也不像她所想象着的她哥哥所过的生活。他的生活缺乏生活观；他不憎恨任何人；也不为任何人而痛苦。他有些话是信口说的，她听了却不知怎么竟认为那些话真是不体面。尤其是，当他告诉她，有时，因为十分拮据，他甚至不得不自己动手缝补他的破裤。

"怎么，你难道会缝补吗？"她不觉地问道，带着一种奇异而且耻辱的口气。她想，那是不体面的事，不是男人该干的活。

"我起初不会，但用得到的时候我就学会了。"萨宁微笑地回答，猜到他妹妹在想什么。

女孩不经意地耸了耸肩，沉默不言，凝望着园中。她觉得自己清晨醒来，幻想着阳光明媚，却看到天空又灰又冷似的。

她母亲也觉得有些难过。让她痛心的是儿子没有得到他在社会上所应得的尊贵地位。她说不能像这样生活下去了，以后必须安顿得体面点。开头她慎重地说着，怕伤害儿子，但是当她看见他漫不经心听她说话时，她便生气了，于是她固执地主张起来，如顽强的老妇人所做的，以为她儿子有意气她。萨宁既不惊讶，也不生气：他像是没听清母亲的话，温柔又无动于衷的看着母亲，一言不发。

然而，当他母亲问道："以后你想怎样生活？"他便也微笑地回答道："呵！无论怎样都可以。"

从他那平静的语气和坚定的眼光中，这句话，虽然对于他母亲来说毫无意义，却于他来说有一种包涵深刻而丰富的含义。

玛利亚·伊万诺夫娜叹了一口气，沉默片刻忧伤地说道：

"唉……好吧，总之，这是你的事。……你已经不是一个小孩子了。……你们去花园中走走吧。花园现在收拾得挺好的。"

"好的，来，丽达……来带领我看花园去，"萨宁对他的妹妹说，"我差不多忘记了它是什么样子了。"

丽达从沉思中清醒过来，叹了一口气，站起身来。他们俩并肩走下那条朦胧的林荫小路。

萨宁家坐落在镇里的大街上，这镇很小，他们的花园延伸到河边，在河的对面是田野。这住宅是一所古旧的邸屋,斑驳的圆柱和宽阔的凉台。花园却很大,草木丛生,颜色发暗,像一片深绿色的云彩铺在地面。一到夜里,花园就很吓人,好像有些凄苦的精灵在丛林中漫步,花园的一侧几间空闲的房间里,铺着褪色的地毯,挂着污秽的窗帘,更显得阴森森的。通过这座花园,只有一条狭隘的小路,路上掉满了横七竖八的枯枝和几只被踩扁的青蛙。宅子旁边的角落里有黄色的沙闪耀着,在整洁的花床之旁,有一张绿色的桌放在那里,桌上在夏天常摆着茶或点心。这一小隅,充盈着简朴、宁静生活的温暖,与那所大的荒废的邸宅,形成了一个鲜明对照。

当那座房屋隐没在绿荫中,他们被那些像活物一样沉默、静立、沉思的树林包围,萨宁突然抱住了丽达的腰。并用一种奇异的,半狰狞、半温柔的声调说道:

"你已经长成一个美人啦!……第一个你爱上的人将是一个多么快乐的人啊。"

一股热流从他那如铁的手臂涌出传遍了丽达那柔软的娇弱身体。她感到害羞并颤抖了一下,稍稍躲开了些,像是感觉到了一只看不见的野兽在逼近她。

他们俩来到河边。空气中弥漫着潮气与水气,芦苇在河中摇摆着,对岸的原野一望无际,最初的星辰已在变暗的田野、蔚蓝而温暖的天空中逐渐远去。

萨宁离开丽达,俯身拾起一段枯枝,咔嚓一声把它折断,将它扔进河中,水面泛起一道道平稳的涟漪、荡漾着,向四边散去。芦苇点着它们的头,好像在欢迎着远方归来的萨宁。

第二章

六点钟左右。阳光灿烂,花园中却已经有了浅绿色的阴影。空气中充满了宁静、光明与温暖,玛利亚·伊万诺夫娜正在做糖果酱,绿油油的菩提树下散发出一阵阵砂糖与覆盆子熬出来又香又浓的香气。萨宁从大清早起就在花坛边忙着,想方设法把有些受尘土与热气压倒的花扶起来。

"你最好是先把野草拔了。"他母亲提议道,她透过袅袅升起的淡蓝色的炉烟望着他,"告诉格隆极卡,她会代你拔去的。"

萨宁抬起满是汗水愉快的脸来。"为什么?"他说道,同时,他把飘悬到眉边的头发掠回去,"让它们尽量地生长着吧。我喜欢一切绿的植物。"

"你真是一个怪人!"母亲慈祥地看着他,耸了耸肩,不以为然地说,但是不知怎么竟对他说的那句话感到高兴。

"你们才是怪人呢!"萨宁用充满自信的语气说道。他然后走进屋里去洗手,出来便安适地坐在桌边一张柳条编的靠背椅上。他感觉很快乐,轻松。绿荫、阳光、蓝天,就像一道道灿烂的光线投射进他的心灵,他的心灵也都充满了幸福,正敞开着迎接那绿荫、阳光和蓝天。他憎厌大城市的纷忙与喧哗。阳光与自由围绕着他;不用为将来的事焦急;因为他已做好准备承受生命会给他带来的任何东西。萨宁眯缝着双眼,伸了伸懒腰;惬意地享受着强健有力的肌肉带来的轻松。

一阵阵和风吹拂着。整个花园顿时活跃起来。麻雀们唧唧啾啾时远时近,它们欢快地谈论着那渺小、非常重要却又无人知晓的生活,而那只杂色的猎狐狗密尔,则躲在一丛绿草中竖起了耳朵,伸吐着红色的舌头,躺在长草上面静静地听着。绿叶柔和地微语着,它们的圆影在平静的沙路上摇曳着。

儿子的平静使玛利亚·伊万诺夫娜非常生气。她是爱他的,一如她爱自己的每一个孩子,正因为如此,她才心情激动,她想激怒他,刺伤他的自尊心,侮辱——他,只要她的话和她对生活的见解受到重视就行了。在她漫长的持家生涯的每时每刻,她都像沙土里的蚂蚁一样,不停地营造着家庭幸福那脆弱、松软的大厦。这个长长的、像兵营和医院一样单调乏味的大厦,是由一块块小砖头砌成的,她像个平庸的建筑师,把这些砖头看成是生活的装饰物,其实它们经常给她增添麻烦,时而使她发火,时而让她害怕,而且经常使她忧愁,可是她仍然以为不能不这样生活。

"那么……以后就这样?"她抿了抿嘴唇,假装极注意地看煎果酱的锅,问道。

"你说'以后'是什么意思?"萨宁反问道,然后他打了一个喷嚏。

玛利亚·伊万诺夫娜以为他连打喷嚏都是有意的,目的是气她,——虽然这种想法是很可笑的——可她还是生起气来。

"你们这里真好啊!"萨宁带着幻想地神情说道。

"是的……还不坏。"她还有点生气,所以冷淡地答道,但是她听到儿子赞美宅子和花园,还是很高兴,她已经和这个宅子和花园有感情了,就像是与可爱的亲人们相伴。

萨宁看了看她,若有所思地说:

"如果你不拿一些琐屑的事来烦我,那就会更好了。"

他说这话时的声音是温和的,与恼人的话语相矛盾,所以玛利亚·伊万诺夫娜不知道她到底是该生气还是该发笑。

"我该怎么看待你呢,"她忧郁地说道,"你小时候就那么不正常,可是现在——"

"可是现在怎样?"萨宁高兴地问,好像他希望要听到什么特别愉快与有趣的事似的。

"现在你比以前更好了!"玛利亚·伊万诺夫娜尖声地说,并挥动她的汤匙。

"噢,那不更好!"萨宁笑着说。沉默了一会儿,他说:"瞧!诺维科夫来了!"

屋外来了一个身材高大、衣衫整齐、头发浅亮的美男子。他穿着一件丝衬衫紧紧贴在他那有点发胖却魁梧的身上,在阳光中闪耀着火焰般的亮光;他那双淡蓝的眼睛流露出一种慵懒、温柔的神情。

"你们又在争吵了!"他从老远就拉长着懒洋洋的温和声音说,"真是的,你们又在吵什么呢?"

"呵,母亲认为一个希腊人的鼻子更适宜我,而我则十分满意于我所已有的这一个。"

萨宁斜眼看了看自己的鼻子,笑了起来并伸手握住了客人那只又厚又宽的手。

"唉,得了吧!"玛利亚·伊万诺夫娜恼怒地说道。

诺维科夫高声快乐地笑着;绿荫丛中传来了徐缓、浑圆、轻柔的回声,就像那里有一个和他一样快乐的人似的。

"哈,哈!我知道什么事了!……是在为你的未来操心。"

"瞧你说的!"萨宁带着滑稽的困惑神情说道。

"这你活该。"

"喂!"萨宁大声叫道,"如果你们俩一致攻击我,那我就走开了。"

"我看还是我先走开好了。"玛利亚·伊万诺夫娜说道,她突然对自己恼怒起来。她猛地把熬果酱的锅从火炉上端了下来,也不看他们一眼,就走进屋里。猎狐狗从草丛中跳了出来,竖起两只耳朵,不解地看着她。然后它用前爪擦擦它的鼻子,再以疑问的眼光,向屋里望着,飞跑到花园深处做自己的事去了。

"你有烟吗?"萨宁问道,对于母亲离去他很满意。

诺维科夫懒惰地移动了一下他的巨大的身体,拿出一个香烟匣。

"你不应该惹她生气,"他以和善的斥责的语气说道,"她是一个上了年纪的老妇人了。"

"我怎么惹她生气了?"

"唔,你看——"

"你说'唔,你看'这句话是什么意思?是她常常来惹我。我从不要求别人什么,但愿她们让我安静吧……"

两人都不作声了。

"唔,你过得怎么样,医生?"萨宁问道,一边凝望那些在他头顶上边袅袅上升的雅致奇特的烟圈。

诺维科夫正在想别的事情,并没有立刻回答他。

"过得不好……"

"怎么不好?"

"唉!什么都不好。总之……无聊透了,这个小镇让我讨厌死了。无事可做。"

"你还无事可做?那你自己怎么却抱怨说连喘口气的工夫都没有!"

"我说的不是这个意思。……不能永远只是看病再看病啊,还有另一种生活。"

"那么,谁阻止你去过另一种生活呢?"

"哎,这就是一个很复杂的问题啊。"

"它有多复杂呢?……你是一个年轻、帅气、健壮的人,你还需要什么呢?"

"在我来说,那是不够的。"诺维科夫回答道,带着柔和的讥嘲。

"说真的!"萨宁笑道,"唔,我觉得够多了。"

"但是我还是觉得不够。"诺维科夫也跟着笑起来。从他的笑声里可以听得出,萨宁讲到他的健壮与帅气之类的话,使他高兴,然而又使他觉得有些发窘，像个相亲时的小姐似的。

"你缺少一样东西。"萨宁深思地说道。

"什么东西？"

"一个真正的人生观。你因为自己单调的生活而感到苦闷；可是，如果有人号召你把这生活完全抛弃了，到外面广袤的世界里去，你就害怕了。"

"我要到什么地方去呢？去当流浪汉吗？哼！……"

"是的，哪怕当流浪汉呢！你要知道我看到你就想：有一个人因为要争取俄罗斯帝国拥有一部宪法而终生被囚禁在席老塞尔堡，丧失了他的一切权利以及他的自由。可是，一部宪法对于他又有什么用？但是，当这是改变他自己厌倦的生活而寻求另一种生活的旨趣与意义，他马上就会遇到另一个问题：'我怎样谋生呢？我是个健壮有力的人。如果我不能得到固定的薪水，我将失去日常的牛乳与茶水，我的丝衬衫、硬领子，以及其他的一切'我不是完蛋了吗？真是很奇怪……"

"这有什么好奇怪的。前者是理想的事业。而后者——"

"后者是什么？"

"嗯！怎么说呢！"诺维科夫在摆弄着他的手指。

"你看你怎么说的！"萨宁插说道，"你立刻就作出了划分。我真不相信你为了一部宪法而产生的苦恼会超过你因为自己生活的意义和兴趣而产生的苦恼，可是你……"

"这倒是个问题，也许就是超过了！"

萨宁烦恼地摆摆手。

"唉！算了吧，如果有人要割掉你的手指，你定会觉得比割掉别的俄罗斯人的手指痛些。那是事实，是吗？"

"或者是犬儒主义吧。"诺维科夫本想说句刻薄话，结果却显得可笑。

"也许是吧。但这是实情，如今不只在俄国，世界上许多国家里，不仅没有宪法,连宪法的影子都没有。然而你之所以苦恼,是因你自己不满意现在的生活,并不是宪法的不存在。如果你说不是如此,那么,你是在说谎。而且还有呢,"萨宁接着说,他的眼中带着快乐的光,"你之所以苦恼,不仅是生活使你不满意,还因为丽达直到今天也没有爱上你。不是这样吗?"

"哎!你说的是什么蠢话!"诺维科夫喊起来,他的脸色变得如他的丝衬衫一样的红。他那双善良、平静的眼睛里,涌出了最单纯、真诚而窘迫的泪水。

"什么蠢话,除了丽达以外,你的眼里还能够看见别的东西吗?想占有她的愿望,是用大字在你身上从头到脚地写着呢。"

诺维科夫很奇怪地转过身去,开始在小路上走来走去。如果不是丽达的兄弟而是别的人对他这样说,也许会深深地使他痛苦,但关于丽达的话却是出之于萨宁之口,他听来觉得诧异;使他最初的时候,几乎不明白他所要说的意思。

"你知道,"他嗫嚅地说道,"可能你是猜的,或者——"

"或者——什么?"萨宁微笑着问道。

诺维科夫耸耸肩,没有说话,望向一边。他断定萨宁是一个不道德的人。但是他不能告诉他这个,因为,从中学的时候起,他就一直对萨宁怀有真挚的爱,如果说了,那就意味着,他诺维科夫喜欢的是一个坏人,这当然是不可能的,他的脑子一片混乱,非常难受。他对于提到丽达的事感到痛苦和羞愧,因为这位女神是他所崇拜的,他又不能为了萨宁说到她而觉得生气。这件事令人难受,同时却又愉快得很。仿佛有人用滚烫的手抓住他的心轻轻地捏了一下似的。

萨宁不再说话,只是微笑着。他的微笑是专注而和善的。

停了一会,他说道:

"唔,想出一个词来吧;我不着急!"

诺维科夫仍旧在小路上来回地走着。看得出来他真的挺痛苦的。这个时候,那只猎狐狗又兴奋地跑了回来,来回地蹭着萨宁的膝盖,大概遇到高兴的事,好像要大家一起分享它的快乐似的。

"真是一条调皮的狗!"萨宁说道,抚摸着它。

诺维科夫竭力不去争辩,但又怕萨宁不再提起那个对于他本身来说世上最感兴趣的事。比起有关丽达的事来,一切事情,他都觉得无关紧要,甚至是空虚、乏味和没有生气的。

"可是——丽达·彼得罗夫娜在什么地方?"他机械地说出那句想问而不敢问的话来。

"丽达吗?……她在哪里?……哦……还不是和军官们在林荫路上散步么。……每天这个时候,我们这里所有的女郎还不都在那个地方可以找到吗?"

诺维科夫的心被狠狠地刺痛了,他带着醋意反驳道:

"像她那么聪明、有学问、又有教养怎么会跟那些头脑简单的先生们一起消磨时光呢?"

"呵,我的朋友,"萨宁冷笑了一下,"丽达是美貌、年轻,而且健康,就像你一样……甚至比你还强,因为她还有你所没有的东西——对一切的渴望。她想知道一切,体验一切——啊,她来了!你只要看她就明白了。她不是很漂亮吗?"

丽达比她哥哥矮些,却比哥哥漂亮得多。举手投足间透着优雅高贵,黑色迷人的眼睛流露出高傲的神情,而她最引以为傲的就是甜美的嗓音,这些都让人羡慕不已。她像一只年轻美丽的牝马,轻快地走来,身段轻轻地摆动着,时而自信地撩起那条灰色的长连衣裙。在她身后,来了两个美貌的青年军官,穿着紧紧的骑马裤与光亮的长靴,靴声橐橐地响着。

"说谁很漂亮呢?是说我吗?"丽达问,她的美貌、甜美的声音、焕发的青春气息让整个花园亮丽起来。她向诺维科夫伸出一只手,瞟了她哥哥一眼,她对他的话不怎么明了,不知他什么时候是开玩笑,什么时候是正经说话。诺维科夫紧紧握住她的手,脸色通红,眼里竟涌出了泪水。但他的神情并没有引起丽达的注意,她早已习惯诺维科夫那胆怯、崇拜的目光,而这些根本没让她动心。

"晚上好,弗拉基米尔·彼得罗维奇。"那个年纪稍大、发色淡些、长得更漂亮些的军官说道,又深深地鞠了一躬,他像一匹热情、欢快的小雄马,把他的靴距弄得哗哗作响。

萨宁知道他是扎鲁丁,一个骑马队的上尉,正在拼命追丽达。另一个军官是中尉塔纳罗夫,他认为扎鲁丁是军人榜样,处处模仿他。但是他很少说话,又有些蠢钝,也没有扎鲁丁那样漂亮。塔纳罗夫也跟着把靴距弄得哗哗作响,却没说什么。

"说的就是你!"萨宁对他妹妹严肃地说。

"呵,当然啦……你还要添一句,是无法形容的漂亮!"丽达快乐地笑着,坐在一张椅上,又向萨宁瞟了一眼。她举起手臂,想把帽子脱了,于是那高耸而富有弹性的乳房便凸显了出来,当脱帽时,把一支长的帽针落在沙地上了,她的面纱与头发弄得乱了。

"安德烈·帕夫罗维奇,请你帮帮我!"她清朗地向沉默的中尉叫道。

"是啊,是很美!"萨宁若有所思地重复了一句,眼光一刻也不曾离开她。丽达用不信任的眼光又向她哥哥瞟了一眼。

"我们这里的每个人都很美丽。"她说道。

"那是什么话?我们美丽?哈!哈!"扎鲁丁笑道,露出一口白牙,"我们只是些简陋的布景,这布景更能衬托出你的美貌。"

"你真会说话!"萨宁惊奇地说道。在他的语气中,有一点嘲讽的意味。

"丽达·彼得罗夫娜会使每个人都善于说话。"沉默寡言的塔纳罗夫说。一边帮助丽达脱帽子,帽子没摘下来却弄乱了她的头发。她又好气又好笑。

"什么?"萨宁惊奇地拉长声音说,"你也变得善于说话了吗?"

"呵,不要管他们了!"诺维科夫嘴上这样说,而心中却暗自喜欢。

丽达看着萨宁蹙蹙眉,她黑亮的眼睛明白地对他输送一个信息:

"不要以为我看不出这些是什么人。可是我愿意这样。我并不比你蠢笨,我知道我该怎么做。"

萨宁对她微微一笑。

帽子终于脱下来了,塔纳罗夫慎重地把它放在桌上。

"看!你做的什么呀,安德烈·帕夫罗维奇!"丽达嗲声嗲气地说道,似抱怨,又似俏媚的,"你把我的头发弄得这样乱了……我得进屋里去了……"

"哦,我无法原谅自己!"塔纳罗夫迷乱地讷讷地说道。

丽达站了起来,拉了拉裙子,兴奋地享受着男人们爱慕的眼光,笑着跑进屋。她走开后他们觉得呼吸顺畅了,没有了激动而拘束的感觉,这种感觉,男人只有在自己喜欢的女孩面前才能体会到。扎鲁丁点燃了一支香烟,津津有味地边吸边谈。听得出来,他只是想抛出话题,而他所想的却完全是另一回事。

"我正在极力劝丽达·彼得罗夫娜放弃一切去认真地学习唱歌。凭她的声音,保证有前途。"

"这真是一条好出路,照我来说!"诺维科夫蕴怒地答道,脸望着别处。

"这有什么不好呢?"扎鲁丁有点惊异问道,甚至把香烟放了下来。

"嗯……你说有什么好……女戏子是什么……只不过就是一个妓女!"诺维科夫恨恨地说。他说这话时痛苦不堪又焦急不安;一想到他所爱的女人将在别的男人们面前表演,可能还穿了诱惑人的衣衫,袒胸露背,搔首弄姿,他就难受得要命。

"这话说得太过分了。"扎鲁丁皱了皱眉毛。

诺维科夫的双眼充满了妒忌。他认为扎鲁丁是要来夺他所爱的男人们中的一个；而他更生气的是扎鲁丁长得很漂亮。

"不，一点也不过分……"他答辩道，"她们半裸着登台，扭扭捏捏，做着淫荡的动作，给那些明天就会像付过钱离开妓女一样离开她的人看。没什么说的，太好了！"

萨宁说道："我的朋友，每个女人都会觉得被别人欣赏她的身子而感到愉快。"

诺维科夫恼怒地耸耸他的肩。

"你怎么会讲出这么下流的话！"

"不管这话下不下流，这却是实情。"萨宁回答道，"丽达在舞台上肯定是最动人的，我一定会去看的。"

这番话虽然道出了大家的心声，他们却都觉得不大舒服。扎鲁丁自以为比其他人更聪明机灵一些，认为自己有责任使大家摆脱这尴尬的局面。

"那么，你们想女人应该做什么事？去结婚吗？……上高等学校或者任她的才能毁掉？那是对上天赐给她天赋的罪过。"

"哟！"萨宁带着毫不掩饰的嘲笑说，"我怎么就没想过这是罪过呢？"

诺维科夫幸灾乐祸地笑起来，但彬彬有礼地反驳扎鲁丁：

"为什么是罪过？一个好母亲或一个女医生可比一个女戏子有用千倍。"

"哼——！"塔纳罗夫气愤地发出一声长音。

"你们不觉得这个话题很无聊吗？"萨宁问道。

扎鲁丁把刚想反驳的话化成一连串的咳嗽。大家也都感觉到这样的谈话的确是无聊、乏味；可是他们又觉得有些气恼。众人一时无语。

丽达与玛利亚·伊万诺夫娜出现在走廊上。丽达听见了她哥哥的最后的一句话，但是不知道他们说的什么事。

"你们这么快就觉得无聊了呀！"她开心地说，"我们到河边去吧。那边现在可好啦……"

她轻快地在男人们面前走过，模特一样的身材微微地摆动，她的眼睛变得神秘、深邃起来，像是在允诺什么，又像是在诉说什么。

"去散散步吧，到晚餐时回来。"玛利亚·伊万诺夫娜说道。

"这个建议非常好。"扎鲁丁高兴地说。他把手伸给丽达，同时把他的靴跟弄得橐橐地响着。

"我希望和你们一起去，可以吗？"诺维科夫问。他想说得尖刻些，然而他的脸上却带着想哭的表情。

"有谁拦着你呢？"丽达歪着头看着他微笑。

"去吧，老兄，你也去吧。"萨宁劝道，"如果她不是固执地认为我是她亲哥哥，我也会去的。"

丽达奇怪地哆嗦了一下，警觉起来，然后迅速地瞥了萨宁一眼，就神经质而短促地笑了笑。

玛利亚·伊万诺夫娜显然是不高兴了。

丽达走后，她粗鲁地问："你为什么说这些莫名其妙的话？你总是想标新立异！"

"我可没想。"萨宁反驳道。

玛利亚·伊万诺夫娜诧异地望着他。她完全不能理解她的儿子；不知道儿子什么时候在开玩笑，什么时候说正经话，也不知道他在想什么，感受到了什么，至于别的人呢，他们所想的、所感受到的应该与她差不多。依照她的理想，一个人的感受、谈吐和行为方式，应该和他的教育、财产、社会地位相符，在她看来，这一点是自然而然的：人应该不仅仅是具有一切天赋个性的人，而且还是具有某种共同标准的人。周围的环境，使她更加坚定这一认识：对人的一切教育活动，目的就在于此。正是在这个意义上，知识分子和非知识分子得到了最清晰的区分，后者保持他们的个性，引起别人对于他们的蔑视。前者则依照所受的教育分为不同群体，他们的信念并不总是与他们的个人素质吻合，而是和他们的地位相吻合。因此，每一个大学生都是一个革命党，每一个官吏都是资产阶级,每一个艺术家都是一个自由思想者;每一个军官都会炫耀计较他们的官级。然而,如果一个大学生变成了一个守旧党,或是一个军官变成了一个无政府主义者,这就很奇怪了,甚至是令人不愉快的。至于萨宁,依照他的家世与教育,他不应该是现在这个样子。就像丽达、诺维科夫以及其他与他交往的人所觉得的一样,他的母亲也怀着一种期待落空的心情来看他,玛利亚·伊万诺夫娜以她母性的敏感发现了儿子在周围人心目中留下的印象,这使她很痛心。

萨宁看出了这一点。他很想安慰她,但不知怎么做。起初,他想说些安慰的话装装样子;但是,他想不出什么话来,只好笑了笑站了起来,进屋里去了。他躺在床上想了起来。整个世界都已变成修道院宿舍,要大家全都遵循一种规章,而那个规章的基础,显然就是对任何人的个性毁灭,就是要个性服从某个神秘长老的强权。他甚至想到基督教与他的运命,但这使他觉得厌倦,他不知不觉睡着了,直到黄昏过后才醒过来。

玛利亚·伊万诺夫娜看着他离去,沉重地叹了一口气,陷入深思之中。她想到,扎鲁丁显然在追丽达,她希望这事是真的能成。

"丽达已经是二十岁了,而扎鲁丁似乎是很好的一个年青人。他们说,他今年要带领他的中队。可是他欠了很多债——但是,唉!为什么我有那个可怕的梦?我知道这是我在胡思乱想,可脑子里就是甩不掉!"

这个梦是扎鲁丁第一次到她家里时做的。她梦见丽达穿着白色的连衣裙,在铺满绿草和鲜花的原野上走着。

玛利亚·伊万诺夫娜坐在一把安乐椅上,像老妇人那样,用手托着头,她凝望着渐渐黑暗下来的天空,一些琐碎的、揪心的烦人思绪又萦绕在她的脑中,让她觉得忧愁和害怕。

第三章

当其他的人散步回来时,天色已经很黑了。他们兴奋而爽朗的说话声,从淡淡黑暗笼罩着的花园深处传来。丽达脸色绯红,嬉笑地向她母亲跑去。她身上撩人地散发出从河边花草和青春少女清馨沁人的气息。她兴奋极了,因为有一群招她喜欢、又为她神魂颠倒的男人们。

她亲热地拉着母亲的手,说道:"吃晚饭了,妈妈,我们要吃晚饭了!饭后维克多·谢尔盖耶维奇还要唱歌给我们听呢。"

玛利亚·伊万诺夫娜去安排晚饭,她边走边想,像她爱女丽达那么一个美貌而可爱的女郎,运命一定是很幸福的。

扎鲁丁和塔纳罗夫向客厅中的钢琴走去,丽达懒懒地坐到游廊边的一张摇椅上。诺维科夫默默地在游廊地板上来回走着,偷偷地窥视着丽达的脸部,坚挺而丰满的胸部,还有她黄色皮鞋中秀美的双腿和她美致的脚踝。但她却不曾注意到他,也不曾注意到他的窥视,她完全陷入了初恋那醉人心脾的情感中。她闭上了双眼,想着,微笑着。

诺维科夫心中一直存在着矛盾;他爱丽达,然而他不能确定她是否也爱他。有时他觉得她是爱着他的,有时又觉得不爱。当他以为她"是"爱他时,他觉得她那年轻的、匀称、纯洁的身子将完全属于他,可当他想到她不爱他时,他就觉得前面那个想法是无耻而卑鄙的,这时他觉得自己是受了肉欲的支配,是个下流的坏人,配不上丽达。

他在地板上走着,在那里卜算起来。

"如果是我的右脚踏在最后一块地板上的话,那么我便去表白;如果是左脚的话,那么——"

他简直不敢想那要怎么办。

他的左足踏上了最后一块地板,这使他冒出了一阵冷汗;但他立刻又自言自语起来。

"呸!真愚蠢!像一个老太婆!现在再来;一、二、三——说到'三'时我将径直走到她面前,说出来。是的,但我要说什么才好呢?不管他!现在去!一、二、三!不,说个三次!一、二、三!一、二——"

他的头发热,嘴唇颤抖着,心也扑扑地跳,连他的两条腿也在发抖。

"您不要老是走来走去!"她睁开了双眼,"妨碍人家听歌。"

这时,诺维科夫方才觉察到扎鲁丁在唱歌。

这位少年军官唱着一首古老的情歌。

我从前爱过了你!你能忘记了吗?
爱情在我心中还烧灼着呢。

他唱得不坏,但却和没有经过训练的人们所唱的一样:用叫喊和低音代替表情。诺维科夫觉得扎鲁丁所唱的歌一点也没有趣味。

"他唱的什么?是他自己作的一首歌吗?"他问道,带着恶狠狠的语气和气愤的神情。

丽达使气地说道:"不,请你不要打搅我们,坐下吧!如果你不喜欢音乐,那么去看看月亮吧!"

的确,一轮晕红的满月从花园昏暗的树梢缓慢地露出来了。月亮那淡淡的、模糊的光芒照在台阶上,也照在丽达陷入思绪而微笑着的脸上。花园里阴影更浓稠了;又黑又深,有如一座森林的影子。

诺维科夫叹了一口气,然后冒冒失失地说出来。

"我看你比月亮更好看。"他又想道,"我也能讲出这样的下流话啊!"

丽达失声而笑。

她说道:"嘿,多么笨的恭维话!"

诺维科夫忧郁地答道:"我不会讲恭维话。"

丽达耸耸肩,烦恼地说道:"那就别说话了……安安静静地坐在那里听着吧。"

但你已不再留心到我了,我明白!
我为什么要将我的苦恼来使你难过呢?

钢琴的声音像响亮、清脆的涛声,在绿色的、潮湿的花园中回响。月光更明亮了,显得黑影子更清楚了。萨宁跨越过草地,坐在一株菩提树下,正要把一支香烟点着了。正在这时,他突然地停住了,静静地不动了,好像为黄昏的静谧所沉醉了,这种黄昏的静谧,并不为钢琴的弹奏与这个少年的歌声所侵扰,不知为何反而更充实了它。

诺维科夫匆促地叫道:"丽达·彼得罗夫娜!"仿佛这个特殊的时机决不能让它失去了似的。

"唔?"丽达机械地应着他,她正看着花园上的明月,和明亮的圆月映照下黑黝黝的树枝。

诺维科夫嗫嚅地说道:"我已经等了许久了——那就是——我有几句话要对你说的。"

萨宁转过头来,听着。

丽达心不在焉地问道:"说什么?"

扎鲁丁唱完一首,停了一会,又开始唱了起来。他以为他的嗓子是特别美好的,所以很喜欢歌唱。

诺维科夫觉得自己满脸通红,然后又变得灰白了。他似乎快要晕过去的样子。

"我——听我说——丽达·彼得罗夫娜——你,愿意嫁给我吗?"

他嗫嗫嚅嚅地说出这些话,他当时便觉得这类话完全不应该如此说,在这个时候也不应该有这种感觉。而且在他还未说出这些话之前,他已经明白,这样做立刻就会发生什么可耻的、愚蠢的、难忍的、可笑的结果。

丽达机械地反问道:"嫁给谁?"然后她涨红了脸,从椅上站了起来,想说什么。但她终于一句话也没说,烦恼地将头转过去。月光明亮亮地映照在她身上。

诺维科夫嗫嚅地说道:"我——爱你!"

在他看来,月光不再是明亮亮地照着了;黄昏的空气似乎窒闷着人,一切都像在倒向一个绝望恐怖的深渊。

"我不知道怎么说好——但是——不管怎样,我十分十分地爱你!"

(他接着想道:"我这是讲的什么……好像我是在说着奶油冰激凌似的。")

丽达心烦意乱地抓住一片飞落在她手上的小树叶。他的话使她无所措手,因为这个完全不是她所预料得到的,而且又是一点也没有用处,反造成她与诺维科夫之间可悲而无可挽回的尴尬局面。她早已习惯了诺维科夫,几乎像亲人一样,她还有些爱他。

"我真的不知道怎么说才好!……真的……我想都没想过……"

诺维科夫感到他的心隐隐作痛,沉了下去。他脸色煞白,站了起来,拿他的帽子。

"再见。"他说道,连他自己也听不见他的语声。他双唇颤抖着扭曲出一阵无意义的抖索的微笑。

"你要回去了吗?再见!"丽达无所措置地回答,伸出她的手,竭力在不经意地微笑着。

诺维科夫匆匆地握了一握,不曾戴上了帽子便跨过草地,走进园中去了。在树荫中,他忽然站住了,双手用力抓着头发。

"我的上帝呀!我怎么这么不幸啊……开枪自杀吧?这一切都无所

谓，开枪自杀了吧……唉！"

横逸无绪的各种想法闪过他的头脑。他觉得自己是世界上最不幸、最鄙贱、最可笑的人。

萨宁本想去叫住他，可是改变了主意，笑了笑。他觉得可笑，只是因为他所喜爱的一个女人不愿委身于他，竟抓住自己的头发，差点没哭出来。同时，他又觉得高兴，因为他美丽的妹妹并不垂青于诺维科夫。

丽达一动不动地站在原地好一会儿，萨宁怀着强烈的好奇心紧盯着她月光中白色的侧影。扎鲁丁从灯光辉煌的客室中走到游廊上来了。萨宁清清楚楚地看见他的刺马距隐隐的触地声。客厅中，塔纳罗夫正演奏着一曲古老的圆舞曲，弹出一个个圆润的、懒洋洋的长音。扎鲁丁悄悄走近了丽达，温柔而娴熟的抱住了她的腰肢。于是萨宁便看见了两个身体混合为一，在朦胧的月光中摇动着。

扎鲁丁轻语道："你在想什么呢？"他的双眼熠熠发亮，双唇轻触着丽达的秀美玲珑的小耳朵。丽达又惊又喜。像扎鲁丁往常拥抱她一样，现在她又有了一种奇特的感觉。她知道在才智与修养方面，他是远逊于她的，她永远也不可能会服从他；但是与此同时，被一个高大、有力、漂亮的男人这样抚摸，却又感到愉快而惊异。仿佛看见了一个神秘的无底深渊，心里便产生了一个大胆的想法："不管一切跳下去……我愿意跳下去！"

她用几乎听不见的声音说道："别人会看见的。"

她既不靠近，也不躲开；这种顺从的被动态度，更强烈地撩逗了他、刺激了他。

"一句话，只要一句话！"这时，他更紧地将她抱着，全身的血液都沸腾了，"你来不来？"

丽达颤抖着，他问她这个问题已经不是第一次了，她总是感到苦恼，浑身颤抖，使她变得软弱无力，优柔寡断。

"干什么？"她低低地问道，她的眼如做梦似的看着月亮。

扎鲁丁不能而且不愿意回答她实话,虽然他和那些常同女人来往的男子们一样,在心灵深处早就相信丽达自己也愿意,而且也知道怎么回事,她只是害怕罢了。

"干什么?就是自由自在地看着你,说说话。唉!……你这样真让我难受啊……丽达,你在折磨我呢!……你来不来?"

他充满着激情地将丽达那丰满、柔软的身子紧紧地抱住,紧贴在自己的身体上,好像烙铁般滚热的接触,她仿佛被包围在一阵温暖、如梦、芳香的云雾中。她柔软成熟的身子又酥又软,无法站立,她向他靠过去,又喜悦又惊悸地颤抖着。她周围的一切东西都生了一种奇异的变化。月亮不再是月亮了,越来越近地照进了凉台的篱架,仿佛它正悬挂在光亮的草地上。花园也不再是她所熟悉的那座花园了,它像是另一座阴沉而神秘的花园逼近身边,慢慢将她包围。她的头脑眩晕了。她怀着奇怪的倦意挣脱了他的拥抱。

"好的。"她艰苦地嗫嚅道。她的双唇苍白而干燥。

她摇摇晃晃吃力地向屋里走去,她感到有一种可怕的、诱惑的东西在把她拉进深渊里去似的。

她竭力说服自己道:"这是件蠢事……不是这样的……我不过开开玩笑而已。我不过是好奇……感到好玩……"

她面对着她房间内黑漆漆的镜子站着,在镜子里她只能见着她自己的侧影。她慢慢地举起双臂,懒懒地伸欠着,同时注视她自己柔软的身体、腰和宽阔凸起的大腿的各种动作。

扎鲁丁独自留了下来,挺直地站在那里,抖了抖他两条好看、紧绷的腿。他眯缝着眼睛,微笑着,一排洁白的牙齿露出来,微笑。他一向很走运,等待着他的将是更大的幸福和快乐。他在幻想着丽达委身于他的时候,一定会极其火热,异常淫荡。他将因情欲而感受到肉体的痛苦。

在起初,当他向她追求着时,到后来,当她允许他拥抱她,吻她时,他总是怕她。在她的黑睛中有些奇异而为他不了解的东西,仿佛她一面允许他吻抱,一面在暗暗地鄙夷着他。在他看来,她是如此的聪慧,如此的与其他女人不同;他对于其他女人在亲昵时常觉得自己是高高在上的。他是那么骄傲,所以拥抱她时,他竟屏住气息,仿佛在等候一记耳光,因此竟不敢生想要完全占有她的念头。有的时候,他相信她不过和他玩玩而已,他的地位似乎是很愚蠢、很可笑的。但今天她答应了,这个允诺是迟疑地半吞半吐地说出来的,好像他所听见过的别的女人们所说的一样,于是他便确定他自己的能力且接近目标了。他知道他能够如愿以偿了。在这个肉欲的期望意识上还加上了一种幸灾乐祸的心理;这位娇贵纯洁、博学聪明的女孩将躺在他的身下和别的许多女孩们一样;他可以对她随心所欲,像对别的女孩们一样,淫荡鄙污的情景出现在他的面前:丽达一丝不挂的,头发披散着,眼光是神秘不可测的,交织成某种淫虐的放荡行为。突然地,他清清楚楚地看见她躺在地板上;他听见鞭打的声音,他在柔软赤裸、顺从的身体上见到一条血红的鞭痕。他打了个哆嗦,热血直冲脑门,踉跄了一下,他眼前金花飞舞。一想到这,甚至肉体都觉得难以忍受了。他用颤抖的手指点燃了香烟,强健的四肢搯搦着,他走进房里。萨宁并没有听见一句话,然而他却看见而且明白了一切,他跟着扎鲁丁进了屋,心里燃起一种近乎妒忌的感情。

他自己想道:"这类畜生总是走运,真不知是怎么回事?丽达和他?"

吃晚餐的时候,玛利亚·伊万诺夫娜似乎心绪不大好。塔纳罗夫照例一声不吭。只是幻想着,如果他也像扎鲁丁一样,有着丽达那样一位情人在爱着他,该多幸福啊。他觉得他如果爱上她不会像扎鲁丁那样,因为扎鲁丁是不懂得珍惜这样的幸福的。丽达脸色苍白一声不响,也不看任何人,扎鲁丁又快活又谨慎,就像一头发情的野兽。萨宁像平常一样打着呵欠,吃着东西,还喝了不少伏特加酒,好像困得想睡觉。但当晚餐后,他却宣布不想睡觉,要和扎鲁丁一同散步,并送他回去。夜已经深了,月亮也升上了高空。他们两个向军官的住所走去,几乎是一声不响。萨宁一路上不时地看着扎鲁丁,心里想着,他要不要给他一个耳光。

"嘿!我说!"他突然开口,他们走近扎鲁丁的住所了。"世界上有许多各式各样的坏蛋!"

"你说这句话什么意思呢?"扎鲁丁问道,扬起他的眉毛。

"一般说来,就是这样……可是坏蛋都是些有趣的人。"

"你说的是什么话啊?"扎鲁丁说道,讪笑着。

"当然了。世界上没有什么比正派人更无聊的啦。什么是正派人呢?正直与美德早就人所共知了,而且不可能有什么新的内容。有了这种老古董,在人的身上失去了一切多样性;生活被装进美德、正直这个无聊又狭窄的框子里了。你不要偷盗,不要说谎话,不要欺诈人,不要犯奸淫。而主要的是,这一切都牢牢地扎根在人的身上!每个人都尽其所能地偷盗、说谎、欺诈、犯奸淫!"

扎鲁丁高傲地抗议道:"并不是每个人都这样。"

"不,正是任何人!你只要去仔细想想每个人的生活,就能在其中发现或大或小的罪过。例如,背叛。就在我们把该是谁做的事就让谁去办,躺下来睡觉,或坐下来吃饭时,我们就在干着背叛的事。"

"你说的这是什么话?"扎鲁丁不禁愤怒地喊了起来。

"当然啦。我们又纳税又服役,就是说,我们把成千上万的人出卖给我们所愤恨的战争,那种不公。我们躺下来睡觉却没有跑去拯救那些此时此刻正因为我们的理想而毁灭的人……我们多吃掉一块面包,就会使我们应该终生关怀的那些人挨饿,本来,我们如果是有道德的人,我们的一生便要为他们的幸福而尽力。如此等等……这是很清楚的……坏蛋,真正的坏蛋就不同了。首先,这种人是完全真诚的、自然的。"

"自然的?"

"当然，是的。他做的事不过是一个人完全自然要做的而已。他看见一件并不属于他的东西，一件他所喜欢的东西，就会把它拿过来。他看见一位不愿委身于他的漂亮女人，就会用暴力或欺骗将她夺过来。这是非常自然的，因此，对享乐的要求与理解，正是人有别于动物的许多特点之一。畜类，主要是畜类，不理解享乐，也不能够去得到享乐。它只是满足他的需要。我们都同意，人不是为了受苦才创造出来的，受苦并不是人类追求的理想。"

扎鲁丁说道："确是如此。"

"这就是说，享乐乃是人生的目的。天堂是绝对享乐的同义字，大家无论如何都在用不同的方式幻想着人间的天堂。据说天堂起初就是在地上的。这个天堂的传说，完全不是胡说，乃是一个象征，一个理想。"

"是的，"萨宁隔了一会，又接下去说道，"节制不是人的天性，而最真诚的人就是那些并不掩饰自己欲望的人，也就是那些社会上公认为流氓的人，如——例如，你——那样的人。"

扎鲁丁惊诧地跳开了。

"不错，就是你。"萨宁继续说下去，假装什么也没注意到，"你是世界上最好的人，起码在你自己眼里是这样的吧。喂，老实地告诉我，你以前遇到过比你更好的人吗？"

"有的，不少呢。"扎鲁丁踌躇地答道。他一点也不明白萨宁说的是什么意思，也不曾想到，他应该表示喜悦或者恼怒好。

"那么，请你说出他们的名字来。"萨宁说道。

扎鲁丁耸耸肩，疑惑着。

萨宁开心地说："瞧，瞧！你就是最好的人，当然我也是的；然而我们两个人却并不反对去偷盗，或说谎，或犯奸淫——至少是不反对去犯奸淫。"

"真—新—奇！"扎鲁丁嘟囔道，又耸了耸肩。

"你这样认为吗？"他的口气中带些难以觉察的侮辱口吻问道，"唔，我可不这样想！是的，坏蛋，都是最真诚的人，而且还是最有趣的人，因为他们对于人类卑鄙的界限，一点也没有概念。我非常高兴和一个坏蛋握手。"

萨宁显出异常坦率的神态，直盯着扎鲁丁的脸，握住了他的一只手。然后他皱着眉头，用完全不同的声调说道："再见，晚安。"他便走了。

有好几分钟，扎鲁丁站在那里完全不动，目送他离开。他不知道该怎么样接受萨宁那些话；他心里乱哄哄的很不痛快。可是他立刻想到了丽达，他微笑了。萨宁是她的哥哥，他所说的应该不错。他对他感觉到一种兄弟般的好感和友情。

"天呀，好一位有趣的小伙子！"他满意地想道，好像萨宁也有点属于他似的，然后他推开了院门，穿过洒满月光的院子，朝自己的卧房走去，走过月光照着的天井而到他的卧房去。

萨宁回到家，脱了衣服，躺到床上去，他想读《查拉图斯特拉如是说》，这本书是他在丽达的书堆中找到的。但头几页已经够使他触怒，而觉得讨厌，那种浮夸的想象，他一点也不能感动。他唾了一口唾沫，把书抛到一旁，不久便沉沉地熟睡了。

第四章

住在小镇上的地主尼古拉·叶戈罗维奇·斯瓦罗日奇正在等候他儿子的归来，他儿子是莫斯科高等工业学校的一个学生。

他是因有参加革命组织的嫌疑受着警察的监视，从莫斯科被流放出来。他们以为他与革命党颇有关联。尤里·斯瓦罗日奇早已经写信给父母，告诉他们自己被捕，被判六个月监禁，以及流放出来的事，所以他的到来对于家人来说并不突然。虽然尼古拉·斯瓦罗日奇有不同的信念，他认为儿子的行为是小孩子发疯，并为他这段经历发愁极了，可是他爱他的儿子，他还是亲切地接待了他，竭力避免谈到那个敏感的问题。尤里在三等车厢里坐了两天，因为空气的恶劣，以及熏人的臭味，孩子们的号哭，他几乎不曾睡过。他实在疲倦极了，见过了父亲和妹妹鲁美（她常被称为柳丽娅）之后，立刻便躺在他的床上，沉沉地睡去。

他到黄昏的时候方才醒来，这时，太阳已经近于地平线了，它斜射的光线，穿过窗户，洒在玫瑰色的方格子墙上。隔壁房间，响起一阵汤匙与杯子碰触的响声；还有柳丽娅愉快的笑声和一个男人的声音，又快乐，又悦耳，他却不晓得是谁。起初，他还觉得自己仍在火车厢里，听着列车上的喧哗，窗格的震动及隔壁房间里旅客们的声音。但他马上清醒过来了，迅速地抬起身，坐了起来。他伸了一个懒腰，说道："对，我回来了。"他皱着眉头，弄乱了自己那头又密又硬的黑发。

于是他又觉得，他不该回到此地。他本来有选择住处的权利。他为什么又回到他的父母家来呢？他自己也说不清。他相信，或者想要去相信，他所选定的是他脑子里最先想到的地方。但这完全不是那么一回事。尤里这辈子还不曾自己谋过生计；他的父亲供给他一切费用；如果一个人孤立无援地流落在陌生的人群中，他会觉得非常害怕。他对于这样的感觉十分羞愧，甚至自己都不承认这点。然而现在，他才认识到，这事办得不好。他的父母无法理解、支持他的事业，这是很清楚的。这中间还得掺杂上物质利益——父亲养活的这些年都白费了——这一切加起来，使他们之间不可能有真挚而和睦的良好关系。除此之外，他离开两年的这个小镇，必定是很无聊的。在他的眼中，小县城里的所有居民都是小市民，他们对尤里视为生活之唯一意义和兴趣的那些哲学和政治问题不仅无法理解，甚至不感兴趣。

尤里下了床，打开了窗户，将身子探了出去。沿着空墙是一个小小的花园，盛开着各种红的、黄的、青的、紫的、白的花朵，活像一个万花筒。小园子后面是一座草木繁茂的大花园，和这个镇上的所有园子一样，一直延伸到河边，这条河在林木当中像白色玻璃似的闪着微光。这是一个恬静清朗的黄昏。尤里感觉到很忧郁。他在石块筑成的大城市中住得太久了，虽然他一直以为自己是热爱大自然的，但是自然对他来说却是荒凉的，不能使他感觉轻松，不能让他安静，不能使他高兴，却反而在他心里激起了一种莫名其妙的、幻想的、近乎病态的忧郁。

"啊哈！你终于起来了！是时候了。"柳丽娅走进房内说道。

尤里离开了窗户。

尤里由于意识到自己飘浮不定的特殊处境而产生沉重感觉，以及白日的逝去所激起的淡淡忧愁，使他看见自己妹妹高兴的样子、听到快乐的声音便感到有些不快。

他唐突地问道："你为什么那么高兴？"

"你问的什么话啊！"柳丽娅睁大眼睛叫道，可是立刻就笑得更快活，好像她哥哥的问题恰恰令她想到了特别可笑的一件事来一样。

"你问我为什么那么高兴吗？……我没有烦恼过。……也没有时间烦恼。"

接着，她装作一本正经的样子，显然为自己所说的话而自豪，然后又添了一句。

"我们生在如此有趣的时代，还要觉得烦恼，真是罪过。我现在给工人们上课，然后，图书馆的工作也耗去了我的好些时间。你不在家的时候，我们办了一个民众图书馆，图书馆很受欢迎。"

如果换一个时间，这事会引起尤里的兴趣，但是现在，他对什么事都漠不关心。柳丽娅摆出一副严肃的面孔，像小孩子般好笑地等待着哥哥的称赞。因此，他勉强地低声说道，

"啊！原来这样！"

"有这么多事做，我还会烦恼吗？"柳丽娅踌躇满志地说道。

"可是我总觉得烦恼。"尤里勉强地答道。柳丽娅假装生气地说：

"你倒还真客气。到家还没有两个钟头……还睡了一大觉，就已经觉得烦恼了！"

"真没办法，这是因为上帝的缘故。"尤里语音中略带一点自满地答道。他觉得，烦恼比快活更好，更明智。

"因为上帝，真的是！"柳丽娅假装生气地撅起嘴，唱歌似的说道，还冲他挥挥手，"哈！哈！"

尤里没有察觉到他已经快乐起来了。柳丽娅愉快的语声和她乐观向上的情绪，迅速、轻易地驱散了那种他认为是严肃与深刻的沉重感觉。在潜意识里，柳丽娅并不相信他的烦恼，所以对他的那番话一点也不放在心上。

尤里望着她，微笑地说道，

"我从来没有快活过。"

听了这话，柳丽娅发笑了，仿佛是他说了十分滑稽而有趣的话。

"好吧，愁容骑士。如果你不快乐，那就不快乐好了。不要管它，和我一起来，我介绍一位可爱的少年给你。来！"

她笑着拉住了哥哥的手。

"等等！这位可爱的少年是谁？"

"我的未婚夫。"柳丽娅对着尤里的脸，响亮、开心地喊道。由于害羞和喜悦而兴奋不已，便满屋旋转，连衣裙也飘起来了。尤里从他父亲和妹妹本人的信里，已经知道有一位新近到镇上来的年轻医生，正在追求柳丽娅，但他还不知道这事已经定下来了。

"你不曾告诉过我这件事呀？"他惊诧地说道。他感到奇怪的是，这个纯洁而鲜艳的小柳丽娅，这个他一直以为还是个小姑娘的柳丽娅，已经有了未婚夫，不久便要成了一个新娘——一个妻子。这使他心里产生了对妹妹一股柔情、隐约的怜惜。尤里搂着柳丽娅的腰，和她一同走进了餐厅，灯光之下，一把擦得雪亮的火壶闪着光芒，尼古拉·叶戈罗维奇和一位健壮、年轻的陌生人坐在那里，那人长得不像俄国人，肤色黝黑，目光敏锐而又好奇。

他大方，从容又客气地站起身来迎接尤里。

"您好，我们认识一下……"

"这位是阿纳托利·帕夫罗维奇·梁赞采夫！"柳丽娅说道，带着一种滑稽的庄重神情。

"请多关照。"梁赞采夫也开玩笑地说。

他们两人带着真诚的好感握了握手。有一刹那不知怎么，他们竟想亲吻一下。可是并没亲吻，只是友好、专注地彼此相视。

"这就是她的哥哥啊？"梁赞采夫心里诧异地想道，他想身材矮小、白皙、愉快乐观的柳丽娅应该有个同样白皙、乐观的哥哥。不料，尤里恰恰相反，他却是高大、瘦黑，虽然也像柳丽娅一样漂亮，脸庞清秀端庄的特点也像她。

而尤里看着梁赞采夫时，他也在心里想道："这个原来便是我的小妹妹、纯洁、鲜艳的柳丽娅的爱人，他爱上了她；他爱她正如我爱上别的女人一样。"不知为什么，他有一点不敢看柳丽娅和梁赞采夫，仿佛他怕他们会知道他的这个想法一样。

他们俩都觉得各有不少要紧的话要说。尤里心里想要问：

"你爱柳丽娅吗？真挚而切实的吗？你如果欺骗了她的话，那是卑鄙的，也是可耻的；她是那么纯洁，那么天真烂漫呀！"

而梁赞采夫会回答：

"是的，我深深地爱着你的妹妹，我无法不爱她，看，她如此的纯洁、温柔、可爱；她是多么亲热地爱着我呀；她脸上有一个那么娇美的酒窝！"

但他们却什么也没说，尤里沉默不语，梁赞采夫却问道：

"你流放多久呢？"

"五年。"尤里答道。

尼古拉·叶戈罗维奇正在厅内走来走去，听见这些话突然停了下来，镇静了一下情绪后，又继续迈着老军人那过于正规、匀称的步伐走起来。他还不知道儿子被流放的详细情节，这个意外的消息一下闯进了他的脑海。

他自言自语说道："鬼知道是怎么回事？"

柳丽娅明白父亲的这个举动，她怕闹出事来，想把话头岔开了。

她在心里责备自己："我真笨，怎么忘了事先嘱咐一下阿纳托利！"

但梁赞采夫不了解其中的因由，柳丽娅问他要不要喝茶，他回答之后，又开始问尤里。

"你现在打算做什么事呢？"

尼古拉·叶戈罗维奇紧皱眉头，不说话。尤里感觉到父亲的沉默：于是还没来得及考虑后果他大胆而带着恼怒地答道："目前什么事也不想干。"

尼古拉·叶戈罗维奇问道："你这话什么意思——怎么能什么事都不想干？"说到这里，他突然停住。他没有提高嗓音，可是从他的声音中显然听得出暗含的责备。"你怎么能说这样的话呢？就像我该养活你似的……我已经老了，你早该自己挣面包吃了？我没什么好说的。你要怎么过，就怎么过好了！但你自己不能明白吗？"他的意思很清楚了。尤里意识到父亲有权这样，可他整个身心就是感到屈辱。

"是的，不想做什么事！你究竟要我做什么事呢？"他挑拨地说道。

尼古拉·叶戈罗维奇想讲几句尖刻的话，却又没有说出来，只是耸了耸肩，重复迈着整齐的步伐，从厅的这一角走到那一角。他是颇有素养的，不容许在他儿子第一天刚到家就发火。尤里双眼发光地盯着他，已经不能控制自己，摆开架势准备抓住一个最小的理由发火。他很明白自己在挑起一场口角，可是对自己的固执与气恼已经无法控制了。柳丽娅差点哭了出来。她六神无主，用哀求的目光看看哥哥又看看父亲。梁赞采夫终于明白了，他可怜起柳丽娅来，他笨拙地换了个话题。

这个晚上过得冗长无聊。尤里不承认自己有过错，因为他不能同意政治斗争不是他的事。他觉得父亲连最简单的事都不明白，是年老又不开通。他潜意识地觉得父亲的年老和不开通是有罪的：他便生气了。梁赞采夫谈的那些话头都不能使他感兴趣。他心不在焉地听着，仍以发光的黑眼紧张而气愤地看着他父亲。吃晚饭的时候，诺维科夫、伊万诺夫和谢苗诺夫来了。

谢苗诺夫是一位有肺痨疾的学生，他好几个月来都住在这个镇上，教着学生。他很瘦弱、很丑。在他那未老先衰的脸上呈现出死亡将近的阴影。伊万诺夫是学校教师，一个长发、阔肩、粗俗的人。他们在林荫路上散步，听见了尤里回来的消息，便来看他。他们一来，立刻便热闹起来了。他们讲俏皮话，开玩笑，笑声不绝，吃晚饭时，还喝了不少的酒。伊万诺夫喝得最多。诺维科夫向丽达求婚失败之后，过了几天，他心情平静些了。他觉得丽达拒绝他，是偶然的；是他自己的错，没让丽达做好思想准备。但是不管怎样，到萨宁家还是会让他感到非常害羞，不自在。所以他渴望能在别的地方，在街上，或在一个友人的家中，遇到丽达。丽达可怜他，也觉得自己有错，就会对他格外亲热关心，这使诺维科夫又产生了希望。

"你们听着,先生们?"当大家要离开时,诺维科夫说,"我们去修道院野餐吧,怎么样?"

郊外的修道院是人们常去游玩的一个地方。因为它坐落在一个山头上,四周是美丽的开阔的河岸,离城不远,沿途的道路又好。

柳丽娅最喜欢热闹,例如游泳、划船、在林中散步等,她第一个热情地赞成这个意见。

"是的,当然要去!……当然要去!……什么时候去呢?"

"啊,就明天吧?"诺维科夫说道。

梁赞采夫也喜欢这个郊游的意见;他问道:"我们还要约谁同去呢?"在森林中,他可以和柳丽娅拥抱、亲吻,可以激动地与柳丽娅那鲜嫩纯洁、让他动情的身体紧贴在一起。

"让我来看看。我们是六个人。我们可以约沙夫洛夫吗?"

"他是谁?"尤里问道。

"啊!他是一位年轻的学生。"

"很好。柳德米拉·尼古拉耶夫娜还要约卡尔萨维娜和奥尔迦·伊万诺夫娜!"

"她们是谁?"尤里又问道。

柳丽娅笑了起来。"你见了就知道啦!"她说道,并神秘而意味深长地吻了吻手指尖。

"原来是这样!"尤里微笑道,"好的,到时我们瞧吧,我们瞧吧……"

诺维科夫踌躇了一会,带着冷淡的口气,说道:

"我们也可以约上萨宁兄妹。"

"啊!我们一定要约丽达。"柳丽娅叫道,并不仅仅是因为她也喜欢丽达,更因为她知道诺维科夫的爱情,她想让他高兴。她因自己的爱情感到非常幸福,她也希望周围所有的人都幸福如意。

"那我们也要约那些军官们了。"伊万诺夫尖刻地说道。

"那有什么关系？我们也约了他们吧。人越多越好！"

大家一起走到台阶上，明亮的月光洒在大地上，四周显得格外温暖宁静。

柳丽娅说："多美的夜晚呀！"轻轻地依偎在梁赞采夫的身上。她不想让他走。梁赞采夫用胳膊肘紧紧地夹着她那只圆滚滚、热乎乎的手臂。

"是啊，多美的夜晚啊！"他答道，这句简单的话中含有一种只有他们俩才能明白的含义。

"愿良宵常在！"伊万诺夫用他低沉的声音说道，"我可是想睡觉了，再见吧，先生们！"

他大步走了，一边挥舞着双臂，好像一个风磨的翼片一样。

诺维科夫和谢苗诺夫跟着也走了，梁赞采夫和柳丽娅借口商量野餐的事情，花了好长的时间进行道别。

当他要离去时，柳丽娅开玩笑地说："嗯，睡吧，乖乖地睡个好觉吧。"然后，她伸了个懒腰，叹了一口气，惋惜地离开了月光与温暖的空气，也离开了月光和空气在她年轻、丰腴的肉体里所激起的感觉。尤里想父亲还没有睡，如果他们单独在一起，又要惹起免不了的、痛苦的、无益的辩论。

"不！"他说道，他的双眼凝望着河上的微薄的青色雾气，"不！我还不想睡呢。我出去走走。"

柳丽娅温柔和善地说道："随你的便吧。"她伸了伸身体，像猫似的半闭着眼，对着月光微笑一下便走了。尤里一动不动地站了一会，望着房屋和树枝那显得深邃又冷漠的黑影，然后精神一振向谢苗诺夫缓缓离去的方向走去。

谢苗诺夫走得还不远，他慢慢的走，一边弯着腰喑哑地咳嗽。于是一个黑影也在月光照亮的地上追随他移动。尤里不久便追上了他，立刻便觉察出他身上的变化。在晚饭时，谢苗诺夫有说有笑，比别人格外地起劲，可是现在，他忧郁沮丧地走着，而从他那喑哑的咳嗽声中可以听出某种可怕、悲哀、绝望的东西，就像他患的那种疾病一样。

"啊！是你！"他漫不经心地说。在尤里听来，这声音并不友善。

"我还不想睡。就来送送你。"

"好的，那就送吧！"谢苗诺夫冷淡地答道。

他们闷闷不响地走了好久，谢苗诺夫一直在咳嗽，咳得拱起了脊背，尤里问道："你感到冷吗？"这扰人的咳嗽使尤里感到不安。

谢苗诺夫有些烦恼地答道："我总是感到冷。"

尤里觉得过意不去，似乎他在无意之间碰到了别人的痛处。

"你离开了大学很久吗？"他问道。

谢苗诺夫没有立刻回答他。

"已经好久了。"他最后答道。

然后，尤里说起大学生的情绪，谈大学生认为是最重要的当代的问题。他开始说得简单而淡漠，但后来他沉醉了，兴奋起来，讲得神采飞扬，热情洋溢。

谢苗诺夫不说一句话，就静静地听着。

后来尤里悲叹地说到群众当中缺乏革命的精神。可以看出他在深深地为他所说的现象而痛苦。

"你读过倍倍尔[①]的最近一次演说吗？"他问道。

谢苗诺夫答道："是的，我读过。"

"怎么样？"

谢苗诺夫突然气愤地挥了一下他那根有个大弯钩的手杖。他的影子也同样挥起了它的黑臂，这使尤里联想起了一只暴怒鸷鸟的黑翼。

"我怎么对你说呢？"他夺口而出地说道，"我说……我快要

[①] 倍倍尔（1840—1913），国际工人运动活动家，德国社会民主党领袖和创始人之一。

死了……"

他又挥动他的手杖,不祥的阴影再次凶猛地重复他的动作。这一次谢苗诺夫也注意到它了。

"你看见了吗?"他悲苦地说道,"你看,死神就站在我身后,他监视着我的一举一动……倍倍尔与我有什么关系?这个空谈家谈这一套空话。那个空谈家谈那一套空话。至于我,反正是要死了,不是今天就是明天。"

尤里难堪地默不作声。他为谢苗诺夫感到悲哀难过。

谢苗诺夫继续地说道:"你认为,所有的这些事是非常重要的,大学中所发生的事和倍倍尔所说的话。可是我认为,如果你和我一样的确切地知道自己快要死了,那么,你就不会去想倍倍尔、尼采、托尔斯泰或其他什么人的话了……"

谢苗诺夫说到这里停住了。

月亮依然明亮而平静地照着,黑影也紧追不舍地跟着他们。

"身体垮啦……"谢苗诺夫突然以一种完全不同柔弱可怜的声音说道,"你哪里知道我是多么不想死啊……尤其是在这样一个明亮、温暖的夜晚。"他悲哀地说,转过皮包骨头的脸,用反常地闪着亮光的眼睛望着尤里继续地说道,"大家都活着,我却要死了……瞧,您认为,——也应该认为吧——这句话是陈词滥调……而我却要死了。不是在小说里,不是在'以艺术的真实'写出的作品里。我是真的要死了,这句话我可不觉得是陈词滥调。总有一天,你也会有这种感觉的。我是快死了,死了,一切都完了!"

谢苗诺夫又咳嗽起来。

"我常常这样想,我很快就躺进完全的黑暗里,葬在冰冷的泥土里,鼻子塌下去,双手腐烂,而世界上一切都将和现在一样,就像我活着的时候完全一样。你还活在世上,呼吸着空气,享受着明月,从我的坟墓边走过,需要的话就会站在坟墓上边,而我却躺在那里,臭烘烘地腐烂。什么倍倍尔、托尔斯泰或其他千百万个矫揉造作的驴子与我有什么相干?"谢苗诺夫突然恶狠狠地尖声喊叫起来。尤里怅懊不已,一句话也回答不出。

"好,再见!"谢苗诺夫微弱地说道,"我到了。"

尤里握了握他的手,带着深深的怜悯看了看他凹陷的胸口,歪斜的肩膀和他那根粗曲柄的手杖,谢苗诺夫把它挂在自己学生大衣的纽扣上。尤里本想说些什么安慰的话,让他产生希望,可是他觉得,无论如何也做不到。

"再见!"他说道,叹了口气。

谢苗诺夫抬了抬帽子,打开了院门。隔着栅栏还能听见他的脚步声和咳嗽声。他的足声和他的咳嗽渐渐地微弱了。然后,一切都静下来了。尤里转身回家。仅在半小时以前,他还觉得光明、美好静谧的一切——月光,星空,闪着银色光彩的白杨树,神秘的阴影——现在这一切全都僵死了,冷了,可怕得如一座广漠惊人的坟墓。

到家后,他悄悄地走进他的房里,开了窗户,向园中望着。这是第一次,他想到自己那么深入、信赖、忘我地从事的一切,并非必不可少。他想到总有一天,他也会像谢苗诺夫一样,快要死了,他痛苦不堪地感到可惜的,并不是人们未能由于他的努力而幸福起来,也不是他终身崇拜的理想未能在世上实现,而是还没来得及充分享受生命所能给予的东西,他就得死去,停止视听和感觉了。

然而他觉得这种思想可耻,便强迫自己,想出这样一个解释来。

"生命是存在冲突争斗的。"

"不错,但到底是为了谁而冲突争斗呢……不是为了自己么,还是为了阳光下自己的命运……"

一个隐秘的念头忧郁地这样说道。尤里装作没听见,便去想别的事。但是这样做起来既困难又乏味,这个念头却不断地出现,于是他感到苦闷无聊,心情沉重;难过得流出了痛苦、气恼、不幸的眼泪。

第五章

丽达·萨宁收到了柳丽娅的便条后，把它交给了哥哥。她以为他会拒绝不去；事实上，她也希望他拒绝。她觉得，在明月照着的河上，她将被某种力量既专横、又甜蜜地吸引到扎鲁丁身旁，那将是一种可怕又有趣的享受，但届时如果当着哥哥的面她就会感到害臊，因为是与扎鲁丁在一起，在所有的人中，哥哥最看不起的便是扎鲁丁。

但萨宁却高高兴兴地答应了去。

这是一个万里无云的温暖的日子。望一眼天空都会觉得刺眼，空气的纯净和金黄色太阳光的闪耀使满天都在抖颤。

"顺便说一句，有几位小姐也会去，你可以和她们认识认识……"丽达机械地说道。

"哈！那太好啦！"萨宁说道，"天气也好极了！我们走吧！"

在约定的时间，扎鲁丁和塔纳罗夫乘着一辆骑兵连的宽大敞篷马车赶来了，车上套着团辎重队的两匹高头大马。

扎鲁丁叫道："丽达·彼得罗夫娜，我们正等着你呢。"他穿着白衣，外表十分漂亮，洒了很多很多香水。

丽达穿着一身轻纱的衣服，领子和腰带是玫瑰色的丝绒，她跑下石阶来，向扎鲁丁伸出她的双手。他喜形于色地紧握住了她的双手，他的双眼则渴慕地注视着她的身体。

"我们走吧，我们走吧。"她叫道，神情又激动，又纷扰不安，因为她明白那个注视的意义。

不久，敞篷马车便疾驰在行人稀少的野外大路上，野草的硬杆被压弯在地，然后又挺直起来；田野里清新的微风轻拂着头发，从道路两旁吹进柔软的草浪中去。在镇外，他们赶上了另一辆敞篷马车，车子里载的是柳丽娅、尤里、梁赞采夫、诺维科夫、伊万诺夫和谢苗诺夫。他们拥拥挤挤不舒服，然而大家却都快快活活的，兴致很高。只有尤里，在昨夜同谢苗诺夫谈话以后，此时面对他有点尴尬。他感到奇怪、甚至有些不快的是，谢苗诺夫一直在讲着俏皮话，无忧无虑地笑着，和大家一样。尤里无法理解，在说了昨天的那些话后，谢苗诺夫如何还能笑得出来。"这全是假装的吧。也许他病得没那么严重？"他想道，偷偷地望着谢苗诺夫。从两辆马车里传出了互相讲俏皮话和问好的声音。诺维科夫从自己的马车上跳了下来，跟着丽达在草地上奔跑，不知为何，他们之间有了一种默契，要表现成极为要好的朋友，因为他们始终是快快活活地互相嘲谑着。

山显露出来，越来越清晰，越来越高，那座山上，修道院的圆屋顶闪闪发亮，石墙的颜色是白的。整座山都覆盖着树林，橡树那绿色的树梢，就像是山的鬈发。河洲上也长着同样的橡树，长在山脚下，在那两大片橡树林间，是一条宽阔、平静的河流。

马车从大道上拐了下来，便在又柔软又潮湿的草地上奔驰起来，车轮深深地碾着草地，马蹄踏在潮湿的地上发出轻柔的声音。四周散发着河水与橡树林、泥土和绿草的清新气味。

在约定的地方，一块草场上，一个打前站的大学生和两个穿着小俄罗斯服装的女郎坐在草上。他们正在忙忙碌碌地预备着茶和轻小的点心。

马车停了下来，马儿打着响鼻，摆动着尾巴赶着苍蝇。车上的人都因道路、空气及水和树林的气息而兴奋起来，从两辆马车上一跃而下。柳丽娅和正预备着茶的两位女郎接着响吻，介绍她们给她的哥哥和萨宁，她们羞涩地好奇地看着他们。丽达忽然地想起，这两位男人还没有相识呢。她对尤里说道："允许我给你介绍我的哥哥弗拉基米尔。"萨宁微笑地握了尤里的手,但尤里却不太注意他。萨宁对每个人都很感兴趣,他喜欢结识新的朋友。尤里却认为这个世界上很少有人是有趣的,因此,他对新认识的人向来都很冷淡。伊万诺夫对萨宁略有所知,他听说的关于萨宁的事情让他喜欢。他第一个走到萨宁那边去,和他开始交谈,而谢苗诺夫则只和萨宁冷淡地握了握手。

柳丽娅叫道:"好啦,我们现在可以开心地玩了,无聊的礼式结束了……"

起初,大家都有点拘束,因为这一群人中,有不少是初次相见。但当他们开始吃东西时,男人们喝了几杯白酒,小姐们喝了几口葡萄酒之后,这种拘束便消失了,他们恣意地欢笑着。他们自由不拘地喝着,笑个不停,说着俏皮话。大家追逐着跑去爬山,四周是这样的恬静、光亮,树林又绿又美,任何一个人的心里都不再存有丝毫的阴暗、忧虑和气恼。

梁赞采夫气喘吁吁地说:"如果每个人都能更多地这样跑跑跳跳,那么十分之九的病都不会有了。"

"而且各种恶习也不会再有了。"柳丽娅说道。

"啊,人身上的恶习总是足够用的。"伊万诺夫说道。虽然没有一个人觉得他的话讲得非常恰当、机智,但大家还是真诚地笑了。

当他们喝茶时,太阳开始西沉。河水染成了金黄色,树丛间满是血红的夕阳投射出的一支支长长的、斜斜的箭矢。

"哎,先生们,上船吧!"丽达叫道,她随即撩起她的裙子,跑下河边,"看谁跑得快?"

有的人跟着她奔跑,有的人则更稳重些,全跟在她后面,欢笑着、嬉闹着登上了一条彩色的大船。

"开船了!"丽达用年轻人满不在乎的声音喊了一声。船轻轻地离开了河岸,船尾留下一道道宽宽的波纹,那波纹平稳地荡漾着向两岸散去。

"尤里·尼古拉耶维奇，你为什么不说话呀？"丽达问道。

尤里微笑着："我没有什么话可说。"

"真的吗？！"她答道，可爱地撅着嘴，她仰着头，觉得所有男人都在欣赏她。

"尤里不喜欢谈鸡毛蒜皮的事，"谢苗诺夫说道，"他要谈的是……"

"他是要谈严肃的话题，是不是？"丽达插上去说道。

"看！严肃的话题来了！"扎鲁丁说道，向岸上指着。

在那陡岸下方，一棵歪斜的老橡树那疙疙瘩瘩的根部当中，有一个狭窄而阴森，长满杂草的洞口泛着黑光，黑暗而神秘。

"那是什么？"出生在外地的沙夫洛夫问道。

"一个洞穴。"伊万诺夫答道。

"什么样的洞穴呢？"

"鬼晓得！他们说，这里有过一个造伪币的人开的厂子。他们照例全都被抓起来了。这'照例'是非常糟糕的？"伊万诺夫说道。

"要不你马上开一家厂子，专造二十戈比的假币？"诺维科夫问道。

"为什么是造二十戈比的……要办造一卢布的伪币的，朋友，造一卢布的伪币的！"

"哼！"扎鲁丁低哼着，轻轻耸耸肩膀。他不喜欢伊万诺夫，他的诙谐在他看来，都是蠢笑无识的。

"嗯……是呀，他们全都被抓起来了，地洞也就废弃了；它渐渐地坍坏了，现在没有人敢去那里面了。我小时候常爬进去玩，那里有趣的很。"

"有趣吗？"丽达叫道。

"维克多·谢尔盖耶维奇，你到洞里一趟吧……你是勇士呀。"她说话时带着奇怪的口气，似乎此刻，在众目睽睽、光天化日之下，她想取笑扎鲁丁，因为昨晚单独相处时，扎鲁丁曾使她受到那种奇异的、可怕的诱惑。

"为什么？"扎鲁丁问道，他有点莫名其妙。

"我去！"尤里叫道，他的脸红了，因为他担心大家以为他在炫耀自己。

"好事一件！"伊万诺夫鼓励地说道。

"你也去吗？"诺维科夫问道。

"不，我还是待在这里好些！"

大家哄笑起来。

船驶近了河岸，一阵冷风从洞中吹出，吹过他们的头部。

"看上天的面上，尤里，不要去做傻事！"柳丽娅说道，想要劝阻她的哥哥，"真的，别做傻事！"

"傻事吗？"尤里微笑地承认着，"谢苗诺夫，请你给我支蜡烛，好不好？"

"我到什么地方去拿蜡烛呢？"

"在你后边的篮里有一支呢。"

谢苗诺夫冷淡地取出那支蜡烛。

"你真的去吗？"一位身材高高，美丽，胸脯丰满的姑娘问道。柳丽娅叫她季娜，她的姓是卡尔萨维娜。

"当然去。为什么不呢？"尤里装出无所谓的样子反驳道。他想起当他在从事危险的政治的活动时也曾竭力装出无所谓的样子。不知为何，这个回忆使他感到不愉快。

这洞穴的入口，又潮湿，又黑暗，萨宁向洞中望了一望，叫道："呸！"在他看来，自己之所以冒险进了一个无趣的危险的地方，仅仅是因为别人都看着他，萨宁觉得这很可笑。尤里竭力不看别人，点燃了蜡烛，心里想道："我很可笑吗，是这样么？"这个内心深处的想法使他苦恼，看来好像有点可笑，但同时他却得到了赞美，特别是从小姐们来看，她们激起了一种神秘的好奇心，那好奇心，让人感到愉快而心惊。他等到蜡烛的火焰更明亮了，笑了起来，以避免被别人所笑，便大步向前走去，很快就隐没在黑暗中。烛光也似乎消失了。他们全都为他担心起来，并真的觉得好奇地紧张起来。

"看着点，洞里有狼啊！"梁赞采夫叫道。

"不要紧。我带着手枪呢！"尤里回答道。他的声音从地下传出来，不知怎么有点古怪，仿佛没有生气的声音。

尤里小心翼翼地向前走去。洞的两壁低矮潮湿，凹凸不平，像是在一个很大的地窖里。洞底忽高忽低，有两次尤里都差点跌倒在那些深坑里。他想，最好还是转回头去，或者坐在这里等一会，然后说自己走了很远。

突然，他听见身后传来了一阵踩在湿黏土上走过的脚步声和断断续续的喘息声。他将蜡烛高高举过头顶。

"季娜伊达·卡尔萨维娜！"他惊奇地叫道。

"是我！"季娜高兴地答道。这时，她正撩起她的连衣裙轻轻地跳过一个坑。

尤里见是这位快乐、丰满、漂亮的姑娘，感到很高兴，他眼睛放光地看着她，微笑着。

"我们继续往前走吧。"季娜有些害羞地提议说。

尤里顺从而轻快地向前走去。已经完全不再考虑危险了，只是竭尽全力给卡尔萨维娜照亮道路。褐色湿黏土的洞壁时而迎面而来，似乎充满无言的威胁；时而后退让出一条路来，有些地方整个的土堆石堆倒在那里，旁边露出乌黑的深坑。垂悬在深坑上的一堆泥土仿佛僵死般，但可怕的是那土块却并不倒下来，像被不可见的强有力的规律所支撑，竟垂在那里丝毫不动弹，似乎有点令人可怕。许多出口全聚汇到一个又大又黑的洞穴里，里面空气非常的污浊。尤里在那个洞穴里绕了一个圈，寻觅出路，摇曳的影儿和在黑暗里显得黯淡的烛光随在他的后面，他看见几条出路，但都被堵住了。在一角上，孤寂的放着几片朽烂的杉木板，看来好像从土里掘出扔在那里的旧棺材的遗物。

"没什么意思,啊?"尤里说道,不自觉地压低声音。大土块也使人有压迫感。

"啊,真的是!"季娜低声道,用那双被烛光映亮的眼睛看着四周。她很不安,不由自主地靠近尤里,似乎在寻求他的保护。这一点,尤里也注意到了。这使他很高兴,使他对姑娘的美丽和软弱生出了一种动人的柔情。

"好像被活埋了一样,"她继续说道,"也许……连喊叫声都没人听见。"

尤里笑道:"大概是吧。"

他说完,突然头晕起来。他斜眼看了看薄薄的小俄罗斯衬衫刚能包裹得住的那高耸的乳房和滚圆的肩膀。一想到现在她真是在他的掌握中,而且不会被人听见,这念头来得太奇突,竟使他一下里眼睛晕黑起来。但是他立刻自制住,因为他确信强奸妇女是卑鄙的事,而对他来说更是不可思议的。尤里此刻非常想做那件事,精力和情欲使他整个身子燃烧了起来,但他没有做,只是说了句:

"让我们试试看?"

他的语声颤抖着,他觉得或许季娜能觉察出他的念头。

"试什么?"她问道。

"我放一枪?"尤里说道,取出他的手枪。

"土窟不会倾倒吗?"

"我不知道。"他答道,虽然他确切地觉得不会有事故发生,"你害怕吗?"

"啊,不……好吧……你开枪吧!"季娜说道,同时,她退了一两步。尤里举起枪,放了一响。火光一闪,一阵浓密的烟云弥漫在四周,沉闷的响声在山中沉重愤怒地回响着,但是那土块还像先前一样静静地悬挂在那里。

"看,还是那个样子。"尤里说道。

"我们走吧。"

他们转身往回走。季娜走在尤里的前面，他看见她那滚圆、健壮的大腿，那个欲念又涌上他的心头，很难抑制。

"我说，季娜·卡尔萨维娜！"他被自己的声音和问题吓了一跳，却假装不经意的样子，"我要问你一个有趣的心理学上的问题。你跟着我来到这里，怎么不觉得害怕？你自己也说了，即使我们喊叫，也没有人会听见的……你和我一点也不熟悉呢！"

季娜在黑暗中脸羞得通红，默默地不言。尤里呼吸急促起来。他觉得非常有趣，同时非常惭愧，他的心情像在悬崖上滑走时所感到的一般。最后，她嗫嚅地说道："因为我想，你是正派人。"

"假如你看错了人呢？"尤里反驳道。他心里还是充满着那种浓厚的感觉，他忽然觉得与她说话很特别，其中自有美妙之处。

"那么，我就……投水自杀。"季娜几乎听不见地说道。

这句话使尤里心里充满了一种温柔的怜惜之情。他的热情消退了，他也轻松了起来。

"多好的姑娘啊！"他想道，真诚地为如此坦白、简朴的贞淑所感动，眼泪不由得在他眼睛里流出来了。

季娜对他幸福地一笑，在因自己的回答和尤里对她的默默赞许而骄傲，在他俩向出口走去时，姑娘怀着奇怪的激动想到：尤里向她提出那个问题时，她为什么不气恼也不害羞，反而还感到一种激动的愉快呢？

第六章

　　留在岸上的人在洞口站了一会，说了些关于季娜和尤里的玩笑话，然后，便在河岸上散开了。男人们点燃了香烟，将火柴扔进水中，观赏着水面上荡漾开去的一圈圈平缓的波纹。丽达双手叉腰，在草地上漫步，一边走着，一边低声地唱着，舒缓地移动她那双黄色的小皮鞋，像是在迈着舞步。柳丽娅摘了一朵花，向梁赞采夫抛去，并用亲热的目光看着他。

　　"去喝几杯，怎么样？"伊万诺夫问萨宁。

　　"好主意！"萨宁答道。

　　他们上了船，开了好几瓶的啤酒，开始喝了起来。

　　"你们这些没良心的醉汉！"柳丽娅说着，向他们扔来一把青草。

　　"好——哇！"伊万诺夫开心地说道。

　　萨宁笑了起来。

　　他开玩笑地说道："我常常觉得奇怪，人们为什么要反对喝酒。依我看来，只有醉汉才像应有的那样生活。"

　　"或者说像动物那样！"诺维科夫在河岸上答道。

　　萨宁说道："就算是这样的，可是毕竟，醉汉只是做他所想做的事情，他想唱歌就唱歌；他想跳舞就跳舞；他并不为自己的喜欢和快乐而感到害羞……"

　　"有的时候，醉汉还打架呢。"梁赞采夫说道。

　　"有这样的情况，有人不会喝酒……他们喝得太多了。"

　　"你喝醉了酒的时候也打架吗？"诺维科夫问道。

萨宁答道:"不打,我清醒的时候倒会打架,醉酒时我却是一个最善良的人,因为我在那时将那些卑鄙龌龊的事都忘记得干干净净了。"

"并不每个人都是那样的。"梁赞采夫说道。

"很遗憾,当然,并不是所有人……"萨宁答道,"不过别人的事,和我也是一点不相干的。"

"话不能这么说!"诺维科夫说道。

"为什么不能这么说?如果这是一个真理呢?"

"一个出色的真理!"柳丽娅说道,摇摇她的头。

"这是我知道的最好的真理。"伊万诺夫代萨宁回答。

丽达正在高声歌唱,这时突然气恼地停住了。

"他们俩倒是不着急。"她说道。

"他们俩干吗要着急呢?"伊万诺夫反驳道,"无论什么时候都用不着着急。"

"我看季娜倒是一位无畏无憎的女英雄吧?……当然也无可指责……"丽达讥嘲地说道。

塔纳罗夫暗自思量。忽然扑哧笑出声来,转眼又难为情了。丽达看着他,叉起腰,摇摆着自己富有弹性的身体。

"好吧……也许他们在那里很开心。"她神秘地说道,耸耸肩。

"嘘!"梁赞采夫说道。黑洞里传出了一声暗哑的轰响。

沙夫洛夫叫道:"那是枪声。"

柳丽娅叫道,"怎么回事?"同时她惊惶地拉住她情人的袖臂。

"不要害怕!如果有狼的话,它们在这个季节是很驯良的,决不会袭击两个人的。"梁赞采夫安慰她说,但他暗地里却非常恼怒尤里那种孩子般的念头。

"哎,真是的!"沙夫洛夫也气恼地喊道。

"他们来了,他们来了!不要着急!……别担心了……"丽达轻蔑地说道。

脚步声越来越近，不久，季娜与尤里便由黑暗中出现了。

尤里吹灭了蜡烛，对大家温柔、迟疑地笑了笑，因为他还不知道他们对他的举动有什么看法。他身上满是黄泥，季娜的肩上也带着泥印，因为她的身体在墙壁上摩擦过。

"喂，怎么样？"谢苗诺夫冷淡地说道。

尤里有些犹豫地说道："洞里相当奇妙。不过通道没有多远。前面被堵住了。我们看见些腐朽的棺材板躺在那里。"

"你们听见枪声了吗？"季娜问道，双眼闪着兴奋的光芒。

"我的朋友们，"伊万诺夫插上去说，"我们把啤酒都喝完了，我们的心里快活极了。我们走吧。"

当船儿又划到河流开阔地方时，月亮已经升起来了。四周格外宁静、清朗。在天空和水中，金色的星光熠熠地发亮。船只好像是悬挂在两个无底的空间之中漂浮。岸上的树林和水中的倒影，都是阴森神秘的，有一只夜莺在歌唱，一切都在静听着，人们依稀觉得正在唱歌的不是鸟儿，而是一个幸福、聪明、沉思的人似的。

"多好啊！"柳丽娅说，她抬起眼睛，将头靠在季娜温和的圆肩上。而后大家又沉默了很久，只是静静地听着。夜莺那响亮的啼转溢满树林，在平静的河面上发出颤抖的回声，传到那月色朦胧、花草凝然不动的草原上空——飘向远方，飞向寒冷的星空。

"它唱的是什么？"柳丽娅问道，好像无意中将手背放在梁赞采夫的膝盖上面，立刻觉得那个坚硬而有力的膝盖颤抖了一下，不由得对自己的举动既害怕又高兴。

"当然是爱情！"梁赞采夫半嘲谑半正经地回答，并且用一只手悄悄地捂住她那只信任地放在他膝盖上温而柔软的小手掌。

"在这样的夜里无论是善还是恶都正享受着可怕及诱惑，不愿意去想了。"丽达说，同时也在回答自己心里的问题。她在想她正享受着可怕又诱惑的游戏，究竟是好事还是坏事。她望着扎鲁丁那张在月光下越发显出勇毅而美丽的面孔,两眼露着乌黑的亮光,顿时感到自己整个身心都沉溺在那种熟悉的甜蜜的倦怠与可怕的优柔寡断中。

"想的完全是另外的事情!"伊万诺夫回答她。

萨宁微笑了一下,两眼始终盯着坐在他对面的季娜那高耸的胸部和月光照得发白的美丽的颈脖。

山冈那黑色的淡影笼罩了小船,当船儿留下几道浅蓝色的光带又滑入月光照耀下的河段时,周围变得更明亮、更开阔、更自由了。

季娜·卡尔萨维娜摘下那顶宽边草帽,挺了挺高耸的胸脯,唱起歌来,她的声音不大,却高亢而甜美,她唱的是一支俄罗斯民歌,既优美又忧伤,和所有的俄罗斯民歌一样。

伊万诺夫低语道:"非常动听!"而萨宁也叫道:"好!"当她唱完时,大家都鼓起掌来,掌声在幽暗的树林里和河面上奇怪而尖利刺耳地回应起来。

柳丽娅叫道:"再唱一个,西诺契加!或者朗读一首自己的诗吧……"

"你还是一位女诗人?"伊万诺夫问道,"上帝能给一个人多少诗才啊!"

"这难道不好吗?"季娜腼腆地问道。

"不,这非常好啊。"萨宁说道。

"比如说,一个姑娘集年轻美貌与智慧于一身,那么这与谁都不相干!"伊万诺夫附和说。

"朗诵吧!西诺契加!"柳丽娅劝说,由于爱情,她整个人都显得既温柔又热烈。

季娜腼腆地微笑着,面向水面略微转身,大大方方用她那响亮、高亢的嗓音朗诵起来:

  亲爱的,亲爱的,我不告诉你

不告诉你，我是多么的爱你，
我闭上热恋的眼睛，
让眼睛保守住我的秘密……
没有人会知道这个秘密……
知道的，只有忧郁的白昼，
只有寂静的蓝色的夜晚，
只有星辰那金色的光芒，
只有在夜的童话中互相依恋的树枝，
织就的那些纤细明亮的网，
它们全都知道……可谁也不讲，
不讲我珍藏在心中的爱情，
不会将我隐秘的爱情宣扬。

大家又一次兴高采烈起来，热烈地为季娜鼓掌喝彩，大家鼓掌，并不是由于她的诗写得好，而是因为这首诗恰恰能表达出他们的情绪，他们都在渴望着爱情、幸福和甜蜜的忧郁。

"夜晚呀！白昼呀！还有季娜闪亮的双眼呀！我求你告诉我，那个幸福的人是不是我！"伊万诺夫用一种粗野的声音狂喜地叫道，他们全都惊得一跳。

"啊，我能够确实地告诉你，那个人并不是你。"谢苗诺夫答道。

"那我就太可惜了！"伊万诺夫懊丧地说道。每个人都笑了。

"我的诗不好吗？"季娜问尤里。

他心想这首诗没什么新意，就像千百首这类情诗一样，但季娜是那么美丽，那么亲切地用她那双羞怯的黑眼睛看着他，他便装出一副严肃的面孔答道：

"我觉得这首诗异常的可爱与和谐。"

季娜微笑着，他的称赞竟让她如此开心，她自己也感到吃惊。

"哈！你还不了解我的西诺契加呢！"柳丽娅说道，"她的一切都是美丽而和谐的。"

"瞧你说的！"伊万诺夫叫道。

"是真的！"柳丽娅坚持道，似乎在为自己辩护，"她的声音既动听又优美，她的诗也是这样；她自己是一位美人，甚至连她的名字也是既动听又优美。"

"啊！我的天！你此外还能说些什么话！"伊万诺夫叫道，"但是这话我同意。"季娜听着这些议论，又喜又慌乱地红着脸。

"该回家了。"丽达很突然地说道。她对大家称赞季娜的话感到不快，她认为自己是远胜于季娜的，无论在美貌上、在聪明上、在趣味上。

"你不唱首歌么？"萨宁问道。

"不，"她生气地答道，"我今天嗓子不好。"

"的确，该回家了。"梁赞采夫说道，他想到了明天要早起，要去医院做解剖。其余的人则都在因要离开而惋惜。回家的路上，他们都默默无语，虽然觉得疲倦但很是满意。草原上的青草此刻已看不见，只是在脚下簌簌作响，车轮碾起的尘土在身后形成一团白雾，又迅速地落在白色的道路上，荒芜斑白的田野，在明月的微光中，好像变得更平坦、更荒芜，更无边了。

第七章

　　三天以后，在很晚的时候，困倦、不幸的丽达回到了家里。她满腹忧愁，想到什么地方去，可是往何处，她知道又好像不知道。她走进自己的房里，直直的站着，双手紧握，久久地看着地板，丽达恐惧地意识到，她失身于扎鲁丁，已走得太远了。她第一次感觉到，从那个无法挽回的、莫名其妙的时刻起，在这个显然比她低下无数倍的愚蠢空虚的军官身上，居然有一种有损她尊严的、凌驾于她之上的权力。现在如果他需要，她就不能不去了；她再也不能随心自己的性子随心所欲地和他开玩笑，时而让他亲吻，时而带笑地躲开他了。而她只能像一个女奴隶那样，软弱地、顺从地接受他那些最粗鲁的抚爱。

　　这事是怎么发生的，她也弄不明白。像往常一样，她仍控制着他，他的爱抚也受到她的节制；一切还是那么愉快、可怕而又有趣。可是突然之间，她浑身的欲火像一团白雾，直冲向大脑，除了那把人推向深渊的可怕而奇异的欲念之外，一切思想都没有了。大地在脚下飘浮；身体变得软弱无力，任人摆布，在她面前只剩下一双黑亮、可怕、无耻而诱人的双眼，由于两条粗野的赤裸的手臂的强力抚摸，她那赤裸的双腿无耻地、情欲极强地颤抖起来；渴望再一次体验这种好奇、无耻、疼痛与快乐。丽达回想到这里，全身又战栗起来；她耸了耸肩膀，双手捂住了脸。她摇摇晃晃地走过房间，打开了窗户。久久地望着高悬在花园上空的月亮，在远处的林中，有一只孤独的夜莺正在歌唱。忧愁压上心头，她觉得苦闷难当，一想到她的堕落是愚蠢的、龌龊的而又始料不及的，她的心中就会涌上一阵朦胧的愿望和忧郁的高傲交织而成的奇异、痛苦的混合物，可怕的危险出现在前面；她竭力用固执、凶狠的逞强来驱散突然袭来的对未来的不安预感。

"哦，我干下了这种事，就是干下了！"她蹙着眉头，带着病态的快感讲出这个粗野的字眼来，"这一切都无所谓……我愿意……我就给他了……；我是那么的快活——啊，那么快活！如果我不给他，那才是愚蠢呢。没必要想这事了；反正不能挽回了。"

她无精打采地离开窗子，动手脱衣服，她解开裙子上的带子，裙子便落到地板上。"总之，生命只有一次，"她想道，她裸露出的肩膀和手臂与夜间寒冷的空气轻轻地一接触，打了个冷颤，"即使等到正式结婚，我又能得到什么呢？我为什么要等正式结婚呢？还不都是一样么！我还要戚戚地忧虑什么呢？"

她立刻觉得，这一切真的都是小事，明天起一切都会结束，而且游戏中她已经得到了一切最好的与最有趣的了，而现在，她如一只鸟那么自由，前面还有一个充满快乐、幸福的生活在等着她。

"我愿意爱我就爱，我不愿意那我就不爱！"丽达轻轻地唱道，并倾听着自己的歌声，满意地认为，她的嗓音比季娜·卡尔萨维娜的要好得多。"啊！一切都是小事，我愿意这么做，即便将我自己给了魔鬼！"她带着一种连她本人都觉得粗鲁，突然的冲动，对自己那些混乱的想法作出了回答，用力使劲并冲动地挺起腰来，连乳房也颤动了，她的胸部颤动着。

"你还没有睡吗，丽达？"萨宁的声音在窗外问道。

丽达恐惧地哆嗦了一下，但立即露出一个微笑，取了一个披肩，围在肩上，走到了窗口。

"你吓了我一跳！"她说道。

萨宁走得近些，双肘靠在窗盘上。他的双眼灼灼的，他在微笑着。

"真是多此一举！"他玩笑似的低语道。

丽达伸着头露出疑问的神情。

"你不围着披肩,看来还要漂亮些。"他低声地意味深长地说道。

丽达惊诧地望着他,下意识地将披肩围得更紧了些。

萨宁笑了起来。她心里纷扰不安,却也靠在窗盘上,他的呼气直喷在她的脸颊上。

"你真是一位美人!"他说道。

丽达飞快地看了他一眼,她看出他脸上的神情,不由得惧怕起来。她感觉到她的哥哥的双眼正盯在她身上。她惊恐地将眼光转开了。她认为这非常可怕卑鄙,以致胸口发冷,心里发颤了。所有的男人都是这样地看她,她也喜欢这样,但哥哥也那么样地看着她,那便是太不可思议的、不应有的。她竭力控制自己,微笑道:

"是的,我知道。"

萨宁静静地看着她。当她靠在窗盘上时,她的披肩和衬衫滑了下去,于是,从侧面便可以看到月光映照下那嫩白、娇柔的酥胸上部。

"人类常常在他们与快乐之间筑起了一座长城。"他那颤抖的细语声显得非常古怪。丽达害怕了。

"你说这话什么意思?"她悄声地问道,她的双眼一直盯着黑暗的花园不敢与他的目光接触。她觉得一种绝不能允许的事就要发生了。这时,她已不再怀疑,心里也明白了,她感到可怕、可鄙而有趣。她的头脑在发热;眼光朦朦胧胧的,满怀恐惧、厌恶和好奇,她感觉出一股炽热而急促的呼吸喷到脸颊上来,连她鬓角的头发也被吹拂起来,披着披肩也感到不寒而栗了。

"是这样的……"萨宁答道,他的声音半吞半吐的。

丽达全身像触电般地僵住了,她迅速挺直身子,连自己都不知道自己在做什么,便俯下身子,一下把灯熄灭了。

"该睡觉啦。"她说道,关上了窗户。

灯光熄灭后,窗外显得更明亮了,萨宁的身影和他那张沐浴着蓝色月光的脸孔便更清晰地显露了出来。他站在茂密的、落满露水的草丛里，微笑着。

丽达离开了窗口，机械地坐在床上。她浑身颤抖着，思绪一片混乱，而窗外萨宁走过草地的足声，使她的心跳得更厉害。

"我要发狂了吗？"她憎恶地自问道，"多么丑恶呀！一句偶然的话，可我竟然……这是色情狂？我难道是一个卑鄙、堕落的坏女人吗？……要堕落到什么地步，才会想到这种事啊……"

想到这里，丽达突然一头扎进枕头，轻声地痛哭起来。

"我为什么哭呢？"她想道，她不明白为什么要哭，只是觉得自己是可怜、不幸、屈辱。她哭，是因为她已经失身给扎鲁丁了，是因为她已不再是一位娇贵的纯洁的处女了，是因为她哥哥那可怕和侮辱的眼神。她认为在此之前，他是不会那样看她的，他如今这样看她，是因为她已经堕落了。

但是对她来说最悲苦、最烦恼的还是，她现在已经成了一个妇人了，在她尚且年轻、强健、美貌的时候，她最好的精力将永远奉献给男人们，供他们享乐，而她使他们和自己得到的享乐越多，她受到他们的鄙视也就会越多。

"这是为什么？谁给了他们这样的权利？我不是和他们一样的自由吗？"她凝视着房内可怕的黑暗，自己问道，"难道我永远也看不到另一种更好的生活了吗？"

她整个年轻强壮的身体有力地说明，她有权从生活中取得她所需要的一切有趣而快活的东西；她有权用那只属于她自己一个人的漂亮、健壮、灵活的身体来做她想做的一切，但思想，却在一团乱麻中挣扎着，在绝境中左冲右突，终于无力而忧郁地消失了。

第八章

　　尤里·斯瓦罗日奇以前学过绘画，他很喜欢画画，把全部空闲的时间都花在了这上面。他曾经幻想成为一名画家，但一则因为没有钱，二则也因为他的政治活动，让他没能走上这条路，如今他只是兴之所至地，当做一种消遣的事来做，没有任何特别的目的。

　　因为他没有特别的目的，也没有受过专业训练，绘画没能使他获得愉快的满足感；反而在他心里引起烦恼与失望。每当他画得不好时，他便感到苦恼而失意；反之，如果当他画得好时，他又陷入一种阴郁的沉思之中，他觉得这一切都是徒劳无益的，不会给他带来成功和幸福。尤里非常喜欢季娜·卡尔萨维娜。他喜欢这种高个、健美、丰满的女子，爱这类嗓音动听、眼神温柔并有些伤感的女人，他所意识到的她的讨人喜欢、清白无瑕与诚心待人，其实都是她的美貌与温柔传给他的。可是他死不承认这点，他竭力要使自己相信，他喜欢这个姑娘，不是因为她的肩膀、乳房、眼睛和嗓音，而是因为她的贞洁与清纯。这样想来，他便觉得更惬意、更高尚、更美妙，虽说正是这清白与贞洁使他内心激荡、热血沸腾，以至情欲勃发。自从他第一次遇见她的那个黄昏之后，他的脑中就产生了一个他所熟悉的但彼时尚未意识到的朦胧的、残酷的渴望，就是要夺去她的清白与贞洁，正像见了任何美貌的女人时都会产生出这种坚定不移的渴望。

　　现在这位美丽、健康、充满阳光般生命活力的姑娘占据了尤里的头脑，因此，他便起了一个描绘生命的念头，像往常一样，他轻易地激动起来，由于自己的念头而高兴不已，他觉得，他这一次一定能彻底地完成任务。

　　他备好了一幅很大的油布之后,像是害怕拖延时间似的,带着一种亢奋的匆忙,赶快画了起来。他先抹上几笔油彩,画布上还只有一些鲜艳的斑块,他的心便兴奋地颤抖起来,于是这幅未来的画包括全部细节,都轻易而有趣地浮现在了他的眼前。可是,越往下画,尤里无法克服的技巧困难也越来越多,而这些困难,都是尤里不能够解决的。在他的想象中显得光亮、美丽、强健的一切,落到油布上便都成了平庸无力的了。那些细节已不能吸引他,反而使他烦恼生气。尤里不再研究这些细节,大刀阔斧地画起来。可是,鲜艳、有力的生命便开始为一个被画得花哨而又粗糙的愚蠢女人所取代了。在这个女人身上,已经没有任何一点能让尤里感到独特和美妙的东西,而只有委顿和陈腐罢了,这时他发现他的这幅画毫无新意,他只不过是模仿莫赫的绘画罢了,而且连这幅画的构思也是平庸的;于是尤里像往常一样,觉得心情沉重,愁绪满怀。

　　要不是他觉得哭泣是可耻的话,他一定要哭了,一定要把头埋在枕头中,高声地啜泣了。他极想要向什么人抱怨些什么,但却不是埋怨他自己的无能。然而他没有这样做,只是忧郁地坐在画前,他想道,生命总是厌倦、忧闷与软弱的,其中并没有任何能让他尤里感到有兴趣的东西。他这时想到他也许还要在这座小城里住上许多年,便觉得可怕极了。

　　"唉,这简直就是死亡!"尤里想道,他的面色变得冷冷的。然后他想描绘"死亡"了。他拿起了一把刀,怀着使他感到痛苦的气恼心情开始愤愤地去刮他画的那幅"生命"的画。使他愤怒的是,他满怀喜悦创作的东西,却很难消失。颜料好不容易才刮下来,刀子弄脏了,滑落了,两次扎进了油布。后来他又发现炭笔在画过的油画布上根本画不出来,这又使他更加痛苦。他拿起了画笔,直接用赭色颜料画起来,然后又怀着苦恼而又忧郁的心情,垂头丧气、无精打采地画着。然而他的现在的作品却并没有失败，反倒因为潦草、暗淡沉重的色调增色了不少。原来"死亡"的主题不知为何却自动消失了，尤里画的已经是《暮年》了，他画了个疲惫而消瘦的老太婆，在暮色沉沉的时候，沿着一条高低不平的路蹒跚地走着。太阳已经西下了，与铅色的天空相映照的是许多黑暗的十字架的侧影。老太婆的背上背着一口黑棺材，重得可怕，压得她骨瘦如柴的肩弯了下去，她的表情，悲苦而失望，她的一只脚已经踏在一座阴暗的坟墓边上。整幅画都是阴郁、愁苦而又不祥的。有人来叫尤里吃午饭，但他却没有去，一直在画着。过了一会儿，诺维科夫来了，说起什么事情，但尤里既不听，也不回答他，诺维科夫叹了一口气，坐在沙发上。他喜欢静静地坐着，默默思考。他所以来找尤里，仅仅是因为他一个人坐在家里觉得忧闷悲恼。丽达的拒绝一直使他很难过，弄不清他是悲哀还是羞愧。他是一位直率而懒散的人，他不理解在本城隐隐约约地流传着有关丽达与扎鲁丁的闲话。他不是妒忌丽达爱上别人，他只是因为幻想破灭而痛苦，有一段时间他曾经觉得这幻想非常近，非常清楚，他是幸福的。

诺维科夫想，他生活中的一切都毁了，但他从没有想过，既然这样，那么就不值得活下去，而应该去死。相反，他的生命对于他既已成为一种苦楚，他的义务就是不再关心个人幸福，要将这个生命献给别人，他不清楚这想法是怎么产生的，他只有一个朦朦胧胧的愿望，要抛弃了一切，到圣彼得堡去，在那里，恢复与"党"的联系，并且一死了之。他觉得这个想法既高尚又美妙，他一想到这个美妙高尚的思想是他自己的，便减轻了他的悲哀，变得高兴起来。自己的形象在他眼里高大起来，周围环绕着一道可爱、明亮而又忧郁的光环，这种对丽达无意而伤心的责备竟差点让他哭起来。

后来他开始感到无聊了。尤里还在那里画着，根本没注意到他。诺维科夫懒懒地站了起来，走近了画幅。这幅画还没有完工，正因为这个缘故，倒产生出一种有强烈暗示的效果。诺维科夫觉得这幅画很古怪，他张开了嘴，带着孩子般天真的喜悦，看着尤里。

"怎么样？"尤里说道，向后退几步。

他自己觉得这幅画当然不是没缺点，也许，这些缺点甚至是显而易见的，是很大的。可它毕竟比他以前见过的那些画有趣，为什么会有这种感觉，尤里自己也弄不清，但如果诺维科夫说这幅画不好的话，他真的会感到受伤与恼怒了。然而诺维科夫却出神地低语道：

"非——常的美妙，真的是！"

尤里觉得他自己是一个天才，是一个对自己的创作持藐视态度的天才。他叹了一口气抛下了他的画笔，画笔弄脏了沙发床的一角，他走到一旁，看也不看那幅画。

"啊，我的朋友！"他叫道。他本来几乎不想向自己和诺维科夫表白那会夺走他成功的喜悦的模糊想法，那就是：他用这幅成功的画稿反正也不能画出什么名堂来。然而，他并没有这么做，想了想，仅仅说道：

"这一切都没什么用！"

诺维科夫以为尤里在炫耀自己，但是，他那失望的忧伤又立即刺痛了自己的心，于是他又认为：

"倒也是真的。"

但是，沉默了一会，他反问道：

"怎么会没有用呢？"

尤里无法准确地回答这个问题，他默默不言。诺维科夫又看了看那幅画，然后躺在沙发上。

"我在《克莱报》上读过你的论文，"他说道，"真行呀！……"

"去它的吧！"尤里愤怒地答道，他不知道为什么生气，他想起了谢苗诺夫的话，"我写的这文章有什么用？它不能够阻止杀人、盗劫与武力；人们照样横行不法。文章在这里起不到作用。我后悔写这篇东西。……不过有两三个白痴会读它……这有什么用处？总之，这与我有何相干！请问，为什么要用脑袋去撞墙呢？"

被党的工作所吸引的最初年代的情景在眼前闪过；秘密的聚会、宣传、冒险与失败；他自己的热忱与他那么热心去拯救的那些人的冷漠无情。他在房里走来走去，摆了摆手。

"从这种观点来看问题，做什么事都没有什么意义了。"诺维科夫拉长声音说道，他想到了萨宁，又接下去说道：

"你们全都是些利己主义者罢了！"

"真不值得！"尤里在那些回忆的影响下，在房间变得苍白的黄昏影响下热烈、真诚地说了起来。

"如果谈到了人类，那么，在我们甚至连人类将来的大致前景都难以设想的时候，我们所有的努力，宪法和革命，还有什么用处？也许在我们所梦想的这个自由之中即已隐伏了将来的堕落，而人在实现了他的理想之后，将走回去，仍以四肢着地而行？因此，一切都要重新开始。即使是仅仅为自己着想，那么……结果又是怎么样？我又能得到什么呢？我最多能用我的天才与事业给自己博得荣誉，充分享受那些比我低下渺小的人的尊敬，那便是说，为我所看不起的那些人所敬仰、所沉醉，而他们的敬仰对于我应该是一无价值的。然后？活下去，活下去，一直到了坟墓，此后再没有别的事了！一顶桂冠终于戴在了我的头上，简直令人厌烦。"

"只考虑自己！"诺维科夫讥嘲地低语道。

尤里并没有听到他的话，他继续用悲愁和病态的喜悦的神情倾听自己的话语。他觉得他的话有一种美丽的阴郁，它们在他心中激起了一种自尊的热烈的情感。

"而在最坏的情况下，我将成为一个被误解的天才，一个可笑的幻想家，一种滑稽小说的题材，一个愚蠢的人，对于任何人都无所用！"

"啊哈！"诺维科夫叫道，他从榻上站了起来，"对于任何人都无所用。那么，你自己意识到啦？"

"你真是个奇怪的人！"尤里叫道，"你真的以为我不知道为什么而活，且信仰什么啊？如果我的死亡能够拯救世界，我也许会满怀喜悦地走到十字架上去。但是这个信念我没有；无论我做什么，丝毫不能改变历史的进程；我所能带来的好处如此微不足道，即便没有这一好处，世界也不会受丝毫的影响的。然而为了这么一点小小的好处，我却必须活着，受苦着，悲哀地等待着死亡的来临。"

尤里没有觉察到，他讲的已是另一回事情，不是回答诺维科夫的话，而是在回应自己那些奇怪的、沉重的感觉。突然地，他想起了谢苗诺夫，便立刻闭口不说下去。一阵冷战直由他的脊梁骨中往下走。

"你知道，这个必然性在折磨我，"他低声地说道，他无意识地看向逐渐黑暗下来的窗口，"我知道这是自然的事，我没有办法逃避它，然而它却是可怕的——可憎恶的！"

诺维科夫虽然觉得此话不假，但他也变得阴郁、胆怯起来，口里却反驳道：

"死亡乃是一种自然现象。"

"真是一个傻子！"尤里狂怒地想道，他气愤地反驳。

"我的天！我们的死亡能不能给其他人带来好处，这与我们又有什么相干？"

"可是你那种背上十字架的死亡呢？"

"这是另一回事。"尤里迟疑地答道。

"你是自相矛盾呢。"诺维科夫带着一种优越感说道。并宽容地掉转头来，不去看尤里。

这话大大地惹恼了尤里。他使劲挠着自己又黑又硬的头发，愤怒极了：

"我永远也不自相矛盾……这是显而易见的，如果我死了，是按自己的意愿去……"

"还不是一回事，"诺维科夫并不让步，用同样的语调继续说，"你们大家不过是想获得赞美和掌声罢了……全都是利己主义！……"

"就算是利己主义又怎么样？……那不能改变事实。"

谈话乱了套。尤里觉得，他讲的话确实不顺当，也抓不住那条他在几分钟前还觉得绷得像根弦似的线索。他在房间里走来走去，生气地喘着气，一边又安慰自己，一边又像往常遇到情况那样想：

"有时我不知为何情绪不好……有时，话说的很清楚，好像句子就放在眼前一样。有的时刻，我的舌头似乎被缚住了，一切都变得没有条理，笨拙得很。那是常有的事。"

他们俩沉默了片刻。尤里在房里走来走去，最后停在窗口，拿起他的帽子。

"我们出去走走吧。"他说道。

"好的。"诺维科夫立刻答应了，想到他有可能会遇见丽达·萨宁。他又高兴又害怕。

第九章

他们在林荫路上走了一两趟，没有碰到熟人，却听到了花园里经常出现的音乐声。他们演奏得音乐粗鄙而不和谐也不准确，但在远处听着倒也觉得既温情又忧伤。他们碰见了一些彼此嬉闹的男男女女，这些男女的笑声和响亮又兴奋的喊叫声与轻曼忧伤的音乐、寂静的忧郁的黄昏很不协调。使尤里很生气。在林荫路的尽头，萨宁向他们走来，并快活地问好。尤里不喜欢他，所以谈话未能持续下去。萨宁嘲笑他所见到的一切。后来，他们遇见了伊万诺夫，萨宁要和他一起离去。

"你们到哪里去？"诺维科夫问道。

"去款待我的朋友。"伊万诺夫答道，取出一瓶伏特加酒来，得意扬扬地显给他们看。

萨宁快乐地笑了。

在尤里看来，这一瓶伏特加酒和这个笑声都是造作而庸俗的。他厌恶地转过身去。萨宁看在眼里，却没说什么。

"上帝，谢谢你，我没成为那样的人，就像这个收税人。"伊万诺夫笑着，话里有话地说道。

尤里脸红了。"他也在说俏皮话呢！"他鄙夷地想着，轻蔑地耸了耸肩，走开了。

"诺维科夫，你这个无心的伪君子，和我们一道走吧！"伊万诺夫叫道。

"干什么？"

"去喝酒啊。"

诺维科夫忧闷地四面望了一望,但没有看见丽达。

"丽达正在家里,忏悔着她的罪过呢!"萨宁笑道。

诺维科夫恼怒地叫道:"胡说!我还要去看一个病人……"

"那个病人没有你也是快要死去的。不过,我们没有你的帮助,也会将这一瓶伏特加酒喝光的。"伊万诺夫说道。

"喝醉了又能怎样呢?"诺维科夫痛苦地想道。"好吧……我们走吧……"他说道。

他们走了,尤里老半天还能听见伊万诺夫刺耳的男低音,和萨宁无忧无虑的愉快的笑声。他又沿着林荫路散步。有两个女子的声音呼唤他。季娜和学校教师杜博娃正坐在一张凳上。天色已完全暗了下来,在暮色中勉强看得出她们的身影。她们都穿着黑衣,没戴帽子,手里拿着书。尤里乐呵呵地急忙走过去。

他寒暄问道:"你们从哪儿来?"

"从图书馆来。"季娜答道。

她的同伴欠了欠身子,让开了一个位置给尤里,他原想坐在季娜的身旁,可他感到不好意思,于是坐到了不漂亮的女教师杜博娃身旁了。

"你的脸色为什么这样忧愁痛苦呢?"杜博娃问道,出于习惯,她又刻薄地撇了撇她那干燥的嘴唇。

"你为什么会觉得我的脸色是忧愁的呢?其实不对,我的脸色是最愉快的。不过,有一点点儿烦闷……"

"啊,那是因为你没有事情做吧。"杜博娃用讥笑的口吻说道。

"你有很多的事要做吗?"

"是啊,忙得连哭的时间都没有。"

"我也并没有哭泣,是不是?"

"唔,"杜博娃嘲笑地说道,"你是生气着呢。"

"如今,"尤里答道,"我的生活使我忘记了欢笑是怎么一回事。"

他的声音透出一种痛苦的语调,大家不由的默不作声了。他沉默了一会，又含笑起来。

"我的一位朋友告诉我说，我的生活是具有借鉴意义的。"尤里这样说，其实没有一个人对他这样说过。

"就哪方面讲呢？"季娜小心地问道。

"就人不应该活着这一意义而言。"

"啊，请你和我们讲讲吧。也许我们能从这个榜样里得到什么益处吧……"杜博娃说道。

尤里认为他的生活特别不顺利，认为自己是个非常不幸的人。在这一想法中有着某种忧郁的满足感，对自己的生活和他人进行一番抱怨，也是愉快的。他从不向男人们谈这一种事，他本能地感觉他们是不会相信他的，但对于女人们，特别是年轻美貌的姑娘们，他却非常乐意长时间地谈论自己。他很漂亮，口才又好，女人们对他总是满怀着怜悯和爱慕。这一次尤里起初不过是开玩笑，随即轻而易举地用惯常那种调门；滔滔不绝地谈起了自己的生活。根据他的谈话来看，他是一个能力很强的人，为环境和社会所压迫、所束缚，党内无人理解他，他没能成为人民的领袖，却成了一个由于微不足道的原因而被流放的普通大学生，这过错不在他自己，而在于命运的偶然和人们的愚蠢。尤里像所有非常自尊的人一样，没有想到，所有这一切，并不能证明他是一位特别有能力的人，每个天才都曾为这一类的环境所包围着，为这一类的不幸所磨炼。他觉得，只有他一个人受到了沉重的、无法抗拒的厄运的亏待。因为他讲得非常动听，生动而又鲜明，所以他所说的话，便像是真有其事，两位姑娘相信了他，跟他一起惋惜，一起忧伤。乐队还在演奏着他们的忧郁而不和谐的音调，但却如诉如怨，黄昏又是阴暗而闷人的，他们三个人全都陷入了幻想和忧伤。当尤里停止谈话时，杜博娃想起了自己的沉闷单调的生活，以及已逝去的青春，却还没有体验到幸福和爱情，便低声地问尤里：

"告诉我，尤里，你从没起过自杀的念头吗？"

"你为什么问我这个问题?"

"唉,我不知道……"

他们不再说下去。

"你是一个委员吗,是不是?"季娜好奇地问道。

"是的。"尤里简捷地答道,仿佛不愿意似的,可是承认这一点他却感到很愉快,因为他认为,在这位漂亮、年轻的姑娘眼中,这一点能使他具有一种忧郁的吸引力。后来尤里送她们回家去,一路上他们说说笑笑。一切的烦闷都消失了。

"他真是一个可爱的人!"季娜说道,当尤里已经走了时。杜博娃摇摇她的手指,恐吓地说道:

"当心,别爱上他。"

"得了吧!"季娜笑道,虽然心里带着一种隐秘的、本能的恐惧。

尤里怀着激动而美好的情绪回到了家里,他朝那幅没完成的画瞥了一眼。什么感触也没有,他心满意足地躺下睡觉了。那夜,他在梦中梦见了一些淫荡而快活的景象和一些年轻、漂亮的女人。

第十章

第二天傍晚,尤里又来到了他与季娜·卡尔萨维娜和杜博娃相遇的地方。他整整一天都在愉快地回忆着与两位姑娘一起度过的那个傍晚,他希望能再遇见她们,讨论同样的事,在那双快乐、温柔的眼睛里再看到同情和爱慕的表情。

这是一个静谧炎热的黄昏。在街道上空弥漫着干燥的尘土。除了一两个路过的人之外,林荫路上不见人影。尤里懒慢地沿着路走着,眼睛看着地上,他心里腾起了一股懊恼的情感,很生气地摇着头,好像有人欺负了他似的。

"多么无聊呀!"他想道,"怎么办呢?"

大学生沙夫洛夫迎面向他走来,摆着双臂,脸上带着微笑。

"啊,你怎么在这闲逛啊?"他友好地问道,停下了脚步,向尤里伸出他那只又宽又大的手。

"唉!我快闷死了,也没有什么可做。你到哪里去?"尤里懒洋洋而又瞧不起地问道。他总是以这样的态度和沙夫洛夫说话,他作为前革命党的委员之一,认为沙夫洛夫是一个以革命为游戏的天真大学生。沙夫洛夫愉快而自满地微笑着。

"我们今天有一个读书会。"他说,指着一包花色不同的薄薄的小册子。尤里机械地拿过一本小册子,翻开了它,读了一篇长而干燥的通俗社会问题论文的题目,这篇文章他以前就读过,现在他不记得了。

"读书会在什么地方举行?"他问道,带着那种轻蔑的微笑,一边将小册子还了沙夫洛夫。

沙夫洛夫答道："在学校里。"他提到的学校，就是季娜·卡尔萨维娜和杜博娃教书的地方。尤里想起，柳丽娅曾告诉过他这些读书会的事，但他当时并没有留意。

"我可以和你一起去吗？"他问道。

"啊，当然！"沙夫洛夫开心地笑着，连忙同意了。他认为尤里是一位真正的革命者，过度地估计他在政治上的能力，对他又敬重，又爱戴。

"我对这个活动很有兴趣。"尤里觉得他有必要补充这句，同时他快活地想，他晚上有事做了，还可以再见到季娜。

"是的，当然。请吧。"沙夫洛夫说道。

"那么，我们走吧。"

他们沿着林荫路快步地走着，转个弯到了桥上，从桥的两边吹来湿润的空气，他们不久便到了两层楼的学校，许多人已经集合在那里了。

在一间还没点灯的大厅里，一排排椅子摆放得很整齐，用来映照幻灯的白布隐约可以看见，还能听见压低了的快乐的笑声。从窗口可以看到昏暗的天空和绿色的树梢，柳丽娅和杜博娃正站在窗口。她们高兴地欢迎着尤里。

"你来了，我真是高兴！"柳丽娅说道。

杜博娃热烈地和他握手。

"你们为什么还不开始？"尤里问道。这时他偷偷地环顾四周，没有看见季娜。

"那么季娜伊达·帕夫罗夫娜不曾到讲演会里来吧？"他显然失望地说道。

就在这时，讲台的幕布旁边一根火柴燃着了，照亮了正点蜡烛的季娜。烛光射在她美丽娇艳的脸上；她愉快地微笑着。

"我当然要参加了。"她叫道，同时弯身向尤里，伸出她的手。他默不作声高兴地握住了她的手，她微微地扶着他，从讲台上跳了下来。将一股健康而清新的气息吹到了尤里的脸上。

沙夫洛夫说道:"该开始啦。"他由隔壁房间里走进来。

校役吃力地迈动大靴子穿过大厅,将几盏大灯逐一地点亮了,大厅立刻便光亮起来。沙夫洛夫打开了通到甬道的门,高声说道:"请到这里来!"

响起一阵脚步声,起初是胆怯的,后来便喧哗地拥挤进来。尤里好奇地望着他们,鼓动家特有的那种敏锐注意力,又在他身上复活了。听讲者中,有老年人,有青年人,有儿童,没有一个人坐在前排凳子上;但到了后来,前排却为几位尤里不认识的年轻姑娘所占领了;还有一位是肥胖的学校视察员;还有几位是男女初等学校的教师。大厅其余的地方也挤满了身穿长短大衣的人们:士兵、农民、妇女,及一大群穿着花衬衣及连衣裙的小孩子。

尤里和季娜并排坐在一张桌子后面,开始听沙夫洛夫的朗读;他读的平静而又糟糕,题目是关于普遍选举的。他的声音,坚硬而单调,没有表现力,他所读的每一件事都如一行的统计数目。然而每一个人都专心地静听,只有前排的知识分子很快就交头接耳,坐立不安起来。这使尤里恼怒起来,也因为沙夫洛夫糟糕的朗读而感到惋惜。当这位大学生读累了时,尤里轻声对季娜说:

"让我来读完它吧?"

季娜透过低垂的睫毛温柔地看了他一眼。

"啊!……好的,你读吧!"

"这样合不合适?"他对她微笑,像一个同谋者。

"有什么不合适!大家都会喜欢的。"

于是,她就利用休息时间,把尤里的意思告诉了沙夫洛夫,沙夫洛夫读累了,他也因自己读得不好而难堪,所以欣然地接受了。

"当然!请吧,请吧!"他习惯地重复说道,并让出了座位。

尤里很喜欢也很善于朗读。他目不旁顾地走到讲台上,用响亮有力的声音朗读起来。他有两次向季娜望去,两次都和她明亮而富有表情的眼神相遇。他害羞地、快乐地对她微笑着,转过脸看着书更洪亮、更有韵味地读下去,他觉得,他是在为她做一件非常美妙、有趣的事。当他一读完,前排的人鼓起掌来。尤里庄严地鞠着躬,走下讲台,向季娜微笑着,仿佛对她说,"我做这事是为了你。"听众们立起身,相互交谈着,并挪动椅子开始退场了。尤里认识了两位太太,她们俩都恭维他朗诵得好。然后开始熄灯了,屋里变得比以前更暗了。

"非常感谢你,"沙夫洛夫说道,热烈地和尤里握手,"如果我们这里常有这种朗读就好啦。"

主持读书会是他的任务,所以他觉得要感谢尤里,因为尤里帮了自己的忙,虽然他是以人民的名义向尤里道谢。"我们为人民做的事太少了,"沙夫洛夫说道,他的神情就像是告诉尤里一个很大的秘密,"即使做了点,好像也是……敷衍了事,我觉得真是很奇怪。为了取悦那些百无聊赖的老爷,他们雇来成打的一流演员、歌手和朗诵家,但是为了人民,却只有我这样的朗诵家坐下来朗诵……"沙夫洛夫带着温和的讽刺意味挥了挥手,"大家都还满意……他们还能要求些什么?"

杜博娃说道:"这话不错。报纸上整栏整栏地报道,演员们表演得多么出色;读着真令人作呕;可是这里……"

"这里的工作不是也很美妙么!"沙夫洛夫自信地说道,这时他正在收集他心爱的小册子。

"神圣的天真!"尤里想道。

季娜的在场和自己成功阅读使他变得善良、温和了,因此沙夫洛夫的这种单纯的天真使他有些感动了。

"你现在要去哪里?"杜博娃问道。这时他们已走到了街上。

在街上,天色亮多了,还有几颗星星在闪烁。

"沙夫洛夫和我要到拉多夫家去,"杜博娃说道,"你可以送季娜回家吗?"

"很高兴。"尤里真诚地说道。

季娜和杜博娃一起租了一间小厢房,房子坐落在一个大但并无多少花草的花园里。在去她们住处的路上,她和尤里谈的都是读书会的印象,尤里益发地自信,他已做成了一件高明而伟大的事了。到了院门口,季娜说道:

"你进来坐一会吧?"尤里高兴地答应了。她打开了篱笆门,他们走进了一个杂草丛生的小院子,院子后面便是花园。

"你到花园去吧?"季娜笑道,"我本想请你去房间,可是我担心,不知道我们的房间能不能接待客人,因为我一大早就出门了。"

她进了屋,尤里则向芬芳的绿色花园走去。他没走多远,就停在小径上,带着贪婪的好奇心望着屋旁几扇黑漆漆的窗户,他觉得,那里好像发生了什么特别美妙而神秘的事似的。季娜在门口出现了。尤里几乎不认识她了。她换掉了黑色的裙子,换上了一身小俄罗斯薄薄的短衬衫,下面配一条蓝色的裙子。

"是我……"她微笑地说道,不知为何有些害羞。

"我知道……"尤里答道,带着一种神秘的,只有她一人能够领悟到的神情。

她微微一笑,轻盈地转过身去,于是他们沿着那条两旁长满碧绿的低矮丁香树丛和高草的小径漫步。树木都很小,大部分是樱桃树。一股强烈的新鲜叶子的气味散发着,在花园后面有一片草地,长满了野花和没割的长草。

"我们就坐在这里吧。"季娜说道。

他们坐在七零八落的篱笆边,向那片草地望去,观赏着那透亮的渐渐消失的晚霞。尤里把一枝柔软的丁香树枝拉到自己身边,众多细小的露珠洒了下来。

"你想听我唱歌吗?"季娜问道。

"啊……当然想听!"尤里答道。

季娜就像那天在河上一样，挺了挺薄衬衫下突出的乳房，放声唱道"啊，美丽的爱星"。她的歌声纯洁而有情地响彻在傍晚的空中。尤里一动不动地凝望着她，连大气都不喘。她感觉到他的目光，闭上了双眼，胸脯挺得更高，唱得更动听、更响亮了。四周静悄悄的，仿佛万物都在倾听；这使尤里想起了春天夜莺在森林里歌唱时，那笼罩四方的、虚幻的、凝神的、神秘的寂静。

唱过一段高亢、清静的乐句之后，她停了下来，这时四周仿佛更加寂静了。晚霞完全消失了；天空更暗更深了。几乎可以看到并且听到树叶在摇晃，小草在摆动，空气中飘浮着一种柔和芳香的东西，就像一声叹息，从草地上飘过来，在花园里荡漾开去。季娜在黑暗中闪亮的眼睛看着尤里。

"你为什么不说话呢？"她问道。

"这里太好啦！"他低声说道，又拉过一枝带露珠的紫丁香树枝。

"是啊，很好。"季娜如梦幻般地答道。

"活在世上就是好呀。"她又加了一句。

尤里的脑中闪过某种习惯的、造作的、忧郁的念头，但它尚未成形就消失了。有人在草地那边尖声地打了两次口哨，然后一切重又归于沉寂。

"你喜欢沙夫洛夫吗？"季娜突然地问道，她自己也因这突如其来的问题笑了起来。

尤里的胸中涌起一阵妒意，但他稍稍地控制了一下自己，严肃地答道："他是一个好小伙子。"

"他多么热情地献身于自己的事业啊！"

尤里默默不言。

一阵淡白色的薄雾从草地上升起，露水染白了草地。

"越来越潮湿了。"季娜说道，耸了耸肩膀。

尤里不由自主地看了看她那圆而柔软的肩膀，立刻感到难为情了，她察觉了他的目光,也害羞起来,但她却感到很愉快、很开心。

"我们走吧。"

于是他们怀着意犹未尽的遗憾心情,沿着狭窄的小径往回走,彼此不时轻轻地触碰着。花园变得空旷了,黑暗了,尤里环顾四周,他觉得花园里现在应该开始过它那种谁也不知道的神秘生活了:阴影行进在低矮的树木之间,行走在落满露珠的草地上。黑暗在延伸,寂静在用某种难以听见的声音讲起话来。他把这个感觉对季娜说了,她环顾四周,那双沉思的、黑亮的眼睛久久地看着黑暗的花园。尤里想,如果她突然脱去衣服,快活地光着雪白的身子,踩着沾满露珠的草地奔向绿色的、隐秘的树林,那是毫不足奇的,也是美妙又自然的;不会破坏反而会丰富这座昏暗的花园里绿色的生活。尤里想对她说说这个想法,但他不敢说出来,却说起了读书会的事,说起了人民。但是交谈持续不下去,中断了,仿佛他们谈的完全不是所要讲的。接着他们一路无言,只是微笑着,肩头不时会碰着沾满露珠的潮湿灌木,就这样他们走到了篱笆门前,他们觉得一切都静下来了,一切都如此静默、如此幸福,就像他俩一样。院子里像先前一样黑暗而寂静,空空荡荡,但临街的篱笆门却敞开着,房间里也传出一阵急促的脚步声和打开柜橱抽屉的声音。

"奥尔迦已经回来了。"季娜说道。

"啊,季娜,是你吗?"杜博娃从屋内问道,她的声音里听得出有什么不好的事情发生了。她脸色苍白惊慌失措地站在台阶上。

"你到什么地方去了……我到处找你呢……谢苗诺夫快要死了!"她喘着气急促地说。

"什么!"季娜惊恐地问道,跑到她的跟前。

"是的,他快死了……他在大口大口地吐血……阿纳托利·帕夫罗维奇说,他快完了。他们把他送到医院里去……真是太突然了……太可怕了……我们在拉多夫家里喝茶,他是那么快活,正和诺维科夫争辩什么事……然后,他突然咳嗽起来,从椅上站起来,摇晃了一下,血就喷了出来,喷到台布上,喷到果酱上……那血又黑又浓……"

"他自己知道不?"尤里怀着可怕的好奇心问道。他突然回想起了那个月夜、那个黑色的身影、那种颤抖、忧郁、衰弱的话音:"你将活着,从我的坟墓边走过,需要的话就会站下,而我却……"

"是的,他好像知道,"杜博娃答道,神经质地摆动着双手,"他看着我们,问道:'什么事?'然后,他整个人颤抖着,又说道,'已经到时候了!'……唉,太可怕了!"

"真是太可怕了!"

大家都不作声了。

天色已经完全暗下来了,四周虽然还像先前一样明朗而美妙,可他们却觉得,一切似乎立刻变得黑暗而凄凉了。

"死亡真是一件可怕的事!"尤里脸色苍白地说道。

杜博娃叹了口气,低下了头。季娜的下巴颤抖着,她悲哀而负疚地笑了一下,她不会像别人那样有那种难受的感觉;她还年轻呢,浑身充满了生气,不让她专心去想死亡。她甚至不能相信,也难以想象,此刻,在这样一个明朗的夏日夜晚,在她无比幸福、充满着光明与欢乐的时候,竟有某个人会痛苦、会死去,这是不可信的、不能想到的。产生这种感觉是一种自然而然的事情,可是不知为何她觉得这很不好。她为自己的感觉而害臊,便不由自主地竭力压制这些感觉,尽量地想表示同情,因此,她便比大家表现出了更多的同情和恐惧。

"唉!可怜的人!……他怎么样了呢?……"

季娜本想问道:"他真的快要死了吗?"但是她把这些字眼咽了回去了,便抓住杜博娃,絮絮叨叨地提出了一些毫无意义、毫无用处的问题。

"阿纳托利·帕夫罗维奇说,他在今天晚上或者明天早晨就要死了。"杜博娃用沉重的语声答道。

"我们去看看他吧……"季娜怯生生地说,"或者,也许没必要去……我不知道……"

于是，大家的心里都产生了同一个问题：有必要去看谢苗诺夫怎么死去吗？这样是好还是坏呢？大家都想去，可又怕看到死亡。尤里耸了耸肩。

"我们去吧，"他说道，"他们大概不会允许我们进去的，也许——"

"也许他要见见什么人。"杜博娃加上去说道，她仿佛释然的样子。

"走吧，我们去！"季娜决心地说道。

"沙夫洛夫和诺维科夫都在那里。"杜博娃加了一句，仿佛是在为自己辩解。

季娜跑进屋里去取她的帽子和大衣，然后他们皱着眉头、闷闷不乐地穿过城市，来到那座灰泥抹得很糟糕的三层大楼前，这座楼就是医院，如今，谢苗诺夫就可能死在这里。

在拱顶很低，回声很响的走廊里，光线很暗，有一股刺鼻的碘酒和石碳酸的气味。经过疯人病区时，他们听见了一个粗暴愤怒的声音，却看不见人。因而显得更可怕了，他们恐惧地朝一个漆黑的方形小窗口看了一眼。有一个留着雪白长胡子的老头，围着长长的、白色的围裙，拖着两只铿铿作响的大靴子，在走廊上迎住了他们。

"你们找谁？"他停下脚步问道。

"找一个被送到这儿来的大学生，——叫谢苗诺夫——今天送来的！"杜博娃嗫嚅地说道。

"在六号病房……请上楼吧。"这仆役说完，便走了。他们听见他哗啦地吐了一口痰在地上，然后用脚蹭了蹭。楼上比较光亮清爽；天花板也不带拱顶。一扇写着"医生办公室"的门半开着。屋里亮着灯，有个人在叮叮当当地摆弄一些玻璃器皿。尤里向屋里看了一眼，打了声招呼。玻璃器皿不再响了，梁赞采夫走了出来，像平时一样容光焕发、精神愉快。

他响亮愉快地啊了一声，显然，他习惯了这种别人感到压抑的环境,"今天是我值班。你们好吧,姑娘们?"紧接着,他立刻蹙着眉,用一种忧伤、意味深长的声音说道:"他大概已经神志不清了。我们去吧。诺维科夫和其他人都在那里。"

他们一个接一个,沿着干净、空旷的走廊鱼贯而行,走过一扇扇标有黑色数字的白色大门,梁赞采夫说道:

"已经去请神父了。这么快就把他折磨垮了,真是奇怪,连我都吃惊……但最近他伤过风,你们知道的,这对他的身体状况来说,是非常糟糕的……我们到了……就在这里……"

梁赞采夫打开了一扇高高的白色房门,走了进去,其他的人挤在门口,笨拙地碰撞着,也随他进了房间。

这间病房清洁又阔敞。共有六张床,其中的四张是空的,床上整齐地蒙着硬邦邦的、带有一道道褶子的灰被子,不知为何,这些被子让人想起了棺材。在第五张床上,坐着一位小而形容枯槁的老头子,身上穿着病号服,他吃惊地看着走进屋里来的人,在第六张病床上,直挺挺地躺着谢苗诺夫,身上同样盖着硬邦邦的被子。在他的身边,身体微微弯侧地坐着的是诺维科夫,伊万诺夫和沙夫洛夫则站在窗口。他们全都觉得在一个快死的人面前互相握手,是一件奇怪而痛苦的事,然而若不握手,又似乎也不好,好像这种礼节的免除,是在强调死亡的临近,同样地不自在,于是有的人互相握手,有的人却没有,然后大家都静静地站着,怀着胆怯而可怕的好奇心望着谢苗诺夫。

谢苗诺夫呼吸缓慢而艰难。他完全不是大家所熟识的那个谢苗诺夫了!他几乎不像是个活人了。虽然他的面容和他的四肢都和平常一样,他的五官和身体却显得有些可怕、僵化,别人的身体活动起来是那么自然、简单,他却不行。在他那奇怪的僵化的身体内部发生了某种匆忙而可怕的事情,仿佛在忙着做重要而不可避免的一件工作,他所有的生命全走到那方面去,似乎在观看那项工作,用敏锐、不能表明的兴趣观察着它。

第十章

天花板当中燃着的灯清楚地照在他那了无生气的面容上。大家目不转睛地都凝望着他,屏住呼吸,仿佛怕要破坏了某种伟大的东西;在这样的沉寂之中,病人的咝咝艰苦的呼吸显得可怕的清晰。

门开了,响起了一阵老年人细碎的脚步声,一位矮胖的神父进来了,和他同来的是诵经士,一个黑而瘦弱的人。萨宁也和他们一起来了。神父咳嗽了几声,向医生和在场的人鞠着躬,他们不知为何,非常匆忙地、过于恭敬地回了他的礼,然后又都不作声了。萨宁没有和大家发出问候,自己坐在窗口,非常好奇地望着谢苗诺夫和别的人,因为他想知道病人和在场的人都有什么感觉、都在思考什么。谢苗诺夫仍然不动一下,如前地呼吸着。

"神志不清了,是不是?"牧师轻声地问道,并没朝向任何人。

"是的……"诺维科夫匆匆地答道。

萨宁发出一句含混的话。牧师询问地看了他一眼,但萨宁却沉默不言,他于是又转过脸去,整理一下头发,穿上他的长服,带着悲天悯人的表情,用尖细柔和的男高音富有表情地朗诵起基督徒弥留时应诵的经文。

诵经士的嗓子是嘶哑的,粗糙而不入耳,他们两个不谐调的声音合在一起,在高高的天花板下形成悲伤又奇异的声响。当刺耳的诀别曲响起,所有的人都恐怖地把注意力集中在濒死者的脸上。诺维科夫站得离他最近,他觉得谢苗诺夫的眼皮微微动了一下,那双视而不见的眼睛向发出声音的地方稍稍转动了一下。但在别的人看来,谢苗诺夫仍然是那样奇怪地一动不动地躺着。

哀歌初起,季娜就伤心地低声哭泣起来,她也不去擦脸上流淌着的眼泪。大家都看着她,杜博娃也跟着哭了。男人们也感到自己热泪盈眶,但他们咬紧牙关,努力不让眼泪流下来。每一次当歌声更响时,姑娘们都会哭得更厉害。萨宁皱着眉头,憎恶地耸着肩,他想,如果谢苗诺夫听得见,这种甚至连健康的、远离死亡的人都感到沉重的歌声,一定会让他难以忍受。

"不要那么高声地唱!"他厌恶地对牧师说道。

牧师客气地凑过一只耳朵,但是,当他听清了萨宁的话后,却蹙着眉,唱得更响了。诵经士严厉地看了萨宁一眼,大家也胆怯地看着萨宁,似乎他说了什么难听、不得体的话。萨宁遗憾地摆摆手,不再言语了。

仪式结束了,神父把十字架包进了长巾,这时,气氛却变得更沉重了。谢苗诺夫躺在那里,一动也不动。突然大家心里产生了一种他们觉得可怕却又无法克服的感觉:但愿一切尽快结束吧!让谢苗诺夫最终死去吧!大家怀着羞愧而恐惧的心情竭力掩饰和克制这个愿望,害怕相互对视。

"但愿这一切都完结了!"萨宁低声地说道,"怪怕人的,是不是?"

"是的!"伊万诺夫答道。

他们说得很轻,谢苗诺夫显然不会听见,可是大家依然愤怒地瞪了他们一眼。

沙夫洛夫正想说几句话,但在这个时候,响起了一个无比可怜,悲哀的新声音,使大家痛苦地哆嗦了一下。

"咿——咿——咿!"谢苗诺夫呻吟道。

后来,他好像是找到了需要的东西,开始持续地发出这种长长的呻吟,直到被嘶哑而艰难的呼吸所打断。

起初,周围的人似乎不明白是怎么回事,但不久季娜、杜博娃和诺维科夫都哭了。神父缓缓地严肃地念起送终祈祷。他那肥胖而温厚的脸上流露出深为感动和无比悲哀的神情。几分钟过去了,谢苗诺夫突然没声了。

"他去了……"牧师低声说道。

但就在这时,谢苗诺夫缓慢而又艰难地动了动紧闭的双唇,他的脸扭曲了,像是在微笑,大家全都听见了他那嘶哑的、极其微弱的可怕声音,那声音像是从他胸中最深处发出来的,有如从棺材盖底下传出一般。

"你是个真——真正的骗子!"他直盯着神父说。他颤抖了一下,睁开了双眼,流露出疯狂的恐惧神情,便挺直了身子。

大家都听见了这些话,但谁也没动,只是那无比悲哀的神情立即从神父出汗的、涨红的脸上消失了。他畏惧地四下张望了一下,可是谁也没看他。只有萨宁笑了笑。

谢苗诺夫又动了动嘴唇,却没发出声音,只有他那稀疏、色淡的唇髭垂了下来。然后,他再次挺了挺身体,身体也变得更长、更可怕了。再没有一点声音、也没有一个动作。此刻谁也没哭。死亡的临近比死亡的到来更可悲、更可怕;这件痛苦、折磨人的事情竟结束的如此之快,如此简单,大家甚至感到有些奇怪。他们仍站在床边,看着那张僵死的、消瘦的脸,似乎还在等待着什么。他们在努力地唤起自己的怜悯和恐惧,聚精会神地看着诺维科夫替谢苗诺夫合上眼睛,放平手臂,然后大家小心翼翼地迈动脚步,走了出去。走廊的灯已经点亮,那里还是那么简朴而又熟练,大家便较为轻松地吐了一口气。神父走在前面,迈着细碎的步子,为了讨好这些青年,竭力讲些客气话,他叹口气,轻声地说道:

"这个年轻人真可怜。唉!而且他显然没忏悔就死了……可是上帝是仁慈的,你们知道——"

"是的,是的,那当然。"沙夫洛夫答道,他离他最近,出于礼貌,这样回答说。

"他的家里人知道吗?"牧师问道。

"我不知道,真的。"沙夫洛夫说道。

他们交换了一下眼色,都觉得奇怪而又不妙的是谁也不知道谢苗诺夫的家在哪,都有些什么人。

"他有个妹妹在什么地方读中学。"季娜说道。

"啊!好吧,再见吧!"神父说道,用胖胖的手指抬了抬帽子。

"再见!"他们齐声地说道。

他们来到街上,轻松地舒了口气停了下来。

沙夫洛夫问道:"现在去哪儿呢?"

起初,大家都犹豫不决地踌躇着,后来不知为何,又都立即相互道了别,各走各的路了。

第十一章

当谢苗诺夫看到血时,当他感觉到四周和自己内部那不祥的空虚时;当人们把他扶起、抬走、放下,并且替他做那些终生都是自己去做的事情时,他明白他快要死了,可使他奇怪的是,他竟一点也不恐惧死亡。

杜博娃说他害怕,她之所以这样说,是因为她自己害怕,健康的人见到死亡尚且会有这种恐惧心理,那么濒死者本人对死亡的恐惧要强烈得多。还有谢苗诺夫那由于衰弱和失血而出现的苍白面色和恍惚眼神,他和别人都以为是恐惧的表现。但在实际上,这并不是恐惧,同时他对医生所提出的那个"已经到时候了?"的问题也决不是恐惧的表现。谢苗诺夫一直怕死。尤其是在他得知自己患的是肺结核病之后,在知情后的最初一段时间里,他非常痛苦,很像一个被判决死刑而无希望获得特赦的人的心情一样。在他看来,世界几乎从那一刻起便已不复存在了;所有在这世界上,他从前所觉得美好的、愉快的、欢迎的一切,都已一去不返地消失了。他身旁的一切都要死去了,一切都处于痛苦的垂死挣扎的状态,每一分钟、每一秒钟,这一濒死状态随时都可能无比可怕地结束,它正像黑暗的深渊一般显现出来。他所想象的死亡正是一个漆黑的又大又圆的深渊。无论他到什么地方去,无论他做什么事,这个黑漆漆的深渊总是出现在他的面前;于是,一切声音、色彩和感觉都消失在这深渊的黑色虚空中。这是一种可怕的心情,可是他很快就弱化了;时间越久,谢苗诺夫离死亡越近,死亡对于他就变得越发难以理解,越是朦胧,而不可捉摸。

周围的一切——所有的声音、色彩和感觉依然是谢苗诺夫一贯所知晓的那样。太阳永远地光辉四照；人们如常地熙熙攘攘地各做其事，而谢苗诺夫他自己，也不得不做着重要与无聊的事。他像从前一样，清晨起床，仔细地梳洗着，中午吃饭，有好吃的就高兴，没好吃的就不高兴。像从前一样，他因太阳和月亮而高兴，讨厌阴雨与泥泞；像从前一样，他在晚上和诺维科夫及别的人打台球；像从前一样，他阅读书籍，并且会发现，一些书重要而有趣，一些书无聊而愚蠢。起初他对于不但自然界和周围的人们毫无变化，连他自己身上一切都像从前一样感到很奇怪，又恼怒，甚至痛苦。他试图改变这种状况，使大家对他和他的死亡感兴趣，理解他的处境的种种可怕的地方，明白他的一切都完了，但是，当他向自己的熟人谈起这一点的时候时，他便发现不应该讲了。他们起初感到惊讶，后来是不相信，虽然表示了同情，却不信医生的诊断。再后来，熟人们竭力驱赶不愉快的印象，坚决地谈起别的话题，过了一会儿，谢苗诺夫自己也不知不觉地和他们谈起了生活，而不再谈死亡了。他想把全世界都吸引过来，关注在他身上发生的事情，可他为此付出的所有努力都完全是无用的。

于是，他便竭力离群索居，沉湎于自我，孤独地承受着因充分意识到了其死亡的恐惧而带来的痛苦和煎熬。但是正因为周围的一切和他生活中的一切都像从前一样，如果换一个样子，如果他谢苗诺夫不像现在这样一直生活下去，那就会显得荒谬绝伦了。先前那曾尖锐地刺痛他心的死亡念头，开始变得迟钝了，也逐渐减轻了，并使紧张的心情松弛下来了。完全忘却死亡的时间越来越多，生命再度展放在他的面前，富于色彩、动作与声音。

只是每当夜晚他一人独处时，他心中才会出现那样一种圆形黑洞逼近的感觉。如果他熄了灯，他就会觉得，黑暗中有一个无形的、面目不清的东西在他的上方缓缓地立起，不停地语道："唏……唏……唏！"一刻也不停顿，于是在他本人的心中也有某种东西以忧郁而可怕的低语来回答黑暗中这种无声的不断的低语。那时候,他便觉得仿佛一切都越来越同这种低语空虚和黑暗融成一片。自己的身体也在这低语、空虚与黑暗的混沌状态中摇晃起来,就像一支细小的、可怜的松明,每时每刻都准备在燃尽自己后消失得无影无踪。于是,他便点着灯睡觉。在灯光下,低语听不见了。黑暗消失了;乘虚而入的空虚感也消失了,因为这空虚已经被成千上万的生活琐事填满了:那椅子,那灯光,那墨水瓶,自己的两条腿,一封未写完的信,一个基督像,他永远不曾点过的像前的灯,他忘记放在门外的皮靴,以及许多别的日常在他四周的东西。

可是,灯光照不到的那些角落依然传来了低语,角落的黑暗更浓了,而黑漆漆的深阱又在张口要接他下去。他怕看黑暗,甚至不敢去想它,只要他一想到黑暗与空虚,它们便会从各个角落里涌出,充满房间,包围起谢苗诺夫,使灯光熄灭,压下操心事,并且用一层不能穿透的可怕的冷雾把他同世界隔开,这让他觉得非常可怕,让他非常痛苦。在这个时候他真想像小孩子那样痛哭一场,用脑袋去撞墙。但是随着谢苗诺夫生命一天天缩短,这些感觉变得越来越习以为常了。只是有时某个字眼,某种手势,或见到了一个送葬队,或看见了一个坟场,那些感觉才会更加强烈,并带有新的可怕力量,也会提醒谢苗诺夫,他终究是要死的,于是他便避开这些提醒,甚至不再往通向墓地的街道上走,也从不仰面而睡,将双手合放在胸前。

在他身上好像出现了两个生命———一个是他从前的生命,巨大的、有形的,它容不得死亡的念头,忘掉了死亡,做着自己的事情,并且不管怎样也希望永远地活下去,另一个生命是神秘的,无从捉摸的,难知的,就像苹果里的一条虫子似的,偷偷地啃食着他从前生命的心,就像一种毒药,在毒害第一个生命,使它遭受难以忍受、难以摆脱的痛苦。

在这个双重的生命中有某种东西,它能使谢苗诺夫在最终面对死亡,知道生命已到尽头的时候,几乎不再感到恐惧。"已经到时候了吗?"他这样问仅仅是为的了解得准确些罢了。

根据周围人的脸色，谢苗诺夫明白"已经到时候了"，在这之后，他感到惊讶的是，这一切来得如此之快，如此的自然，好像是一件烦恼不堪的难事有了结局一样。但是他借助一种特殊的内在意识立刻明白了，事情已无法改变了，因为死亡就到来了，他的机体已经失去生命力了，他感觉遗憾的，仅只是，他再不能看见世上的一切东西了。当他们将他抬上病车送到医院去时，他默默不语，用睁得大大的、充满泪水的眼睛看着四周，努力想要一眼便记住一切，使他痛苦的是他无法完全地将整个世界都印在记忆中，连同它的天空、人们、绿荫和天边闪烁着的蓝色的远方，而那些他从没注意过的小事，此刻都和那些他认为重要而美妙的东西一样，让他觉得无比珍贵和可爱。例如，天空，黑暗而广漠，镶着它的熠熠的金星；车夫憔悴的背影，穿着褴褛的外衣；诺维科夫忧愁的脸；灰尘飞扬着的街道；窗户透着灯火的房屋；默然往后驰去的黑漆漆的树木；颠簸的车轮；柔和的晚风；所有他能够看见的、听见的、感到的。

后来，在医院里，他贪婪而匆忙地向病房扫了一眼，观察着，记住每一个活动、每一张面孔和每一件事情，直到肉体的痛楚开始取代周围的一切，这个痛楚使他产生一种绝对孤寂的感觉。他的知觉现在集中于他的胸部，那是他的一切痛苦的源头。他渐渐地离开生命，悠悠荡荡地走了。当他前面出现某种东西时，他已经觉得它是陌生的，不需要的了。生与死之间的最后争战已开始了；它充满了他的全身，它创造了一个新的世界，奇异而寂寞，一个恐惧，痛楚与失望的交织的世界。渐渐地，又有了神清志爽的时间；痛楚停止了；他的呼吸更为深沉而和平，于是透过那层白雾，形象和声响多少有点显露。但一切都还是微茫而无关的，仿佛来自遥远的地方。他清清楚楚地听见声音，却又像是没有听见；人影像是在无声地移动，如银幕上的影子；熟悉的脸显得陌生起来，在记忆中没有任何留存。

在邻近的床上，有一个相貌整齐，脸上修剃得光光的人在高声地读报，但他为什么读，或对着什么人读，谢苗诺夫却无法弄清楚。他清清楚楚地听到，国会的选举又延期举行了，还听见说，一个人设计暗杀一位大公爵，但这些话却是空虚而无意义的；像气泡一样，出现了又消失了，不留下一点痕迹来。那人的嘴唇动着，牙齿发亮，圆眼转动着，报纸簌簌作响，灯光从天花板射下来，灯的四周，大的黑蝇，形状可怕的，在旋转爬行。有个东西在谢苗诺夫的大脑中产生，阴燃起来，就像一个亮点，接着又冒出火光，越来越亮地照耀四周，他突然完全清楚地感到，一切东西现在对于他都是没有关系的了，世界上所有的工作与事业也都无法给应该死去的谢苗诺夫再增添一个时辰的生命了；他必须死了。接着他又再次陷入那片黑色迷雾的滚滚波涛之中；两个可怕而秘密的势力之间无声的殊死搏斗又开始了，这两种你死我活的力量所作出的努力虽不易觉察，却使他的整个世界为之颤栗。

谢苗诺夫第二次恢复意识的时候，大家正在为他哭泣，为他歌唱，这是完全不必要的，与他身上所发生的一切也没有任何关系。但是这哭声和歌声霎时间却在他的心中点燃，燃旺起来，于是谢苗诺夫清清楚楚地并彻底明白了，这是一张带有崇高忧伤的人脸，而他与这脸庞没有任何关系。这就是谢苗诺夫生命的最后时刻。以后的事情，就是活着的人们所完全无法理解、无法想象的了。

第十二章

"到我家去,我们为死者祈祷安息吧!"伊万诺夫对萨宁说道。萨宁默默地点点头,接受了他的邀请。在路上,他们买了伏特加酒和冷菜,追上了尤里·斯瓦罗日奇,他正沿着林荫路慢慢地散步着,看来十分的颓唐。

谢苗诺夫的死亡给他留下了不安而痛苦的印象,他觉得这有分析的必要,但去分析它又是几乎不可能的。

"没什么,这一切都非常简单!"尤里试图在脑子里理出一条直接、简短的线索来,人在出生之前是不存在的;那似乎并不见得可怕也并不难解……他死了,他也就不再存在了。这也是简单而明了的……死亡就像一台制造生命力的机器彻底停转,它是完全明了的,并无可怕之处……从前有一个孩子名叫小尤里,他进了中学,把几个二年级的学生打得鼻子流血,他砍倒了荨麻,他有过自己独特的、惊人的、复杂而有趣的生活……后来这个小尤里死了,取代他而行走、而思考的,是一个完全不同的人,这人便是大学生尤里·斯瓦罗日奇。如果他们俩聚在一起,那个小尤里或许难理解如今的尤里,甚至会因此而仇恨如今的尤里,将他当成一个什么补习教师,一个会给自己带来一大堆麻烦的人……也就是说他们之间有一道鸿沟,也就是说,小男孩尤里死了……小尤里死了,我自己也死了,可我至今都没有觉察到这一点就这样发生了,这么的自然、简单!是的……老实说,我们死了会失去什么呢……人生在世,无论境遇怎么样,坏事总比喜事多,不错,喜事毕竟是有的、失去它会感到痛苦,然而死亡使人摆脱了众多的恶,因此而获得的轻松毕竟也是一种添加。"是的，这非常简单，一点也不可怕？"尤里高声地说道，叹了一口气，如释重负；可是马上，他又敏锐地感到了内心一阵最细微的隐痛便在心里打断了自己，"不……整个世界，充满了生命与异常复杂的世界，一瞬间就变成了虚无，不，这已不是小男孩尤里再生为尤里·斯瓦罗日奇！而是荒诞不经而讨厌的忍受，因而也是可怕的，难以理解的！"

尤里竭尽全力苦苦思索，想弄清楚那每个人都感到经受不住却又得经受的处境，就像谢苗诺夫刚刚经受过的那样。

"他不是因恐惧而死的！"尤里想道，一边嘲笑这种想法的古怪，"相反，他还嘲笑我们大家，嘲笑神父，哀歌和眼泪。"

似乎，这里有某一个点，如果理解了它，一切问题便都迎刃而解了。但是在他的心灵和这个点之间仿佛筑着一堵牢不可破的高墙。智慧在难以觉察的光滑表面一滑而过，当理性仿佛已经近在眼前之际，思想却又下沉到了原处。极微细的思想和观念的网无论往哪方面抛去，落入网中的都必定是那些平庸的、讨厌之极的字眼："可怕和不解……"思想往下便不走了，显然是无法前行了。

这真是痛苦，使脑筋、心灵和整个身体衰弱下去。烦恼钻进心里去，思绪变得委靡不振、毫无色彩，头昏脑涨，真想坐在林荫路旁，将一切，甚至对生命事实的本身都置诸不问不闻。

"谢苗诺夫明知道再过片刻一切都将完结，可这时他居然还在嘲笑！……难道他是一个英雄吗？……不……这不是一个英雄主义的问题。那么死亡完全不像我所想象的那么可怕。"

正当他在默想时，伊万诺夫突然高声招呼着他。

"吓！是你们！到哪里去？"尤里耸耸肩，问道。

"为我们的死友祭奠一下，"伊万诺夫粗鄙地戏谑地答道，"和我们一道来吧。常常地一个人独行着有什么好处呢？"

大概由于尤里正处在恐惧和忧愁之中的缘故，他觉得萨宁和伊万诺夫不像往常那样使他讨厌。

"好吧，我们走吧。"他同意了。但他马上又意识到自己比他们品德好，他自己想道："我真的要和这种人在一起吗？喝伏特加酒，讲庸俗的话吗？"

他正想回转身去，但他觉得整个身心，都孤独的可怕，因此便和他们一道走了。伊万诺夫和萨宁默默不语，他们便这么不言不语地走到了伊万诺夫的家中。天色已经完全黑了，在门口，有一个模糊的人影，他拿着一支曲柄的大手杖。

"啊！这是叔父彼得·伊里奇！"伊万诺夫快活地说道。

"是的！是我！"那人用深沉的男低音答道。尤里想起了，伊万诺夫的叔父是一位贪杯好酒的教堂合唱队的老歌手。他有一头灰色的髭发，如尼古拉一世时代的士兵一样，他褴褛的黑外衣有着一股极不好闻的气味。

"嗯！嗯！"当伊万诺夫介绍他同尤里认识时，他的嗓子里发出一种轻击木桶的声音，尤里拙笨地和他握手，不知道跟这种人说什么话，怎样交往。可是他立刻想到，对尤里来说，一切人类都是平等的，便同老歌手并肩而行，尽量给他让路。

伊万诺夫的家像一所堆杂物的破房子，而不像一个人的住宅，灰尘又多，又不整洁。但当主人点亮了灯时，尤里看见墙上挂满了瓦斯涅佐夫绘的雕版画，那些初见以为是废物堆的却是一堆一堆的书籍。他仍然觉得有点不自在，为了掩饰这一点，他开始专心地去看那些雕版画。

"你喜欢瓦斯涅佐夫吗？"伊万诺夫问道，不等他回答，便走出去取碗碟来。萨宁告诉彼得·伊里奇，谢苗诺夫死了。"愿他升入天国！"彼得·伊里奇停了一会儿，又加了一句"嗯！没什么……就是说，一切都了结了。"

尤里若有所思地看了他一眼，突然对这位老歌手产生了同情。

伊万诺夫走进来，取来一些面包、一盘腌黄瓜，还有玻璃杯，他将这些东西摆在铺着报纸的桌上。然后，他抓起酒瓶，用简捷的、几乎难以觉察的动作打开瓶子，一滴酒也没洒出来。

"好灵巧！"伊里奇赞许地说道。

"马上就看出谁是明白人啦。"伊万诺夫得意洋洋地开着玩笑，将绿色的酒倒满各个玻璃杯中。

"好了，先生们，"他举起酒杯提高嗓门说道，"为灵魂安宁、诸事如意干坏。"

他们开始吃起下酒菜来，一杯又一杯地喝酒。他们很少说话，喝得很多。不久，小房子里便渐渐热起来。彼得·伊里奇点燃了一支香烟，空气中充满了劣质烟草的青雾。由于烟雾和闷热尤里觉得头晕。他又想起了谢苗诺夫。

"死亡是一件可恶的东西。"他说道。

"为什么？"彼得·伊里奇问道，"死亡吗？呵！呵！！……可是这……这是必要的。……死亡吗？难道一个人要长生不死下去吗？……呵！呵！！……你一定不要那么说！长生不死，真的是！长生不死将怎么办呢……啊？"

尤里突然想到，如果他长生不死地活下去……他脑子里想象出一条无尽头的灰色长带，那长带在虚空中令人厌倦地、毫无目的地伸展着，好像在两根轴之间来回缠绕。任何关于色彩、声音的观念全都朦胧了，不清楚了，被混杂在一道灰色浑浊的溪流中，没有河道又无波动的灰色沉淀物。这已不再是生命，这就是死亡。这个想法使他害怕起来。

"是的，当然……"他呻语道。

"看来，这事给你留下了很深刻的印象。"伊万诺夫说道。

"谁又能没留下印象呢？"尤里以问代答。伊万诺夫含糊地摇了摇头，开始向伊里奇讲起谢苗诺夫弥留时的情形。房间内已经变得闷热难忍了。尤里呆呆地看着伏特加酒在灯光下闪亮着，流进伊万诺夫两片鲜红的薄嘴唇中。他觉得周围的一切都开始悄悄地旋转起来，渐渐变得模糊不清了。

"啊——啊——啊——啊——啊!"一种纤细、神秘而悲切的声音在他耳边唱着。

"不!死亡是一件可怕的事!"他本人也没加注意,又说了一遍,似乎在回答那个神秘的声音似的。"你过于激动不安啦!"伊万诺夫侮慢地说道。

"你不是吗?"尤里机械地问。

"我吗?不——不!当然,我不想死,因为死是没有意思的事,活着可要开心得多。但是,如果非死不可的话,也没什么……我要一下子就死掉,一点也不犹豫。"

"你没有死过,所以不了解。"萨宁笑道。

"那倒是实话!"伊万诺夫也笑起来说道。

"所有这些话都听说过,"尤里突然以满怀郁闷的恼恨情绪说道,"话可以随意说,可是死亡总归是死亡,它本身就是恐怖的……一个人既然认清了自己终其一生也逃不脱这种被迫的结局。就已经放弃了各种各样的生活欢乐……生命有什么意义呢?"

"这话也听说过了,"伊万诺夫同样恼怒起来,也恨恨地说道,"您总以为,只有您……"

"有什么意义呢?"彼得·伊里奇沉思着又问了一遍。

"没有什么意义!"伊万诺夫用同样明显的恼怒神气喊叫着。

"不,那是不可能的,"尤里答道,"周围的一切过于复杂,过于……"

"可我认为,"萨宁说道,"没有什么好的。"

"你说的什么话?大自然呢……"

"大自然!哈,哈!"萨宁带着淡淡的微笑,挥了挥手,"也没什么,通常总是听人说,大自然是完美的。可是说实话,大自然也像人类一样的糟糕。不必费太大的劲,我们每个人就都能想象出一个世界,它比现有的世界要好上一百倍……为什么不能有永恒的温暖和光明呢，为什么不能有大片永远披着绿色、让人赏心悦目的花园呢？……有意义吗，当然它是有着某种的意义的，不可能没有，因为目的控制着一切事物的进行；没有一个目的，一切事物便都要混沌、混乱了。但这个目的是在我们生存的界限以外的，是在世界的基础之中。这是显而易见的。我们无法成为它的开端，因此也无法成为它的结局。我们的作用纯粹是次要的，也是被动的。我们的使命就靠我们活着这个事实来实现。我们的生命是必要的；因此，我们的死亡也是必要的。"

"对谁是必要的呢？"

"这我怎么知道？"萨宁笑起来答道，"再说，这与我又有什么相干？我的生活，就是我这些愉快的和不愉快的感受；至于在它们的范围以外的；就让它见鬼去吧！……我们可以提出任何的假设，它也只不过是一个假设而已，把自己的生活建筑在假设的基础上，那是愚蠢的行为。谁需要，就让他去操心此事吧；至于我，我要生活下去！"

"让我们为此干一杯！"伊万诺夫提议道。

"你信上帝吗？"伊里奇把那双昏花的眼睛转向萨宁，问道"现在没有人信了……甚至不相信可能会有信仰这种事。"

萨宁笑了："我信仰上帝。我从小就怀有对上帝的信仰，无论是去和信仰斗争，还是去巩固它，我都认为是毫无必要的。最好的态度是这样：如果上帝存在，我就向他献上真诚的信仰，如果没有上帝，那我最好就……"

"但是生活是建立在信仰或无信仰的基础上的？"尤里说道。

萨宁摇摇头，满足地微笑着。

"不，我可没在这样的基础之上建立自己的生活。"他说道。

"是在什么样的基础之上呢？"尤里疲惫地问道，"啊——啊——啊！我不能再喝了。"他忧郁地想道，用手摸着满是冷汗的额头。也许萨宁回答了什么，也许什么也没有回答，但是，尤里什么也没有听到。

他的头脑发昏，晕晕沉沉，迷迷糊糊的。

"我相信上帝是存在的，"萨宁继续说道，"虽然我们不能决定，上帝是存在还是不存在。但不管他存在不存在，我却不了解他，也不知道他需要我做什么。即使我极端地信仰他，我怎么能够知道这事呢？上帝就是上帝，不是人类，不能够以人类的标准去判断他。在我们所看到的他的创造中，应有尽有：好的、坏的、有生命的、无生命的、美丽的、丑恶的——一切的东西，可是因为在这里任何明确性、任何意义都消失了，显出的是一片混乱，因为他的感觉不是人类的，而他的善与恶的观念也不是人类的。我们对于上帝的概念往往是一种偶像崇拜式的，我们总是要给自己的偶像披上一层适合地方气候条件的容貌和服装……真是荒谬啊！……"

"是的，先生，"伊万诺夫啧啧称赞道，"正确！"

"那么，活着有什么意思呢？"尤里问道，一边憎厌地推开自己的酒杯，"或者，死了又有什么意思呢？"

"我只知道一件事，"萨宁答道，"那便是，我活着时不想让我的生活变成苦难……为此，首先就必须满足自己的种种愿望。这愿望就是一切，当一个人心中的愿望死亡了，他的生命也便停止了；如果他扼杀了愿望，他就是扼杀自己。"

"但他的愿望也可能是罪恶的呀？"

"有可能。"

"唔，那会怎么样呢……"

"就那样呗。"萨宁温和地答道，用他的清明的蓝眼看了看尤里。

伊万诺夫高高地抬起眉毛，怀疑地看了萨宁一眼，没有说话。尤里也沉默着。也不知为什么，他有些害怕看那双明亮、清澈的眼睛，虽然如此他竭力不肯垂下目光。

有一会儿工夫，大家都沉默着，可以清清楚楚地听见一只夜蛾不顾死活地在碰着窗格。彼得·伊里奇悲戚地摇着头，将醉醺醺的脸垂向酒满酒水的脏报纸。萨宁一直在微笑着。这一成不变的微笑使尤里激怒，但也使他迷醉。

"他有一双多么明亮的眼睛啊！"他想道。

突然，萨宁站了起来，打开了窗子，放走了那只蛾。一股清新凉爽的空气轻盈地、令人心旷神怡地吹了进来，就像一只柔软的大翅膀在翩翩扇动。

"是的，"伊万诺夫说道，回答他自己的思想，"世间没有两个人是相同的；为此我们再干一杯吧。"

"不，"尤里说道，摇摇头，"我不能够再喝了。"

"哎，为什么不能？"

"我一般很少喝酒。"

伏特加酒和闷热空气使他头晕脑涨。他想出去透透新鲜空气。

"我必须走了。"他说道，站了起来。

"到哪里去？来，再喝一杯！"

"真的不！我应该要——"尤里一边漫不经心地回答，一边找他的帽子。

"好，再见！"

当尤里正要关门时，他听见萨宁反驳伊里奇，说道："是的，尽管您不再像孩子了，可是要知道孩子是不能够分别出善与恶；他们是简单而天真的；那便是他们为什么要——"然后，门关上了，四周立刻静了下来。

月亮高高地挂在天上轻盈而明亮，凉凉的夜风带着露水的潮湿向尤里吹来。一切都似美丽而浪漫的，而当他独自在沉寂的月光照着的街上走着时，他又想起了那间沉寂的黑房间，谢苗诺夫正躺在一张床上，黄色而僵硬，这想法使他感到奇怪、难受。但不知为何，尤里却有点不能够回忆起那些新近压迫他，使整个世界都被遮于阴影中的悲戚的思想。他只是觉得平静、忧伤，他想一刻不停地看着遥远的月亮。走在空旷的、在月光下显得宽阔又平坦的广场时,他突然想到了萨宁。

"他是一个什么样的人呢?"他自己问道。

出现了这么一个人,他尤里竟然无法立即对这个人做出判断,这使他感到不快,于是他很想做出一个必定糟糕的判断。

"一个空谈家!"他怀着缺乏善意的满足感想,"这个人曾经拿他对现实生活的憎恶、与莫名其妙的最高要求来炫耀自己,现在,他又拿兽性来炫耀自己……"

想到这里,尤里的思想又从萨宁转到自己身上来。他的结论是,他从不炫耀自己,然而他心中的一切,无论是痛苦,还是沉思,都是独特的、与众不同的。

这是开心的;然而却有点不满足。于是他又想起了过世的谢苗诺夫。他想起他不能再见到谢苗诺夫,便有点悲戚,虽然他从未特别喜爱过谢苗诺夫,却变得对他很亲近很可爱起来。可爱得让人落泪。他想象着这个已死的大学生躺在墓中,面孔腐烂,躯体上爬满了蛆虫,在那件长了绿毛的潮湿、油腻的制服下面,蛆虫缓慢地、令人恶心地在蠕动,由于厌恶,尤里全身颤抖了一下,又想起谢苗诺夫的话。

"我将长眠,你却将活着,呼吸着空气,享受着月光,你将走过……需要的话就会站在我的坟头边。"

"这里,不都是一些人吗!"尤里恐惧地想道,目不转睛地低头看着尘土,"我是踩踏在大脑上、心头上和人的眼睛上呢!唉!……"他感到膝盖下一阵可恨的无力,"而我也将死的,别的人也将走在我的身上,心里正如我现在所想的一样。唉!趁着不晚,我们必须生活,必须生活!是的;要好好地生活,生活得不让我生命中的任何一个瞬间白白地流失……然而怎样做到这一点呢?"

广场空旷而明亮。整个城市笼罩在敏感,而又神秘的月光如水的寂静中。

歌者的笛不再告诉

他的消息了。

尤里轻柔地唱着这诗句。然后他高声地说道:"这一切是如何的讨厌、忧愁和可怕呀!"仿佛诉苦似的。他被自己的声音吓了一跳,他环顾四周,看有没有人听见。"我醉了。"他想道。

夜,沉静而清明。

第十三章

每逢季娜·卡尔萨维娜和杜博娃去拜访别人而不在家中时，尤里的生活便是无聊而且单调的。他的父亲忙于家业和俱乐部的事情，而柳丽娅和梁赞采夫显然对任何人在场都看成是累赘，使得尤里和他们在一起也不自在。结果很自然地，他开始早早地躺下睡觉了，早上直到了午餐时候方才起来。整天，不管在他房间或在花园里，他总是紧张地思考，期待精力的迸发，以便他开始做某种重大的事情。

这种"大事"每天都有新内容：有时是一幅图画，有时是一系列文章（连尤里都没发觉，这些文章应该能够向全世界证明，社会民主党人没有让尤里在党内扮演首要角色，他们犯下了一个多么深刻的错误）。有时是与民众的交往和在民众中进行的生动的、直接的工作。但是，所有这些大事都是重要而有力的。然而一天一天地过去了，什么也没有带来，除了烦闷。诺维科夫和沙夫洛夫也有一两次来看他。尤里也去参与讲演会，去拜访友人，然而所有这一切，对于他都是空虚而无目的。一切都让他感到陌生，感到凌乱，与他内心的郁闷毫无关联。

一天，他去看梁赞采夫。这位医生住在一套干净、宽敞的房子里，屋子里放满了许多供身体健康、精力充沛的人消遣的用品：棍棒、哑铃、长剑、钓竿、渔网、捕鹌鹑网、烟嘴和烟斗，这些东西都散发着一种健康男人的体味与自满的气息。

梁赞采夫亲热、随意地接待了他，和他愉快地闲谈着，向他展示了自己的各种东西，不时地笑着给他香烟抽，最后问他去不去和他一道打猎。

"我没有枪呢。"尤里说道。

"拿我的一支去吧,我有五支枪呢。"梁赞采夫说道。因为尤里是柳丽娅的哥哥,便想和尤里搞得近乎一些,讨他的喜欢。所以他坚持要尤里接受他的一支枪,热诚地将所有的枪都陈列出来,将它们拆开了,解释它们的构造。甚至还向天井中的枪靶放了一枪,所以,最后,尤里便笑着接受了一支枪,一点子弹,梁赞采夫十分地高兴。

"好极了!"他说道,"我刚好打算明天去打些野鸭来,我们一起去吧,啊?"

"我很高兴同去。"尤里答道。

他回到了家,整整地费了近两个小时的工夫去察验他的枪支,又举起枪托,对灯瞄准。然后他仔细地擦油在他的旧猎靴上。

到了第二天,快近黄昏时,满面春风、精神焕发的梁赞采夫,坐着一辆马车,由一匹漂亮的栗色马拖着,来接尤里。

"你准备好了没有?"他对着窗口向尤里招呼着。

尤里已经把猎枪、子弹袋和猎物包全都挂在了身上,他笨拙地迈着步,身上的东西磕磕碰碰的,他不好意思地笑着,走了出来。

"准备好了,准备好了。"他说道。

梁赞采夫穿的衣服又轻巧,又舒适,他看了看尤里的装束,似乎有点诧异。

"这样您会很沉的,"他微笑地说道,"您把这些东西全都解下来放到车上来。等我们到了目的地您再挎上吧。"他帮尤里脱下了装备,将它们放在座位下。然后他们疾驰地驱车而去。白日将尽,但天气还很热而多尘。马车左右地颠簸着,所以尤里的手要紧紧地握着座位。梁赞采夫不停地说说笑笑,尤里也不由得说笑起来。当他们到了野外,硬草轻触着他们的腿,发出轻微的簌簌声,这时天气也觉得略为凉爽,也没有什么灰尘。

前方出现一片无边无际的、平坦的瓜地,瓜地上,一个个西瓜泛着白光,梁赞采夫在瓜地旁勒住了腾腾出汗的马,将手放在嘴上,用他那响亮的男中音喊了很久,"库兹马……科斯——马——"

在瓜地的另一端,勉强可以看到几个很小的人影,他们听见了梁赞采夫的叫声,全都热切地向他的方向望着。

其中的一个人便越过瓜地走了过来,沿着沟垄走了好久。当他走近了时,尤里才看清他是一位肥壮、灰白头发的农人,他留着大胡子,一双粗糙的手朝前耷拉着。

他慢慢地向他们走近,微笑着说道:"你好啊,阿纳托利·帕夫罗维奇!"

"您好,库兹马;你怎么样?我能留下马匹在你这里吗?"

"行啊,当然可以。"农夫拉住马缰绳、友善说道,"来打猎的吗?嗳?他是谁?"他向尤里和善地望了一下,问道。

"这是尼古拉·叶戈罗维奇的儿子。"梁赞采夫答道。

"噢,是的!我看出来了,他很像柳德米拉·尼古拉耶夫娜!不错,不错!"

尤里听见这位挚切的老农夫认识他的妹妹,并以一种简朴友善的态度说到她,心里也很喜欢。

"那么,我们走吧?"梁赞采夫愉快兴奋地说,他取了他的枪和猎袋,挎在身上。

"祝你们好运气!"库兹马叫道,然后他们能够听见他诱唤着那匹马,引它向他的草屋走去。

到泥泽地去还要走近一俄里的路。太阳快要西沉了,大地变得清新了,覆盖着多汁的草和芦苇的泥土,水面泛着白光,四周弥漫着湿气,天色黑了下来,且有一股潮湿气味,而有的地方,水光在动荡着。梁赞采夫不再抽烟了,他叉开两腿站着,突然变得严肃了,仿佛要着手干一件非常重要的事情似的。尤里离开他向右边走,在芦苇后面找到一块便于立足的干燥地方。在他前面是一片水,水中映出明亮的晚霞,使那水面显得纯净而又深邃。对岸的景物构成了一道绵延的黑线。

几乎就在同时,一群野鸭忽然出现,它们三三两两地飞了起来,费力地扇动翅膀,从芦苇丛中蹿出,然后经过猎人的头上,一行黑影子映照在红色的天空之中。梁赞采夫首先开了一枪;很成功。被他打中的野鸭在空中翻滚下来,沉重地噗通一声落到近旁的什么地方,溅起了水花,砸倒了芦苇,发出苇子断裂的声音。

"我射中了!"梁赞采夫高兴叫道,快活地高声大笑起来。

"他真是一个好小伙子。"尤里想道,然后他也开了一枪,也同样成功,但被他打中的鸭子却落到了很远的地方,尽管他的手被苔草划破了,人也落入齐膝深的水中,还是没找到那只鸭子。然而这次的失败却使他兴奋起来,现在不管什么样都是好的。

在河面上清凉的空气中,火药的硝烟散发出某种非常好闻的味道,而在逐渐黑暗下来的景色中,射击的火花在美妙、明亮地闪现,被打中的野鸭,当它们落下时,在灰绿色的天空中,画成了一道美丽的曲线,晚霞渐渐隐退,最早出来的星星微弱的星光已在熠熠地发亮了。尤里觉得异常得有力与愉快。他觉得他从不曾有过比这更有趣、更生动的体验。后来,飞起的野鸭越来越少了,在越来越浓的黑暗中,也已经很难瞄准了。

"吓啰!我们该回家了!"梁赞采夫从远处叫道。

尤里还舍不得走,但还是朝梁赞采夫的方向走去,他已弄不清哪里是水,只是啪嗒啪嗒地踩着水洼,在芦苇丛里乱撞。两人会合了,眼睛里闪着亮光,他们全都在使劲地、却又轻松地喘着气。

"唔,"梁赞采夫问道,"怎么样?走运吗?"

"那还用说!"尤里答道,指了指装得满满的猎物包。

"哎!你的枪法比我好啊。"梁赞采夫愉快地说道。

尤里为这句夸奖感到高兴,虽然他一直认为肉体上的力量和灵巧没有任何意义。"哪里好啊,"他满意地说道,"不过是运气好而已。"

他们到了草舍时,天色已经很黑,瓜田全没入黑暗之中,只有最近处的几垄小西瓜在火光的照射下泛着白光,投射出长长的、扁平的影子。马站在草舍之旁,嘶嚅着,一旁用干蒿草燃起的一堆篝火虽然不大,却烧得很旺很亮,劈劈啪啪地作响。他们听见一个男人响亮的说话声,女人的笑声,而其中有一个声音,和蔼而愉快,尤里听来似乎很熟悉。

"怎么,这是萨宁。"梁赞采夫诧异地说道,"他怎么会到这里来?"

他们走近了火堆。灰白须的库兹马坐在火旁,抬起头来,对他们亲切地点点头。

"运气好吗?"他问道,低沉的男中音从他下垂的唇髭间钻了出来。

萨宁坐在一个大南瓜上,也抬起了头,向他们微笑。

"你怎么会到这里来的?"梁赞采夫问道。

"啊!库兹马·普罗霍罗维奇和我是老朋友呢。"萨宁解释道,笑得更厉害了。

库兹马满意地笑了起来,露出了蛀牙的黄色牙根,并且用不能弯曲的硬手指友好地拍了拍萨宁的膝盖。

"是的,是的,"他说道,"请坐吧,阿纳托利·帕夫罗维奇,吃些西瓜。您呢,老爷……您怎么称呼?"

"尤里·尼古拉耶维奇。"尤里愉快地答道。

他觉得有些不自在,但他很喜欢这个说话亲切、带着半俄罗斯半乌克兰口音的和善老农夫了。

"尤里·尼古拉耶维奇!啊哈!我们认识了。嗳?请你坐下,尤里·尼古拉耶维奇。"

尤里和梁赞采夫坐在火边的两只大南瓜上。

"现在,把你们所打到的东西给我们看看。"库兹马说道。

一堆死禽从猎袋中倒出来,污血染红了地面。在跳跃不定的火光中,这些死禽具有一种奇异的、令人不快的样子。血液几乎变成黑色了，鸟爪仿佛在动。库兹马取了一只野鸭，在翼下摸了一下。

"很肥，"他赞许地说道，"你送给我两只吧，阿纳托利·帕夫罗维奇。你带了这么多也没地方放啊。"

"您拿我的吧，全拿去都行。"尤里兴奋地提议道，脸也红了。

"干嘛都拿走呢？来，来，你真是太慷慨了。"老人家笑道，"我只要两只便够了，叫谁也不受委屈。"

其他的农夫和农妇也走近观看，但尤里为火光所眩，看不清他们。一会儿是这张脸，一会儿是另一张脸，迅速地从黑暗中现出，然后又消失了。萨宁看着这些死禽，皱着眉头，回过脸去，突然地站了起来。他看见了这些美丽的生物躺在血与尘土之中，翼膀折断着，他感到不愉快。

尤里好奇地盯着这一切，贪婪地吃着一块块熟透的、多汁的西瓜；那些西瓜是库兹马用他一把带有黄色骨柄的折刀切开的。

"吃吧，尤里·尼古拉耶维奇；好瓜。"他说道，"我认识你的小妹妹柳德米拉·尼古拉耶夫娜，也认识你的父亲……随便吃吧。"

尤里喜欢这里的一切：农人们的气息，一股香气如新出炉的面包和羊皮的香气一样；火堆的光亮的火焰；他屁股底下坐着的南瓜；他喜欢，当库兹马向下看时，他的脸就看得清清楚楚了，当老人抬起头时，面孔被阴影遮住，而只有一双眼睛亮着。在头上，现在是黑漆漆的，这使光亮的所在似乎愉快而且舒适。尤里抬头向上望时，他起初看不见什么东西，然后，突然地，恬静广漠的天空以及远处的星光都出现了。

然而他总觉得有些不自在，不知道和这些农人们说什么话好。其余的人，库兹马、萨宁和梁赞采夫则和他们坦白而随便地谈这个谈那个的，从不烦心去找什么特别的题目来谈，这使尤里惊奇。

"唔，在你们这里关于土地的事情怎么样？"趁冷场之际，他便这样问道，虽然他觉得这问题提的有点勉强而且不合适。

库兹马看了看他，答道：

"我们等了又等……也许会有点希望吧。"然后他开始谈到瓜田以及别的他自己的事情,不知为何,尤里觉得更不自在了,他更乐意坐在这里,听别人说话。

传来一阵脚步声,原来是一只小红狗,尾巴是白色而卷曲的,出现在火光之中,它摇头摆尾,在尤里和梁赞采夫身旁嗅着,然后在萨宁的膝盖上蹭了起来,萨宁抚摩着它的长毛。狗的后面随着一个矮小的老人,脸上稀疏的胡子和小小的光亮的眼睛。他带着一把生锈的单管枪。

"这个老丈,我们的守卫人。"库兹马说道,老人家坐在地上,放下他的武器,望着尤里和梁赞采夫。

"出去打猎吗?不错,不错!"他喃喃地说道,露出他的皱缩的褪色的牙龈来,"咳!咳!库兹马,现在是煮山芋的时候了!咳!咳!"

梁赞采夫拾起老头子的火石枪,笑着拿给尤里看。这是一把生了锈的老单管机枪,非常的重,四周都用铁丝绑着。

"大爷,"他说道,"这是哪一类的枪?您用这杆枪不害怕吗?"

"唉!唉!我几乎要叫这支枪杀了我自己,有一次!斯捷潘·沙普卡对我说,不用雷管也能开火……不用?咳!咳!……不用雷管!他说,只要有硫磺,便可以不用雷管就能打。我就把枪放在我的膝上,像这个样子,一扣扳机……放了出去,像这个样子……看?然后嘭的一声!……枪放了出去!差点没打死自己,杀死我自己!……咳!咳!一扣扳机,嘭!!差点没打死自己!"

他们全都笑了,尤里甚至连眼泪都笑了出来,他觉得,这个留着一绺一绺白胡子,说话口齿不清的小老头,竟是那么有趣。

老头子也笑了起来,笑到后来,他的小眼睛里也涌出了泪水。"差点没打死……咳!咳!"

在光亮之外的黑暗中,传来一阵姑娘们的笑声和说话声,那些姑娘见到陌生老爷就害羞。萨宁擦亮一根火柴,原来他就待在尤里全然没有料到的只有几步远的地方,当火柴粉红色火焰一亮时,尤里看见了他那双平静亲切的眼睛，在他身边，有一张年轻的姑娘的脸，她正在天真快活地用女性黑亮的眼睛望着萨宁。

梁赞采夫冲库兹马挤了挤眼，说道：

"大爷，你可要看管好孙女啊，啊？"

"干嘛要看住她呢！"库兹马答道，大度地摆了摆手，"这是你们年轻人的事情嘛！"

"咳！咳！"小老头呼应道，从火堆里赤手取出一小块炭来。

萨宁在黑暗中愉快地笑了起来。但是那位女子大概害臊了，因为不一会儿她们走开了，她们的声音也不大听得见了。

"是回家的时候了，"梁赞采夫说道，站了起来，"谢谢你，库兹马。"

"没什么可谢的。"库兹马亲热地应道，同时用他的衣袖拂去了沾在他灰白胡子上面的黑色瓜子儿。他和他们二人握手，尤里握着库兹马硬硬的、不能弯曲的手指，再次感到不自在，也再次感到了愉快。他们离开了火光时，看得更加清楚了。寒冷的星辰在天上闪烁，天空显得美丽、静谧，也显得更加广阔无垠了。坐在火堆旁的人群、马匹、装满西瓜的大车的轮廓，模糊地显现出来。

尤里踩到一个南瓜上，差点摔倒。

"小心点！"萨宁说道，"再见！"

"再见！"尤里答道，他望着萨宁那高大的黑色身影，他觉得，似乎有一个身材高大、匀称的女子依偎在萨宁身上。尤里的心紧缩起来，他突然地想到了季娜·卡尔萨维娜，于是便妒忌起萨宁来。

马车的轮子又响起来了，驯良的老马又是一边跑着，一边喷气。

火光在远处消失了，说笑的声音也听不见了。沉静统辖了一切。尤里徐徐向上望着天空，天空是镶着宝石网似的星光。当他们到了镇市的外边时，城里的一排排栅栏和一家家灯火展现出来，狗也叫了起来。梁赞采夫对尤里说道：

"老库兹马是一个哲学家呢,嗳?"

尤里坐在后面,望着梁赞采夫黑黢黢的后脑勺,努力想理清自己各种深沉的、忧郁的、带有温情的思绪,努力要明白他说的什么话。

"唉!……不错!"他迟疑地回答道。

"我不知道萨宁也是条好汉。"梁赞采夫答道。

尤里彻底清醒了,他回想起萨宁和为火柴光所映出的美丽少女的脸的一瞬间的印象来。他不禁又嫉妒起来,然而他又突然觉得,萨宁对这位农家女孩子的行为应该是卑鄙的。

"不,我对于他一点也没有什么意见。"尤里说道,带着一点的讥刺。梁赞采夫并没有明白他的口气,他鞭打着马,隔了一会儿,说道:

"美丽的女孩子,是不是?……我认识她。她是老头子的孙女儿。……"

尤里沉静不言。那种善意的、喜悦的沉思的迷恋迅速地在他心中消失了,以前尤里已经确知萨宁是一个粗鄙的坏人了。

梁赞采夫耸耸肩,最后率意地说道:

"唉,见鬼……多好的夜晚……连我都给煽起来了,喂,我们去不去……"

尤里起初不明白他的话是什么意思。

"有几个漂亮姑娘……你知道。我们去不去?"梁赞采夫嬉笑地说道。

尤里的脸在黑暗中涨得通红。一阵兽欲的战栗震过他的身体,诱惑的图画刺激着他的想象。然而他竭力控制住自己,干巴巴地答道:

"不!该回家了……"他随即又恶狠狠地加上一句,"柳丽娅在等着我们呢。"

梁赞采夫忽然全身收缩,仿佛瘦了许多,显得小了。

"啊,不错……当然……不错,我们该回家了!"他匆忙地答道。

尤里由于愤恨和厌恶而紧咬着牙关,充满敌意地盯着他的宽大后背，挑衅地说道：

"我对于这一类的行径没有特殊的嗜好。"

"啊，是的……是的……哈！哈！"梁赞采夫胆怯地、不怀好意地笑了起来，没有说话。

"唉，见鬼！我真是笨极了！"他想道。

他们默默无言地把车赶到了家门口，都觉得回家的路似乎是没有尽头的。

"你进屋去吗？"尤里问道，并不抬眼看他。

"咿……不了！我要去看一个病人。您也知道……并且，时候也不早了。"梁赞采夫踌躇地回答道。

尤里下了马车，甚至连猎枪和野味都不想拿了。凡是属于梁赞采夫的东西，他现在都觉得厌恶。可是梁赞采夫却说：

"枪也不要了！"

尤里这才违心地转过身，厌恶地拿起装备和野禽。和梁赞采夫不自然地握了握手，便进屋去了。梁赞采夫缓缓地驱车而去，走了一小段路，便疾转入一条横路而去。车轮轧轧响着，驶向了另一个方向。尤里静听着，心头涌上一阵恨意和无意识的、隐秘的妒意。"一个俗人！"他嘟囔了一句，代他妹妹发愁着。

第十四章

尤里把东西搬到屋里去后,不知道自己要做什么,便又轻轻地出了门,来到面对花园的台阶上。花园里很暗,就像深渊一样,因此花园上空星光灿烂的天空看上去便有些奇异,在石阶上坐着沉思中的柳丽娅,她娇小的身子在黑暗中隐约可见。

"是你吗,尤里?"她问道。

"是的,是我。"他答道,并小心翼翼地走下台阶,坐在她的身边。她带着幻想的神情,把脑袋靠在他的肩膀上,她那没披头巾的头发散发出一阵新鲜、温馥的处女香气扑向尤里的脸庞。这是一种女性的气息,尤里怀着无意识的、却又是慌乱的快感呼吸着这气息。

"你们玩得高兴吗?"柳丽娅说道。然后,过了一会,她柔声地加上去说道,"阿纳托利·帕夫罗维奇去哪儿了……我听见你们的马车过来了。"

"你的阿纳托利·帕夫罗维奇是一个龌龊的禽兽!"尤里突然觉得愤怒起来,想要说出这句话来。但是他没有说出来,只是不经意地答道:

"我真的不知道。他去看一个病人。"

"看一个病人。"柳丽娅机械地复述道。她不再说别的话,凝望着星光。

她并不懊恼梁赞采夫的不来。反之,她倒还愿意独自待着,如此,不致因他的到来而被扰烦,她正在思考那一充满她年轻心灵和躯体的,她非常珍重的感觉,那一隐秘的、重要的感觉。这是某种期望的、必然的、却又是可怕的转折的感觉,这个转折之后,先前所有的生活都应该成为过去，新的东西将要开始出现。新的东西非常之新，使得柳丽娅本人也应该完全变成另一个样子。

看到一向开心、爱笑的柳丽娅如此安静、这般沉思，尤里感到很奇怪。由于他自己浑身都充满一种忧郁、气恼的情绪，他便觉得——柳丽娅也好、黑暗的花园也好、远远的星光、熠熠的天空，在他看来，都是忧郁而冷漠的。他不明白，在这无声、静止的沉思背后，所隐藏的并不是忧愁，而是充实的生活。在遥远的天空有一种无比强大的无形力量飞驰而过，朦胧的花园里的植物在竭尽全力地从土壤里吸取生命的乳汁；而在沉静柳丽娅的心中，则充满了幸福，使得她竟害怕有任何一个动作，任何一个印象都可能破坏这种陶醉，都可能终止在她心中不停鸣响着的爱情和愿望的音乐，那音乐像星空一样灿烂，像阴暗的花园一样神秘诱人。

"告诉我，柳丽娅，你很爱阿纳托利·帕夫罗维奇吗？"尤里温和地问道，仿佛怕惊动了她。

"怎么可以问这样的问题呢？"她想道，但她立即醒悟过来，便感激地依偎着哥哥，因为此刻哥哥和她谈起的可不是别的什么事，可不是那种不必要的、陈腐的事情，而是谈到了她爱着的人。

"是的，很爱他。"她轻柔地答道，尤里与其说是听见的，不如说是猜到的，柳丽娅竭力地想用微笑抑制住眼中涌出的幸福的泪水。然而尤里却从她的声音中听出一种忧愁的调子，他心中便产生了对她更多的怜悯与对梁赞采夫更大的憎恶。

"为什么呢？"他不由自主地问道。被自己的问题吓了一跳。

柳丽娅诧异地抬头望着他，但没有看清他的脸，柔和地笑了起来。

"傻瓜！唔……为什么！……因为一切……唔，难道你自己从没恋爱过吗？他那么好，仁慈、忠诚、正直……"

"……漂亮、强壮。"她本想再加一句，可是在黑暗中涨红了脸，便没讲出来。

"你很了解他吗?"尤里问道。

"我不该问她这句话,"他想道,内心烦恼着,"因为,她当然认为他是全世界最好的人。"

"阿纳托利什么事都不瞒我。"柳丽娅羞涩而自信地答道。

尤里微笑着,觉得已经忍不住了,便又问道:"这你也相信吗?"

"当然啦,莫非有什么事吗……"柳丽娅的声音发抖着,明显地有了一丝不安的疑虑。

"唉!没有什么。我不过问问而已。"尤里说道,心里有点纷乱了。

柳丽娅沉默不言。他无法弄清她心里正在想什么。

"也许你知道关于他的什么事吧?"她突然地说道。她那奇怪而痛苦的声调使尤里既吃惊又害怕。

"啊!没有,"他说道,"我随便说说。我能知道阿纳托利·帕夫罗维奇什么事呢?"

"但你要是不晓得,便不会说那些话了。"柳丽娅坚持地说道。

"我的意思不过是说——唔,"尤里说话颠三倒四,已经羞得发呆了,"唔,我们男人们,总而言之,全都是坏的,我们全都是。"

柳丽娅沉默了一会,又突然轻松地笑了起来。

"啊,这我知道……"

但是,尤里却觉得她的笑声是非常不合适的。

"这并不像你想象的那么轻松,"他气恼地、带着恶毒的讽刺反驳道,"再说,你也不可能知道一切……你对于生活中一切的罪恶事儿还没有观念呢;你是太年轻、太纯洁了。"

"啊!真的是!"柳丽娅得意地笑了笑,然后把手放在哥哥膝上,严肃地说道,"你以为我没有想过这件事吗?真的是,我想了很多;而且我总是觉得痛苦难受,我们为什么珍惜自己的清白与名声……生怕走错一步……那岂不是堕落。可男人们却几乎把引诱女人当成功勋……这太不公平了,对不对?"

"不错,"尤里伤心地答道,他带着快感鞭挞了自己的回忆,与此同时也意识到,他尤里毕竟是完全不同于其他男人的,"不错;那是世界上最大的不公平的事之一。……试着去问问我们当中的一个,他是否愿娶……一个婊子,"尤里本想这样说,可他笑了笑,说道:"一个娼妓,每个人都会做出否定的回答。……可是说实话,每个男人又有什么地方比娼妓好呢?她充其量是为了金钱和面包而卖身,至于男人呢,简直就是放纵的淫荡,总是以一种最卑鄙的变态的方式……"

柳丽娅沉默不言。

一只蝙蝠急速地、胆怯地在凉台附近飞来飞去,沙沙发响的翅膀几次碰到墙上,它轻声叫唤着溜走了。尤里静听着这一切夜间的怪喧,然后又说了起来,他越来越激动,越来越迷醉自己的话语。

"最坏的是,大家不仅知道了这一切,却默不作声,仿佛理应如此,甚至还上演出许多复杂的悲喜剧……人们在教堂举行婚礼……然后对着神与人说着谎。而且往往是最清白最圣洁的姑娘(他是正妒忌地想到了季娜·卡尔萨维娜)落到了最堕落、最肮脏,有时甚至是有传染病的男人们手中。谢苗诺夫有一次对我说,'女人愈纯洁,占有她的必是愈龌龊的男子。'他的话真是不错。"

"那是真的事吗?"柳丽娅奇怪地问道。

"是的,这是千真万确的。"尤里苦笑地说道。

"我不知道……"柳丽娅支吾地说道,她的语声中有泪含着。

"什么?"尤里没有听清,又问了一遍。

"难道托利亚也和所有的人一样吗?!"

她第一次当着哥哥的面说出梁赞采夫的爱称,接着,她突然地哭了起来。

尤里恐惧地、痛心地抓起她的双手:

"柳丽娅!小柳丽娅!你怎么啦?我并不是说——来,来,我亲爱的小柳丽娅,不哭!"他嗫嚅地说道,将她的双手从她的脸上拉开了,且吻着她的湿湿的纤指。

"不！这是真的！我知道的！"她啜泣着。

虽然她说她已经想过这事了，可那也仅仅是她的朦胧感觉，事实上，她从来没有想象过梁赞采夫的秘密生活，她还没有形成一点的概念呢。当然地，她知道她并不是他的第一个爱人，而她也明白那是怎么一回事，但是，这个意识不知为何没有转变成一个明确的认识，只是在心里一闪而过。

她先前觉得她爱他，而他也爱她。这是最重要的；其余的一切对于她都是无关紧要的。但是现在，由于哥哥带着谴责和蔑视的强烈感情说了那番话，她感到在她面前裂开了一道深渊，这是不成体统的，又无法挽回的，她感到那幸福已在她的心中永远地破灭了；她已经无法再去爱梁赞采夫了。

尤里自己也差点哭了出来，他劝着她，亲吻、抚摩着她的头发。可她仍一直地哭个不停，伤心地绝望地哭着。

"唉，我的上帝呀！唉！我的上帝呀！"她啜泣着；像个孩子似的喘不过气来。

而且由于天色昏暗，她显得这么瘦小可怜，她的眼泪让她显得如此无援，如此痛心，使尤里觉得说不出的悲苦，他脸色苍白惊慌失措地跑进了屋里，太阳穴在门上撞得生疼，给她拿了一杯水来，溅出的水洒在地上和自己的脚上。

"唉！不要哭了！小柳丽娅！不要这样……你怎么啦！也许阿纳托利·帕夫罗维奇是比别人都好，柳丽娅！"他失望地反复地说着。柳丽娅仍旧地啜泣着，浑身颤抖，她的牙齿在水杯的边上相触作响。

"怎么一回事，小姐？"女仆惊骇地问道，出现在门边。柳丽娅倚着栏杆站起身来，颤抖着向她房间走去。

"我亲爱的小主人，告诉我，怎么一回事？……也许，叫老爷来？……尤里·尼古拉耶维奇？"

尼古拉·叶戈罗维奇这个时候正走出他的书房，迈着坚定、平稳的脚步。他停在门口，吃惊地看着哭泣的柳丽娅。

"发生了什么事？"

"啊！没什么！一些小事！"尤里强笑地答道，"我们正谈到梁赞采夫。完全是无意识的！"

尼古拉·叶戈罗维奇探询地看了尤里一眼，想了一下，然后，他脸上突然显出一种极端不乐的神色来。

"你说的是什么鬼话？"他高高地耸耸肩，率然地回身走开了。

尤里愤怒得脸红了，想要回他几句不逊的话，可他又感到非常羞愧，也有些害怕。怀着对父亲冒犯的愤恨，又为柳丽娅伤心，且也唾视他自己，便悄悄走下台阶往花园里去。一只小青蛙被踩踏在他的脚下，如一颗橡实被压碎了一样爆裂了。他滑了一下，憎恶地叫了一声，远远地跳到一旁。他机械地把脚在湿草上擦了许久许久，觉得一阵寒战直下脊梁。

他皱着眉头。心中的愁闷和脚上的嫌恶感，使他觉得一切都是无聊的，讨厌的。他在黑暗中摸索着找到一条长椅，坐了下来，用紧张、冷漠而凶狠的眼睛看着花园，可除了一些模糊的黑色斑点，他什么都没看清，他的头脑里萦绕着模糊而沉重的思绪。

他向黑暗的草地上望去，在那儿那只被他踩着的可怜的小青蛙即将死去，或者，已经在可怕的折磨中死去了。对于它整个世界已经毁灭了；一个充满独特而又自在生活的完整世界在那里走到了尽头，但是，它那真正可怕的、无比痛苦的结局却既听不见，也看不到。

于是尤里的头脑中莫名其妙地产生了一个他所不熟悉的痛苦的想法，那就是，占据他生活的一切，连最重要的、他因此既有所爱又有所憎、既违背愿望地有所弃又违背愿望地有所取的东西，这一切的一切——有善有恶——不过是在他一个人周围的一层薄薄的过眼云烟而已，对于整个大千世界来说，他的一切痛苦的真诚感受正如小青蛙的这些不为人知的痛苦一样，都是不存在的。他想象到他的痛苦、他的智慧、他的善与恶，除去对他本人之外，对别人也很重要，他便显然毫无意义地有意在自己与世界之间编织了一种复杂的网，而死亡的瞬间，已足够摧毁了这面网，既无补偿也无结果地抛下他独自一人。

他的思想又转到谢苗诺夫身上去，他想起这位死去的大学生对那些深深地打动他尤里以及类似他的千百万人的珍贵的思想与目标所持有的冷淡态度，而且由于对生活、娱乐、女人、月亮、莺啼抱着纯真而公开的欣赏态度，这冷淡态度便显得格外突出，这使他在同谢苗诺夫那次悲伤的交谈之后的翌日还感到那么吃惊，甚至感到揪心的难受。

在那个时候，他还不能明白谢苗诺夫为什么对于无关紧要的事，例如，划船，或一个女人的姣美的身体看得很重要，而对于最高尚最深奥的概念却极不感兴趣。然而，现在，尤里却轻而易举看出来了，非这样不可：所有这些琐事就是生活——真正的生活，充满了迷人感受和诱人快感的生活，而所有这些崇高的观念都不过是词语和思想的空洞结合，丝毫也洞察不出生与死的巨大秘密。无论这些观念多么重要，多么彻底，在它们之后还将，还必将出现更重要、更新的词语和思想。

得了结论之后，尤里不经意地竟从他的关于善与恶的思路上开放了出来，他似乎完全不知所措了。他的眼前呈现出空旷的一片，刹那间，他的脑海中闪现出一种明朗而自由的强烈感觉，那感觉就像在梦中，人被举到空中，任他飞向何方。但是，尤里害怕了，他非常紧张地集中起所有那些分裂开来的关于生活的寻常概念，于是，那个吓人的、大胆的感觉消失了，一切又变得阴暗和复杂了。

尤里几乎要承认，生命乃是自由的实现，只为享乐而活着是自然的，因此也是美好的，甚至，在少数下流者看来，梁赞采夫要比尤里更纯真，更合理一些，他追求尽可能多的性享乐，将其当作最强烈的生活感受，然而，根据这一思想，就该认同，关于放荡和纯洁的概念，不过是覆盖在新鲜草地上的枯叶，甚至连那些最诗意、最贞洁的姑娘，甚至连柳丽娅或季娜·卡尔萨维娜,也都有权利自由地投入感观享乐的洪流。尤里被自己的这个想法吓了一跳,认为它是肮脏的,亵渎的,这个想法刺激了他,使他恐惧,于是他便用一些寻常、沉重、可怕的词语将这个想法挤出了大脑和心房。

"唔,是的,"他想道,抬头望着深邃的天空,"生命是情绪的,但人却不是没有理性的动物。他们必须控制他们的情欲;使他们的欲望朝向善良,别让它主宰自己……但愿天上有个上帝?"

尤里记起这句话,一种朦胧景仰的可怕感觉将他压向地面。他久久地凝视着大熊星座尾上的一颗明亮的星,回想起农人库兹马如何在瓜田上曾称这个巨大的星座为"大车"。他觉得有点懊恼,这样不切的思路竟会闯入他心中。他望着黑漆漆的花园正和星光熠熠的天空形成了一个尖锐的对照,他沉思着、默念着。

"如果世界失掉女性的贞洁,它就像早春的花朵,虽然还很畏怯,却又那么美丽动人,那么人心中还会留下什么神圣的东西呢?"

他想象到,在灿烂的阳光下,在春天的草地上,在繁花似锦的树下,有成千上万个年轻的姑娘,她们美丽又纯洁,像春天的花朵,不太高的胸脯,浑圆的肩膀,灵活的双手,匀称的大腿,害羞地、神秘地蜿蜒着,在他的眼前闪过,于是,他的脑袋便在情欲的狂喜中甜蜜地晕眩起来。

"我的神经错乱了,该去睡觉了。"他用手摸了摸额头,突然清醒过来。有了这种感觉的幻像在他眼前,尤里颓唐不安地匆匆地走进屋去。当他上了床,却怎么也睡不着,他的思想又转到柳丽娅和梁赞采夫身上。

"为什么我为了柳丽娅不是梁赞采夫的唯一的爱人便这样的愤愤不平呢?"

对于这个问题他不能得到答复。突然季娜·卡尔萨维娜的形象浮现在他的面前,激起他一阵阵的柔情,无比愉快地抚摩着他那发热的头脑。无论他怎样竭力掩饰自己的感情,却也明白他为什么需要她是一个纯洁的、无人染指的姑娘了。

"不错的,但我是爱她的。"尤里想道,这是他第一次想到的;这个念头突然排挤了其他的所有念头,并因此感受引出了感动的泪水……但过了一刻,他又苦笑地问他自己道:"那么,在她以前,我也曾爱过别的女人呢?真的,我那时并不知有她的存在,然而梁赞采夫也是不知道世间有柳丽娅其人的呢。在那个时候,我们俩都以为,我们想占有的女人是真正的唯一的,最合适的一个。我们那时是错误的;也许我们现在也是错误的吧。所以,归根结底说一句话,我们要么维持着永远的贞节,要么享受着绝对的性的自由,当然,也让女人完全的自由,自由地享受爱情和情欲……现在……总之,梁赞采夫的恶劣并不在于他曾经爱过,而在于他如今还在继续享有好几个女人,而我却不是这样的……"

这个思想使尤里充满了骄傲和纯洁的感觉,但这不过一瞬间而已,因为他突然地想到了他在看到太阳下成千上万灵活而纯洁的姑娘们时所产生的感觉。他因完全无力控制自己、克服感觉和思想的混乱而羞愧。

尤里觉得面朝右边躺着很不舒服,便拙笨地翻了一个身。"事实是这样的,"他想道,"我所认识的女人,没有一个是能够满足我的一生的。因此,我所称为真正的爱情是不可能的,不会实现的,对它的幻想也就完全是愚蠢的……"

他觉得朝左边躺着也是同样的不舒服,便又翻过身去,他那因出汗弄得黏糊糊的身子在凌乱的热被子下面折腾着,又热又不舒服,头疼起来了。

"贞操是一个理想,可是如果实现了这个理想,人类便要灭亡了。所以,这是荒谬的。而人生呢?所谓人生也是荒谬的?"他几乎说出声来,他愤怒地紧咬着牙关,竟咬得眼前金花飞舞。

如此,翻来覆去地一直折腾到天亮,脑子里一直翻滚着一些相互矛盾的、像石头一样沉重的思绪。最后,为了从这些思绪中解脱出来,他便要自己相信,他也是一个丑恶的过分淫荡、自私自利的人,而他的踌躇也不过是潜藏着的淫欲的结果而已。然而这样做只能使心情更加沉重,脑海中涌起各种混乱的观念,最后,他便用下面的提问使痛苦的心绪得到解脱:

"说到底,我何苦这样折磨自己呢?"

于是,带着对任何一种思维过程本身的反感,尤里在迟钝的、神经质的困倦中沉沉睡去了。

第十五章

柳丽娅把脸埋在枕头里，在自己的房间里一直哭到入睡。第二天早晨醒来时，她脑袋疼痛，眼睛也是肿肿的，她的第一个想法就是不应该哭，因为梁赞采夫要来吃午饭，看见自己哭得很难看的样子会让他不愉快。但是，她立刻就想了起来，一切反正都结束了，无法再爱了，于是，她感到一阵剧烈的痛苦和炽热的爱意，便又哭了起来。

"多么卑鄙，多么可怕！"她呻吟着道，那些苦涩的、没有流尽的眼泪使她喘不过气来，"为什么？为什么？"她反复地说道，心里对那永远逝去的、无法挽回的幸福产生出无尽的忧伤。她一想到梁赞采夫竟能如此轻易、经常地欺骗她，这使她感到惊讶和厌恶。"不仅是他，所有的人也都在说着谎呢，"她想道，"所有的人，的确是所有的人，都为我们的婚事而高兴，并且还说，他是一个忠厚的好人！唔，不，他们不是在骗人，他们只不过是认为这……不是坏事……多么丑恶啊！"

柳丽娅看着常见的陈设觉得可恨，因为它使她想到了她如今讨厌的那些人。她把脸贴在玻璃窗上，透过眼泪，凝望着花园。外面是阴天，落着稀疏的大雨点，雨点沉重地敲打着玻璃，又迅速地落下，柳丽娅很难分辨，究竟是雨点还是她的眼泪，遮蔽了她眼前的花园。树木看来忧郁而困楚，下垂的湿树叶是暗淡的，并悲哀地抖动着，微微地可以辨得出，潮湿的青草也伏倒在泥泞的地面上。

柳丽娅觉得，她的一生都是不幸的；将来是没有希望的，过去是完全黑暗的。

当女仆叫她去吃早饭时，柳丽娅好久都没有弄明白她的话。后来，她坐到餐桌上了,当她父亲对她说话时,她却又觉得羞愧。她觉得父亲是怀着特别的怜悯在与她谈话,觉得大家已经知道,她所爱的人卑鄙、可恶地欺骗了她。在每句话里她都听出有屈辱的怜恤的语调。她匆匆地回到房内,又坐在窗旁,向阴郁可怕的花园凝望着。

"他为什么这么的虚伪?他为什么像这样的侮辱我?是不是他并不爱我呢?不,托利亚爱我,我也爱他。唔,那么,什么事情出了岔子了?这怎么会是这样的;他欺骗了我;他先前还爱过其他一些下流女人。我不明白,她们爱他像我爱他一样吗?"她带着天真可怕的好奇问自己,"唉!我是多么的傻呀,这事现在与我有什么相干,要知道,他和她们一起欺骗了我,如今一切都结束了。唉!我是多么的可怜……多么的不幸……哦不,有件事与我有关!他对我假心假意的!要是他坦白认错呢!随便吧!反正都一样……唉!真是可恨!他已经爱抚过别的女人,像爱抚我一样,也许,更亲热些……这真可怕。唉!我是多么的不幸!"

　　一只小蛙跳跃而过路中,
　　它的腿伸张了出来!

柳丽娅心中若有所思地唱道,盯着一个小灰团的东西,正怯生生地跳过又湿又滑的小路。

"是的,我是不幸的,一切都结束了,"她想着,这时,青蛙已经跳入长草中不见了,"对于我来说,这种事如此的美丽而神奇,可对于他,唔——只不过是平常、陈旧的一件事!那便是他为什么一直避免说起他往事的原因了!那便是他为什么常常的看来有点异样,仿佛正在想某某事的原因了,他正在想着,'我知道这事的一切,你的感觉如何,我全都知道,你马上要做什么,我也知道……可我……我却是……唉!多么可怕!多么羞耻!我再也不会爱任何人了!"

她又哭泣起来,她的脸颊贴在冰冷的玻璃窗上,泪眼模糊地望着乌云飘去的地方。

"托利亚今日是要来吃午餐的!"一想到此,她惊恐地跳起身来,"我对他说什么话好呢?在这种情形之下,我应该怎么说才好呢?"

柳丽娅张开了嘴,焦急地对着墙壁望着。

"我必须问问尤里这事。亲爱的尤里!他多诚实、多正直啊!"她想道,温情的泪充满了她的双眼。接着,她便像平常那样雷厉风行,急忙去见尤里了。然而,她却见沙夫洛夫正和尤里讨论着什么事。她迟疑地站在门口。

"早上好。"她心不在焉地说道。

"早上好!"沙夫洛夫说道,"请进来,柳德米拉·尼古拉耶夫娜,有一件事,没有你的帮忙可不成。"

柳丽娅还带点烦恼,顺从地坐在桌边,机械地翻阅起堆在桌上的红绿色的小册子。

"你知道,事情是这样的,"沙夫洛夫开始说道,向她转过身,仿佛正要解释极为复杂的事一样,"我们的在科尔斯克的几个同志的处境非常窘迫,我们必须尽我们所能地去帮助他们。所以我想举行一次音乐会,嗳,怎么样?"

沙夫洛夫的口头禅"嗳,怎么样?"使柳丽娅想起了她所以要到哥哥房间里的目的,她眼巴巴地向尤里望着。

"为什么不办呢?这是非常好的主意!"她答道,心里疑惑着尤里为什么避开了她的眼光。

在柳丽娅大哭了一顿之后,他自己整夜地为阴郁的思想所困扰,尤里竟感觉颓丧得不愿和妹妹说话。他料到她要到他这里来求教,可他又完全无力找到一个满意的答案,他因此而手足无措。他既不能够收回他所说的话说服她,安慰她,将她送回到梁赞采夫那里去;又不能够再给她那天真、微薄的幸福以致命的打击。

"唔，我们是这么决定的，"沙夫洛夫继续说道，他挪得离柳丽娅更近了，仿佛事情是格外的复杂，"我们的意思要请丽达·萨宁娜和季娜·卡尔萨维娜唱歌。每一个人先来一个独唱，然后再来一个二人合唱。一个是反中音，一个是高声，会很棒的……然后，我来拉小提琴，然后，是扎鲁丁唱歌，由塔纳罗夫伴奏。"

"啊！那么军官们也要加入这个合唱会了，是不是？"柳丽娅机械地问道，心里想的却完全是别的事。

"啊，当然的！"沙夫洛夫挥挥手，"只要丽达同意，他们会寸步不离地跟着她的。至于扎鲁丁，他最喜欢唱歌；只要有歌唱，在什么地方唱是没有关系的。这将吸引一大群他的同事军官们，那我们就满座了。"

"你应该去问问季娜·卡尔萨维娜，"柳丽娅建议道，心事重重地望着哥哥。"他不可能忘了，"她想道，"你怎么能够讨论这个可厌的音乐会呢，当我……"

"怎么，我不是刚才已经告诉了你，我们已经问过她了么！"沙夫洛夫吃惊地答道。"啊，是的，你说过的，"柳丽娅淡淡地笑了一下，"那么，丽达呢。你已经说起过她了，我想？"

"当然，我说过的！我们还要请谁呢，嗳？"

"我真的……不知道！"柳丽娅支吾地说道，"我的头很痛。"

尤里急急地看了他妹妹一眼，然后痛苦地转过身去，看起书来，她的脸色苍白，双眼红肿，使他觉得妹妹非常脆弱，非常哀伤。

"唉！为什么，为什么我要对她说那些话？"他想道，"对于我自己来说，整个问题是如此的难解，对于所有的人来说，这都是一个该死的问题，可对于她那个娇的灵魂来说……为什么，为什么我说了那些话呢！"

他觉得十分懊恼。

"小姐，"女仆在房门口说道，"阿纳托利·帕夫罗维奇来了。"

尤里再次恐惧地看了柳丽娅一眼，与她忧郁呆滞又痛苦的眼光相碰

了。他便慌乱地转身向沙夫洛夫,匆促地说道:

"你读过查尔斯·布莱德洛的文章吗?"

"读过,我们和杜博娃及季娜·卡尔萨维娜一同读过他的几部著作。极为有趣。"

"是吗。啊!他们已经回来了吗?"

"回来了。"

"哪一天回来的?"尤里怀着隐秘的激动问道。

"前天就回来了。"

"真的吗?"尤里问道,一边谛听柳丽娅有什么动静。他在她面前,觉得又羞又怕,仿佛是他欺骗了她。

有一会儿,柳丽娅踌躇地站在那里,激动地摸了摸桌上的东西。然后犹豫不决地向门口走去。

"咳!我都干了什么啊!"尤里怀着诚挚的感情,倾听着她那反常的很不平稳的脚步声,这样想道。柳丽娅走进客厅,她狐疑而且颓唐,仿佛觉得她是冰结了。她似乎迷失在了云雾迷漫的森林中。半途中她在一面镜中照着,看见了自己愁苦的容颜。

"随它去吧……让他看见这样子!"她想道。

梁赞采夫这时正站在餐厅中,正用他那愉快的、老爷般自信的嗓音对尼古拉·叶戈罗维奇说道:

"当然,这个现象是奇怪的,可它却完全是无害的。"

柳丽娅听见他的声音,她的胸口不知是什么东西颤抖了一下,便坠落下去了。梁赞采夫看见了她,立即打住话头,伸开了两臂,向前去迎接她,仿佛想要拥抱她似的,但是他的这动作做得很隐蔽,只有她一人能够察觉并理解。

柳丽娅羞涩地抬眼望着他,她的唇颤动着。她不说一句话,使劲抽回她的手,走过餐厅,开了通到走廊上的玻璃门。梁赞采夫神色不动地望着她,但心里有一点诧异。

"我的柳德米拉·尼古拉耶夫娜生气了。"他带着戏谑的温情对尼古拉·叶戈罗维奇说道。尼古拉·叶戈罗维奇哈哈大笑起来。

"你最好去平平她的气吧。"

"没有办法!"梁赞采夫带着滑稽的样子叹气道,当下他便跟了柳丽娅到走廊上去。

外面还在下雨。单调的雨声充满了空气,乌云变得淡薄了,已经在往上飘浮。

柳丽娅的面颊贴靠在走廊冰冷而潮湿的柱上,把头伸向雨中,她的头发一下子全都淋湿了。

"我的公主生气啦!——小柳丽娅!"梁赞采夫说道,把她拉近自己身边,轻吻着她潮湿芳香的头发。

由于这种熟悉而幸福的爱抚,柳丽娅胸中的一切都融化了,于是在她还没来得及弄清这是怎么回事之前,她的双臂几乎就是违背意志地搂住了梁赞采夫结实的脖子,在两次醉人的长吻中,她呷唔地说道:

"我恨死你了……你这个坏蛋!"

连她自己也觉得奇怪,什么可怕的、痛苦的、无可挽回的事也没有了。归根结底,那同她有什么相干?只要去爱。并为这个高大、漂亮、胸宽肩阔的男人所爱就行了。

可是午饭时,她看到尤里诧异的眼光便觉得很害臊,她觑了一个空时,便对他低声道:"我知道,我坏得很!"尤里苦笑了一下。这件事就这样顺利地结束了,他真的是在内心深处感到高兴,然而对这种小市民的容忍和幸福却倍加蔑视。他回到他的房里,独自一人几乎待到傍晚,临近黄昏时,天色晴朗起来,尤里拿起猎枪,到昨天和梁赞采夫一同打猎的地方去打猎。尤里竭力不去想所发生的事。

沼泽在雨后似乎充满了新的生命。可以听见各种各样的新声响,绿草因自身蕴藏着神秘活力而摇摇摆摆。青蛙们和谐地齐声鸣唱,时不时地有几只鸟发出尖锐的不和谐的鸣声;一群野鸭呷呷地在附近大胆地叫着,藏在一丛湿苔草里,但没有飞到射程之内。尤里也不想开枪,他把枪背在肩上,往家走去,一路上听着各种水晶般清脆的声响,看着傍晚那时明时暗的浓重色彩。

"多美呀!"他想道,"一切都是美好的,只有人是丑恶的!"

远远地他便看见在瓜田上生起的熊熊的小火堆,在火光中,库兹马和萨宁正坐在火堆旁。

"怎么,他住在这里吗?"尤里惊讶而且好奇地想道。

库兹马坐在火边,正在说着什么,一边笑着,一边做着手势。萨宁也在笑着,火光还是玫瑰色,犹如烛光一般,不像在深夜时那么红。天空中星光闪烁,显得宁静而温和。新鲜的泥土和洒满雨水的草地散发出清新的气息。

也不知什么缘故,尤里害怕他们看见他,他感到忧伤的是,他无法到他们那儿去,在他自己与他们之间,横着一种莫名其妙的障碍物,它甚至像是不存在的,空洞的,但又是完全难以摆脱的,就像一方没有空气的空间。

他觉得自己完全是孤独的,这世界连同它的晚霞、火堆、星辰、人群和声音,与尤里是相互隔离的,尤里的内心是狭小、暗淡的。他的内心像一间黑暗的房间,其中有什么东西在受难,在哭泣,这孤独的忧郁感紧紧地攫住他,使他在走过瓜地时,竟将那几百个在暮色中泛着白光的西瓜当成了被抛弃在荒野的人的颅骨。

第十六章

　　夏天来了，充满了光与热。在辉煌的蓝天与热气腾腾的大地之间，似乎有一层金色的薄雾在颤动、在流淌。在滚烫的热气中，树木因酷热而变得懒洋洋的，垂下纹丝不动的树叶，睡意朦胧地站在那里，短短的、稀疏的树影无可奈何地映在落满尘土的草地上。屋里是清凉的。从花园映射进来的淡淡的绿影在天花板上映动着，当一切都在酷暑的寂静中伫立不动的时候，独有窗边的帏帘在轻轻地摇摆。

　　扎鲁丁的亚麻布短衣的纽扣全都解开了，慢慢地在房里走来走去，无精打采地点着了一支香烟，显露出他大而白的牙齿来。塔纳罗夫只穿着他的衬衣和骑马裤，躺在沙发上，用一双黑色的小眼睛偷偷地、忧虑地瞅着扎鲁丁。他急需五十卢布，可为借这五十卢布他已经两次向扎鲁丁开口了。他还未打定主意第三次开口，正愁苦地等待着扎鲁丁自己想起来。扎鲁丁想起来了，但因为这个月他已经赌输了七百卢布，便有些舍不得钱了。

　　"他已经欠我二百五十卢布了，"他想道，并不去看塔纳罗夫，酷热和委屈使他有些生气，"老实说，这真是奇怪！当然，我们之间关系很好，可他老是这样怎么就不害臊呢……欠了这么多钱，还有诸如此类的事，总该有几句道歉话才对，不，我不再借了。"他带着残忍的快意想道。

　　一个满脸雀斑的小个子勤务兵走进来，他歪歪斜斜、委靡不振地立正站着，也不看扎鲁丁，说道：

　　"报告老爷，那位老爷要喝啤酒，但啤酒已经没有了。"

扎鲁丁不禁愤怒地看了塔纳罗夫一眼。

"唔，鬼知道，终于叫人忍无可忍了！"他想道，"他明知道我手头没有多余的钱，可他还想喝啤酒！……"

"伏特加也不多了。"兵士又说道。

"对！见鬼去吧！你手里还有两个卢布呢。去买些啤酒来。"

"报告老爷，我那里一个钱也没有了。"

"怎么一回事？你说谎？"扎鲁丁站住了叫道。

"报告老爷，他告诉我要付洗衣服的妇人一卢布七十科比，我已照付了，我把剩下的三十科比，放在饭桌上了，老爷。"

"是这样的，"塔纳罗夫涨红了脸，激动起来，但他却做出一副满不在乎的样子，"我昨天是说了……那洗衣妇找我找了一个礼拜了，你不知道。"

扎鲁丁仔细修剪的面颊上现出了红晕，他脸上的筋肉搐搦着。他沉默地在房里走来走去，突然停在了塔纳罗夫的面前。

"听我说，"他说道，他的声音因愤怒而颤抖了，"我请你最好不要支配我的钱财！"

塔纳罗夫的脸色涨得血红，身体动弹了一下。

"嘿！那么小的一件事！"他低声说道，耸耸肩。

"这不是一件小事的问题，"扎鲁丁尖刻地说着，仿佛是对他报仇一般，"这是做事情的原则。我问你有什么权利……"

"我……"塔纳罗夫嗫嚅地说道。

"请你不要解释，"扎鲁丁以同样尖利的口气说道，"我求你了！再说，你也可以告诉我一声，这非常不合适……"

塔纳罗夫无力地动了动嘴唇，垂下了他的头，颤抖的手指摆弄着珠母做成的烟嘴。过了一会儿工夫，扎鲁丁突然转过身去，把钥匙弄得哗哗响，开了他办公桌的抽屉。

"来！去买我所要的东西来！"他愤怒地说道，声音却比前面半和了，他交给勤务兵一张一百卢布的钞票。

"好，老爷。"勤务兵答道，行了礼，走了出去。

扎鲁丁咔的一声锁上他的钱箱，将办公桌的抽屉推了回去。塔纳罗夫正好瞥见钱箱内还有五十卢布，这五十卢布他是那样的需要，他叹了一口气，点上一支香烟。他深感到羞辱，又不敢表现出来，生怕扎鲁丁更要生气。

"两个卢布对他算什么……"他想道，"他明知道我需要钱。"

扎鲁丁显然因为恼怒在房间里走来走去，但渐渐地心平气和起来。当勤务兵端来啤酒时，他享受地喝了一杯那冰镇的、冒着泡沫的液体。然后，舔着唇髭的末梢，仿佛什么事都没发生过似的说道：

"丽达昨天又来看我了。……老兄，这真是个有趣的姑娘，像一团火……"

塔纳罗夫满肚子委屈，一言不发。

扎鲁丁并没留意，慢慢地在房间走着，他的双眼因回忆起某些情景而露出兴奋的笑意。他的强有力的身子热得发懒，热烈而兴奋的思绪冲激着他，突然他响亮地笑了起来，像马儿的嘶鸣。然后他停下了脚步。

"你知道吗……昨天我想要……"（他说出一个粗俗、对女人极具侮辱性的专门字眼）"她起初说什么也不肯……你知道吗，她的眼睛里有时会闪出非常骄傲的火花！"

塔纳罗夫觉得这话很快就挑起了他肉体上的欲念，脸上不禁露出了淫荡的微笑。

"但后来，一切都好了，我自己几乎全身都痉挛起来了。"扎鲁丁因难以忍受的强烈回忆而颤抖不止，于是便打住了话头。

"你真走运，见鬼！"塔纳罗夫妒忌地叫道。

"扎鲁丁在家吗？"街上有一个人高声叫道，"我可以进来吗？"是大嗓门的伊万诺夫。

扎鲁丁吓了一跳，生怕他说丽达·萨宁的话会被别的人听见了去。

但伊万诺夫是在围墙外面喊叫的,连人都看不见。

"是的,是的,在家呢!"扎鲁丁对窗外喊。

前厅传来一阵笑声与说话声,仿佛有一大群人闯进来了。然后伊万诺夫、诺维科夫、马利诺夫斯基上尉,还有两个军官,萨宁,全都出现了。

"乌拉!"马利诺夫斯基叫道,冲了进去。他的脸红红的,肥胖的面颊颤动着,浓密的髭须如两束稻草,"你们好呀,伙伴们?"

"哎,见鬼……又要花掉二十五卢布了!"扎鲁丁有点恼怒地想道。

然而他最怕有人认为他不是最慷慨,最好交友的阔人,所以他微笑地叫道:

"哈啰!你们这帮人从哪里来?来!切列帕诺夫,再拿些伏特加来,还有别的需要的东西。你再到俱乐部去让他们送一箱啤酒来。你们喜欢喝啤酒吧,先生们?像这样热的天?"

当伏特加和啤酒拿来了,喧闹的声音更大了。大家全都笑着,闹着,喝着,尽力地喧哗着。只有诺维科夫愁眉不展;他那一向温和而慵懒的脸上流露出某种恶意的表情。

昨天他才知道那件事情,虽说全城都在谈论这件事,可他却不知道,起初,难以忍受的委屈感和极端妒嫉的屈辱感使他大为震惊。

"不可能!这是荒谬的!无端的谣言!"他对自己说道,他不肯相信,那么美丽,那么娇贵,那么高傲的丽达,他深深地爱着的丽达,竟与他一直认为要比自己低得多、蠢得多的扎鲁丁发生了肮脏不堪的关系。但是后来,野性的动物般的嫉妒从心底升起,遮蔽了一切。有一阵是痛苦的绝望,随后就是对丽达,特别是对扎鲁丁的一种可怕的几乎是自发的仇恨。对于他那温和、慵懒的心灵来说,这个感情是如此的非同寻常,它让人难以忍受,它在寻求宣泄。整夜他都处在痛苦的自我怜悯之中,其且想到自杀,但天快亮的时候,他不知为何却冷静了下来,心里只剩下一个奇怪恶毒的愿望,那就是要去见扎鲁丁。

现在，在喧哗与醉笑之中，他坐在一旁，他机械地一杯杯地喝着酒，那紧张的身体中每一个细胞紧紧盯着扎鲁丁的一举一动，好像林中的野兽在伏窥着另一只野兽，已经蹲下来准备一跃而起，扑将上去，却又装出一副什么也没看见的样子。扎鲁丁的一切，他的微笑，他的白齿，他的笑容，他的语声，在诺维科夫看来，全都是一把把的尖刀，在不停地扎向诺维科夫全身的痛处。

"扎鲁丁，"一个高而瘦的军官说道，他那不成比例的双臂在胸前晃动着，"我带了一本书给你。"

透过喧闹与嘈杂，诺维科夫立即听见了扎鲁丁的名字和他的声音，似乎所有人都静了下来，只有扎鲁丁一个人在说话。

"什么书？"

"托尔斯泰的《论妇女》。"细瘦的军官骄傲地、但又像汇报那样清晰地回答道。从他那张没有血色的长脸上可以看出，他因为自己能阅读和谈论托尔斯泰而感到很得意。

"你在读托尔斯泰的书吗？"伊万诺夫问道，他已注意到这位军官的这种骄傲、天真的表情。

"封·杰伊茨是托尔斯泰的崇拜者呢。"马利诺夫斯基高声大笑地叫道。

扎鲁丁接过那本薄薄的红皮小册子，翻了几页，说道：

"这书有趣味吗？"

"你看看就知道了，"封·杰伊茨说道，兴奋地喘不过气来，"这本书，我对你说，充满了智慧……也许，你自己也全都清楚……"

"干嘛呀……维克多·谢尔盖耶维奇有他自己非常明确的妇女观了……他干吗还要读托尔斯泰呢？"诺维科夫声音不响地说道，他的眼光没有离开他的酒杯。

"你根据什么下这个结论呢？"扎鲁丁谨慎地答道，他本能地感觉到了对他的攻击，但还猜不透是怎么回事。

诺维科夫没有说话，他身上的一切都想冲出来叫喊，去揍扎鲁丁的那张脸，那张美貌自满的脸，把他打倒在地上，再踢他几脚，带着野性的愤怒。但他的舌头没能吐出话来，要说的话没有说，这使他感到更痛苦，感到快要发疯了，当下他冷笑地回答道：

"只要看您那德行就足够……下结论了。"

他奇怪、恶毒的声音打断了大家的喧闹，一切都立刻安静下来，就像面临一场凶杀，伊万诺夫猜出了这是怎么一回事。

"我觉得……"扎鲁丁冷冷地说道。他的神色有点变了，但他立刻控制住自己，好像骑一匹熟悉的马一样。

"来，来，先生们！怎么一回事？"伊万诺夫叫道。

"别管他们！让他们打一架！"萨宁笑着，不以为然地说。

"不是我觉得，而是事实就是如此！"诺维科夫以同样的口气说道，他的眼光仍然注视在他的酒杯上。

然而，一堵由叫喊、摆手、不自然的笑脸和劝说构成的活墙却出现在他俩之间，马利诺夫斯基及封·杰伊茨推开了扎鲁丁，伊万诺夫和另一个军官则推开了诺维科夫。伊万诺夫开始往一个个酒杯里倒酒，嘴里喊着什么，却并不针对任何人。掀起一阵虚假的、故作开心的忙乱，诺维科夫突然地觉得，他再也坚持不下去了。

他歪了歪嘴，愚蠢地微笑着，转身望着伊万诺夫和一位军官，慌乱地想道：

"我是怎么了？"他半眩晕地想道，"我想，我应该打他……直接冲过去，当眼给他一记！否则，我就会落入一个愚蠢的地步，大家都已经猜到了，是我在挑起争端……"

但，他没动，反而假装着对伊万诺夫及封·杰伊茨正在说的话发生兴趣。

"您知道吗？在对女人的看法上，我并不能完全同意托尔斯泰的观点。"军官自负地说道。

"女人就是荡妇，这是最主要的，"伊万诺夫答道，"在每一千个男人当中，你总可以找出一个值得称为人的。但是女人们呢，呸！她们全都是一个样子的——只不过是小小的赤裸的，肥胖的，没有尾巴的玫瑰色的猴子而已。"

"说得真新奇！"封·杰伊茨赞许地说道。

"也是实话。"诺维科夫痛楚地想道。

"我亲爱的朋友，"伊万诺夫继续说道，在封·杰伊茨的鼻子跟前挥了挥手，"您就去这样对人们说，'我告诉你们，每一个充满欲望看着男人的女人，就已经在自己的内心里与那个男人私通了……'他们大多数的人都会认为，他们听到了一段非常精彩的话。"

封·杰伊茨嘶哑地笑了起来，那笑声好像猎狗叫似的，他嫉妒地看了看伊万诺夫。他不懂这种嘲笑，他只感到嫉妒，因为他的话讲得没这么漂亮。

诺维科夫突然向他伸过手去。

"怎么？你要走了吗？"封·杰伊茨诧异地问道。

诺维科夫并不回答他。

"你到什么地方去？"萨宁问道。

诺维科夫仍然沉默着。他觉得再过一会儿，强压在胸口的痛苦就会化作嚎啕大哭了。

"我知道你出了什么事，"萨宁说道，"别管它！"

诺维科夫用可怜的目光看了萨宁一眼。他的嘴唇颤抖着，挥了挥手，也没告辞，就走了，心里涌起一阵沉重的软弱感觉，就像一个提不起重物的人似的。为了安慰他自己，他想道：

"唉，我即使打了这个坏蛋的嘴巴，又能怎么样呢……只能引起一场卑鄙的斗殴，再说，也不值得弄脏双手呢！"

然而，没有消解的妒意和讨厌的软弱感还在继续，于是他在深切的悲郁中回到了家。倒在床上，把脸埋在枕头底下，就这样几乎睡了一整天，他感到痛苦的是，自己任何事情都做不了……

"你们想玩牌吗？"马利诺夫斯基问道。

"来吧！"伊万诺夫说道。

勤务兵立刻铺开了牌桌，绿色的呢布愉快地映射在他们的笑眼里。马利诺夫斯基的提议，让大家神采飞扬，专注而兴奋地盯着牌桌，马利诺夫斯基用他长满汗毛的短手指使劲地洗牌，开始发牌了。颜色鲜明的牌呈圆形散布在绿桌上，而银卢布哗啦啦响着从一个银盘滚进另一个银盘，抓钱的手伸向四面八方，就像是一只只贪婪的蜘蛛。只有简短粗鄙的叫叹可以听得见，大家习惯地用来表达遗憾和满意。扎鲁丁牌运不好，他固执地每次下十五卢布，而每一次都被人吃光。他那张漂亮的脸上现出了无来由恼恨的神色。上个月，他已经输掉了七百个卢布，此刻他甚至不愿去算他输了多少。他的情绪传染给了其他人，封·杰伊茨和马利诺夫斯基不久便发生了争端。

"我的注下在那边的！"封·杰伊茨气愤但有节制地说道。

使他感到十分惊奇的是，醉醺醺、愚蠢的马利诺夫斯基竟敢和他既聪明又体面的封·杰伊茨顶嘴。

"啊！你胡扯些什么啊！"马利诺夫斯基粗暴地答道，"见鬼！我赢的时候，你说押的是边，可我输的时候……"

"是押的边，您就让让吧……"封·杰伊茨发火了，像往常一样，他一激动，俄语就讲不好了。

"我一点也不让！……拿回你的注！……不！不！你拿回去！"

"听我跟您说……"封·杰伊茨用尖细的嗓门喊道。

"先生们！闹的什么鬼，这是怎么回事？"扎鲁丁突然生气，扔掉了牌。

就在这个当儿，一个新来的人出现在门口，扎鲁丁惭愧得想钻到地缝里去，因为无论是自己粗暴的叫喊声，还是醉醺醺吵吵嚷嚷的客人们，无论是纸牌，还是酒瓶，这整个粗野的纵酒作乐的场面活脱脱就是一个下等旅馆的样子。

来者是一个又高又瘦的先生，身上穿着一件宽大的白色衣服，衣领又高又硬。他诧异地站在门口，目光在寻找着扎鲁丁。

"哈啰！帕维尔·利沃维奇！什么风把你吹到这儿来的？"扎鲁丁满脸通红，喊了一声，急忙起身去迎接。

来者踌躇地走了进来，大家的注意力一下子全在他那双雪白的皮鞋上，这双鞋子踏进了由啤酒、瓶塞和踩扁的烟头构成的沼泽。他全身都那么洁白、干净、芳香，假如他不是这么憔悴脆弱、不那么瘦小，并且还长着坏牙和尖胡子的话，那么，处在这香烟缭绕有如行云以及醉得满脸绯红的人们当中，他真像是一枝长在泥潭中的百合花。

"你从什么地方来？离开彼得尔①很久了吧？"扎鲁丁有些慌乱地说，紧握住他一只手，担心地想，他说"彼得尔"时有没有什么发音不纯。

"我昨天才到这里来的。"穿白衣的先生答话了，他嗓音很自信，但很尖细，就像被掐住脖子的公鸡发出的叫声。"这都是我的同事，"扎鲁丁介绍道，"封·杰伊茨，马利诺夫斯基、塔纳罗夫、萨宁、伊万诺夫……先生们，这位是帕维尔·利沃维奇·沃罗申先生。"

沃罗申微微躬身致意。

"我们就会认识的！"醉醺醺的伊万诺夫说道。这使扎鲁丁感到心神不宁。

"请坐，帕维尔·利沃维奇，你要一点白酒还是一点啤酒？"

沃罗申谨慎地坐在一张靠背椅上，在椅子那层粗糙的漆皮包面的衬托下，他显得更惨白了。

"我一会就走……您别费神。"他怀着厌恶的冷淡心情回答，望着这伙人。

---

① 彼得堡的俗称。

"那怎么行……我叫人送点白葡萄酒来……您好像爱喝?"扎鲁丁奔进了前厅。

"今天怎么让这个混蛋碰上了呢?"他恼怒地想道,派勤务兵去拿酒,"这个沃罗申会对圣彼得堡的所有熟人瞎说一通,弄得体面人家往后就再也不会接待我了。"

与此同时,沃罗申继续打量着这伙人,他并不掩饰自己,他似乎觉得自己要远远高于所有这些人。他那双小小的玻璃球似的灰色眼睛中表现出一种猎奇式的目光,仿佛他看到的是一群奇怪的野兽似的。萨宁的高大,他的强健有力的身体以及他的衣饰引起了沃罗申的注意。

"一个有趣的家伙,那个人!他一定很有劲!"他怀着真诚的情感想道。所有矮小、软弱的人对高大、有力的人都怀有这样一种情感。而且,他还想和萨宁说说话,但萨宁靠在窗台上,正向花园中望着。沃罗申将刚要说的话又咽了回去,他因自己那尖细的、不连贯的嗓音而气恼。

"一群无赖!"他想道。

扎鲁丁在这个时候回来了。他坐到沃罗申身边,问他关于圣彼得堡的事,也问到他的工厂的事,以便让周围的人明白,他的来客是一个如何富有而且重要的人物。在他这个高大强壮的畜生的漂亮的脸上流露出卑下而奇怪的自满神情。

"一切都是老样子,你也知道!"沃罗申漫不经心地说道,"你怎么样呢?"

"咳!我能怎样呢?……混日子呗!"扎鲁丁说道,忧伤地叹了一口气。

沃罗申沉默着,轻蔑地看着天花板,花园里绿色的反光在天花板上无声地晃动。

"我们唯一的消遣就是这个。"扎鲁丁继续地说道,他张开手臂灵巧地做了一个手势,把酒瓶、纸牌和自己的客人都括了进去。

"是——吗……"沃罗申含义不明地拉长声音,他的口气让扎鲁丁听到了这样的话,"你自己也是这样啊。"

"噢,我得走了。我住在林荫路的旅馆中。当然,我们还要见面的啰!"沃罗申站起身来告辞。

就在这时,勤务兵走了进来,他无精打采地行了一个礼,报告说:

"年轻的小姐来了,老爷。"

扎鲁丁惊得一跳。"什么?"他问道。

"她来了,老爷。"

"啊哈!我晓得了。"扎鲁丁说道。他的眼睛急忙不自在地四下张望,一瞬间有某种不祥的预感刺痛了他的心。

"难道是丽达?"他想道,"不可能的!"

沃罗申的眼睛闪出贪婪、好奇的火光。他瘦小的身体,在宽大的白色西服中晃个不停。

"唔,好吧!再见!"他笑道,"您可还是老样子啊!……"

扎鲁丁不安地微笑着,陪着沃罗申走了出去。一路上沃罗申闪动着他那双白皮鞋,锐利的目光望着四周。

"喂,先生们,"扎鲁丁回到屋里说道,"牌玩得怎样了?……替我摸两把,塔纳罗夫?我去一下马上回来……"他匆匆地说道;不住地东张西望。

"胡扯!"已醉成一摊烂泥的马利诺夫斯基搭腔说,"我们倒要看看是位什么样的小姐呢。"

然而塔纳罗夫按住了他的肩膀,使劲让他坐在了桌旁。其他人也纷纷落座,不知为何都竭力不去看扎鲁丁。萨宁也坐了下来,正儿八经地微笑着。他猜到,来找扎鲁丁的是丽达,于是他心里便对漂亮的、如今显然已遇到不幸的妹妹产生出一种朦胧的、含有嫉妒的怜悯。

第十七章

丽达微微侧身坐在扎鲁丁的床上，心慌意乱地搓揉着一块手巾。她身上发生的变化甚至连扎鲁丁都感到吃惊：那高傲的、优雅的、有力的姑娘已经荡然无存。坐在他面前的竟是一个拱肩驼背的、慌乱的、病弱的女人，她的脸消瘦了，苍白了，那双眼睛在惊慌地四下张望。那个高傲的、优雅的、有力的姑娘已经荡然无存，当扎鲁丁进来的时候，这双眼睛迅速地抬起来，看了他一眼，然后又垂了下去，于是扎鲁丁本能地感到她怕他。在他心中非常意外地生出一股怨恨和气恼，竟使他打起哆嗦来。他嘭的一声使劲关上门，一反常态，粗鲁地径直走到她跟前。

"你真是一个最奇怪的女人，"他开始说道，勉强控制住自己，不知为何感觉到有一种想揍她一顿的可怕愿望，"我这里满屋子都是人；你的哥哥也在这里！难道就不能再找个时间来吗？真见鬼！"

那双黑眼睛抬了起来，带着奇异的愤恨表情，于是，扎鲁丁像往常一样，又因自己的粗鲁而感到害怕了。他讨好地龇着白牙拉住丽达的手，在她的身边坐了下来。

"好吧，不过，反正也无所谓，我是为你担心啊……我很高兴。我很想你。"

扎鲁丁托起她那微微湿润、滚烫的，散发出淡淡幽香的手臂亲了一下。

"真的吗？"丽达带着一种他难以理解的表情说道，她再次抬眼望着他，而她的眼睛明白地说道："你是真的爱我吗？你看，我如今多么可怜，多么不幸，完全不像从前的我了……我怕你，我感到了自己可怕的低三下四，但我除了你之外，没有人好依靠了……"

"你还在怀疑吗？"扎鲁丁模棱两可地辩驳说，这句话引起了一股轻微的寒意，使他自己也觉得沉重。

他再次托起她的手臂亲了一下。在他心中，各种情感和思想奇异、复杂地交织在一起。仅仅两天之前，丽达的黑发就散落在这个白色枕头上，她那柔软的、火热的、富有弹性的身体曾在情欲的爆发中扭曲挣扎，双唇发烫，使他全身都感受到那难当的快活的神秘情火。在那一刹那间，整个世界，无数女人，一切的享乐和全部生命都融为一体了，好让他更淫荡、更温情、更温柔、更粗鲁、更无耻、更残忍地折磨那个火热的、渴求爱抚的、顺从的身子，可是此刻，他却突然感觉到，他讨厌她了，他想要离去、躲开她，他不想再看见她，也不想再听见她的声音。他的这个愿望如此强烈，如此难以压抑，以致连坐在这里都变成了一种折磨。然而与此同时，一种处处显出对她的模糊的恐惧感又使他失掉了意志力，便留在原地了。他全身心意识到，他是不受任何约束的，他是征得丽达的同意后才占有她的，他没有任何许诺，他有所获得，可他也给了她同样的东西。但与此同时，他却觉得，他已深深地陷入某种胶着力极强的物质之中，难以自拔。他等着丽达向他提出什么要求，他要么是同意，要么会做出卑鄙的肮脏的下流的事情来。他觉得自己完全无力，仿佛他的骨头已经统统被人抽走了，他们还在他嘴里挂起一块湿抹布来代替舌头，这使人难看，让人生气。他想大喊一声，一劳永逸地说出来，她没有权利对他提出任何要求，但是他没有这样做，他的心在胆怯地发呆，于是，他说了一句连他自己显然也感到意外的、完全不合时宜的蠢话来：

"唉，女人啊，女人！正如莎士比亚说的话……"

丽达恐怖地望着他。突然，一道明亮的、无情的光芒映亮了她的大脑，她立即知道自己完了：她把自己所能献出的巨大的纯洁的重要东西给了一个算不得人的人。她的美好的青春生活，一去不返的纯洁，不受拘束的傲气,一切都被抛在一个卑鄙怯懦的禽兽的足下,这个禽兽没有心怀感激地接受它们,将它们当做欢乐和幸福,且只是以粗野的淫荡来污辱她。她有一瞬间一阵绝望,差点使她扑倒在地,让她痛苦万分,无力地恸哭,但是,那绝望却极其迅速地变成了一股要复仇似的强烈怨恨。

"你难道不明白你有多么愚蠢吗?"她在他面前挺起身子,咬牙切齿地、尖刻地低声说。

优雅、温情的丽达居然说出了这样粗鲁的话,投出了这样恶毒、灼人的目光,这是非常意外的,扎鲁丁本能地退缩了。但是他并未理解这种目光的全部含义,试图把一切都化做玩笑。

"什么意思!"他惊讶并委屈地说道,并瞪大眼睛,高高地耸起肩膀。

"我没什么意思。"丽达痛苦地反驳道,无助地搓着双手。扎鲁丁蹙着眉头。

"嘿,干嘛这么悲哀啊?"他问道。他突然兴奋起来,不由得盯住她那两条纤细而浑圆的手臂和斜溜的肩膀构成的曲线。她无助而绝望的姿势又在他心里唤起了对自己优越感的自信。仿佛他们站在天平的两端,一个人升上去时,另一个人便沉了下来。扎鲁丁用一种残酷的愉快心情感受这位女郎;他曾经觉得她是高于自己,即使在淫荡的爱抚时刻也在无意识中惧怕她,现在在他看来这个姑娘扮演着可怜的、羞辱的角色了。这个感觉使他十分开心,也使他变得温和些。他轻轻地握住了她无力的手,把她拉近到自己身边来。他已经动情了,呼吸也更急促了。

"得啦!没有发生什么可怕的事情!"

"你是这样想的,嗯?"丽达轻蔑地答道。这使她恢复了力量,她用一种奇异的专注眼神看着扎鲁丁。

"怎么,我当然是这样想的。"扎鲁丁说道,想要用一种特别的、挑逗的、厚颜无耻的方式拥抱她。他深知这种拥抱的力量。但她身上流露出的依然是冷淡而无生气，于是，他的手垂了下去。

"得啦！你为什么这样生气，我的美人儿？"他用温和的责备口气说。

"请您放开我……我说……请您放开我。"丽达狠狠地一使劲，从他的手臂里挣脱出来。扎鲁丁因为情欲冲动的白白落空而觉得浑身难受，这使他生出了深切的怨恨。

"见鬼！"他想道，"鬼知道同女人打交道是怎么回事……"

"你怎么啦？"他负气地问道，他的脸红了。

这句问话仿佛向丽达挑明了什么事，她突然双手掩面，大哭起来，完全出乎扎鲁丁的意料之外。她哭得完全像个村妇：高声地啜泣着，双手掩面，身体向前弯着，她松散下来的头发顺着满是泪水的脸庞耷拉下来，因此她显得非常难看了。扎鲁丁惊慌失措了。他微笑着，又担心这微笑会使她生气，他试着将她的双手从她脸上挪开。可丽达倔强地抵抗着，同时哭泣不已。

"唉！上帝呀！"他叫道。他又想对她大喊，拉住她的手，讲一些粗话。

"你到底在嚎什么啊……不错，你跟我睡过觉……是不是？那又怎么啦？这就痛苦啦！为什么偏偏要在这个时候哭呢？看上帝的面，不要哭了吧！"他粗暴地说着，握住了她的手。

丽达泪流满面，披头散发，她的脑袋因受推搡而晃动，她突然停止哭泣，垂下双手，缩成一团，带着孩子般的恐惧，从下往上打量着他，她的头脑里突然闪过一个疯狂的念头，现在任何人都可以打她。但扎鲁丁却又软了下来，他讨好地，犹豫地说道：

"来，我的小丽达，不要再哭了！你自己也有错！……这样闹会有什么结果呢……不错，你失去很多东西，可是也得到了很多幸福啊……我们永远也不会忘记这些……"

丽达又哭了起来。

"唉！不要哭了，你！"他叫道。然后在房里走来走去，激动地拉着他的髭须，他的嘴唇也颤抖着。

四周很静，在窗外轻轻摇曳的，应该是那些被小鸟儿所触动的纤细的绿枝。扎鲁丁竭力控制住自己，走到丽达身边，小心地抱住她。但她立刻推开了他，她笨拙地扬起肘部，突然打在扎鲁丁的下巴上，打得他牙齿都磕出了响声。

"啊，鬼东西！"他怒叫道。疼得他发火了，牙齿相撞的声音竟非常突然又可笑，这更激怒了他。丽达虽然没听见牙齿磕响的声音，但她本能地感觉到了扎鲁丁的可笑，她利用了这一点，她带着女性的残酷。

"你什么个意思！"她嘲讽地模仿道。

"不管是谁赶上这事都会发火的。"扎鲁丁带着畏惧的愤恨反驳道。"我只要知道到底是怎么一回事！"

"你的意思是说，你仍然不知道吗？"丽达带着讥刺的口气拉长了声音说道。

他们沉默不语。丽达狠狠地望着他。她的脸在冒火。突然之间扎鲁丁脸色变白了，仿佛有一层灰色蒙住了他的脸。

"喂，你为什么默不作声？……你为什么不说话？……说！说几句话安慰我！"她尖叫道，她的声音变成了歇斯底里的叫喊。连她自己也感到害怕。

"我……"扎鲁丁开始说道，他的下唇颤抖着。

"是的，你，没有别人，只是你，很遗憾！"她喊道，几乎被愤怒与绝望的泪水噎得喘不过气来。

那层优雅、美丽和温柔的外衣似乎从他俩的身上脱落了，一头野蛮、丑陋的野兽越来越清晰地从那外衣下面露了出来。

一系列的计谋以闪电般的速度在扎鲁丁的脑海中闪过，似乎有一大群机灵的耗子奔向那里。第一个计谋就是立即与丽达断绝关系，给她一些钱，让她去堕胎，结束这段恋情，然而，尽管扎鲁丁认为这样做对他很好，也非常必要，可他却没把这个意思告诉丽达。

"真的，我没料到……"他嗫嚅地说道。

"你没料到……"丽达凶暴地叫道，"为什么没料到？你有什么权利没料到？"

"但是……丽达……我可什么也没……"他支吾地说道，不敢说出他想讲的话，并且觉得她会讲出什么话来。

但是，丽达却已明白了，不等他说出来，绝望的恐惧感扭歪了她漂亮的面孔。她无能为力地垂下了双手，在床上坐了下来。

"我该怎么办呢？"她仿佛自言自语，带着奇怪的沉思说，"难道该投水自杀吗？"

"不，不！干吗要那样……"

丽达狠狠地望着他。

"你知道吗，维克多·谢尔盖耶维奇，我就是去投水，您甚至也不会反对吧？"她说道。

在她的眼中，在她那漂亮嘴巴的颤抖中，有一种非常悲哀可怕的东西，扎鲁丁不由得移开了视线。

丽达站起身来，她突然觉得可怕和恶心，因为她居然曾经将他视为救星，曾想永远和他在一起。她不知为何想要挥舞手臂，向他说出自己的轻蔑，为自己遭受的屈辱进行报复，但她又觉得，如果她一开口就会哭起来，就会使自己遭受更大的屈辱。最后的高傲，先前那个美丽、有力的丽达的余威阻止她没有这样做，她出乎自己和扎鲁丁的意料之外，清晰而富有表达力地说：

"你是畜生！"

然后她冲出了房间，袖子的花边挂在门锁的把子上，被撕破了。

扎鲁丁浑身的血液都涌到了脑部。她如果骂他"坏人"或"流氓"，他都能平心静气地承受，但"畜生"却是如此粗鄙的字眼，完全与他对于他自己所持的人格的观念相反，于是他便惊慌失措了，甚至连他漂亮的眼白都气红了。他不安地冷笑着，耸了耸肩，扣好制服又再次解开，他感到自己非常不幸。但同时在他心里却涌起一种解脱而又快乐的感觉，不管怎样一切都结束了。他一想到，从今以后，像丽达那样的一个女人不会再来了，他为失去了那么美丽可爱的一个情人感觉到了遗憾，但他以藐视的姿态扫除这一切的遗憾。

"让她见鬼去吧！女人有的是。"

他整一整制服，嘴唇还在颤抖不已，他点了一支香烟，然后他成功地在脸上摆出一个无忧无虑的表情，向客人们走去。

第十八章

除了沉醉的马利诺夫斯基之外,赌徒们全都失去了他们赌钱的兴致。大家都非常好奇,来的是个什么样的女人,来找扎鲁丁干什么。那些猜到来者是丽达·萨宁娜的人全都觉得本能地妒忌着,他们在幻想着她雪白的身体在扎鲁丁的拥抱之中,这种幻想妨害他们打牌。过了一会儿,萨宁从桌上站了起来,说道:

"我不想玩了。再见。"

"等一会儿,我的朋友,你到哪里去?"伊万诺夫问道。

"我去看看他们在做什么?"萨宁答道,指着紧闭的门。

大家听了他的话,全都笑起来,像是听了一个笑话。

"会出丑的!坐下来,喝一杯酒吧!"伊万诺夫说道。

"你才是小丑呢。"萨宁冷冷地反驳了一句走了出去。

他来到了一条狭窄的胡同,胡同里长满了茂密的荨麻。萨宁判断了一下,扎鲁丁住房的窗户所对着的方向,他仔细地踏倒了荨麻,灵巧地爬上了围墙。站在围墙上,他几乎忘记了他爬上来的目的,他望着下面的绿油油的草和美丽的花园,由于用力而紧张的肌肤受到凉爽的和风的吹拂,和风吹散了炎热,自由地透过了他的薄衬衫,他觉得惬意极了。然后,他跳了下去,落在荨麻丛中。烦恼地挠了挠被扎痛的地方。他越过了花园,走到了窗下,丽达正在说道:

"你的意思是说,你仍然还不知道吗?"

听了她异常的语调,萨宁立刻便猜出那是怎么一回事。他靠着墙,望着花园,蛮有兴趣地听着那两个变调的、伤心的、激动的声音。他可怜起漂亮、受委屈的丽达,"怀孕"这个粗俗、沉重的兽性字眼与丽达那迷人的脸庞是如此的不协调,但是比对话更让他着迷的是房间里两个人野蛮凶狠的声音和大自然赋予这两个人的愉快的宁静之间的荒谬的对比。

一只白蝴蝶翩翩地飞过草地,沐浴着阳光。萨宁盯住这只飞舞的蝴蝶,像他谛听私房话那么专心。

当丽达叫道:

"你是畜生!"萨宁愉快地笑了,他慢慢地走过花园,已不去想窗内的人会不会看见他。

一只蜥蜴从他脚下的路面急匆匆地跑过去,引起了他的注意,于是,萨宁便久久地追踪起它那柔软的、草绿色的小身体,那小身体灵活地钻进了一处绿色的草丛。

第十九章

丽达没有回家,而是往相反的方向走去。街上空无一人,空气是窒热的。短短的阴影紧贴在围墙和山墙的旁边,阴凉也被威严的暑热破坏了。她只是凭习惯撑开了小伞,并没有留意是热还是凉,是明还是暗,她沿着围墙急忙走着,围墙上满是披着尘土的青草,丽达低垂着脑袋,那双冷漠、闪亮的眼睛盯着脚下,偶尔她会碰到几个表情冷漠气喘吁吁,热得发蔫的行人,夏日午后的寂静笼罩着整个城市。

一只小白狗跟在丽达后边。匆忙又小心地闻着她的裙子,然后关切地跑到前头,又回过头来望着,摇着尾巴,仿佛在说,他们是同伴。转弯的地方站着一个男孩,他个子很小却胖得很滑稽,穿一件小衬衣,衬衣的后摆从裤衩里跑了出来。他鼓着沾满了水果浆的腮帮,拼命地吹响一枚荚果。

丽达对小狗摆摆手,对男孩笑了笑,但是这些动作都是漫不经心地做着的,而她的心灵却是封闭的。一股黑暗的势力切断了她与整个世界的联系,推着孤独的、死气沉沉的她一步步走进一个黑洞,再也顾不得绿荫、阳光与人生的快乐,以及她心中怀着冷漠、委靡的忧伤,她已经感觉到了这黑洞的临近。

一位熟悉的军官从一旁经过。看见了丽达,便勒住了他那匹刚出了点汗的栗色马,阳光在那匹马的光滑的皮毛上涂上好看的金色光点。

"丽达·彼得罗夫娜!"他用愉快响亮的声音叫道,"这么热的天,你这是去哪儿呀?"

她的眼睛机械地看了他一眼,他头上的帽子歪扣在他汗津津、半边红半边白的脑门上,丽达没有说话,只是像平常那样卖弄风情地笑了一下。

在这一时刻,她也在困惑地问自己:

"现在是去哪呀?"

她对扎鲁丁既不怨恨,也不思念,当她自己也不明白为什么要去找他时,曾以为没有了他便不能生活,也不能消除自己的痛苦。可是现在他干脆从她的生活中消失了。这一切都过去了,死去了。而剩下的事情则仅与她有关,应该由她一个人来解决。

她的头脑迅速、狂热而清晰地思索着。最可怕的事是骄傲美貌的丽达已经不见了,取代她的将是一个弱小的、被追赶得筋疲力尽的,干下了许多下流事的动物。大家都会取笑她,她将孤孤单单地一人面对种种流言飞语,要想保留自己的骄傲与美丽,她必须离开污浊,到那浑浊的浪头打不到她的地方去。

丽达刚刚弄明白这点,就立即感到她的周围是一片虚空,阳光、生活和人们都不是为她而存在了,她在他们当中是孤独的,她已无路可走,只有投水自杀,一死了之。她觉得这是十分清楚的,仿佛有一道石头圆环将她围了起来,使她与已经发生的一切和可能发生的一切相互隔离。她刚猜到自己已经怀孕时,就始终怀有那种感觉,觉得内心有某种尚不明了的东西,可它却已经毁了她的生活。周围形成了一种轻微的黯然无色的空虚,空虚之中是死亡的冷漠。

"其实,这非常简单!再也不需要什么东西了!"她想道,环顾四周,但什么也没看到。

她猛地加快了脚步,虽然她已经不是在走,而几乎是跑,宽大的时髦裙子不时地绊着她的脚,可她还是感觉慢得难以忍受。

"这里是一幢房子,前面还有一幢,带有绿色的百叶窗;然后就是一片空地。"

对于那条河,那座桥,和那即将要发生在那里的事情,她还没有清楚的概念。如一片云，一阵雾，遮罩了一切。有的只是一个朦胧的空白点，一切都将在那结束。

但是这种心境仅仅只延续到丽达走上桥头之前，当她停在栏杆旁边，望着下面发绿而浑浊的河水时，那个轻松的感觉立刻消失了，她全身充满了极度的恐惧与一种要活下去的顽强愿望。于是她马上又听见了各种声音和麻雀的啾唧叫唤，她看见太阳光，看见在绿草中的雏菊花和那条最终认定丽达是它的女主人的小白狗。它坐在她的对面，举起了前腿，愉快地在地上蹭着白色的尾巴，在沙地上留下一些有趣的花纹。

丽达凝视着这狗，心中充满了激情想抱住它，她眼睛里涌出大滴的泪。对于她自己即将毁灭的那娇小、美丽生命的惋惜竟如此深重，使得丽达头晕起来，她连忙将胳膊支在被太阳晒热的桥栏杆上，突然的举动竟使她的一只手套落到了水中。她带着困惑的、无言的恐惧盯着那只手套。那手套急速地旋转着，向水中飘去，无声无息地落到平静沉寂的河面上，一层层迅速扩大的圆圈涌向岸边，丽达看见那只浸湿的手套怎么变成绿色，又慢慢地沉入暗绿色的深水中，它好像正在悲哀地挣扎，奇怪地翻转一两次，便缓缓地转着圈子沉下去了。丽达眼巴巴地盯着，竭力不让它从视野中消失，但那黄点在暗绿色河水中看起来越变越小，又闪现了一两次，便悄然隐没了。丽达的眼前，又是一片像刚才一样的平静、幽暗、死寂、发暗的深水。

"您这是怎么啦，小姐？"旁边有一个女人的声音问道。

丽达惊恐地退了一步，看见一个肥胖、翘鼻子的农妇，正以同情好奇而又惋惜的神情望着她。

虽然这只是对那只沉没手套的惋惜，丽达却以为这位好心的胖农妇，知道她的事，可怜她。于是，丽达的脑子里立即产生了这样一个念头：如果把一切都说出来，也许就会轻松些，简单些。但是她马上就意识到这是不可能的。她满脸通红，慌乱起来，支吾地说道："啊，没什么！"她像一个半醉半醒的人，匆忙地，磕磕绊绊地从桥上走了下来。

"这里不行！会给救起来的！"她想道。

她向下走去，往左一拐上了河岸，走在一条狭窄的小道上，那小道蜿蜒在河流和一座花园密实的篱笆之间，是在荨麻、野菊花、牛蒡和散发着苦味的艾蒿等花草丛中踩出来的。这里非常安静而且平和，就像在一座乡村的教堂一样。高大的柳树垂下纤细的柳条，若有所思地望着水面，阳光照耀着陡峭的绿色河岸，映出一个个光斑一条条光带，叶子阔大的牛蒡伫立在荨麻中，有黏力的龙牙草挂住丽达的裙子花边，一株高大的野草将细小的白色花粉撒在她身上。

丽达现在已经在强迫自己走向她要去的地方，竭力要战胜她内心抗争不止的强大的力量。"必须！必须！必须！……"她内心深处反复地说道，她的双腿艰难地挪动着，似乎每一步都在挣脱某种富有弹性的绊绳；她离桥越来越远，却一步步靠近丽达不知为什么突然把它想象成道路的终点的那个地方。

当她走到了那个地方，透过纤细、杂乱的柳枝看见陡岸下急速奔涌着的黑色、冰冷的河水，她明白了，她是多么想活下去，多么怕死。然而她却必须死，因为她无法活下去。她目不斜视，将伞和剩下的那只手套扔在草地上，离开小道，径直走进了茂密的草丛。就在这时，丽达百感交集，回忆起许多东西：在她心灵最深处，那个早已被忘却的，被诸多新思想所压倒的童年游戏。还有带着恐惧不断重复的天真的祷词："我主，救我！我主，帮助我！"她突然记起了她不久前学会的一支钢琴咏叹调的旋律，全部曲调在她脑子里闪过，她想到了扎鲁丁，但没在他身上耽搁，母亲的脸庞闪现在她面前，在这个时候，她觉得母亲的脸庞无比珍贵，无比可爱。可正是母亲的脸庞将她更快地推向水中，无论以前还是以后，丽达都没有像现在这样清楚而深刻地理解到，母亲和那些爱她的人，他们所爱的，其实并非她的本相，不是带有各种缺点和欲望的真实的她，他们爱的是他们希望在她身上看到的东西。如今，当她显露出真相，偏离了那条他们认为她唯一可行的道路，于是，正是这些人,特别是她的母亲,就该来折磨她,他们先前爱得越深,此刻就会折磨得越狠。

然后,就像是在梦中,一切都混乱了;有恐惧,有活下去的愿望,有宿命的想法,又有怀疑,又有万事皆休的信念,又有希望,又有绝望,又有她对自尽的地方痛苦的选定,还有一个人,像是她哥哥,正越过篱笆快步向她跑来。

"你想不出更蠢的事了吧!"萨宁气喘吁吁地喊道。

真是一件巧合不过的事,原来丽达来到的地方正是靠近扎鲁丁的花园的尽头,在这里,她第一次委身于他,就是在这快要倒塌的篱笆上,在月光照不到的黑色树影里,她以一种很不舒服的姿势,把自己的身体给了扎鲁丁。萨宁远远地就看见了她,认出了她,并猜出她要干什么,起初他想走开,不去妨碍她,随她去,但她的那些激动的举动,那些显然是下意识的、痛苦的举动,却使萨宁的心因怜悯而紧缩起来,于是他奔跑着跳过花园的丛丛灌木和几条长凳向丽达冲了过来。

哥哥的声音具有极大的力量,对丽达起了作用:因为克制自己而极其紧张的神经立刻松弛下来,头晕起来了。于是,周围的一切也离开原地而晃动起来,她已经弄不清自己在何处,是在水里还是岸上。萨宁恰好在河边抓住她,并且暗暗为自己的行动敏捷有力而不胜欣喜。

"居然这样!"他说道。

然后,他将丽达领到篱笆前,让她坐在篱笆的一处豁口上,自己又困惑地四下张望了一下。

"我现在拿她怎么办呢?"萨宁想道。丽达却马上清醒了过来,她脸色惨白,心绪纷乱,浑身无力,极其颓唐沮丧的样子,忍不住又痛苦地哭了起来。"我的上帝呀!上帝呀!"她像个孩子似的抽泣着说道。

"你真傻!"萨宁温柔地怜悯地说。

丽达没有听清他的话,但当他一动,她就颤抖着紧紧抓住萨宁的手,哭得更响了。

"唉！我在做些什么事呢？"她恐惧地想道，"我不应该哭；我必须竭力一笑置之，不然，他便会猜出这是怎么一回事了。"

"唔，你为什么伤心呢？"萨宁温柔地抚摸着她的肩膀说道，他很高兴能如此亲切、温柔地说话。

丽达从她帽子下面怯生生地抬眼看了看萨宁的脸，像个小孩子似的羞怯，停住了哭声。

"我全都知道了，"萨宁说道，"一切的经过。我早就知道了。"

虽然丽达知道许多人都已猜到了她的艳情，然而当萨宁说出这句话时，她还是像挨了萨宁的一个耳光似的移动了灵巧的身子猛然躲开他；她眼神枯干地凝望着他，露出美丽动物被追捕时那种恐惧神情。

"喂……怎么一回事……就像我踩了你的尾巴似的。"萨宁笑道。满意地抓住丽达那浑圆的、柔软的，在他的手指下怯生生地抖动的双肩，又把她按坐在篱笆上，丽达顺从地坐了下来，表情还像先前那样沮丧。

"其实，你有什么好伤心的呢？"他说道，"是因为我知道了一切吗？或者是因为你想，你和扎鲁丁的事是如此的可怕，竟使你不敢去承认它吗？我真的不明白你。至于扎鲁丁不肯娶你，唔——这倒要谢天谢地了，你现在也知道了，在这之前你也就已经知道了，那个男人虽然很漂亮，适合谈情说爱，可他却既恶劣又下流……他身上仅有的优点只是美貌而已，而这你已经享用够了。"

"是他享用我，不是我享用他！"她啜嚅地说道，"或许我也……是啊……唉！我的上帝呀，我该怎么办呢？"

"是因为你怀孕了……"

丽达闭上眼睛，低下她的头。

"这当然很糟糕，"萨宁温和地继续说道，"首先，生孩子是一件最无聊、最肮脏、最痛苦、最无意义的事情；其次，也是主要的，是因为人们会不断地折磨你。总之，小丽达，我的小丽达，"带着一阵强烈的、善良的爱意，萨宁打断了自己的话头，"你没有损害到任何人；而且，即使你生出一打的孩子来，这对任何人来说都不是灾难，只会让你一个人受苦。"

萨宁沉默了一会，若有所思地咬了咬唇髭，将双手抱在胸前。

"我可以告诉你应该怎么办，可是要照我的话办，你却过于软弱和愚蠢。你的果敢和胆量都不够呢。无论如何，不值得去自杀。看一看吧，多好啊，阳光灿烂，河水奔流。想想吧，你一死，人们就会知道，你是因为怀了孕而自杀的，那对你又有什么好处？也就是说你之所以想自杀，并不是因为你怀了孕，而是因为你怕别人说闲话，怕别人不让你活下去，你的不幸之所以可怕，并不因为它是不幸的，而是因为，你将它横在了自己和生活之间，你以为在它的后面就什么也没有了，其实生活还像从前一样……你不怕你不认识的人，你怕的是亲戚朋友，特别是那些爱你的人，而你的失身对他们将是可怕的打击，因为这件事不是发生在法定的婚床上，而是在随便什么地方，在树林中，在草地上干的，要知道，他们可不会因为你的罪过而不惩罚你，因此，他们同你又有什么相干呢……就是说他们是又愚蠢又残忍、又平庸的，你为什么要难过，要为这些愚蠢、残忍而平庸的人去死呢？"

丽达慢慢地抬起了询问的大眼睛，看着哥哥，在那双大眼睛里，萨宁看到了理解的火花。

"我该怎么办？告诉我，怎么办……怎么办呢……"她烦恼地说。

"有两条路给你走：一条是除掉这个世上谁也不需要的孩子，你自己也看得出来，如果让这孩子出来，除去痛苦，不会给整个人世间的任何人带来任何好处……"

丽达眼里流露出阴郁的恐怖神色。

"杀死一个已经懂得生命欢乐和死亡恐惧的生物，是残忍的，"他继续说道，"而杀死一个胎儿，这一小团不懂事的血肉……"

丽达心中产生了一种奇异的感觉：起初，是一阵强烈的羞耻感，就像有人把她全身的衣服脱得精光，又用粗鲁的手指乱摸她身上最隐秘处一般。她不敢看她的哥哥一眼，以免两个人都羞得要死。但萨宁那双灰色眼睛一眨不眨，明亮而坚定地望着她，说话时声音也不颤抖，很平静，好像在讲些最平常的毫不新奇的话似的。在这些话语的镇定作用的影响下，羞耻的感觉消失了，也不起作用了，甚至失去了意义，丽达感觉到她心中已经既没了羞耻也没了恐惧，于是，她被自己这个大胆的想法吓了一跳，绝望地用双手按住太阳穴，她那轻盈的袖子飘了起来，就像一只受惊的鸟儿张开的翅膀。

"我不能，不，我不能！"她打断了话头，"也许，这样做是对的，也许……可是我不能……这太可怕了！"

"好吧，你不能，好吧，那么……"萨宁说，一边跪在她面前，温和地将她的手轻轻地从她脸上拉开，"那么我们必须隐瞒这事。我设法让扎鲁丁离开这里，而你——唔，就嫁给诺维科夫，你会幸福的。我知道，如果没有这个公马似的漂亮军官，你会爱上沙斯察·诺维科夫的。必定是这样的。"

在听到诺维科夫的名字时，有某种明亮、可爱的东西如同一道亮光在丽达的心中闪过，由于扎鲁丁使得她如此不幸，她坚信，诺维科夫决不会这样做的，有一瞬间她觉得，所有这一切都似乎是一个简单的，可以改正的错误，这错误没有任何可怕之处。她马上就会站起身来，走过去，说点什么，微笑一下，生活又会在她面前展现出其全部的灿烂色彩。她又可以生活了，又可以恋爱了，只是会爱得更美好，更强烈，更纯洁，但是，她马上就想到，这是不可能的，她已经是肮脏的了，已经被那不体面的，无意义的放荡所玷污了。

一个非常粗鲁的，她不大知道也从未使用过的字眼，从她的记忆中突现出来，她在运用这个像一记重重的耳光似的字眼辱没自己时，竟然得到了巨大的满足，这连她本人也大吃一惊。

"我的上帝……可难道是这样的，我难道是这种人……是的……是的……就是这样的女人……活该……"

"你说的什么话啊？"她绝望地低声对哥哥说道，她为自己那像从前一样动听的嗓音而感到非常羞愧。

"怎么了？"萨宁问道，望着她美丽的头发松乱地散在她白皙的脖子上，金色的阳光从树叶的缝隙间透过来，那轻盈的光斑在她的脖子上来回晃动。他突然觉得这太可怕了，如果他不能说服她，这个美丽的、灿烂的年轻女人，这个可以给很多人幸福的女人，就会步入那毫无意义的虚空。丽达无助地沉默着。她竭力压抑自己心中求生的希望，这希望违背她的意愿，支配着她整个颤抖着的身躯，她觉得，在发生过这一切事情后，不仅是活下去感到羞耻，甚至想活下去也是可耻的，但是这个充满生命力的，强壮年轻的躯体却拒绝这些毒药似的荒谬软弱的想法，也不愿承认这些损害心灵的幼稚思想是自己的。

"你为什么不说话呢？"萨宁问道。

"这不可能……这是卑鄙的！……我……"

"请你不要说胡话了！"萨宁不耐烦地驳斥道。

丽达又斜着那双充满泪水和隐秘愿望的美丽眼睛望着他。

萨宁沉默了一会，捡起一根树枝，咬断后又扔开了。

"卑鄙的事！"他又说道，"卑鄙……瞧，我说的话让你大吃一惊了……为什么呢？无论是你，还是我，对于这个问题都无法给出一个明确的答案……我们给出了，那也不会是答案，罪行，什么叫罪行？一个母亲生孩子，遇到有死亡危险的情况，便用产钳把那个已有生命的，准备哭叫的孩子切开，割掉四肢，压碎脑袋，这不是罪行……这只是不得已而为之的事情……可是要使没有知觉的生理过程，还没有生存的某种东西、某种化学反应停止发展，却是罪行，多可怕啊……可怕的是，母亲的生命，甚至比生命更加重要的——她的幸福，都取决于这个……为什么这样，任何人也不知道，可是大家都叫好！"萨宁冷冷地笑道，"唉，人们，人们！就这样为自己制造出幽灵、规约、幻影，因而受苦受难，可是他们却高喊什么：人——极其伟大，无比重要，不可思议，人——就是帝王,这位自然之王从来没有登过王位,总是在受苦受难,并且害怕他本人的影子。"

萨宁停顿了一会儿。

"是啊,不过,问题不在这里,你说,这是卑鄙的事。我不知道;也许是的。但是把你的堕落告诉诺维科夫,他就会承受一场残酷的悲剧,也许会开枪自杀,可他却不会不再爱你。他自己也会有错,因此他将与那些他其实并不相信的偏见作斗争,如果他的确聪明,他就丝毫不会在意你和什么人睡过觉,请原谅我这句粗话,无论是你的身体还是你的灵魂都没有因此而变坏。我的上帝!为什么,比如说他也可能娶了一个寡妇,显然,问题不在于这个事实,而在于他脑袋里出现的那种混乱,而你……如果一个人只能恋爱一次,那么,要想第二次恋爱,那就没有好结果,就会痛苦、厌恶、难堪,可是事实上并非如此,双方都会同样得到快乐和幸福的。你还会爱上诺维科夫,要是你不会爱,那么……就跟我一起走吧,我的小丽达。总之,到处都能生活,是不是?"

丽达叹了一口气,竭力摆脱内心的沉重感觉。

"也许……一切真会重新变好吧。"她想道,"诺维科夫……他是可亲可爱的……也是漂亮的,是不是?是的……不……我不知道怎么说才好。"

"假如你投水自杀了,那又怎么样?善与恶都不会有任何得失,你那泡涨的、难看的尸体会陷在淤泥里,然后被人捞出来,埋掉,如此而已……"

丽达仿佛觉得有一片绿色的不祥的深水在眼前晃荡,某些黏腻的线状物、带形物,气泡缓缓而蜿蜒地伸展着,一切都突然变得可怕可恶了。

"不,不,决不!"她想道,脸色灰白了,"就算是羞耻吧,就算是诺维科夫吧……怎么都行……只要别这样。"

"瞧你都被吓傻了!"萨宁笑道。

第十九章

丽达含着眼泪笑了一下,这个微笑似乎在表明她还是能笑得出来的,它给了丽达一阵温暖。

"不管怎样,我都要活下去!"怀着一种奇异的,几乎是庄严的冲动,她想道。

"好了!"萨宁开心地说道,迅速、愉快地站起身来。"没有什么东西能比死亡的念头更烦人了,但是,如果你能够振作精神,去感受生活、观察生活的话,那么你就活下去吧!是吧!……喂,把你的小爪子递给我。"

丽达把手递给他。在她胆怯的温柔的动作中显出了稚气的感激之情。

"好的,就这样——你的小手儿多漂亮啊。"

丽达微笑着,不说什么。

并不是萨宁的话对她起了作用。她身上本来就有着一个巨大、顽强而又勇敢的生命,只不过,那瞬间的绝望和软弱将这生命像根弦似的紧绷了起来。再有一个动作,这根弦就会被绷断,但是,这个动作没有做出,因此她的整个心灵便更加和谐、更加清楚地流露出大胆的精神,求生的渴望与满不在乎的劲头,她沉浸在从未有过的兴奋状态中,满怀喜悦与惊异地观察着,谛听着,用身上的每个细胞体会着同样强大而欢快的生命力,它就在周围,在阳光下,在草地上,在奔流着的清澈见底的河水里,在哥哥微笑镇定的脸上,也在她自己身上。她觉得头一次看见和感受到了这一切。"要活下去!"一个声音在她心中大声地,快活地喊道。

"对的!"萨宁说道,"在斗争的艰难时刻,我帮了你的忙,为这你该亲亲我,因为你是一个美人儿。"

丽达微笑着,这微笑像林中仙女的笑容一样神秘。萨宁搂着她的腰,觉出那个富有弹性的温暖身体在他肌肉发达的双臂中颤抖着,伸展着,于是便紧紧地、大胆地抱住了她。丽达的心里涌起一种奇异的却又无比愉快的感觉:她身上的一切都活跃起来,而且更加渴望生活。她不知不觉地用双手慢慢抱住哥哥的脖子,半闭着眼睛,嘬着嘴唇等着他的亲吻。

当萨宁滚烫的嘴唇长久而猛烈地吻她时,她感觉到了难以抑制的幸福,在这一刻,她已无所谓是谁在吻她,就像一朵沐浴着阳光的小花,无所谓是谁在将它晒暖。

"我这是怎么了?"她带着惊奇的愉快想着,"啊!是的!我曾想投水自杀——多愚蠢啊!为了什么?啊!多甜美。再吻一次!再吻一次!现在我要吻你了!多好啊!谁来都一样,只要活下去就行!"

"这就对了。"萨宁说道,放开了她,"一切美好的东西就是好的,用不着再去附加任何意义。"

丽达慢慢整理着头发,带着幸福的、傻傻的微笑看着哥哥,萨宁将雨伞与手套交给了她。她起初还为少了一只手套而奇怪。后来回忆了起来,想到她曾将那手套偶然落入水中以为是什么重大的不祥之兆的事情便久久地低声笑着。

"得了,就这样!"她想道,和哥哥一起沿着河岸走去。将高高的胸脯挺向炽热的阳光。

第二十章

诺维科夫亲自给萨宁开的门,见是萨宁,他便皱起了眉头,一切会让他想起丽达的东西,那种在他内心像被打碎的精致的花瓶似的那种玄妙美好的东西,都使他感到痛苦。

萨宁注意到了这一点,和蔼地微笑着,走进屋里。房间内又脏又乱,像有一阵旋风扫过,满地都是纸张、干草和各种破烂,各种书籍、服装和用具,杂乱无章地堆在床铺上、椅子上和敞开的柜橱抽屉里。

"要出门吗?"萨宁不解地问道,"你要去哪儿?"

诺维科夫避开了萨宁的眼光,沉默不语地将一些杂物挪到了桌子上,他笨拙地答道:

"是的,我要到发生饥荒的灾区去……接到了调令……"他因自己的笨拙而生气。

萨宁看了看他,然后又看了看箱子。然后又看了看他,突然大笑了一下。

诺维科夫沉默不语,机械地将一双靴子和一些玻璃管子放在一起,他很痛苦,他感到了愁苦的、完全的孤独。

"如果你这样收拾东西,"萨宁说道,"当你到了地方,你会发现用具没了,靴子也没了。"

诺维科夫匆匆看了萨宁一眼,他那双充满泪水的眼睛却在说:"唉!饶了我吧……你看我多难受啊!"

萨宁明白了,沉默不语。

夏日的朦胧暮色已飘进窗户,花园里淡淡的绿荫上方那像水晶一样

明亮、纯净的天空也暗淡了。萨宁停了一会,开口说道:

"你与其去那个鬼知道在哪儿的地方,还不如娶了丽达。"

诺维科夫不自然地迅速向萨宁转过身来,浑身突然颤抖起来。

"我求求你……别开这些愚蠢的玩笑了!"他用尖利的嗓音喊道。他的声音飘进了沉静的凉爽的花园,在静静的树林间发出了奇异的回响。

"为什么这样生气?"萨宁问道。

"听着!"诺维科夫粗暴地嘶哑着说道,他的两只眼睛瞪得圆圆的,面孔也变了,完全不像是萨宁所熟悉的那张善良、柔和的面孔了。

"你的意思难道是说,你娶了丽达是一件不幸的事吗?"萨宁问道,只在眼角露出了愉快的笑容。

"住口!"诺维科夫叫道,像醉汉一样摇晃着,向萨宁冲过去,他抓起那只脏靴子,用他自己也料想不到的力气在他头上挥动起来。

"镇定点!你疯了吗?"萨宁生气地说着,不由自主地躲开了。

诺维科夫恼怒地扔下靴子,气喘吁吁地站在萨宁的面前。

"你竟要用这只破靴子来砸我……"萨宁责备地摇着头。他很可怜诺维科夫,又对诺维科夫所做的一切感到可笑。

"是你自己的错。"诺维科夫反驳道,他立即软了下来,并感到害羞。

于是他立即感到了自己对萨宁的温情和信赖,萨宁是那么高大、镇静,可自己却像一个小孩子,想要得到爱抚和诉说一番他有多么痛苦,他的眼中甚至涌出了泪水。

"如果你知道我多么痛苦就好了。"他激动地说,同时使劲绷着喉咙和嘴巴,以免哭出来。

"是的亲爱的,我全都知道。"萨宁亲切地回答。

"不!你不可能知道!"诺维科夫坚决地反驳道,机械地在旁边坐了下来,他觉得,他的心情如此难受,谁也不可能理解他。

"是的,是的,我知道一切,"萨宁答道,"我可以发誓,如果你愿意听……如果你不再朝我扔那只破靴子,我就向你证明这一点,你不会再扔了吧?"

"是的,是的!原谅我,弗拉基米尔!"诺维科夫害羞地说道,他叫了萨宁的爱称,他以前从未这样叫过萨宁。这使萨宁感动了,他心中那个助人一把,摆平一切的愿望更强烈了。

"唔,那么,听我说,"他说着,亲热地将手放在诺维科夫的膝盖上,"我们来坦率地谈一谈。你所以要离开这里,仅仅是因为丽达拒绝了你,那天在扎鲁丁那里,你认为来找他的女人就是丽达。"

诺维科夫沮丧地垂下脑袋,他觉得,萨宁揭开了他身上那块疼痛难忍的伤疤。萨宁注意到诺维科夫的烦恼,心中想道:"你真是一个善良的蠢人!"

然后他继续地说道:

"至于说到丽达与扎鲁丁的关系,我不会要你相信,我也不清楚……我不认为……"当他看到诺维科夫的脸上闪过痛苦的表情,好似浮云的阴影一样,萨宁急忙补充了一句。

"他们的关系,"他继续地说道,"是不久前才建立起来的,不可能有什么严重的后果,尤其是,如果考虑到丽达的性格的话……你可是了解丽达的。"

诺维科夫的眼前又出现了他所了解、他所爱过的那个丽达,一位苗条而骄傲的姑娘,她那双时而温柔、时而威严的大眼睛透着纯净的冷漠,像是镶了一圈冰。他闭上眼睛,相信了萨宁的话。

"唔,就算他俩之间有过那种年轻人的调情,那么现在,一切显然都已经结束了。一个还是自由的,正在寻找自己幸福的姑娘有过这个小小的迷醉,这与你有什么相干呢。再说我想你不必费什么劲就能回忆起几十起诸如此类的迷醉,甚至比这还要糟糕得多。"

诺维科夫向萨宁转过身来,由于充盈在他内心的那分信任,他的眼睛变得明亮、透明了,一棵幼芽像柳枝那样在他心中摇曳,它是那么柔

弱,随时都会消失,他自己生怕因为不慎的语言或是想法将它毁掉,最后,他嗫嚅地说道:

"你要知道,如果我……"他没有说完,因为他无法表达出他想说的意思,却感到有一股为自己的痛苦和感情所激起的甜蜜泪水涌进了喉咙。

"唔,如果你什么?"萨宁提高声音问道,两眼放光,得意洋洋,"我只能告诉你一点:丽达与扎鲁丁之间过去和现在什么事都没有。"

诺维科夫诧异地望着他。

"我……唔……我原来想……"他恐惧地说着,觉得不能相信。

"你原来想的是蠢事!"萨宁激动地反驳,"你难道不了解丽达。她既然犹豫过那么长时间又怎么会有这样的爱情呢?"

诺维科夫抓住萨宁的手,喜悦地盯着萨宁的嘴巴。

突然,一阵可怕的恼恨和厌恶控制了萨宁。

他默默地盯着这个人的脸,看了许久,这个人一想到,他想与之做爱的那个女人此前还没和任何男人做过爱,就变得幸福起来了,从那双善良的眼里露出了赤裸裸的兽性的嫉妒,像爬虫一样平庸的、贪婪的妒意。

"唉——唉!"萨宁恶狠狠地发出一声长音,站起身来,"好吧,我就这么跟你说吧:丽达不仅爱过扎鲁丁,与他发生了关系,现在甚至还怀了他的孩子。"

房间里一片紧张的沉寂。诺维科夫怪笑着,看着萨宁,搓了搓手,他的嘴唇颤抖了一下,动了动,却只吐出一个微弱的、短促的叫声。萨宁站在他面前,盯着他的眼睛,在他的下颌和嘴角起了一道残忍而凶险的皱纹。

"唔,你干吗不说话呀?"萨宁问道。

诺维科夫抬眼看了萨宁一下,又飞快地垂下目光,还是那样默默不语,慌乱地微笑着。

"丽达刚刚遭受了一场可怕的悲剧,"萨宁低声地说道,仿佛是自言自语,"如果不是被我碰上,那么她现在已经不在这个世界上了,昨天那个漂亮的、活泼的姑娘就会躺在岸边的淤泥里,赤身裸体,丑陋不堪,被鱼虾咬得满身窟窿。问题并不在于她会死去——我们每个人都会死——然而和她一同死去的,也许还有她给大家的生活带来的巨大欢乐。当然,丽达不是唯一的女人,但是,如果年轻的女性全都死了,世界也许就会成为一个坟墓。"

"每当有人无聊地谋害一位年轻、漂亮的姑娘时,我个人总想杀人……听着,你是和丽达结婚,还是去见鬼,我反正都无所谓,但是我想告诉你一点,你是一个白痴。如果你的头脑里能转出一个健全纯洁的念头就好了,你如此痛苦,你把自己和别人都弄得很不幸,难道只是因为一个自由的年轻女人挑上了个色鬼犯了错误,随后重新又成了自由的女人,但已经是在发生性行为之后,而不是在此之前么……我告诉你,你不是唯一的一个……你们这些白痴成千上万,是你们把生活变成了一座没有阳光、没有欢乐、没法忍受的监狱!……嗯,可是你自己呢!你自己曾多少次倒在妓女的肚皮上,为发泄淫欲而扭动躯体,醉醺醺的、肮里肮脏的,像一条狗一样……丽达在失身时还有情,还有诗意的勇敢和力量,可你呢?你有什么权利躲开她,你认为自己是一个聪明的、有知识的人,在这样一个人的智慧和生活之间似乎没什么屏障吧……她的过去对你有什么影响?她变坏了,她给出的快感就会少一些吗?你自己不是也曾经想夺去她的贞洁吗?啊?"

"你知道不是这样的……"诺维科夫说道,他的唇颤抖着。

"不,是这样的!"萨宁喊道,"如果不是这样,那又是怎样的呢……"

诺维科夫沉默了,他的内心是一片空虚和黑暗,只有一种由宽恕、牺牲、功勋构成的悲凉的幸福在远处闪光。

萨宁望着他,觉得已经掌握了他那复杂大脑里所有的微妙变化的想法。

"我看出,"他开始以一种柔和的口气说道,"你想到了自我牺牲……你已经有了一个解决方式:我宽恕她,我在众人面前为她掩饰如此……你已经在自己的眼睛里变得高大了,就像动物尸体中的蛆虫……不,你是在欺骗,你没有片刻的忘我精神,如果丽达真的被天花毁了容貌,你也许会鼓足勇气去建立功勋,但过上两天,你就会毁掉她的生活,借口说她命不好,或是逃走,或是折磨她,心怀绝望地走向功勋,而此刻,你把自己看成一尊圣像了!……这还用说:你满脸放光,每个人都会说,你是神圣的,可你却毫无损失,因为在丽达那儿,还是同样的手臂,同样有双腿,同样的乳房,同样的情欲,同样的生命……你在愉快地享受,同时你却觉得你是在做一件神圣的事情……这还用说。"

诺维科夫听了这些话,心中那开始膨胀的动人的自我陶醉渐渐怯生生地缩成一团,消失了。

"你把我想得比我实际上更坏些,"他带着伤心的责备说道,"我并不是像你所想的那么冷血无情。我不否认,我有一点偏见,但我是爱着丽达·彼得罗夫娜的;如果我知道她也是爱我的,难道我会计较那种事……"

最后一句话他吃力地讲出来,而讲出自己相信的话竟是这么难,这已经使他自己感到非常痛苦。

萨宁突然冷静了下来。他沉思着,穿过房间,停在对着暮色花园的窗子旁边,低声答道:

"她现在遭到不幸,顾不上谈恋爱的事……她爱不爱你,谁知道呢,不过我认为,你如果去找她,你就会成为世界上第二个不因她那个短暂、偶然的幸福而惩罚她的人,这样的话……谁知道她会怎样呢……"

诺维科夫心事重重地坐在那里,他心里又悲伤又快乐:悲伤的快乐和快乐的悲伤在他心中产生了一种明亮、动人的幸福,就像渐渐逝去的夏日的傍晚。

"我们去找她吧,"萨宁说道,"无论怎么样,在那些掩藏着的野兽的嘴脸面具中看到一张人的面孔,她总会轻松些……你,我的朋友,相当愚蠢,这是实话,但在你的愚蠢中却有别人所没有的东西……这有什么呢,世界就是在这种愚蠢的基础上长年累月地创造着自己的幸福与希望。……来,我们走吧。"

诺维科夫羞怯地微笑着:"我很愿意去。但她本人是否会高兴呢?"

"你别考虑这一点,"萨宁将两手放在他的肩膀上,"如果你认为这么做好——那就做吧,到时候再瞧吧……"

"不错,我们走吧!"诺维科夫毅然决然地说。在门口,他停下脚步,直盯着萨宁的眼睛,带着一种他从未有过的力量说道:

"你要知道,只要有可能,我就使她成为幸福的女人。……这话很平常,我知道,可我又无法用别的语言来表达我此刻的感受……"

"不要紧,我的朋友,"萨宁诚恳地答道,"我明白的。"

第二十一章

酷热的夏天笼罩着城市,夜晚,一轮圆月在高空中徘徊,空气温暖而又浓郁,充溢着花园与鲜花的香气,唤起一种倦慵而庄严的感觉。

白天,人们工作,搞政治,搞艺术,将各种思想付诸实施,吃饭、喝水、洗澡,但是,只要暑热一消退,静息的发沉的灰尘落下来,那明亮而神秘的圆月从昏暗的地平线上、从远方的密林或近处的房顶后边露出边儿来,凉爽而神秘、月光洒满花园,一切都沉静下来。仿佛从自己身上脱掉各色各样的衣装一般,这时便开始轻松自由地过真正的生活了。

人越年轻,这种生活也过得越充分越自在,各处花园里充满夜莺的尖声啼啭,被轻盈的女性衣裙触碰的青草,在神秘地摇晃着它们的小脑袋,暗影越来越深,爱的慵懒闷人地弥漫在空气中,眼睛时而闪亮、时而蒙眬,脸颊变成玫瑰色,声音变得神秘而诱人。

就这样,在冷冷的月光下,在吐出清凉的静静的树阴里,在多汁的草被踩倒的草地上,一代又一代的年轻人自发地诞生了,就这样,尤里·斯瓦罗日奇和沙夫罗夫一起,搞政治,组织自修小组和新书读书会,他认为,这才是他真正的生活,这样才能排遣他所有的顾虑和怀疑。然而无论他读了多少书,不管他组织了多少活动,他还是觉得无聊和苦闷,生活中也没有火花,只有在感到自己健康有力的时候,只有在爱上女人的时候,尤里才会激动起来。起初,所有年轻漂亮的女人都同样地引他关注,同样地令他激动,但是很快,有一个女人在她们中间凸显出来,渐渐地,她将她们所有的色彩和美丽都集于一身,她开始单独地亭亭玉立于他的面前,美丽而又可爱,就像春天里森林边的一株白桦。

她很漂亮,身材高大,丰满健壮,每一举步,高耸的漂亮胸脯就朝前一挺,脑袋在健美白嫩的脖颈上微微昂起,她笑得很响,歌唱得很美,虽然她读书很多,喜爱聪明的思想和自己的诗歌,可是只有她使出浑身解数,用她富有弹性的胸脯挤压着什么东西,双手使劲抱着,两脚蹬地,又笑又唱,并看着那些强壮漂亮的男人,这时候她整个身心才感到充分的满足。有时太阳当空,驱散一切黑暗,有时月亮在昏暗的天空中发亮,在这种时候,她想要脱掉衣服,光着身子在绿草地上奔跑,投入昏暗的荡漾的河水中,用好听的声音呼唤着,等待或寻求着某人,她的出现使尤里心旌摇曳,唤起一股无形的还没有使尽的力量,有她在场,他的话语就更清晰,他的肌肉就更有力,他的心就更坚强,头脑更灵活,他整天思念她,晚上要去找她,可他甚至对自己也掩饰着这一点。可是在他心里存着一种令人气闷生厌的情绪,它是违背内心对自由的渴求力量,他让自己内心出现的每一种情都停下来,对其加以审问,于是那情感便淡薄了,枯萎了,像严寒中的花朵失去花瓣,当他询问自己,是什么使他迷恋卡尔萨维娜,他的回答总是:是性欲,仅仅是性欲——虽然他自己也不知道原因何在,然而,这个直截了当的字眼却在他心中唤起了一种不经意的、对他自己而言却是很沉重的蔑视。

然而一种默契却已不声不响地在他们俩之间产生了,如两面明镜一样,他的每个动作都会在她身上得到反映,她的每一个动作也都能在他身上反映出来。

季娜·卡尔萨维娜并没有考虑过自己内心里发生了什么,但她却为自己的情感而高兴,她害怕这种情感,想在别人面前掩饰这一情感,并努力这样做了,好让它完完全全地属于她一个人,使她痛苦的是,她无法理解这位漂亮的、她感到可爱的男人心灵和身体里发生的一切,有时她觉得,他俩之间什么事情也没有,这时她便会痛苦,哭泣,难受,像是丧失了什么财富，但是，当其他一些男人走近她，用奇异的、明白或不明白的目光看着她的时候，他们的关注还是会让她感到宽慰和激动，因此，尤其是在卡尔萨维娜坚信她被尤里所爱而像个未婚妻似的神采焕发时，她能使其他男人激动，自己也会因那秘密的渴求而激动。当萨宁带着他宽大的肩膀、平静的眼神和自信有力的举止走近她的时候，她就会感到一阵特别奇异的激动，捕捉到了自己这份隐秘的激动，卡尔萨维娜觉得害怕，认为自己是个放荡的坏女人，可她仍旧好奇地看着萨宁。

就在丽达经受了其沉重悲剧的那天晚上，尤里和季娜在图书馆里相遇了。他们俩简单地打了声招呼，便各自忙各自的事情：卡尔萨维娜在挑选书籍，尤里在翻阅圣彼得堡报纸，但是最后，他俩不知不觉地走到了一起，走在已经空无一人、被月光照得很亮的街道上。四周不同寻常地安静，只听得见更夫的渐远渐弱的梆子声和某家后院传来的狗吠声。

在林荫路上，他们碰见了一群人待在树荫下，那儿响起一阵热烈的说话声，时明时暗烟头的火光刹那间照亮了一个人的胡子，当他俩从一旁经过时，有个男人用纯正而快活的声音唱道

美丽姑娘的心啊，
就像田野的微风……

当他们走到了离季娜的家不远的地方，他们找了一条长凳子坐了下来，长凳被浓浓的暗影罩着，坐在那里可以看见一条宽宽的、洒满月光的街道，街道的尽头，是教堂的白色院墙和黑黢黢的椴树。院墙和椴树上，一个十字架在空中泛着冷冷的光，就像是一颗星星。

"您看呀，多好啊！"季娜一手指着，悦耳地说道。尤里赞赏地匆匆看了她白皙丰满的肩膀一眼，它透过小俄罗斯式上衣的大领口完全露了出来，尤里感到一阵难以抑制的冲动，想去搂抱她，亲吻她丰满红润的唇。他突然觉得应该这样做，觉得她也在等待他这样做，她既害怕，又

渴望，但是，他不知为何错过了机会，软了下来，他歪着嘴，嘲讽地笑了一声。

"你说什么？"

"啊！——没说什么！"尤里忍住两腿由于情欲激荡而出现的强烈颤抖，答道，"风景太好了。"

他们俩默默不语，敏感地倾听着从黑暗的花园和月光照亮的房顶后面传来的遥远的声音。

"你从前谈过恋爱没有？"季娜突然问道。

"爱过，"尤里徐徐地说道，"我可以告诉了她吧，"他想道，然后高声地说道，"我现在正在恋爱之中呢。"

"爱的是谁呀？"她满怀自信和恐惧颤抖着声音问道。

"就是您啊。"尤里竭力想用开玩笑的口吻讲，却变了腔调，脱口回答，他俯下身来，看着她那双在黑暗中闪出奇异光泽的眼睛，她惊恐地迅速看了他一眼，她那张惊恐而幸福的脸庞充满了期待。尤里想拥抱她，他已经感觉到了自己怀抱中那柔软而凉凉的肩膀和富有弹性的乳房，可是他却害怕了，再一次错过了时机，他没有力量做，也不能做他想做的事，便难为情地假装打了个呵欠。

"他在开玩笑！"季娜痛苦地想道，因为痛苦与委屈，她的心都凉了。

她觉得马上要哭出来了，便猛然使劲地忍住眼泪，咬紧牙关，"蠢话！"她匆忙站起身来，用变了声的嗓音嘟囔道。

"我说的是真话，"尤里声音不自然地说，他的话已经是违背意志的了，"我爱你，相信我，我非常爱您！"

季娜没有回答，开始收拾自己的书。

"为什么呢，为什么这样？"她苦恼地想，突然恐惧地意识到她暴露了自己的心事，他便看不起她了。

尤里俯身将一本掉在地上的书拾起递给了她。

"该回家了。"她冷淡地说道。尤里非常舍不得她走开,可与此同时,他也觉得这个结果很独特,很美,远没有任何的庸俗,于是他竟莫名其妙地答了一句:"再见!"

但是,当卡尔萨维娜把手伸给他,尤里却违背意志地弯下腰,吻了吻她柔软温暖的手心,手上散发出一股可爱而柔和的香气,扑到他的脸上,卡尔萨维娜轻轻地喊了一声,立即把手抽了回去。"您干吗呀?"

然而嘴唇触到姑娘柔软而发凉的肉体时那瞬息间的感觉是那么强烈,竟使他头晕起来,他只能怡然自得而又毫无意义地微笑着,听着她急促的、渐渐远去的脚步声。很快院门吱咂地响了一声,尤里仍然那样微笑着,往家里走去,他竭尽全力地呼吸着新鲜的空气,感到自己是强有力的、幸福的。

第二十二章

然而，在月夜的开阔和凉爽之后，自己的房间就显得既闷人又狭窄了，就像监狱一样，于是，尤里在房间里又想道，活着仍然是乏味的，这一切也都是渺小而庸俗的。

"我强索了一个吻！你想，这是多么幸福，多大的功勋啊，这一切多么恰当，多么富有诗意，月光之下，英雄用火热的语言和亲吻引诱姑娘……呸！庸俗！在这该死的穷乡僻壤，人也就不知不觉的就变得俗不可耐了。"

尤里住在大城市里的时候以为，他只要一到乡下，就会投身于简朴的、黑土地上的生活，伴着那儿的工作，真正的，并非臆想出来的工作，伴着那儿的田野、太阳和农夫，让生命最终获得真正的意义，可是此刻他却觉得，如果没有这片蛮荒之地，如果去到都市，生命就会在真正的旅途上沸腾起来。

"都市里热闹，能言善辩者侃侃而谈！"他若有所思地自言自语，满腔热情，但是立即他觉察到了自己这种孩子气的快乐，便挥了挥手。

"不过，那又怎么样……反正都一样……政治啊、科学啊，一般来说，从远处看，在理念中看，这些东西都是伟大的，而在一个人的生活中——这也只是一个职业，像任何其他职业一样！斗争啊，巨大的努力啊，可是在现代生活中都是不可能的，我受苦，我斗争，我克制……可是后来呢？结果怎样呢？斗争的终点我这辈子赶不上了！普罗米修斯想偷火给人类，并且给了，那就是胜利，可是我们呢？我们只能往火上加点刨花，这火不是我们点燃的，也不是我们熄灭的。"

这时他突然产生一个想法,其中的原因就在于他尤里不是普罗米修斯,这个想法使他不快,但他还是带着病态的自虐抓住了它:

"我算什么普罗米修斯呢?我的一切如今都处在个人的立足点上,我、我、我……为了我,为了我……我如此地软弱和渺小,跟我打心眼里鄙视的所有这些人一模一样。"

这一比较对于尤里来说如此痛苦,他脑子里乱成一团。有一阵子竟呆呆地望着前面,为自己寻求辩解。

"不,我和别人不一样,"他如释重负地想道,"就凭我想到了这一点……梁赞采夫、诺维科夫和萨宁就不会想到这一点,他们决不会进行痛苦的自我鞭笞,他们心满意足,就像查拉图斯特拉那些洋洋自得的猪猡,他们的一生都处在自己的小我之中,他们的庸俗还传染了我……和狼生活在一起,你就会像狼一样嚎叫!这是自然而然的!"

尤里在房间里走来走去,像通常那样,他的思想也在随着位置的变化而变化。

"很好。就是这样,可是应该想一想的事情依然很多。例如,我和季娜·卡尔萨维娜是什么关系?我爱不爱她反正都一样,这又会有什么结果呢?如果我娶了她,或者只与她保持一段时间的关系,这对于我来说就是一种幸福吗?去欺骗她,也许是罪过,可如果我爱她……唔,那么我能够……她会生出一堆孩子。"他想到这里,脸红了,"这当然也不是什么坏事,可这毕竟会把我拴住,永远夺走我的自由。一个有家庭的人!家庭幸福!这是小市民的幸福,不,那不是我所过的生活。"

"一……二……三,"他想着心事,机械地迈动脚步,竭力想每步都迈过两块地板,踏在第三块上,"如果确切知道不会有孩子就好了……或者,我能喜爱自己的孩子,以至愿意为他们付出生命……不,这同样庸俗……要知道,梁赞采夫也会爱自己的孩子,那么我和他之间还有什么区别呢?活着,并作出牺牲,怎样作出牺牲呢?……无论我走上了什么样的道路,无论我确定了什么样的目的,那个我不惜为之去死的纯洁的、无疑的理想,又究竟何在呢?……是的,不是我软弱,而是生活不值得去牺牲,去爱,而如果这样的话,也就不值得活下去了。"

而这个结论尤里从来不曾理解得这么清楚,他的桌子上一直放着一把手枪,每次,当他走近桌旁又转身去的时候,每个抛过光的零件闪着亮光,落入他眼中。

他拿起手枪,仔细地察看着,枪里已装好了子弹。尤里扳起扳机,将手枪顶在太阳穴上。

"就这样……"他想道,"嘭!一切都完结了。开枪自杀是愚蠢还是聪明呢?自杀是怯懦……那么,这就是说,我是一个懦夫了。"

冰冷的铁器和滚烫的太阳穴的小心接触,使人感到舒服又可怕。

"可是季娜呢?"他脑中不由得想,"啊!这样一来,我就不能拥有她了,而要把这个我可能获得的幸福留给他人?"一想到卡尔萨维娜,他内心便激动地、温柔地麻木了,可尤里运用意志力使自己认为这一切都是小事,完全无法与那些重要、深刻的思想相提并论,他觉得,那些思想充满了他的头脑,但是,这只是一种受到强迫的情感带着不满的忧伤和不想活下去的念头对他进行了报复。

"我为什么不开枪呢?"尤里问自己,他的心脏都快要停止跳动了。再一次,尤里又有了他并不相信的意图,受到了他害羞的嘲讽,尤里将手枪顶在太阳穴上,还没有想清楚自己的动作,就扣动了扳机。他的血凝住了,两耳嗡嗡作响,整个房间都仿佛摇晃起来。

但是枪没有打出子弹来,只听到扳机发出一声轻微的金属撞击声,尤里被一阵从头到脚的疲软所包裹,慢慢地放下拿枪的手,他全身颤抖、呻吟着,脑袋在旋转,一瞬间嘴也发干了,当他放下手枪时,两手发抖,手枪几次碰到桌子,发出响声。

"好啊!"他想道,然后控制住自己,走近镜子,看了看他那阴郁而冷漠的外表。

"那么,我是懦夫吗?""不,"他骄傲地想道,"我不是!我毕竟开了枪,枪卡壳了,这可不是我的错。"

镜子中的自己的脸孔看着尤里,他觉得他的脸色此时很庄重、很严峻,不过,他竭力在使自己相信他不会赋予这个自我克制的举动以任何意义,他心满意足地对自己吐了吐舌头,走开了。

"不走运啊。"他大声地说道,这句话安慰了他,也鼓舞了他。

"如果有人看见了我,那可怎么办?"他带着担心的羞怯立刻想道,不由自主地看了看四周,但是四周一片静谧,紧闭的房门外没有任何东西,房间外也没有任何东西,在无边无际的虚空中,只有尤里一个人在生活,在受难,他熄了灯,使他感到惊讶的是,粉白色的朝霞已经透过百叶窗的缝隙射进了房间,他躺下来睡觉,在梦中,他觉得有个人,又重又大,压在他身上,浑身冒着不祥的红光。"这是鬼!"他心里恐怖地想。尤里使出浑身的力量,去挣脱对方的纠缠,可是那"红鬼"没有离开,没有说话,也没有笑,只是咂响着舌头,无法弄清他的咂舌是嘲笑还是同情,这叫人很难受。

第二十三章

暮色带着青草和鲜花的气息，柔和地、充满爱意地飘进了敞开的窗户。萨宁坐在靠窗的桌边，借着白昼最后的余光阅读着一篇他已经读过多次的故事，故事讲的是一位老主教悲惨而孤寂的死去的情形：他穿着金黄色的教袍，戴着钻石十字架，周围是来向他膜拜的人众和香炉里升腾的青烟，他赢得了众人的尊敬。

房间里像外面一样清爽凉快，晚间的轻风自由自在地穿过屋中，充满萨宁的胸膛，吹动他柔软的头发，抚拍他专心而严肃地俯在书籍上边的强壮双肩，萨宁阅读着，思索着，翕动着嘴唇，像个专心读书的大孩子，他越往下读，心中的思虑便越强烈越深刻，人类的生活有多么可怕呀，人们是多么笨拙，多么粗鲁，他离他们有多远啊。于是他便觉得，如果他认识这位主教，那就好了，老主教就不会那么孤寂了。

门开了，有人走了进来。萨宁看了一眼。"啊！您好。"他说道，推开了书本！"有什么新闻吗？"

诺维科夫轻轻地握了握萨宁的手，带着苍白、忧伤的神情笑了笑。

"呵！没什么，"他说道，摆摆手走近了窗口，"一切都还那么糟，像从前一样。"

从萨宁坐着的地方看去，只能在逐渐暗淡下去的晚霞中看到他那高大优美，淡淡的侧影，萨宁久久地、专注地看着他。

当萨宁第一次领腼腆的、痛苦的诺维科夫去见丽达的时候，可怜的、慌乱的丽达已经完全不像前不久那个漂亮、大胆、骄傲的姑娘了，他们没讲一句心里话，萨宁明白，如果他们讲了，他们两个都将是不幸的，可是如果他们不讲，他们两个将更加不幸，他觉得，他们只有历经痛苦，才能试探着找到他认为是简单明白的东西，因此他没有打扰他们，然而当时他就看出来这两个人处在同一个封闭的圆圈中，他俩的相遇是不可避免的。"唉，算了，"他想道，"就让他俩受点苦吧……他们会因痛苦而变得温和、纯洁起来……让他们去吧。"可是现在，他却感到，这样的时候到来了。

诺维科夫站在窗边，沉默地望着夕阳。他心里充满一种奇异的情感，在这种情感中，对难以挽回的损失的眷念和难耐地期待新幸福的颤抖微妙地结合在了一起，在这忧伤温情的黄昏里，他更加清晰地想象出了丽达的胆怯和不幸，众人给她的侮辱和贬损，于是他觉得，如果有足够的力量，他可以跪在丽达的面前，用亲吻温暖她冰冷的小手，用他宽恕一切的伟大爱情使丽达返回新生活，他整个身心都燃起了对这桩功德的渴望，对自己的感动和对怜爱丽达的心，然而他却没有勇气去见她。

萨宁看清了这点，他慢慢站起身来，摇了摇头说道：

"丽达在花园里呢。我们去吧。"

带着可怜的痛感，诺维科夫的心既忧愁又幸福地紧缩起来。一阵轻微的痉挛掠过他的脸庞，又消失了，可以发现，他捋着唇髭的指头颤抖得很厉害。

"唔，你怎么了？我们去找她吧？"萨宁又说了一遍，他的嗓音是有所暗示的，也是平静的，他似乎要去办一件重要的，却又是众所周知的事情。仅凭这声调，诺维科夫就明白萨宁看清了他内心的一切活动，于是，他感到了一种巨大的释然和天真孩子般的恐惧。

"我们去吧，我们去吧……"萨宁温和地继续说道，扶着诺维科夫的肩膀，将他推向门口。

"好吧……我……"诺维科夫嘟哝着，忽然感到一股喜悦的温柔和想去吻萨宁的愿望，然而他不敢这么做，只是用湿润的蓝眼睛望着他。

花园里很暗，温暖的露水散发出气息，仿佛有一个静静的、无形的人正行走在旷野的小道上，小道旁是沉默无语的树木，在他走近的时候，入睡的花朵和青草轻轻地颤动了起来，岸上要稍亮一些，半空中的晚霞悬在河面上方，明亮的河水蜿蜒在深暗的牧场上。丽达坐在河边，她那微俯着的纤细侧影在草地上泛着白色，就像一个在水面上发愁的神秘幽灵。她在哥哥的镇静嗓音的作用下产生的那种明朗、大胆的情绪，来得快，去得也快，羞耻与恐惧又占据了她的心里，使她产生了一种想法，她不仅没有追求新幸福的权利，甚至没有活下去的权利。有好几天她从早到晚拿着书，坐在花园里，因为她不能坦然直视母亲的眼睛。无数次她对自己说，面对她的个人生活，母亲什么也不是，但是每一次，当母亲走近她，丽达的嗓音就会变调，不再悦耳动听了，她的眼睛里就会闪现出某种负罪的、胆怯的神情。而她的害羞、脸红、犹豫的嗓音和躲闪的眼神，又使母亲不安。那些烦人的问题，那些担忧，那些追究、审视的目光都让丽达感到非常难受，于是她便开始了躲避。这个晚上，她就这样坐着，忧郁地注视着隐入昏暗的地平线的晚霞，思虑着自己的苦恼，没有出路的心思。她想到，她是不懂生活的，有一种无比巨大，混乱，黏糊的，有力的东西，像章鱼一样，竖立在她的面前。一系列阅读过的书籍，一系列伟大、自由的思想，掠过她的大脑。于是，她意识到，她的行为不仅是自然的，甚至是很好的，她的行为没有使任何人遭殃却使她和另一个男人得到了快感，没有这样的快感，她也许就没有青春，她的生活也许就是凄凉的，就像秋天里落光了叶子的树木。

她一想到她与一个男人的结合并没有得到宗教的祝福，自己便也觉得有点可笑。在人类自由的思想方面，这样的束缚，早已被扫除到一边去了。她真的应该在这个新的生活中求快活，就像在阳光明媚的早晨被新生活授了花粉的那朵鲜花一样地高兴。然而她总觉得说不出的颓丧和痛苦，感到自己身处深渊的底部，低于所有人，是卑贱者中最卑贱的一个。

无论她如何呼唤那些伟大的思想和颠扑不破的真理，面临耻辱的明天，这些思想和真理都会融化，就像蜡为火而融化一样，因此，丽达没有踩着那些人的脖子，虽然那些人的愚昧和狭隘使丽达蔑视他们，丽达所想的，仅仅是如何自救，如何蒙骗他们。

于是，丽达时而独自哭泣，不让别人看见她的眼泪，时而用假装的开心蒙骗他们，时而又陷入痛苦的绝望，她只倾向于诺维科夫，就像花朵倾向于温暖的阳光。他能救她，这个想法似乎是罪恶的卑鄙的。有时想到她可能就依赖于他的宽恕和爱情，她就会涌起一阵愤恨，但是，自己是软弱的，是热爱生活的，这种意识却比信念更强大，比反抗更强大。

因此她没有去因人们的愚蠢而愤怒，反而战战兢兢的，她没有盯着诺维科夫的眼睛而不羞愧，反而像个女奴似的，在他面前谨小慎微，在这个双重人格的姑娘身上，有着某种可怜、无助的东西，有如一只折断了翅膀的鸟儿，再也飞不起来了。

有的时候，当她的苦楚到了不可忍受时，她往往会想到哥哥。她的心里便充满一种天真的惊奇之感：她明白，在哥哥眼里，没有任何神圣的东西，他用色鬼的眼睛看他这个妹妹，他是自私的，不道德的。然而他却是她可以与之轻松交往的唯一一个人，和他在一起，她可以毫不害羞地道出自己生活中最深的秘密，有他在场，一切就显得简单了，无足轻重了：她有孕了，唔，那有什么？她与人发生了关系，是的，可是她喜欢。人们会鄙夷她、看轻她，这又有什么关系？在她面前，有生活、阳光和旷野，至于男人们呢，世界上多着呢。她的母亲会悲伤。那也随她去呗……丽达没有见过母亲年轻时的生活，母亲死后也就不会再管丽达了，她们在人生的道路上偶然相遇，一同走过一段路程，不能也不应该彼此挡道。

丽达知道，她自己永远也不会成为这样一个自由的人。她之所以如此的想着只是在服从这位镇静、坚定的人所具有的魅力。然而她还是怀着巨大的惊喜和敬佩的温情看着哥哥。于是，一阵奇异的、自由的念头闪过她的心头。

"如果他不是哥哥而是另一个男人！……"她胆怯而惊恐地想，很快便打消了这个可耻而诱人的想法。

然后她又想到了诺维科夫，并且奴隶般胆怯地等待和期望着他的宽恕和爱情。她听见一阵脚步声，便回头看了一眼。诺维科夫和萨宁踏着高高的青草默默地径直向她走来。在傍晚暗淡的暮色中看不清他俩的面孔，但丽达不知为何却立即感到，那个可怕的时刻正在逼近。生命仿佛离她而去了，她变得非常苍白，非常软弱。

"瞧！"萨宁说道，"我把诺维科夫给你带来了。他想要什么，他自己会告诉你……你们在这里坐一坐，我去喝口茶了。"

他急忙转过身去，大步穿过草地走了，有一会他的衬衣闪着白色，渐渐地融入昏暗中，后来便隐没在了树林后面。四周一片寂静，还不能相信，他已经彻底走远了，而没有停在树林的阴影中。诺维科夫和丽达目送着萨宁，他俩凭借这一动作就明白了，一切都已谈妥，只需要再重复说一通罢了。

"丽达·彼得罗夫娜。"诺维科夫柔声地说道，他的声音是如此的忧郁而动人，竟使得丽达的心也温柔地紧缩起来。

"可怜的人，"她想道，"他真是个好人。"

"我全都知道了，丽达·彼得罗夫娜，"诺维科夫继续地说道，觉得他心中涌起了一股对自己的行为的感动和对她那哀伤胆怯的身影而产生的怜悯，"但我还是和从前一样地爱着您。或许，您什么时候能爱上我……请问，您……愿做我的妻子吗？"

"我最好对于那事不要说得太多了，"他想道，"让她甚至不知道我会为她作出什么牺牲吧……"

丽达默默不言，四周如此安静，连河中急速的水流在柳树丛中溅出的水声都能听到。

"我们俩都是不幸的，"诺维科夫突然出乎本人意料地从心底讲出来,"我们两个一起生活也许就会轻松些。"

丽达的眼中流出了感激与温情的泪,她仰脸向他说道:"是的……可能吧。"

然而她的眼睛却在说:"上帝作证,我会是一个好妻子,永远热爱和喜欢你。"

诺维科夫感受到了这一目光,便迅速地、冲动地跪在她的身边,连连亲吻她那只发抖的手,自己也因突然涌起的欢乐激情而感动得浑身发抖,而且这激情明显感染了丽达,使她那强烈而可怜的胆怯感和羞耻感一下子就消失了。

"一切都结束了!"她想道,"我又将是幸福的了……亲爱的他,可怜的他!"她噙着幸福的泪水想道,她没有将手缩回来,自己也在吻着她一直喜爱的诺维科夫柔软的头发。她心中清晰地闪过对扎鲁丁的回忆,但立即消失了。

萨宁考虑让他们互相解释的时间已经足够了,便走了回来,这时,丽达和诺维科夫手牵着手,正在静静地谈着。

诺维科夫说永远爱她,丽达说现在爱上他了。这是实话,因为丽达渴求爱情与幸福,希望在他身上找到,她爱的是自己的希望。他们觉得,他们从来没有那样幸福过。看到萨宁,便不说话了,却用发窘、快乐而信任的目光望着他。

"啊哈!我明白啦!谢天谢地,但愿你们幸福!"萨宁庄重地说道。

他还想再说点什么话,然而,却对着河流打了一个喷嚏。

"太潮湿了……你们别着凉了。"他擦了擦眼睛,添了一句。

丽达幸福地笑了起来,笑声响彻在河上,又是神秘而好听的了。

"我要走了。"萨宁过了一会说道。

"你到哪里去?"诺维科夫问道。

"斯瓦罗日奇和那个崇拜托尔斯泰的军官,他叫什么名字?一个瘦瘦的德国人,来叫我去。"

"你说的是封·杰伊茨。"丽达笑道。

"就是那个人。他们来叫我们大家参加一个什么聚会,我只告诉他们,你们没在家。"

"你为什么这样说?"丽达问道,仍然笑着,"也许我们要去呢。"

"不,你们待在这儿吧。"萨宁表示异议,"如果有人和我做伴,我也会待在家里的。"

于是,他再次走开了,这次,他可是真的走了。

夜幕降临,群星在昏暗的流水中晃晃悠悠。

第二十四章

夜晚是幽静的,在那些黑色的、静立的树木的头顶上,一团团乌云在沉重的翻滚,它们急速地从天的这边涌向天的那一边,似乎正匆忙地赶向一个看不见的目的地。在乌云那微微发绿的缝隙间,苍白的星星时隐时现。在空中,一切都充满了连续不断的凶险运动,而在地上,一切都在紧张的期待中静息了下来,在这样的静谧之中,人们争论的声音就显得格外尖利,格外刺耳,就像一些受到刺激的小动物发出的尖叫。

"无论如何,"封·杰伊茨叫道,他笨拙地、磕磕绊绊地挪动着两条长腿,就像是一只鹤,"作为唯一完整而明确的人文学说,基督教给人类带来了用之不竭的财富。"

"是啊……"走在后面的尤里执拗地晃着脑袋,生气地看着他的后背,"但是在与动物本能的斗争中,基督教却已经显得同样无能了,就像其他……"

"怎么能说'已经显得'呢?"封·杰伊茨愤怒地叫道,"未来全都仰仗基督教,怎能把它当作某种没有希望的事……"

"基督教没有未来,"尤里暴躁地打断了他的话,"如果说基督教在它最发达的时期都没能战胜人类,反而无助地落到了一小撮坏蛋手里,沦为可耻的欺骗工具,那么如今,连'基督教'这个词本身都变得平淡无味的时候再期待什么奇迹就是奇怪而可笑的了,历史无情,一从舞台消失,就永无复返之日……"

脚下的木板人行道微微地泛白,走在树下,有时伸手不见五指,生怕撞到人行道的木桩上,好不令人气恼,人声也显得不自然,因为看不清面孔。

"你的意思是说基督教已经从舞台上消失了?"封·杰伊茨叫道,他的声音里听得出那种过分夸大的惊讶和愤怒。

"当然消失啦,"尤里固执地继续说道,"你这么吃惊,就像不允许似的。……正如摩西的教规从舞台上消失,释迦佛与希腊诸神都已逝去一样,基督也死了……这不过是进化的规律呀。为什么你这么害怕呢?你不是也不相信他的训导的神意吗?"

"不,当然不。"封·杰伊茨委屈、气呼呼地说道,与其说是回答问题,不如说是对尤里那使人难堪的腔调的回敬。

"难道你认为,人创造出永恒法则的可能性存在吗?"

"一个白痴!"这是他对封·杰伊茨的看法,他坚定不移、非常愉快地确信,这个人比起他尤里来愚蠢得多。这个人永远也理解不了那些在他尤里看来是一清二楚的东西。在尤里的大脑里,这一想法与一种被激起的愿望荒谬地交织在一起,那愿望就是,无论如何也要完全驳倒并说服这个军官。

"就假设是这样的。"封·杰伊茨说道,他也激怒起来,"可是基督教是未来的基础,它没有毁灭,它落进土壤里,像每一粒种子一样,将结出自己的果实……"

"我说的不是这个意思,"尤里有点惶惑,因而更加没好气地说,"我的意思是说……"

"不,对不起,您说的就是这个意思……"封·杰伊茨怕失去优势,便得意地打断了尤里,又四下里张望一番,走下了人行道。

"既然我说不是这个意思,那就不是这个意思……奇怪!"尤里又抢过话头,想到这个愚蠢的封·杰伊茨,竟能在哪怕是片刻之间觉得他自己更聪明,尤里心里便涌起一阵强烈的愤恨,"我的意思是说……"

"好吧,也许……对不起,我没那样理解。"封·杰伊茨带着迁就的嘲讽耸了耸瘦削的肩膀,毫不掩饰自己驳倒了尤里,使对方现在张口结舌，无以对答，这样说不过是一种为时已晚的退却罢了。

尤里明白了他的心思，于是，他感觉到了一阵强烈的愤恨和屈辱，甚至像是被卡住了脖子。

"我完全不否认基督教有很大的影响……"

"吓！那您就是自相矛盾了。"封·杰伊茨更加快意，气都喘不上来了，他高兴的是尤里比他蠢得无以复加，显然，封·杰伊茨本人头脑中如此恶感完好的存在的思想，他连作个近似的理解都难以做到。

"在你看来，也许我是自相矛盾，"尤里痛楚地不连贯地说道，"可事实上……恰恰相反……我的思想完全是合乎逻辑的，如果你不愿意理解我的话，这可不是我的过错了。我刚才说过，我现在再说一遍，基督教是一种老生常谈的东西，在它那里已经等不到什么拯救了，也没必要等待。……"

"好的……可是您是否否认基督教的良好影响……也就是那由它奠定基础的……"

"我不否认……"

"但我却是否认的。"一直默默不响地走着的萨宁，突然从后面嘲讽地答了一句，他的声音是愉快的、镇静的，奇异地插进了那场激动、尖锐的争论。

尤里不作声了。这种平静的声调和流露出来显然是好意的嘲笑使他很委屈，可是又没找到什么话来回答他。不知为何，与萨宁争论总让他感到不自在，不痛快，似乎，他惯用的所有那些字眼，一拿来对付萨宁就都完全不管用了，尤里始终有这样一个感觉，似乎自己是站在光滑的冰面上去推倒一堵墙。

封·杰伊茨绊了一下，马刺发出一阵刺耳的响声，他用恶狠狠的声音高喊道：

"请问这是为什么？"

"不为什么。"萨宁带着难以捉摸的神情回答。

"怎么能不为什么呢！？……如果说出什么话来，就该提出证明来。"

"我没什么要证明的，这是我的信念，而我没有丝毫的愿望想去说服您，再说，也没必要。"

"如果这样看问题的话，"尤里谨慎地说道，"也许就应该销毁一切出版物啰。"

"啊，不！为什么要销毁？"萨宁答道，"出书是一种非常伟大、有趣的事情。就我对出版物的理解而言，它是真实的，它不去与偶然遇到的懒汉争辩，这种人无所事事，却想使大家都相信他很聪明。……书籍能改造整个生活，渗透进人类的血液，一代又一代。如果销毁出版物，生活就会失去许多色彩，暗淡下去……"

封·杰伊茨停下脚步，让尤里上前与萨宁并排，然后问道：

"啊！对不起……我对您提出的那个想法非常感兴趣……"

萨宁笑了。

"我的想法非常简单。如果你想听，我可以把它解释一下，在我看来，基督教生活扮演了一个可悲的角色……在人类已经变得完全不堪忍受的时候，正当差不多所有被侮辱与压迫的人们有所觉醒，要一举推翻痛苦难捱的不公正的秩序，干脆消灭一切靠别人的血汗过活的人的时候，就在这个时候出现了温和的、谦卑的、给人许多许诺的基督教，它谴责斗争，许诺内心的幸福，引起甜蜜的梦想，使宗教不以暴力抗恶，简单地说，就是消除一切愤怒……那些在长期屈辱中培育出来参加斗争的坚强人物也糊里糊涂地出场了，他们怀着本该用得极好的勇气，差点用自己的双手剥下了自己的皮……他们的敌人，当然不需要比这更好的事情了……而如今，为了重新激起愤怒，又需要再过上一千年，需要无穷无尽的屈辱和压迫……基督教给过于桀骜、难以成为奴隶的人披上一件忏悔的外衣，并用这件外衣掩盖了自由的人类精神的所有色彩……基督教欺骗了那些有力的人，那些人也许在此刻、在今天就能获得自己的幸福，基督教将那些人的生活重心移向了未来，移向了对不存在之物的幻想，幻想他们当中谁也见不到的东西……生活中一切的美都消失了：勇敢死去了，自由的激情死去了，美丽死去了，只剩下了义务，只剩下了对于未来黄金世纪的无意义的幻想，当然，那是别人的黄金世纪，是的基督教扮演了一个恶劣的角色，基督教名字还将在人类受到长时间的诅咒。"

封·杰伊茨突然停下了脚步，在黑暗中也能看到，他那双长胳膊抬起来，又放了下去。

而在尤里的心里却产生了一种复杂的情感：似乎在萨宁的话中并没有什么独特的东西，无论是萨宁还是尤里自己，都可能道出愿讲和想到的一切，但是面对那不可知者的强烈恐惧的暗影。尤里在内心已经忘记这种恐惧的存在，也不愿再想它，可此时这恐惧却像一道阴影，投射在那个停滞的思想上，尤里感觉到了这隐秘的恐惧，并为这恐惧而感到耻辱。

"如果基督教不预先加以防止的话，你想象得到那场流血的弥撒会降临到人类头上吗？"尤里怀着对萨宁古怪的神经质的怨恨感情问。

"哎！"萨宁挥了挥手说，"起初，在基督教的掩护下，首先是受难的舞台流满了鲜血，后来，人们被杀害，被监禁，被关进疯人院……天天都在流血，任何世界变革也不会流得更多。而最坏的是，每一次生活的改善，人们仍然要通过流血、革命，无政府状态才能取得，却总要把人道与爱亲人作为自己生活的基础：……原来是一出愚蠢的悲剧，虚伪与谎言……简直是不三不四……我宁愿立刻就发生一场世界灾难，也比这种毫无生气的、毁灭得毫无意义的生活再往后延续两千年好。"

尤里没有说话，奇怪的是，他脑子不去研究这番话的意义，而去研究萨宁的人格，他觉得萨宁那种明显的自信是特别令人气恼的，甚至是完全不能容忍的。

"请您说说，"他突然说，自己都没料到会被招惹萨宁的强烈愿望所支配，"您干吗老是用那种腔调说话，像是在教训小孩子……"

封·杰伊茨大吃一惊,感到不好意思,他嘟哝了一句,和解地用马刺磕了磕地面。

"哪儿的话呀?"萨宁锐声问道,"你干吗要生气呢?"

尤里觉得自己的话讲得不合适,应该打住话头,可是那种深藏的气愤和神经质的自尊心支配了他。

"真的,这是令人不快的腔调。"

"这是我习惯的腔调。"萨宁带着一种遗憾的,希望安抚一番的奇异神情说道。

"这种腔调并不总是合适的,"尤里继续说道,并不由自主地提高了嗓门,使嗓音变得刺耳了,"我不知道,您这种自信是从哪里来的……"

"也许是由于我意识到了我比您聪明。"萨宁答道,他已经平静了些。

尤里猛然停住了,他从头到脚,全身都在颤抖,就像一根紧绷的弦。

"喂!"他粗暴地叫道。虽然看不清他的脸,但能感觉到,他的脸色变得苍白了。

"您别生气!"萨宁亲切地打断了他的话,"我不想侮辱您,我只想表达出自己真诚的看法……您对我有同样的想法,封·杰伊茨对我俩也有同样的看法,如此等等……这是很自然的。"

萨宁的嗓音如此真诚,如此温柔,再继续喊下去,就显得有些奇怪了,于是,尤里沉默了片刻,封·杰伊茨显然在替尤里难过,他没有说话,而在踏响马刺,吃力地喘着气。

"可是我跟您说的不是这个意思……"尤里嘟哝道。

"用不着解释了……我刚刚听了你们的争论,在你们的每个字眼里,都明显遗憾地听出了同样的意思……问题只在形式罢了,我说的是我想的,而您说的却不是您想的,这就太没意思了,如果我们更真诚些,就会有趣多了。"

封·杰伊茨高声地笑了起来。

"这真新奇!"他说,高兴地喘不过气来。

尤里没有说话,他的愤恨消失了,甚至似乎高兴了起来,但是,使他感到不愉快的是,他毕竟退让了,而且不想表现出这一点来。

"只不过,这也许会过于简单了。"封·杰伊茨不再笑了,庄重地说道。

"那么,你希望事情变得错综复杂吧?"萨宁问道。

封·杰伊茨耸耸肩,沉思起来。

第二十五章

他们绕过林荫路,在郊外那空旷、光溜的马路上,显得要稍亮一些。人行道的干木板在黑土地上呈现出明显的白色,头顶上是极其开阔的淡白色的天空,飘着云团,闪烁着稀疏的点点星光。

"我们到了。"封·杰伊茨说,打开一扇低矮的侧门,便走进门里去了。一条声音嘶哑的老狗立刻吠叫起来。有人在台阶上喝住它:"沙尔丹,别动。"眼前是一座荒凉的大院子,院子的尽头,一座蒸汽磨坊现出模模糊糊的黑影,磨坊上那根细细的黑烟囱,在忧伤、孤独地向着遥远的乌云,周围是一些黑色的仓库,除了侧房窗前的小花园,四下里不见一棵树,侧房中的一扇窗户是开着的,一道明亮的光带穿过浑浊的黑暗,映亮了一片片透明的绿叶。

"好一个凄凉的地方。"萨宁说道。

"我想磨坊已经停工很久了吧?"尤里问道。

"呵!是的,很久很久了!"封·杰伊茨答道,顺便朝那扇亮着灯的窗户看了一眼,用非常满意的口吻说道,"呵,呵!人来的不少啊。"

尤里和萨宁也朝小花园那边看了一眼,在那个明亮、欢乐的四边形里,有黑色的人头在攒动,还飘着蓝色的烟雾,有人从窗子里向外边昏暗的地方探出身子,于是,这个黑糊糊的身影便挡住了大家的视线:"是谁来了?"

"自己人!"尤里答道。

他们走上石阶,碰见了那个人,他马上友好地急忙握住他们手。

"我还以为你们不来了!"他带着很重的犹太口音高兴地说道。

"这位是索罗维伊契克——萨宁。"封·杰伊茨说道,介绍他们相互认识,并友好地握着看不清面容的索罗维伊契克那只冰凉的、异常颤抖的手掌。

索罗维伊契克腼腆地、胆怯地笑了。

"非常高兴……"他说道,"我听说了许多关于您的事,您知道,这非常……"他没有条理地说着,往后退去,一直握住萨宁的手。他的后背撞上了尤里,又踩了封·杰伊茨的脚。

"对不起,雅科夫·阿多尔福维奇!"他叫道,丢开萨宁,又握住了封·杰伊茨的手。于是,他们在黑暗的过道里乱作一团,很长一段时间里他们谁都找不着门,也分不清彼此,在前厅里,在细心的索罗维伊契克特意为晚会钉上的钉子上,挂有各种各样的帽子,窗台上则密密麻麻地摆满了深绿色的啤酒瓶。整个前厅弥漫了烟雾。

在灯光下才看清楚,索罗维伊契克原来是一位年轻的黑眼睛的犹太人,头发鬈曲着,瘦削而漂亮的脸,他刚要讨好而胆怯地笑一笑,就会露出一口坏牙来。

大家一齐用兴奋、洪亮的嗓门迎接来客,尤里最先看见了季娜·卡尔萨维娜坐在窗台上,对他来说,一切都变得特别开心了,仿佛这不是在窒息的烟雾弥漫的房间里的聚会,而是在春天美丽翠绿的草地上愉快的野餐似的。

季娜快活而腼腆地对他微微一笑。

"唔,诸位……现在大概都到齐了?"索罗维伊契克做着奇怪的手势,喊了起来,他竭力想把话说得响亮而又愉快,但那细嗓门发出的却是病态的、失真的声音。

"对不起,尤里·尼古拉耶维奇,我好像老是碰着您。"他全身躬着,露着牙齿,自己打断自己的话。

尤里善意地摇手制止住他。

"不要紧的。"他说道。

"没到齐呢，就让他们见鬼去吧！"一个胖胖的、漂亮的大学生搭腔了。从他那圆润有力的商人嗓门，一下子就听得出来这是一个自信而有经验的人。

索罗维伊契克向前跳到桌边，突然摇起一个小铃铛，这个一大早就备下的发明，让他露出了欢乐、狡猾的微笑。

"哎，别摇了！"胖子大学生生气了，"你老是干蠢事……完全多余的得意！"

"唔……我以为……那……"索罗维伊契克难为情地笑了笑，把铃铛装进了口袋，看来有些懊恼。

"我认为，桌子可以放在房间当中。"胖大学生说道。

"马上，我……"索罗维伊契克又着忙起来，带着力所不及的紧张抓住了桌子的一边。

"当心那盏灯——"杜博娃叫道。

"唉，您别忙乎了，又没人求您！"胖子大学生恼火地用拳头捶着膝盖。

"让我来帮助你吧。"萨宁说道。

"谢谢你！请——"索罗维伊契克恳切地答道。

萨宁把桌子放在房子的中间，在他搬桌子时，不知为何，大家全都在专注地看着他那件薄衬衫下运动自如的脊背和肩膀。

"现在，戈日延科，你是这个会的发起者，该说段开场白呀。"面色苍白的杜博娃说道，从她那双聪颖的却不漂亮的眼睛上很难看出，她是在严肃认真地说，还是在嘲讽那位胖大学生。

"诸位，"戈日延科提高嗓门，用软绵绵的、但动听的男低音说了起来，"当然，大家都已经知道了为什么来开会，因此没有开场白也是可以的。"

"老实说，"萨宁笑着说道，"我就不知道为什么来开会，但是，"他笑着接下去说道，"不讲也行，听说，这里备有啤酒。"

戈日延科透过灯光不大客气地看了他一眼,继续说道:

"我们小组的目的,就是要通过互相阅读,通过讨论读过的东西和独自做出的摘要……"

"怎么可能是'互相'阅读呢?"杜博娃问道,还是无法弄清楚,她的发问是当真的,还是在开玩笑。

戈日延科有点脸红了。

"我的意思是说,'共同'阅读……是这样的,因此,我们这个会的目的就是顺便提高自己成员的认识,阐明一些个别观点,进而促进在我们城里建立符合社会民主党党纲要求的党小组。"

"啊哈!"伊万诺夫拉长声音说,并且滑稽地挠了挠后脑勺。

"但这是将来的事情……首先,我们要给自己提出一些广泛的……"

"或者是狭隘的……"杜博娃用一种奇异的声调提示道。

"……任务,"戈日延科假装没听见杜博娃的话继续地说道,"我们就从制定阅读书目开始,我提议今天的聚会就讨论这个问题。"

"索罗维伊契克,你那些工人会来吗?"杜博娃问道。

"肯定会来的!"索罗维伊契克一跃离开原地,跳到她跟前,好像谁咬了他一口似的,"已经派人去请他们了。"

"索罗维伊契克,不要尖声叫喊!"戈日延科打断了他的话。

"他们这就来了!"沙夫洛夫说道,他一直在严肃、专注地听着戈日延科的话,甚至带着一本正经的神情。

窗外传来了院门的吱呀声,又再次响起了嘶哑的狗叫声。

"他们来了!"索罗维伊契克怀着难以名状的喜悦高喊一声,飞快地跑了出去。

"别动——沙尔丹!"他在台阶上尖声吆喝。

传来一阵沉重的脚步声、说话声和咳嗽声。走进来一个工科大学生,他个子很矮,与戈日延科非常相像,却又黑又难看。在他后面,有两个人腼腆、笨拙地走了进来,他俩的手很黑,肮脏的红衬衣外面套着一件外衣，其中一个个子很高，很瘦，在他那张没有胡须的脸上多年的先天营养不良，藏在备受压抑的内心深处的长久的忧患与仇恨，在脸上留下了阴郁而苍白的印记。另一个看来是位大力士，他宽肩膀，卷头发，长得很漂亮，他看着四周，就像一个农村小伙子初次步入了陌生的、他觉得好笑的城市。索罗维伊契克侧身跟在他们后边，开始庄重地说道："诸位，瞧——"

"是你们啊！"戈日延科照例打断了他的话，"晚上好，同志们。"

"这两位是皮斯佐夫与库德里亚维伊。"工科大学生把他俩介绍给了大家。

他俩迈着沉重的、小心翼翼的步伐，穿过整个房间，他们直着手指头，抖动着大多数人不知为何特别殷勤的向他俩伸去的手，皮斯佐夫难为情地笑着，库德里亚维伊却转动着细长的脖子，仿佛衬衫领子箍得他出不来气似的。然后，他俩在窗边坐了下来，靠近坐在窗台上的季娜。

"尼古拉耶夫怎么没来啊？"戈日延科不满地问道。

"尼古拉耶夫他来不了。"皮斯佐夫殷勤地答道。

"尼古拉耶夫醉成一摊烂泥了。"库德里亚维伊轻声地加上去说道。

"啊……"戈日延科不自在地点了点头，不知为何，他的这种不自在让尤里非常反感，他便立刻感觉到，这个胖大学生就是自己的敌人。

"他选择了一种幸福的命运。"伊万诺夫说道。

院里的狗又叫了起来。

"又有谁来了。"杜博娃说道。

"别是警察吧。"戈日延科故作随意地说道。

"你非常乐意警察来吧。"杜博娃叫道。

萨宁看了看杜博娃聪颖的眼睛，她的脸庞不好看，但是，两条披到肩上的金色发辫使她的那张脸增添了几分可爱之处。

"一个漂亮的女孩子，"他想道。

索罗维伊契克想躲开，可是马上又害怕了，便装出他好像要从桌子上取香烟的模样。戈日延科觉察出了索罗维伊契克的举动，没有答杜博娃，却对索罗维伊契克说道：

"你真讨厌，索罗维伊契克！"

索罗维伊契克满脸通红，眨着眼睛，那双眼睛在一刹那间变得忧郁了，变得若有所思了，似乎，在他那胆怯的、糊涂的脑袋里终于闪过了这个念头，即他那欲服务、帮助众人的愿望完全不应该受到如此粗暴的遏制。诺维科夫喧嚷着快步走进屋里来了。

"我来了！"他叫道，愉快地微笑着。

"我看见了。"萨宁答道。

诺维科夫害羞地笑了笑，他握着萨宁的手，像是在为自己辩解，匆匆忙忙地低声对萨宁说道："丽达·彼得洛夫娜有客人。"

"噢……"

"喂，怎么，我们就这样扯来扯去的吗？"工科大学生发愁地问道，"现在我们开始吧。好吗……"

"你们难道还没有开始吗？"诺维科夫高兴地问道，握住了急忙起身迎接他的那两个工人的手，他们感到很不自在，因为，这位大夫在医院接诊时是居高临下地对待他们的，此刻却像同志一样向他们伸出了手。

"是的，等您来才开始啊。"戈日延科透过牙缝不高兴地说。

"好的，诸位，我们大家当然都想开阔自己的眼界，因为我们认为自学与自修的最好方式就是共同的系统阅读与交流读书心得，所以我们决定建立一个人数不多的小组。"

"那是对的。"皮斯佐夫叹了一口气，同时用他那双闪亮的黑眼睛快活地打量着众人。

"现在问题是，我们要读什么书？也许有人能提出一个简单的书目……"

沙夫洛夫扶了扶眼镜，慢慢地站起身来，手里拿着一个笔记本。

"我认为,"他开口用那干巴巴的、枯燥的嗓音说道,"我们的阅读内容必须分成两部分。毫无疑问,任何发展都由两种因素所组成,从其进化的起源去研究生活与按照本来面目去研究生活……"

"沙夫洛夫您讲得更有条理了。"杜博娃搭腔了。

"前者通过阅读历史科学一类书籍来获得,后者则通过阅读使我们深入了解生活的文艺书籍来取得。"

"如果我们要这样讲下去,那么大家都会睡着了。"杜博娃忍不住了,这温情的嘲笑像一个愉快的火星在她的眼中闪现出来。

"我尽量说得叫大家都能理解。"沙夫洛夫简短地应道。

"好吧,上帝保佑您,您就尽其所能地讲吧……"杜博娃挥了挥手。

季娜·卡尔萨维娜也亲切地嘲笑起沙夫洛夫来,她笑得往后仰起头来,露出了丰满而白嫩的脖颈。她的笑声是悦耳的女低音。

"我拟出了一份书目——可是读起来也许很枯燥?"沙夫洛夫说道,偷偷地望着杜博娃,"我提议开始读《家族的起源》以及达尔文的著作,在文学上,我们读托尔斯泰……"

"当然要读托尔斯泰!"封·杰伊茨得意地赞同道,点起一支烟。

沙夫洛夫不知为什么一直等到那支香烟冒出了烟,才又有条有理地接着说:

"契诃夫、易卜生、克努特·汉姆生——"

"但是我们全都读过这些了!"季娜·卡尔萨维娜叫道。

尤里怀着爱怜的欣赏听着她那浑圆的嗓音,然后说道:

"当然……沙夫洛夫忘了他这不是在星期天的读书会上,而且把有些名字混杂在一起有多么奇怪,比如把托尔斯泰和克怒特·汉姆生……"

沙夫洛夫平静地、冗长地举出好几个理由来捍卫自己的书目,但谁也没弄明白他想说的是什么。

"不!"尤里响亮而坚决地反驳说,他觉得季娜·卡尔萨维娜正用特别的目光注视自己，因而很高兴，"不，我不同意您的看法……"于是，他开始阐述自己的观点，为了赢得卡尔萨维娜的赞赏，他越讲越带劲，他觉得他获得了成功，他无情地抨击沙夫洛夫，甚至连他与沙夫洛夫曾经一致持有的那些看法也不放过。

胖子戈日延科开始反驳尤里，他认为他自己是最聪明的、最雄辩的，比他们更有学问；在组织这个小组时，他首先想要的就是在其中扮演首要角色，尤里的成功恼怒了他，他觉得非反对尤里不可。尤里的观点他事先不清楚，因此，他无法与尤里展开全面的争论，仅能捉住他辩论中的几个弱点而加以坚决地反对。

于是一场持久的、没完没了的辩论开始了。工科大学生，伊万诺夫与诺维科夫都发了言，那些激动起来的人的脸庞在烟雾中快速地闪现，各种讲话乱作一团，几乎分辨不出任何意义来。

杜博娃沉思起来，默默地看着灯火。季娜·卡尔萨维娜也几乎什么都没在听，她打开对着花园的窗子，将丰满的双臂交叉抱在胸前，后脑勺靠在窗框上，若有所思地看着夜间的黑暗，起初她什么都看不见，后来，深暗的树木和篱笆都从黑暗中显现了出来，在篱笆那边，朦胧的、晃动的光斑越过小路一直延伸到草地，柔和的风将凉爽洒在她的肩膀和手臂上，微微拂动着她鬓角的几丝头发。

卡尔萨维娜抬起头来，在慢慢变亮的黑暗中勉强也分辨着黑云那连续不断的、异常紧张的运动。她想到了尤里与她的爱情。于是，那些思绪，那些幸福而又忧愁、忧愁而又幸福的思绪，激动着她，抚慰着她，充满了她那年轻女子的头脑，这有多好啊，坐在这里，将整个身体交给凉爽的黑暗，全神贯注地倾听那个令人激动的男人嗓音，那嗓音在一片喧嚣之中显得尤其突出，似乎比其他所有的嗓音都更响亮。房间里连续不断的叫喊声已经开始了，越来越清楚地显出每个人都认为自己比别人高明，并且想开导别人，在这一点上有某种沉重的、不愉快的东西，它能叫最平和的人也感到生气。

"是的，如果这么说的话，"尤里起劲地说道，固执地闪动两眼，生怕在季娜面前丢人，她正默默地单听他一人讲话呢，"那么就应该回到各种思想的源头去——"

"按照您的意思，那该读什么书呢？"敌意的戈日延科说道。

"读什么？……孔子，新约，旧约……"

"赞美诗和圣徒传。"工科大学生嘲讽地插嘴道。

戈日延科幸灾乐祸地笑了起来，却记不起什么时候读过一本这样的书。

"那些书有什么益处呢？"沙夫洛夫以失望的语气问道。

"像在教堂里一样！"皮斯佐夫窃笑道。

尤里的脸红了。

"我不是在开玩笑，如果你们想变得富有逻辑性的话……"

"可您关于基督是怎么说的来着？"封·杰伊茨得意地打断了尤里的话。

"我说了什么呢？……如果一个人要研究生活，要使自己具有一个明确的世界观，那么，最好是钻研那些使自己成为人类最好典范的人物的巨著，他们在个人生活中，首先尝试采取尽可能复杂而又纯朴的态度对待人类。"

"我不同意你的意见。"戈日延科反驳道。

"可我同意。"诺维科夫热烈地打断了大学生的话。

于是重又开始各种混乱的叫喊，在喊叫声中已经不可能弄清各种意见的开头与结尾了。

索罗维伊契克刚讲完，立刻就平静下来，坐在角落里听着，起初，他脸上是充分的、热忱的、有些孩子气的专注，但后来，在他的嘴角和眼角就开始出现困惑和痛苦的明显特征了。

萨宁默默地喝着啤酒，吸着烟，不说一句话。他看来完全是厌倦了，当那杂乱的叫喊声中已经响起刺耳的吵闹声时，他站了起来，掐灭香烟，说道：

"我说，你们知道么……这成了一种无聊的事了。"

"不错，太无聊了！"杜博娃应声道。

"一场虚空，精神痛苦！"伊万诺夫说道，用的那种腔调就像他一直想着这一点，只等时机一到就说出来似的。

"这是为什么呢？"工科大学生愤怒地说道。

萨宁没理睬他，只朝尤里转过身去，说道：

"难道你真的认为，随便根据一些书籍，就能使自己确立一个什么世界观？"

"那当然。"尤里惊讶地看了他一眼。

"毫无道理。"萨宁反驳道，"如果是这样的话，那么让人类只读一种思潮的书籍，全人类就都会按照一种类型改造啦……生活本身从各方面产生世界观，书籍与人类思想本身——只是其中微不足道的极小一部分而已。世界观不是人生哲理，只是单个人的情绪，而且这种情绪还是一直变化着的，直到这个人的心灵失去生命力……因此，总的说来，您所极力追求的那种明确的世界观是不可能存在的……"

"怎么'不可能'？"尤里愤怒地叫道。

萨宁的脸上再次现出了无聊的神情。

"当然不可能……如果世界观作为终极理论能够存在的话，那么，人类的思想就会完全停止……然而事实并非如此：生活的每一时刻都要给出自己新的话语，应该去倾听和理解这样的新话语，不要事先给自己规定尺度和界限，不过，谈到这一点，您愿意怎么想就怎么想吧……我只是还想问您一句：您读了几百本书，从旧约到马克思，可是您为什么还没有为自己制定出一个明确的世界观呢？"

"为什么说我没制定？"尤里非常委屈地反驳说，黑眼睛忧郁地闪着威胁的光，"我有明确的世界观……也许它是错误的，不过它是存在的。"

"很好，那么，"萨宁说道，"你还要确立什么呢？"

皮斯佐夫窃笑着。

"你！……"库德里亚维伊扭动脖子，蔑视地对他嘟哝着。

"他多聪明啊！"季娜·卡尔萨维娜带着天真的赞赏，对萨宁产生了这样的想法。她看着萨宁和尤里，全身便产生了一种她所不了解的既害羞又欢乐的感觉：仿佛他们辩论不是为了他们自己，而只是为了占有她似的。

"由此可见，"萨宁继续说道，"你并不需要达到你们聚会所要达到的目的，我对这点很了解，也看得很清楚，大家在这里不过想使别人接受自己的观点，而最担心别人不肯改变看法，坦白地说，这很无聊。"

"对不起！"戈日延科使劲绷紧嗓门反驳道。

"不！"萨宁不满地说，"您有最美妙的世界观，读了大量的书籍。这立即就能看出来，可您却在生气，因为并非所有的人都和您的想法一致，此外，您还欺负索罗维伊契克，他可没对您做过什么坏事……"

戈日延科惊讶地住了口，并且看了看萨宁，似乎萨宁说了什么极其不平凡的话似的。

"尤里·尼古拉耶维奇，"萨宁高兴地说道，"你别生我的气，我反驳您是有点激烈，我发现，您的内心有一种实在的矛盾……"

"什么矛盾？"尤里问道，他的脸红了，不知道自己是否应该动气，于是就像到这里来的路上那样，此刻，萨宁那亲切、镇静的嗓音又不知不觉地感动了他。

"您自己知道呀！"萨宁微笑地答道，"应该抛弃这种孩子气的游戏，否则将来会很难过的。"

"喂，"戈日延科叫道，愤怒得满脸通红，"你太放肆了！"

"还比不上您……"

"怎么……"

"你想一想，"萨宁愉快地说道，"你所做的事，所讲的话，比起我的话来，都要粗暴得多，讨厌得多……"

"我不明白你的意思！"

"喂，这可不是我的过错！"

"什么？"

萨宁没有回答，他拿起帽子，说道：

"我要走了……我有点无聊透顶了。"

"好主意！再说，啤酒也没有了！"伊万诺夫附和道，也向前厅走去。

"是啊，看得出来，我们什么结果也不会有的。"杜博娃说道。

"请您送我吧，尤里·尼古拉耶维奇。"季娜说道。

然后，她转身向萨宁说道："再会！"

一瞬间他们的目光相遇了，不知为何使卡尔萨维娜感到害怕，但又使她觉得愉快。

"唉！"杜博娃在离开的时候说道，"我们的小组还没来得及开花，就枯萎了！"

"为什么会这样呢？"索罗维伊契克木然出现在路边，忧郁而慌乱地问道。

直到此刻，大家才想起他来，而他脸上那种奇怪的忧伤表情则让许多人大为吃惊。

"我说，索罗维伊契克，"萨宁若有所思地说道，"我最近会去找您聊聊天。"

"欢迎！"索罗维伊契克匆忙地、开心地又鞠了一躬。

刚从明亮的房间里走出来，便觉得外面非常黑暗，连站在身边的人也看不清，只能听到他们响亮的说话声。两个工人离开其他人径自走了。当他俩已远远地走进了黑暗。皮斯佐夫笑了起来，说道：

"就是这个样子……在他们那里老是这个样子：他们想做点事情，可每个人都要做主……只有那个壮汉倒叫我喜欢。"

"听那些有学问的人聊天的时候,你能明白很多事情……"库德里亚维伊不以为然地说,扭动着他的头颈,仿佛他喘不过气来似的,他的声音是呆板而又带有怨气的。

皮斯佐夫自信而嘲笑地打了个唿哨。

第二十六章

　　索罗维伊契克久久地、静静地站在台阶上，望着阴暗的、没有星星的天空，搓着干瘦的手指。

　　风吹过黑糊糊的仓库，刮在房顶铁皮上发出吼声，吹弯了那些像怪影似的挤在一起的树木，乌云在天上坚定有力地迅速飘动。大块大块的乌云不声不响地出现在地平线上，重重叠叠地往不可达到的高处升去，又一堆堆沉重地落到另一边地平线的深渊里，仿佛有些望不到头的部队在黑暗的大地边缘急不可耐地等着乌云。并且举着飘展的黑旗，一队队威严地进入神秘的战斗。时而，不安的风儿捎来了远方鏖战的轰鸣声。

　　索罗维伊契克怀着孩子般的恐惧望着天上，他从未像今夜这样明确地感觉到，他有多么渺小虚弱，仿佛在无边的、巨大的、旋转的混沌世界中完全不存在似的。

　　"啊上帝！上帝！"他叹息道。

　　他面对天空与夜色就不像在人们面前那样了。极不自然的、惴惴不安的阿谀奉承消失得无影无踪了，好像小狗讨好时呲牙似的那些坏牙也藏到这年轻犹太人的薄嘴唇里了，他的黑眼睛悲哀而严肃地看着。

　　他慢慢地走进了屋里，熄掉了多余的灯，拙笨地将桌子椅子都搬回了原位。房里仍然弥漫着稀薄的烟气，地板上有许多尘土、烟头和火柴。

　　索罗维伊契克立刻拿来扫帚，将地板清扫干净，像平常一样，他总是带着一种奇异的、若有所思的爱意竭力想把自己的住处弄得更漂亮、更雅致一些。然后他从储藏室里端来一只陈旧的泔水桶，把面包撕碎了投进桶里，接着弯着身子提起桶，迈着碎步，摆动一只手，穿过了黑暗的院子。为了要看得清楚些，他放了一盏灯在窗边，但院子里还是显得很荒凉，很可怕。可当索罗维伊契克跑到沙尔丹的狗窝前他是高兴的。沙尔丹浑身毛茸茸的，散发出一股热气，它呼哧着，爬出来迎接他，弄得那根铁链子发出了哀伤、刺耳的响声。

"啊！沙尔丹！来！来！"索罗维伊契克叫道，用自己的响亮声音为自己壮胆。在黑暗中，沙尔丹冰冷、潮湿的嘴巴伸到了它主人的手里。

"给你、给你……"索罗维伊契克说道，将桶递了过去。

沙尔丹响亮地吧嗒着嘴，在桶里弄出一阵动静，它的主人站在它的旁边，在黑暗中露出了忧郁的微笑。

"唉！我能做什么呢？"他想道，"难道我能强迫人们改变看法吗？……应该怎样生活，怎样思想，我自己还想有人来告诉我呢……上帝没有赋予我先知的声音……我能做些什么事呢？"

沙尔丹友好地发出不满的声音。

"吃你的吧，吃吧……喏……"索罗维伊契克说道，"我倒是想放开链子，让你溜达一会，可是我没带钥匙，而我又累了。"停了一下他转而想道："大伙儿是些多么聪明、多么出色的人啊……他们懂得很多，知道基督的学说，然而……也许，是我自己的过错，应该讲出那句话，可那样的话我却不会讲……"

城外远处响起了拖长而忧郁的汽笛声，沙尔丹抬起头来听着，只听得大滴水不断地从它的嘴上响亮地落进了桶里。

"吃吧，你吃吧……"索罗维伊契克将狗的这个动作看在眼里，说道，"那是火车在叫呐！"

沙尔丹发出一声沉重的叹息。

"人们会不会永远这样生活呢！或许他们完全不会吧。"索罗维伊契克大声地说道，忧伤地耸耸肩。于是他想象着，在黑暗中他看见了像永恒一样无穷无尽的人海，从黑暗中来，又到黑暗中去，许多世纪无始无终,只有一连串的痛苦,没有希望,没有意义,也没有终结,天上是上帝所在的地方,那里只有永恒的沉默。

沙尔丹把空桶弄得叮当响,又丢开了,摇着尾巴,链子发出一阵轻微的响声。

"怎么,吃完了……嗯……"

索罗维伊契克拍了拍沙尔丹那生有一绺绺毛的硬脊背,感觉到手底下那个有活力的、亲热的弯曲的身体,然后朝屋里走去。

在他身后沙尔丹弄响了链子,院子里似乎亮了一些,巨大漆黑的磨坊以及它伸向天空的烟囱和像棺材一样狭长的仓库,反而因此显得更黑暗,更可怕了。一道长长的光柱从窗口照进了庭院,穿过了小花园,在那光柱中可以看到一些美丽的、柔弱的花朵神秘不动的小脑袋,花朵在狂暴的暗空下面恐惧地屏息不动,天空不祥地展开它连绵不断的黑旗。

索罗维伊契克感到一阵钻心的忧愁、恐惧和孤独,感到无可挽回地丧失了什么,他走进房间,坐到桌旁,哭了起来。

第二十七章

一个淫荡的肉体,就像是裸露的神经的末梢,被几乎是强加的快感,折磨到了极点,一听到"女人"这个字眼就会产生痛苦的反应。在沃罗申一生的每个时刻,女人都一直赤身裸体的,一直唾手可得地站在他的面前,裹在荡妇那柔软、丰满躯体上的每一件女式衣裙,都会使他激动,使他的两膝产生病态的颤抖。

他离开圣彼得堡,将许多奢侈的、娇惯的女人扔在那里,她们每晚都用发狂的、赤裸裸的抚爱折磨他的身体。当他来到这里,一桩复杂的、重大的事情便摆在他的面前,为他干活的那许多人的生活都取决于这件大事。对于沃罗申来说,一个最重要、最明确的公然愿望,就是得到几个外省僻乡里的年轻、鲜艳的小荡妇,在他的想象中,她们是胆怯的、畏惧的、健壮的,就像林中的小蘑菇,离得老远,他就闻到了她们那青春和纯洁的撩人气息。

尽管沃罗申觉得扎鲁丁那伙人很不体面,可当他刚一摆脱掉那些饥饿、肮脏、暗藏愤恨的人,便立即用香水和浅色西服的雪白纯洁使自己那瘦弱、委靡的身体焕然一新了,他雇上一辆马车,急得浑身颤抖,跑去找扎鲁丁了。

扎鲁丁正坐在窗口,喝着凉茶竭力想愉快地呼吸从昏暗花园中涌来的那柔和的夜晚的凉气。

"多好的傍晚啊!"他机械地重复说道,可他的思绪却走远了,于是,他感到很不自在,感到可怕而又羞愧。

他怕丽达,自从他俩摊牌的那天起,他一直没见到她,此刻,他想象中的她，已完全不同于她委身于他时的模样了。

"无论如何，"他想道，"事情还没有结束，孩子必须设法除去……或许不要紧吧……要不，别去烦那个神？"扎鲁丁胆怯地自问。"她现在在干什么呢？"

在他面前出现了姑娘那张漂亮，威严而要报复的面孔，以及咬得紧紧的薄嘴唇和神秘莫测的黑眼睛。

"她会报复我吧？这样的女人不会就此罢休的……应该想个办法……"

一个费解而可怕的丑闻，像个幽灵，模模糊糊地出现在扎鲁丁的面前，于是他的心胆怯地缩紧了。

"其实，"他想道，"她能把我怎么样呢？"这时，在他的大脑中，有什么事情便清晰起来，变得简单了，一点也不沉重了，"投水自杀？那就让她见鬼去吧！我又没去推她……她会说她做过我的情妇……唔，那有什么？这只能证明，我是一个漂亮的男人。我又没说过我要娶她。真是奇怪！"扎鲁丁耸耸肩，然而一种阴暗的、可怕的压迫又压在他的心头，"闲话会流传开来，哪里都不能去了。"他想道。伸出微微颤抖的手，机械地将盛有甜腻凉茶的杯子端到了嘴边。

他是那么整洁、喷香、漂亮，像往常一样，可是他却觉得在他身上每个部位——脸上、白制服上、手上，甚至心上，都有某种污点，越来越扩大。

"唉，随着时间的推移，一切都会过去的……这又不是第一次！"他安慰自己，可他的内心却不愿相信这一点。

沃罗申放肆地踏响鞋底，故作姿态地亮出细小的牙齿，走进屋来，于是，整个房间立刻充满了香水、烟草和麝香的气味，它们取代了凉爽的气息和绿色花园的气息。

"啊！帕维尔·利沃维奇！"扎鲁丁有些吃惊地跳了起来。

沃罗申问过好，在窗边坐下，抽起烟来，在扎鲁丁看来，沃罗申是如此的自信，如此的优雅和整洁，竟使得这个军官感到了一阵淡淡的妒意，便竭力作出一副满不在乎的自信模样。然而，他那双眼睛却一直不安地东张西望，自从丽达当面骂他是个"畜生"之后，他就一直觉得，每个人都知道了这件事，每个人都在心里笑话他。

沃罗申微笑着，闲谈着各种无关紧要的琐事。可是他很难控制住自己的腔调，于是，那急不可耐的谈"女人"的愿望，便迅速排挤掉了他关于彼得堡、关于那家罢工工厂的所有笑话和故事。

他利用重新点燃一根烟的机会，沉默了片刻，意味深长地看了看扎鲁丁的眼睛，从他的眼里流露出某种机灵又无耻的表情传到了军官的眼中，于是他们彼此理解了，沃罗申正了正夹鼻眼镜，呲牙微微一笑，这微笑马上在扎鲁丁那张笑得厚颜无耻的漂亮面孔上得到了反应。

"我想，您在这里也没浪费时间吧？"沃罗申问道，狡猾而露骨地眯缝着眼睛。

"唉！这是照例行事啊！在这里还能干什么呢？"扎鲁丁炫耀地、傲慢地抖了抖肩膀答道。

他们俩笑了起来，又沉默了一会儿，沃罗申在贪婪地等待细节。在他左膝盖下面的一条小血管抽搐起来，而在扎鲁丁眼前刹那间闪过的那些细节，却不是沃罗申想听的东西，而是近些天来一直折磨着扎鲁丁的东西。他把脸转向花园，并且用手指敲着窗台。

可是沃罗申不言不语地等待着，扎鲁丁感到必须回到他所需要的话题上去。

"我知道，"他装作自信地开口说，"你们这些城市中人看来，这些乡村姑娘与众不同，你们错了，她们的确很鲜嫩，但是却没有优雅……不，怎么说呢……她们缺少爱的艺术……"

沃罗申刹那间便兴奋起来，他的双眼闪闪发亮，嗓音也变了。

"是啊，当然……可是这一切归根结底是会叫人厌恶的……我们彼得堡的女人没有身体……你明白吗？她们有的只是一小团神经而不是女人的身体……她们身上没有肢体。而这里……"

"不错,你的话是对的。"扎鲁丁不知不觉地也来了劲,便同意了,还自满地捋起胡子来。

"您要是从一位最优雅的都市太太的身上脱下紧身胸衣,您就会看到……您就会……您知道这样一个新笑话吗?"沃罗申忽然打断了自己的话头。

"什么笑话……不知道……"扎鲁丁满怀被激起的兴趣,向沃罗申探过身去。

"唔,"沃罗申说道,"是这样的……这很典型……有一位巴黎交际花……"然后,沃罗申详细而有技巧地讲述了一个极其厚颜无耻的故事。在这个故事里,一位女人赤裸裸的淫欲和干瘪的乳房交织为一个狂热可怕的形象,使得扎鲁丁神经质地笑了起来,全身颤抖不已,像是有人拿针扎他。

"是的,"沃罗申最后说道,眨着那双蒙有一层白翳的眼睛,"女人身上最重要的东西就是乳房,对我来说,身材不好的女人就不是女人。"

扎鲁丁想到了丽达的乳房,那柔嫩的白里透红的乳房,勾勒出两道富有弹性的弧线,就像是一对神秘美妙的果实,他回忆起当他在亲吻她的乳房时,她是多么高兴啊,于是,他突然觉得和沃罗申谈这事是不自在的。所有这一切都过去了,再也不会重现了,这个意识使他感到痛心和忧愁,可是扎鲁丁觉得这种感觉有损男子汉和军官的面子,于是他竭力克制自己表示异议,不自然地夸大说:

"萝卜青菜,各有所爱……对于我来说,女人身上最重要的东西是后背,是曲线……"

"是啊。"沃罗申神经质地拉长声音说道。

"您要知道,在有些女人身上,尤其是那些非常年轻的女人……"

勤务兵吃力地拖着那双沉重的农夫长靴,进屋来点灯,当他站在桌边忙乎,弄响玻璃罩,划着火柴的时候,扎鲁丁和沃罗申都没有说话。

在燃着的灯光下，只能看到他俩放光的眼睛和抽搐一般闪亮着的烟头。而在勤务兵离开后，他俩则又谈了起来，"女人"这个字眼，这个赤裸的、肮脏的字眼，便以被歪曲了的、几乎是毫无意义的形式挂在他们嘴上。色鬼的自我炫耀欲控制了扎鲁丁，一种试图超越沃罗申的难耐愿望在将他折磨，使他想吹嘘一番，有一个如何优雅的女人曾经属于他，说着说着，扎鲁丁越来越多地暴露了其淫欲的秘密，他谈起了丽达。于是，她便完全赤身裸体地出现在了沃罗申的面前，无耻地露出自己肉体与情欲的一些最深藏的秘密，她是低俗的，就像一头被牵到市场上去的牲口。他俩的思想在她身上爬行，舔她，揉她，侮辱她的身体和情感，他俩不爱这个女人，并不为她所给出的欢乐而感激她，却要竭力去贬低她，凌辱她，给她制造出最为可恶的、无法形容的痛苦。

房间里很闷人，充满了烟雾。他俩满是汗水的身体散发出一种让人不安的、浓重难闻的气味，眼睛闪着模糊的光亮，嗓子发出不连贯的、被压低的声音，就像狂怒的野兽发出的呼哧声。

月夜悄悄降临，月光皎洁，可是整个世界，以及它的一切色彩、声响和财富，去了什么地方，失去了踪影，而只有一个裸体女人留在他俩的眼前。很快，他俩的想象力就变得非常专横，非常渴求，以至他们觉得非看到丽达不可，现在他们对她所用的既不是正式的称呼丽季娅，也不是爱称丽，而是昵称丽德卡了。扎鲁丁吩咐套马，随后，他俩便乘车往城边驶去……

第二十八章

　　第二天，扎鲁丁给丽达·萨宁娜送去了一封信，他在信中请求和她见面，还含混、笨拙地暗示道有许多事情还是可以改变的，这封信却落到了玛利亚·伊万诺夫娜的手里，因为女仆将它忘在了厨房的桌子上。从这封信的纸页上腾起一道不祥的阴影，醒酲而又可怕地漫向女儿那纯洁的、给人以温柔神圣感的身影。玛利亚·伊万诺夫娜的第一个感觉，就是伤心的困惑，然后她又回忆起自己的青春、爱情和背叛，以及在婚后的失望时期所经历的那些沉重悲剧，由建立在严厉法则基础上的生活所连成的那条长长的苦难锁链，一直延伸至暮年。这是一道灰色的带子，布满了寂寞和痛苦的暗淡斑点，布满了失落的愿望和幻想的破碎边缘，一天接着一天，一模一样地过去，无论如何也想不出任何变化来。
　　老妇人意识到女儿在什么地方冲破了这灰色的尘封的生活坚固石墙，也许已经落入了汹涌澎湃的漩涡里，在那里欢乐与幸福同痛苦与死亡杂乱地交错在一起，想到这里她害怕极了。
　　"不顾廉耻的坏丫头！"她想道，绝望地把双手放在膝头上，然而，这一切也许没有超越那个众所周知的安全界限吧，这个干巴巴的、合适的小念头突然出现在她的脑海中。她的脸色变得愚钝了，又像是变得狡猾了，她开始反复读着来信，但是从信中那过分雕琢的、冰冷的文字间，她却什么意思也没弄清楚。
　　这时老妇人感到自己无能为力，便悲楚地哭了起来；随后她整了整头饰，问女仆道：
　　"杜尼卡，你知道弗拉基米尔·彼得罗维奇在家吗？"

"什么?"杜尼卡大声应道。

"蠢东西!我问你,少爷在家吗?"

"他刚进书房。正在写信哪!"杜尼卡快活地禀报,仿佛这封信对她是最大的享乐似的。

玛利亚·伊万诺夫娜严厉地狠狠地看了这女孩子一下,她那双善良的、褪了色的瞳孔里便现出了一种凶狠愚钝的眼神。

"贱货!如果你再带信回来,我就教训得你连自家人都认不出来……"

萨宁正坐在书桌旁写信,他的母亲不常见到萨宁写字,因此,尽管心怀忧伤,还是感到了好奇,发生了兴趣。

"你在写什么呀?"

"写一封信。"萨宁答道,愉快地抬头望着。

"写给谁的信?"

"呵!写给一位熟悉的编辑。我又想去他的编辑部了。"

"难道你能写作?"

萨宁微笑着:"我什么事都能做。"

"但是你为什么要去那儿呢?"

"我在您这里已经感到厌烦了,妈妈。"萨宁真诚地笑着说道。

玛利亚·伊万诺夫娜觉得有点受伤了。

"谢谢。"她带着委曲的嘲讽说道。

萨宁认真地看了她一眼,想要说她并不那么傻,应该能明白,一个人老是待在一个地方,又没有任何事情好做,是会感到苦闷的,但是,他却没有说话,他觉得,对她解释如此简单的事情,是很无聊的。

玛利亚·伊万诺夫娜掏出一块手帕,用她那衰弱的老贵妇的手指默默地揉搓了好久。如果没有扎鲁丁的信,如果她的心没有陷入疑虑和恐惧的混乱境地,她也许会痛苦、长时间地责备儿子的这种生硬态度,但是此刻,她却仅仅作了一个令她悲哀的比较:

"是……啊！儿子像头狼，要离开家，而女儿呢？"

她摆了摆手。

萨宁好奇地抬起头来，放下了笔。看来，那个老式的生活故事已经流传开了。

"你是怎么知道的？"他问道。

玛利亚·伊万诺夫娜突然羞愧起来，因为读了人家给丽达的信。她那苍老的面颊上出现了灰红色，她口气不硬，生气地答道：

"谢天谢地，我不是瞎子！……我看出来了……"

"你什么都没看出来，"萨宁想了一下说道，"作为证明，我可以向您祝贺您女儿的合法婚姻……她自己也想告诉你，不过反正一样……"他感到一阵怜悯，因为丽达那美丽、年轻的生命还要承受另一种折磨——老年人那愚钝的爱能用那种最细微的最难忍的追问来折磨人。

"什么！"玛利亚·伊万诺夫娜叫道，挺直了身子，"丽达快要结婚了！嫁给谁？"

"当然是，嫁给诺维科夫。"

"可是……这怎么可能……"

"嗯……别管它吧！"萨宁突然冒火地喊道，"对你还不是一样……您怎么总爱管别人心里的事呢？"

"不，我只是不明白，孚洛特耶！"他的母亲羞涩而犹豫地辩解说，她的心里唱起她不知多么喜爱的一支歌来："丽达要出嫁了，丽达要出嫁了！"

萨宁严厉地耸耸他的肩。

"这有什么不明白的呢……她爱过一个男人，又爱上了另一个，明天还会爱上第三个……愿上帝保佑她！"

"你怎么能这样说话呢！"玛利亚·伊万诺夫娜生气地叫道。

萨宁双肘支在桌上，他的双臂合着。

"那您一辈子只爱过一个男人吗？"他生气地问道。

玛利亚·伊万诺夫娜站起身来。在她那张并不聪明的衰老的脸上流露出石头般冷漠的高傲。

"不能这样和母亲说话。"她高声地说道。

"谁？"

"什么'谁'？"

"谁不该这样说话？"萨宁皱起眉头盯着母亲，问道。他看着母亲，第一次有意识地觉察出她眼里那种迟钝空虚的神情，还有头上奇异地耸起的竖立的头饰，好像鸡冠一般。

"谁都不能这样说话！"她用一种没有生气的声音愚钝地说道。

"可是，我就这样说话，只是……"萨宁突然镇静下来，恢复了自己平常那种情绪，转过身子，坐了下去。

"你已经从生活中得到了自己的一切，"他冷漠地说道，"你没有任何权利来压制丽达。"

玛利亚·伊万诺夫娜沉默不语，只是诧异地望着她的儿子，她的帽子看起来格外的滑稽可笑。

她在刹那间抹去了对过去的生活以及年轻时度过的热情之夜的一切回忆，用一句话来掩饰自己："他怎么敢对他的母亲说这样的话？"而且她不知道以后该怎么办。但是，在她拿定主意之前，已经镇静下来的萨宁转过身来，拉起她的手，亲切地说道：

"这一切您都别管了……您得马上把扎鲁丁赶走，不然他真会干出什么坏事来的……"

玛利亚·伊万诺夫娜立刻和平了下来。一种温情涌上她的心头。

"上帝保佑你，我的儿子，"她说道，"我非常高兴，我一直很喜欢萨沙·诺维科夫……当然我们不能接待扎鲁丁了；哪怕是出于对萨沙的尊重。"

"哪怕是出于对萨沙的尊重呢。"萨宁赞同说，只有两眼露出了笑意。

"丽达在哪儿？"他母亲问道。

"在她的房里。"

"萨沙呢？"她又加上一句，温柔地提到诺维科夫的名字。

"我不知道，真的……他走了……"萨宁刚开口，就在这时，杜尼卡在门口出现了，说道：

"维克多·谢尔盖耶维奇来了……还有一位不认识的老爷。"

"啊……你去把他们赶走。"萨宁提出一个建议。

杜尼卡不好意思嘻嘻笑了。

"您说什么啊，老爷，哪能这样做呢？"

"当然能这样做……我们要他们有个鬼用？"

杜尼卡用衣袖掩着脸，走了出去。

玛利亚·伊万诺夫娜挺直身子，似乎显得年轻了些，可是她的眼睛却流露出更加迟钝，更加无理性的神情。在她心里一下子就轻而易举地发生了彻底的变化，好像她机灵地掉换了一张牌似的：从前，在她以为扎鲁丁会和丽达结婚的时候，她的心里对这个军官曾充满那么多的温情，而此刻，当事情变得清楚了，另一个男人将成为丽达的丈夫，而这个人只配做丽达的情人，这时，她的心里便又产生了同样多的敌意的冷漠。

母亲转身走出门时，萨宁望着她冷漠无情的侧影和不怀好意的灰眼睛，想道："一只动物！"他收起了信，跟了她出去，好奇地要看看事情将发生什么变化。

扎鲁丁和沃罗申带着过度的殷勤起身相迎，这种殷勤中已经没有了扎鲁丁先前在萨宁家中所享有的那种自如，沃罗申有些不自在，因为他是怀着一种对丽达的公然念头前来的，而这个念头又是必须加以掩饰的，然而这种不自在却只能使他越发的激动。

而在扎鲁丁的脸上，透过那种故作的随意和放肆，却清楚地现出了胆怯的忧愁，他自己感到不应该来这里：他觉得羞愧，觉得可怕，他无法想象如何与丽达见面。此时无论如何不能向沃罗申公开暴露这样的感情，也不能充当一个老练、自信、无比高贵、能够对女人为所欲为的男人，有时他会索性恨起沃罗申来，但是，他却跟着沃罗申走了，像是被绑住了一样，没有力量展示自己真正的内心。

"亲爱的玛利亚·伊万诺夫娜，"扎鲁丁说道，不自然地露出了白牙，"请允许我向您介绍我的好朋友，帕维尔·利沃维奇·沃罗申。"

"非常高兴！"玛利亚·伊万诺夫娜冷漠地说道。扎鲁丁在她的眼中看出敌意来，他那最后的自信转眼无影无踪了。他觉得非常难堪。"唉，原本就不应该来啊。"他想道，可马上，因与他视为无比高贵的沃罗申的交往而受到激励的他，又一次清楚地想起了他已经淡忘的事：要知道，丽达马上就要进屋来了……要知道这位和他发生了关系并怀上了他的孩子的女人，不管怎样，她是他孩子的母亲，他该对她说些什么，他该怎样看着她……扎鲁丁的心胆怯地紧缩起来，像一团重物沉下去，他恐惧地想到，已经不敢再朝玛利亚·伊万诺夫娜看上一眼了，他坐立不安，动来动去，一边抽着烟，一边耸肩挪腿，一双眼睛在四下里张望。

"你要在我们这儿待很久吗？"玛利亚·伊万诺夫娜庄重而又冷漠地问沃罗申。

"啊！不。"他答道，放肆地、嘲笑地看着这位外省太太，然后翻过手掌，灵巧地将雪茄含进嘴角，那雪茄的烟直冲着老太婆的脸飘去。

"你离开彼得堡以后，在我们这里大概觉得无聊吧……"

"哦，不，哪里哪里，您知道吗，我非常喜欢这样一个古朴的小城……"

"那您就去城外走走吧，我们这里有一些好去处……游泳、划船……"

"一定去，太太！"沃罗申已然无聊地高声说，还嘲笑地强调"太太"这个词。

谈话很不投机，既难堪又荒唐，好像戴上了纸糊的笑脸假面具似的，面具的后面却射出了敌意的、无聊的目光。沃罗申开始朝扎鲁丁张望，他的目光所具有的含义，不仅为那位军官所理解，也被一直坐在角落里留心观察着他们的萨宁看在眼里。

扎鲁丁一想到沃罗申将不再把他当成聪明伶俐、无所不能的浪荡男人了，内心的恐惧便更加厉害。

"丽达·彼得罗夫娜在哪儿？"他假装不经意地问道。

玛利亚·伊万诺夫娜又诧异又愤怒地望着他。她的眼睛似乎是在说："你既然不和她结婚，这跟你有什么关系呢？"

"我不知道。也许在她的房里。"她冷淡地答道。

沃罗申又意味深长地看了看扎鲁丁。

"你能不能用什么办法快点请出这位丽达，不然这老太婆可真乏味啊。"

扎鲁丁张开嘴，无能为力地动了动胡子。

"我听到了许多对你女儿赞扬的话，"沃罗申露出那口坏牙，整个身体都殷勤地向前探着，搓着手，自己开了口，"因此我希望有幸见到她。"

玛利亚·伊万诺夫娜朝扎鲁丁那张悄悄变了色的脸瞥了一眼，便本能的明白了，关于她水晶般纯洁的、温柔的丽达，这个堕落、无耻的人可能听到了什么闲话，这个念头如此尖锐，转眼之间就使她产生了一个可怕的预感，丽达堕落了，于是一种孤立无援的恐惧包围了她。这时，她的眼睛才变得柔和了，有些人情味了。

"如果不把他们从这里赶走，"萨宁在这个时候想，"他们还会给丽达及诺维科夫造成很多烦恼来。"

"我听说，你要离开这里了？"他若有所思地盯着地板，突然地说道。

扎鲁丁觉得奇怪，如此简单、合适的一个主意，他自己竟然没有想出来。"对！一个好主意。请上两个月的假！"扎鲁丁的脑子闪过这个念头。于是，他急忙答道：

"是啊，我正在作准备……应该休息休息，换换空气……您知道吗……老待在一个地方是会发霉的！"

萨宁突然笑了起来。这场没有一个字出于人们的真实的感情和思想的谈话，骗不了任何人的所有谎言，大家都清楚地知道没人会相信，却又都继续地相互欺骗着，所有这一切都让萨宁感到好笑，于是，一种决然、欢快的情绪，就像一道自由的波浪，涌上了他的心头：

"一路顺风！"

在一瞬间，仿佛从所有人的身上剥下了那件严肃的、浆过的套装，全都变了样。玛利亚·伊万诺夫娜脸色灰白显得更矮小了，沃罗申的眼中闪出一种畏惧的兽性的情感，把他变成一只警觉的野兽，而扎鲁丁缓慢迟疑地从座位上站起身来，房间里出现了一阵骚动。

"你是什么意思？"他压低嗓门问道。

沃罗申畏惧、下贱地笑了起来，用一双锐利、胆怯的小眼睛搜寻着自己的帽子。

萨宁没有回答扎鲁丁，脸上露出愉快而凶狠的神情，找到了沃罗申的帽，便递给了他，沃罗申张了张嘴，从那嘴里传出一种尖细的、被压低的声音，像是一声抱怨。

"你说那句话是什么意思？"扎鲁丁绝望地喊了起来，彻底被弄糊涂了。"出丑了！"他麻木的脑袋里闪出这样一个想法。

"您就这样理解，"萨宁回答道，"你在这里完全是一个多余的人，如果您离开这里，会使大家非常满意的。"

扎鲁丁向前迈了一步。他的脸色变得很可怕，白牙阴郁而凶狠地龇着。

"啊哈！原来是这样，要是……"他抽搐地喘着气，说道。

"滚出去！"萨宁轻蔑简短又坚决地说道，他的声音里有一种非常强硬、可怕的威胁，竟使得扎鲁丁向后退去，没再说话，只在那里荒谬、奇怪地转动着眼珠。

"鬼知道这是怎么回事……"沃罗申小声地嘟囔道,低低地缩着头,急忙朝门口走去。

然而,丽达却出现在门口,与平日不同,她没梳那种时髦、精致的发型,后背上却软软地垂着一条蓬松的粗辫子,她没穿优雅精巧的女装,胸口和肩头却随意地披着一件薄薄的短衫,返朴归真地勾勒出洒脱自如的娇美身躯,而她全身打扮成可爱、纯朴的家常模样,反而显得出人意料的漂亮和娇媚。

丽达奇异地微笑着,这笑容与她哥哥像极了,她似乎很镇静地迈过门槛,亮出优美动听的嗓音,用特别可爱的少女声调说道:

"我来了。你到哪里去?维克多·谢尔盖耶维奇,把帽子放下吧!"

萨宁没有说话,带着好奇的喜悦看着妹妹。"她这是什么意思呢?"他想道。

有一种内在的力量,既威严又可爱,既不可抗拒又充满女性温柔的力量潜入了房间,仿佛一位女驯兽师走进了几只野兽在相互厮打的笼子。几位男人突然变得柔和、温顺了。

"你看,丽特亚·彼得罗夫娜……"扎鲁丁慌乱地开口。

他刚一开口说话,丽达的脸上就滑过一道既可爱又可怜的、孤立无援的神情。她迅速地瞥了扎鲁丁一眼,突然感觉到了一阵难以承受的痛苦,肉体上的温存那样一种近乎病态的敏感的滋味涌到她心中,她痛苦地想要有所期望,但是这种期望立刻变为一种强烈的本能的需要,那就是向他证明,他的损失很大,尽管他使她受到了痛苦与屈辱,但她却依然漂亮。

"我什么也不想看。"她几乎闭上了那双美丽的眼睛,威严而有点做作地说。

随着她的出现,沃罗申身上则发生了某种奇怪的变化:那个温情的、勉强被遮掩住的女人身体现出意想不到的可爱的家常之美,散发着迷人的温馨，使他浑身发软，舌尖立刻舔了舔他那两片发干的嘴唇，两眼变得细小，而那宽松的浅色衣服下面的整个身子，在软弱无力的肉体的陶醉中，变得麻木了。

"请介绍一下……"丽达说道，扭头看着他。

"沃罗申……帕维尔·利沃维奇……"军官嗫嚅地说道。

"这样一个美人做过我的情人，"他心里闪过这个念头时，既带有真心的喜悦，也带有在沃罗申面前的荣耀感，还带有淡淡的刺痛，因为意识到了那种无法挽回的损失。

丽达慢慢地向母亲转过身去。

"妈妈，那边有事要问您……"

"我才不管……"玛利亚·伊万诺夫娜刚要开口。

"我说，那边有事……"丽达抢过话头，她的声音忽然带上了哭腔。

玛利亚·伊万诺夫娜连忙站了起来。

萨宁看着丽达，使劲地撑大了鼻孔。

"先生们，我们去花园吧……这里太热了。"丽达说完，像从前一样，也不管别人是不是跟着她，就朝露台走去。

男人们仿佛被催眠了似的，跟在她身后，似乎她是用自己那根辫子拴住了他们，能随心所欲地强迫他们走向任何地方。沃罗申走在前面，满怀赞赏和激动，她已经让他把世界上的一切都淡忘了。

丽达在菩提树下的一张摇椅上坐了下来，伸出两只小巧的脚来，那脚上穿着黄色的便鞋和透明的黑袜子。她身上似乎有两个自我：一个在因羞耻、屈辱和忧愁而痛苦，另一个却在顽强地摆出一个个有意、撩人的姿态，这些姿态一个比一个更优美，更巧妙。第一个自我在轻蔑地看着自己，看着那几个男人，看着整个生活。

"喂。帕维尔·利沃维奇，"她眯着眼睛问道，"我们这个偏僻的地方给您留下了什么样的印象？"

"这印象大概就像一个人在密林里突然遇到一朵美丽花朵的时候所

体验到的那种印象吧！"沃罗申答道，摩擦着他的双手。

于是，在他俩之间开始了场轻松的、空洞的、虚伪透顶的交谈，在这场交谈中，说出来的一切都是谎言，而没说出来的一切则都是真话。萨宁没有说话，在听着那场默不出声的真正的交谈，那场交谈通过他们的脸，通过手和脚，通过嗓音和颤抖正无声地进行着，丽达在受难，沃罗申在痛苦地、难以满足地享受着她的美貌和芬芳，而扎鲁丁则已经在仇恨丽达、萨宁、沃罗申及整个世界。他想走开，却又没走。他想做出点什么粗鲁的事情来，却只是一根接一根地抽着烟，不知为什么，一种要让丽达以他的情妇的身份公开出现在大家面前的难以忍受的渴望，狠狠地压迫着他的头脑。

"这么说，你很喜欢我们这里，你离开了彼得堡，不觉得难过吗？"丽达问道，也许这种折磨对她来说，比什么都更痛苦，连自己也感到奇怪，她为什么没有站起来走开。

"不，恰恰相反①！"沃罗申反驳说，他挑逗地摊开两手，眼睛紧盯着丽达的胸部。

"别说漂亮话啦！"丽达卖弄风情地作个命令的手势说道，于是，两个自我又在她的体内搏斗起来：一个唤起了脸上的羞红，另一个虽不易察觉却更无耻地把胸脯挺得更高，迎向那赤裸裸的目光：

"你以为我非常不幸……我垮了，那你就睁开眼睛看着吧！你们是这副模样，那么，我也会做出这种模样来！"

"唉；丽达·彼得罗夫娜！"扎鲁丁带了恨意搭了腔，"这算什么漂亮话呀！"

"您，好像说了什么？"丽达冷冷地问道，仿佛她并没有听见，然后，她迅速地变了腔调，转身对着沃罗申。

"您给我讲讲彼得堡的生活吧！……要知道，我们这里简直不是过

---

① 原文为法语。

日子，而是混日子。"

扎鲁丁感觉到沃罗申冲着他这边微微地笑了笑，于是他认定，沃罗申已不再相信丽达曾做过他的情人。

"啊哈！啊哈！啊哈！……那么，好吧！"他怀着强烈的愤恨对自己说道。

"我们的生活，哦，著名的'彼得堡生活'啊！"沃罗申轻松迅速地说了起来，他给人留下的印象就是：一只小笨猴在用它那种空洞的无人能懂的语言咿咿呀呀地说着什么。

"有谁见过呢？"他怀着一种隐秘的希望想道，一边盯着丽达的面孔、胸脯和大腿。

"我得告诉您实话，丽季娅·彼得罗夫娜，我们的生活非常枯燥、苍白……不过，直到今天，我一直都认为，什么生活都是枯燥无聊的，无论住在什么地方，无论是在城里还是在乡下……"

"是吗？"丽达半眯起眼睛。

"生活能给出的东西，就是漂亮的女人，而大城市的女人，唉，您如果见到过的话……您知道吗，我坚信，如果还有什么东西有朝一日能拯救世界，那就是美！"沃罗申出人意料地添了一句，但他自认为这句话非常得体，既通俗又易懂、机智，他的脸上露出茫然的激动表情，他用失去控制的嗓音喋喋不休地说着，不停地返回同一个主题，即女人，他谈女人时，就像在暗中不停地剥去女人的衣服，并将她强奸，扎鲁丁看出了这种表情，突然感到一阵模糊的妒意，他的脸红了又转白，他无法站在原地不动，便在林荫道的当中焦躁地、奇怪地走来走去。

"我们的那些女人彼此相似……她们都那么装模作样，都恪守陈规……要想找到某种能够引起对美的真正的崇拜的事物，要知道，并非那种独特的感情，而是在雕像面前体会到的那种真正纯洁而真诚的崇拜，在大城市里，不可能有这种的崇拜……为此就得到偏僻的地方去，那儿的生活，还是一块没被触动的土壤，能长出漂亮的花朵来。"

萨宁不由得挠挠后脑勺，跷起了二郎腿。

"这些花干吗要开呢？如果没人来采的话！"丽达反驳道。

"啊哈！"萨宁好奇地想，"她这是把话题往哪儿引啊……"

他对这场情感和愿望的游戏很感兴趣，这有些愚蠢又很微妙的游戏、明白无误地、同时却又难以捉摸地在他的面前进行着。

"说的是啊！"

"是啊，我说真的，有谁会来采摘我们这些可怜的花朵呢？而那些被我们当成英雄的男人，又是些什么玩意呢？"丽达完全真诚、伤感地脱口而出。

"您对我们太无情了？"听出她的声音中那隐在的含义，扎鲁丁不禁应了一句。

"不，丽达·彼得罗夫娜说的对！"沃罗申兴奋地赞同道，但他又立即醒悟过来，胆怯地看了扎鲁丁一眼。丽达哈哈大笑起来，她那双燃烧着复仇，流露出羞耻和忧愁的眼睛，在威严地、哀伤地盯着扎鲁丁的脸。沃罗申又唠叨起来，他滔滔不绝，东拉西扯，前言不搭后语，就像一群被上帝从什么地方赶到这里来胡说八道的畸形儿，他居然说到身材漂亮的女人可以裸体上街，而不会引起肮脏的欲望，看来他非常希望，丽达就是这样一个女人，而且是专为他才赤身裸体的。丽达却笑起来，打断了他的话，在她那响亮的笑声中，听得到羞耻，也包含着屈辱和忧愁的泪水。

"我们该走了。"扎鲁丁终于忍不住了，他自己也不知道为什么，在丽达的一举一动之中，无论是笑声、眼神、还是手指的颤抖，他都觉得是对自己脸面的无形的打击，对丽达的怨恨，对沃罗申的嫉妒，以及那不可挽回的损失导致的肉体上的苦闷，弄得他疲惫不堪。

"已经要走了吗？"丽达问道。

沃罗申温柔地微笑着，眯起眼睛，用薄薄的舌头舔着嘴唇。

"没办法……看来，维克多·谢尔盖耶维奇显然是有点不自在。"他嘲笑地说道，把自己想象成了胜利者。

他们开始道别，当扎鲁丁俯身向丽达的手上时，忽然低声地说了句："别了！"

他自己也不明白，为什么要这么做，然，他从未像这一时刻那样爱丽达，也从未像这一时刻那样恨丽达。

在丽达的心里也有什么东西静了下去，接着颤抖起来，希望分手的时候能怀有忧郁的、温情的感激，感激那些共同感受过的快感，排除所有的报复、怨恨和仇视。但是，她却压下了这份情感，无情地、响亮地回答了一句：

"别了……一路顺风，帕维尔·利沃维奇，可别忘了哦！"

只听得沃罗申有意地提高嗓门，说道：

"瞧这女人，真醉人啊，就像香槟一样……"

他俩走了，等他俩的脚步声消失之后，丽达坐到摇椅上，可她已经完全不是先前那个样子了，而是躬起身体，全身都在发抖，两行静静的、特别动人的少女泪水，在她的脸上流淌。

"喂，你怎么了？"萨宁说道，走过去，拉住她的一只手。

"放开……生活真是个可怕的东西……"丽达说着，蹲了下去，用双手捂住脸，那根松软的辫子静静地滑过肩头，向下垂去。

"呸！"萨宁生气地说道，"要是我才不会为这种琐事烦恼呢？"

"难道就没有……别的更好的人了吗？"丽达又说道。

萨宁微笑着。

"当然没有。人的本性就是可恶的，不要指望人能做出什么好事，这样一来，他做出的坏事也就不会引起你的痛苦了……"

丽达抬起头，用那双哭红了的眼睛看了他一眼。

"你就不指望吗？"她平静地，若有所思地问。

"当然不，"萨宁答道，"我独自活着……"

第二十九章

第二天，没披头巾，光着脚的杜尼卡跑来找正在花园里清扫道路的萨宁。

"弗拉基米尔·彼得罗维奇，"她叫道，她那双愚蠢的眼睛里流露出呆滞的恐惧神情，"有两位军官希望见您……"她显然是在重复别人的话。

萨宁并不感到惊诧。因为他一直在等着扎鲁丁这样或者那样的挑衅。

"他们非常希望见我吗？"他开玩笑地问杜尼卡。

但是杜尼卡显然知道是一件可怕的事情，她一反常态，没用衣袖遮脸，而带着惊恐和同情的神色直盯住他的眼睛。

萨宁把铁铲靠在树上，解开腰带，又重新勒紧，然后照自己的习惯，微微摇晃着，朝屋里走去。

"这些傻瓜……真是些白痴！"他懊恼地想到了扎鲁丁和他的助手，但他的这一想法不是辱骂，而是他的真实看法。

当他走过屋子，丽达从她房间里走了出来。她站在门口，脸色紧张苍白，眼中满含痛苦，她动了动嘴唇，却什么话也没说出来。在这个时候，她觉得自己是世界上最不幸、最有罪孽的一个女人。

玛利亚·伊万诺夫娜孤立无援地坐在客厅的靠背椅上，她的脸是恐惧的、不幸的，那个母鸡冠头饰也慌乱地歪到了一边，她也同样地用哀求的慌乱的眼神望着萨宁。同样地动了动嘴唇，同样的沉默不语。他对她笑了笑，本想停下，但又改变了主意，继续向前走去。

塔纳罗夫和封·杰伊茨正襟危坐地在客厅中,他们坐姿与平常不一样,两腿并拢,身体挺直,似乎,他们穿着白色制服与紧身的骑马裤让他俩觉得非常不自在。当萨宁一进门,他们俩缓慢、犹豫不决地站起身来,带着一点踌躇,显然不知道下一步该如何行事是好。

"你们好,先生们。"萨宁高声说道,走上前来伸出了手。

封·杰伊茨踌躇着,但塔纳罗夫夸张地深深地鞠了躬握了手,他那修剪过的后脑勺也在萨宁的眼前晃了一下。

"我能为你们做什么事呢?"萨宁问道,他看得出塔纳罗夫显然是有备而来的,他对这位军官灵巧而自信地装出这种假客气的愚蠢劲头感到惊奇。

封·杰伊茨挺直身子,让他那张马脸挂出一副冷漠的神情,可他却有些难为情,奇怪的是,一向沉默寡言、腼腆害羞的塔纳罗夫却直截了当地,自信地开了口。

"我们的朋友,维克多·谢尔盖耶维奇·扎鲁丁给我们以光荣,要我们替他和您把问题解释清楚。"他清晰而冷淡地说,好像他心里有一架开动的机器正在运转似的。

"啊哈!"萨宁说道,带着可笑的郑重神情大张着嘴巴。

"是的,先生。"塔纳罗夫微垂着双眉,直率而坚定地接着说,"他认为你的行为对于他来说并不完全……"

"噢!……我明白了……"萨宁很快失去了耐性,他抢过话头。

"我几乎是掐着脖子把他赶了出去……这哪有什么'并不完全!'"

塔纳罗夫想努力弄清什么事情,却没办到,他继续地说道:

"是的,先生,他坚决地要求你收回自己的话。"

"是的,是的……"瘦削的封·杰伊茨不知怎么认为有必要加一句,他像一只仙鹤那样来回倒换着双脚。

萨宁微笑着。

"我怎么能把话收回呢?那话又不是麻雀,飞出去,也就抓不住了!"

塔纳罗夫太困惑地沉默了一会,直直地盯着萨宁的眼睛。

"他有一双那么凶恶的眼睛呀!"萨宁想道。

"我们不是来开玩笑的。"塔纳罗夫好像一下子弄清了什么事情似的,满脸涨得通红,匆忙而气愤地说,"你究竟愿不愿意收回您的那些话呢?"

萨宁没有说话。

"一个十足的白痴!"他想道,甚至还怀有一种忧伤,他拿过一把椅子,坐了下来。

"我也许可以收回我的话,好让扎鲁丁满意,"他郑重地说道,"何况,对我来说反正也算不了什么⋯⋯可是,首先,扎鲁丁很愚蠢,他不会对此事作出应有的理解,因此,他不会安静下来,倒是会幸灾乐祸,其次,我非常不喜欢扎鲁丁,在这种情况下,就不值得把那些话收回⋯⋯"

"是这样⋯⋯"塔纳罗夫透过牙缝,幸灾乐祸地拉长声音说。

封·杰伊茨惊慌地看了他一眼,最后一抹红润从他的长脸上消失。他的脸变得又黄又木。

"既然这样⋯⋯"塔纳罗夫开了口,他提高嗓门,使那声音带上了一种威胁的意味。

萨宁怀着突如其来的憎恶,打量他那窄额头和紧身马裤,抢过了话头。

"就是这一套⋯⋯我知道⋯⋯不过我不会跟扎鲁丁决斗的。"

封·杰伊茨急忙转过身来。

塔纳罗夫挺直了身子摆出一副轻蔑的样子,一字一顿地问:

"为—什—么?⋯⋯"

萨宁笑了起来,他的敌意来得快,去得也同样快。

"因为⋯⋯首先,我不想杀死扎鲁丁,其次,更为重要的是,我自己也不想去死。"

"但是……"塔纳罗夫鄙夷地开口道。

"我不想,就是这话!"萨宁说道,站了起来,"我干吗还要对你们解释为什么!?……我就是不想……怎么……"

在塔纳罗夫心目中,对不想决斗的人的极大轻蔑与这样一个坚定不移的信念结合在了一起,除了军官之外,任何人都没有勇敢、高尚到足以去进行决斗,因此他一点也不感到惊奇,而是相反,甚至似乎高兴了起来。

"那是你的事情,"他说着,已经不去掩饰,甚至还夸大了那藐视的神情,"但我必须警告你……"

萨宁笑了起来。

"这我也知道,我倒要直接劝告扎鲁丁不要这样做……"

"不要——什么?"塔纳罗夫冷笑地问道,拿起了窗台上的帽子。

"我劝他别碰我,否则,我会揍得他……"

"听着!"封·杰伊茨突然来火了,"我不能允许……你……你讥笑人,难道您不明白,拒绝挑战,这……这……"

他脸红得如同一只龙虾,无神的眼睛愚蠢而粗野地瞪得溜圆,嘴角上有唾沫星子。

萨宁好奇地看了看他的嘴,说道:

"有人还认为自己是托尔斯泰的崇拜者呢!"

封·杰伊茨抬起头来,浑身发抖了。

"我请求你,"他一边尖声叫喊,一边又因为向一个好朋友喊叫而羞愧难当,不久前他曾经同这个朋友谈过许多重要而有趣的问题,"我请求你不要再提了。……这与此事无关!"

"哎,不……"萨宁反驳道,"甚至非常大有关系。"

"我请求您。"封·杰伊茨歇斯底里地叫喊起来,唾沫星子四处飞溅。

"这完全……总而言之……"

"啊！够了！"萨宁答道，不满地躲避着那些飞溅的唾沫，"随便你们怎么想，我无所谓。但请你们告诉扎鲁丁，他是一个大傻瓜……"

"你没有权利这样说！"封·杰伊茨用绝望的哭腔吼叫起来。

"很好，很好。"塔纳罗夫心满意足地说道。

"我们走吧。"

"不！"封·杰伊茨还用那副哭腔喊着，胡乱地挥舞着两只长长的手臂，"他怎么敢……这简直是……"

萨宁看了看他，挥挥手，头也不回地走了。

"我们就这样转告我们的朋友……"塔纳罗夫冲着他的背影说道。

"随你的便。"萨宁并不回头地说道。他一边听着塔纳罗夫劝说喊叫不止的封·杰伊茨，一边想："瞧这个傻瓜，一碰到他那个愚蠢的问题，就要变得多么矜持，多么饶舌啊。"

"不，不能就这样！"封·杰伊茨不可劝解地叫道。他忧伤地意识到，由于这件事，他失去了一个有趣的熟人，他不知道该如何补救，因此便越发凶狠了，结果，显然彻底把事情给弄糟了。

丽达在门口轻轻地唤道："孚洛特耶！"

萨宁停住了脚步。

"什么事？"

"到这里来，我有话要同你说。"

萨宁进了丽达的小房间，房间里半明半暗，掩住窗口的树木递进一片绿阴，屋里散发着香水、胭脂和女人的气息。

"你这里多好啊。"萨宁说道，热情而轻松地舒了一口气。

丽达面对窗户站着，花园那绿色的反光柔和地、美妙地洒在她的肩膀和面颊上。

"你叫我来有什么事？"他和气地问道。

丽达没作声，急促、沉重地喘着气。

"你怎么了?"

"你不——去决斗?"她压低声音问道,并未转过身来。

"不去。"萨宁简短地回答。

丽达不说话了。

"喂,怎么了?"萨宁说道。

丽达的下巴颤抖起来,她一下子转过身来,用气喘吁吁的声音,急速地、不连贯地说道:

"这我真不能,不能理解……"

"啊!"萨宁皱起眉头,反驳道"你无法理解,这太遗憾了……"

人类的愚蠢与不幸从四面八方围拢过来,它来自恶人,也来自好人,它来自丑人,也同样来自美人,这愚蠢使他难受。

他转过身走开了。

丽达看了一眼他的背影,然后用双手抱住脑袋,倒在床上。那根长长的黑辫子,就像一条柔软蓬松的尾巴,优美地搭在洁白干净的被子上。此时此刻,丽达是这么漂亮,这么强健,这么娇柔,尽管她充满了绝望,满含泪水,却仍然显得格外富有活力而又年轻,洒满了阳光的绿色花园正对着窗户,房间里呈现出欢快明丽的气氛。

然而丽达却什么都没看到。

第三十章

　　这是一个大地上少有的特别的夜晚,它好像是从明亮、壮丽、蔚蓝色的天空中降落下来的。夕阳已经西下了,但天色还很亮,空气也格外清新而轻盈。天气干燥,花园里却有好多不知怎么来的露水,灰尘费力地扬起来,却长时间懒洋洋地停在空中,天气一度闷热,但已经凉爽了,所有的声音都在轻盈、迅速地传播着,像是插上了翅膀。

　　萨宁没戴帽子,穿着他那件宽大的、肩头已经有些褪色的蓝色衬衫,沿着尘土飞扬的街道和一条长满荨麻的、长长的胡同,向伊万诺夫的家走去。

　　伊万诺夫坐在朝着花园的窗前,他是个严肃、肩宽体壮的汉子,留着又长又直的头发,就像一堆干草,花园里,露水使得一切都越来越潮湿了,白日里落满尘土的草木重新露出了绿色。伊万诺夫在有条不紊地卷烟卷,那烟草的气味充斥着周围两三米的地方,呛得人要打喷嚏。

　　"你好。"萨宁说道,靠在窗盘上,"你好。"

　　"有人要找我决斗。"萨宁说道。

　　"好事!"伊万诺夫不动声色地答道,"谁呀?为什么事情?"

　　"扎鲁丁。我把他从家里赶了出去,嗯,他受了侮辱。"

　　"是这样,这么说,你要去决斗啦?"伊万诺夫说道,"去干吧,我来当你的助手……你们就互相对着鼻子开枪吧。"

　　"为什么?鼻子可是身体中一个高贵的部分。我是不会去决斗的。"萨宁笑着反对道。

　　伊万诺夫点点头。

第三十章

"也好，干吗要决斗呢，不应该决斗！"

"我的妹妹丽达并不这样想。"萨宁说道。

"因为她是一个傻姑娘，"伊万诺夫自信地说道，"每个人身上都有许多这种蠢念头啊？"

他卷好最后一支烟，立即把它点着了，将其他那些卷好的烟放进一个皮烟盒。

然后他吹落窗台上的烟丝，从窗口钻了出来。

"我们该干些什么呢？"他问道。

"我们去找索罗维伊契克吧。"萨宁提议道。

"啊！不去！"

"为什么不去？"

"我不喜欢他。……一个软骨头……"

萨宁耸耸他的肩。

"未必比其余的人更坏吧，没关系，我们去吧。"

"好吧，我们去，我没什么。"伊万诺夫非常爽快地同意了，一如他永远同意萨宁所说的一切。于是，他俩沿着街道走去，两人都很健壮、高大，都有着宽阔的肩膀和愉快的嗓门。

但索罗维伊契克却不在家。侧屋锁着，院子里空无一人，死气沉沉。只有沙尔丹在库房旁把铁链弄得很响，冲着这两个不知为何走进院子的生人发出了单调的叫声。"什么鬼地方！"伊万诺夫叫道，"我们到林荫路去吧。"

他俩关上院门，走了出去。沙尔丹又叫了两三声，然后便在自己的岗哨前坐下，忧郁地凝望着荒寂的天井，死寂的磨坊还有一条条蜿蜒在落满灰尘的矮草丛间发白的羊肠小道。

公园里照例演奏着音乐，林荫道上非常凉快，令人感到很轻松，散步的人很多，黑压压的一大群人，潮水般的来回涌动，时而流向幽暗的花园，时而流向花园的石头大门，女性的衣裙和帽子散落其间，就像是杂草丛中的鲜花。

萨宁和伊万诺夫手挽着手走进公园,在第一条林荫道上就碰见了索罗维伊契克,他倒背着手,也不抬眼,看着地下,沉思地在几棵树当中踱来踱去。

"我们去过你家。"萨宁说道。

索罗维伊契克胆怯地笑了一下,抱歉地说:

"啊!你们原谅我吧,我不知道你们要来……不然我会等候你们……要知道,我出来散步不久啊。"他那双眼睛明亮而又忧伤。

"我们一起走走吧。"萨宁亲切地拉起他的手,建议道。

索罗维伊契克高兴地弯起一只胳膊,装出开心的样子,立即很不自然地将帽子推到后脑勺上,用那样的神气迈开步来,似乎他抱着的不是萨宁的胳膊,而是某种贵重物品,他的嘴角也咧到了耳朵根上。

一队士兵震耳欲聋地吹着响亮的铜号,脸涨得通红。一个麻雀般清瘦的军乐队指挥,挥舞着指挥棒,来回地转动身体,显然是在自我炫耀,乐队的周围,密密麻麻地挤满了普通一些的观众——文书、中学生、脚穿靴子的小伙子和身着鲜艳衣裙的姑娘们,而在林荫道上,由小姐、大学生和军官构成了一个个斑斓的小组,彼此来回穿插,就像是在跳一场没完没了的对舞。

迎面走来了杜博娃、沙夫洛夫和尤里·斯瓦罗日奇,他们微笑了一下,纷纷点了点头,萨宁一行绕着花园走了一圈,又和他们碰面了,现在季娜·卡尔萨维娜也加入了他们,她身材修长、匀称,穿了一条浅色的连衣裙。离得老远,她就冲萨宁笑了笑,她已经很久没有看见萨宁了,她的两眼闪现出娇媚的友好神情。

"你们干吗单溜啊?"杜博娃问道。

"跟我们一起走吧。"

"诸位,我们拐到旁边那条道上走吧,"沙夫洛夫提议道,"这里太拥挤了。"

于是这一大群欢快的年轻人便拐到那条树阴浓密、悄无声息的道上,使那里充满了愉快而响亮的笑声。他们一直走到了花园的尽头,正打算往回走。这时,在那拐角处,却出现了扎鲁丁、塔纳罗夫和沃罗申。萨宁马上就看出来了,扎鲁丁没料到这次相遇,竟惊慌起来,他那张漂亮的脸阴沉下来,整个身子挺得笔直。塔纳罗夫阴暗地笑了一笑。

"这个难看的矮子还在这里呢。"伊万诺夫朝沃罗申使了个眼色,惊讶地说道。沃罗申没看他们,转过身去,看着走在前面的卡尔萨维娜。

"在这里呐!"萨宁笑了起来。

扎鲁丁认为这笑声是冲他来的,这在他心中引起了一种挨了一拳的感觉。他愤怒了,喘不上气来,觉得自己被某种沉重的力量束缚住了,他离开自己那帮人,迅速迈动自己的漆皮靴子,走到萨宁跟前。

"您想干什么?"萨宁说道,突然变得严肃了,并留心地看着扎鲁丁不自然地捏在手里的那根细马鞭。

"唉,一个傻瓜!"他怀着愤恨和怜悯想道。

"我要和您讲几句话……"扎鲁丁粗暴地开始道,"你接到我的挑战了吗?"

"是的。"萨宁微微地耸了耸肩膀,仍然留心地盯着那军官手上的每一个动作。

"您坚决拒绝,您怎么能……一个体面人总该接受这样的挑战吧?"扎鲁丁含混、但却高声地说道,已辨别不出自己的声音来了,他既害怕自己的声音,也害怕马鞭那冰凉的把柄,他突然非常强烈地感觉到了汗津津的手指间这马鞭的存在,但是他已经无力拐弯了,只好在那条突然呈现在他面前的可怕道路上走下去。他觉得,花园里一下子没了空气,众人全都停下了脚步,怀着可怕的预感听着他俩的对话,不知该如何是好。

"居然还要——"伊万诺夫开了口,他挪动脚步,想挡在萨宁和扎鲁丁之间。

"我当然要拒绝。"萨宁用异常镇定的声音说道,把那道明察秋毫的锐利目光直盯着扎鲁丁的眼睛。

扎鲁丁重重地叹了一口气,像是在搬起一件巨大的重物。

"再说一遍——你要拒绝吗?"他用一种金属碰撞般的声音更响地问道。

索罗维伊契克脸色变得异常的灰白。"唉,天呀!唉!天呀!他要打他了!"他想道。

"您要干吗……既然……"他嘟囔着,整个身体都弯曲着,护住了萨宁。

扎鲁丁粗鲁地、轻易地将索罗维伊契克从路上推开,却未必看清了他。在他眼前,只有萨宁那双镇静、严肃的眼睛。

"我已经告诉过您了。"萨宁仍用先前那种声音回答道。

扎鲁丁周围的一切都旋转起来,身后还传来了匆忙的脚步声和女人的喊叫声,他怀着类似要落进深渊中的人的绝望感情,猛然使劲,过高而又笨拙地扬起了那根细马鞭。

在这一瞬间,萨宁使出全身力气,迅速而简洁地绷紧肌肉,一拳砸在了扎鲁丁的脸上。

"好……"伊万诺夫不由自主地喊道。

扎鲁丁的头无力地歪向一旁,一种滚烫的、浑浊的东西像尖针一样猛然刺进眼睛和大脑,又涌进了他的嘴巴和鼻子。

"啊!"扎鲁丁发出一个痛苦、恐惧的声音,然后丢下马鞭和帽子,倒在地上,什么也看不见,什么也听不见,这时他唯一的意识就是这样的结局无可挽回和眼睛中有灼人的疼痛,寂静的、昏暗的林荫道上出现了一阵奇异、荒谬的忙乱。

"唉!上帝!"季娜·卡尔萨维娜刺耳地叫了起来,她两手抱住头,恐惧地闭上了眼睛。

尤里带着同样恐惧和厌恶的情感,看着四肢着地的扎鲁丁,并和沙夫洛夫一起向萨宁冲过去，沃罗申的夹鼻眼镜跌落了，他被灌木丛绊住了脚，但还是急忙逃离了林荫道，直接跑到潮湿的草地上，于是，他那条白裤子膝盖以下的部分就立即变成黑色的了。

塔纳罗夫愤怒地咬着牙齿，也冲向前去，但伊万诺夫却从后面抓住他的肩膀，将他拉了回去。

"没什么，没什么！"萨宁轻蔑地说道，"让他来吧。"他双腿叉开，喘着粗气，额头上渗出了一颗颗硕大、沉重的汗滴。

扎鲁丁摇摇晃晃地站了起来。颤抖的、潮湿的肿嘴唇发出一些可怜的、不连贯的声音。在这些声音中，对萨宁的那些威胁听起来让人感到有些意外，很不合适，似乎还有些可笑。扎鲁丁的整个左脸迅速地肿了起来，左眼也眯缝起来，鼻子和嘴巴都流着血，嘴唇颤抖着，浑身都在哆嗦，就像是在打摆子，与一分钟前那个漂亮优雅的男人已没有丝毫的相像之处了。这可怕的一击似乎立即从他身上夺去了所有人性的东西，将他变成了某种可怜的、丑陋的、胆怯的动物，他心中既没有逃走的愿望，也没有自卫的企图。他磕碰着牙齿，吐出嘴里的血来，并用颤抖的双手无意识地清除沾在膝盖处的沙子，然后，又摇晃起来，倒了下去。

"太可怕了！太可怕了！"季娜·卡尔萨维娜说着，竭力想尽快地离开这个地方。

"我们走！"萨宁对伊万诺夫说道，眼睛朝上看着，因为看到扎鲁丁他会感到既讨厌又可怜。

"咱们走吧，索罗维伊契克。"

但索罗维伊契克却站着没动。他睁大那双无神的眼睛看着扎鲁丁，看着鲜血以及在雪白的制服上显得非常肮脏的沙子，他颤抖着，荒谬地嚅动嘴唇。

伊万诺夫生气地抓起他一只手，但索罗维伊契克却用一股不寻常的力量挣脱了，双手抓住一棵树不放，好像有别人要把他拖到什么地方去似的。

"唉！你们这是为什么，为什么，为什么呀？"他啜泣地说道。

"真卑鄙！"尤里直冲着萨宁的脸嗓音嘶哑地说道。

"是的，卑鄙！"萨宁答道，带着轻蔑的微笑，"可如果是他打了我，就要好些吗？"

他挥了挥手，顺着宽阔的林荫路快步走了。伊万诺夫鄙夷地看了看尤里，然后点燃了一支香烟，不慌不忙地跟着萨宁走了。甚至仅从他那宽阔的后背和直硬的头发就可以看出，他对所发生的这一切怀有怎样的轻蔑。

"一个人会变得多么凶恶愚蠢啊！"他自言自语道。

萨宁默默地回头瞥了他一眼，走得更快了。

"就像一群野兽。"尤里忧郁地说道，他走出花园，又回头看了看园中黑压压的人群，花园还是他见过多次的那样幽静而又美丽，可是此刻，花园里发生的一切，却使它似乎与整个世界隔绝开了，变得可怕了，令人讨厌了。

沙夫洛夫沉重而慌乱地叹了一口气，惊恐地从眼镜框的上方环顾四周，仿佛担心现在说不定什么地方又要发生这类袭击似的。

第三十一章

扎鲁丁的生活面貌发生了迅速可怕的变化。从前生活曾是那么轻快、明朗、无忧无虑、快快活活，如今竟变得丑陋、可怕、无法抗拒，仿佛生活抛掉幸福的微笑的假面具，露出了凶猛的可怕的野兽嘴脸。

当塔纳罗夫用一辆出租马车送他回家时，扎鲁丁甚至在自己人面前也要竭力夸大那疼痛和虚弱，以便始终不睁开眼睛。他觉得这样还可以摆脱开耻辱，那耻辱正从四面八方用成千上万双眼睛看着它，等着与他的目光接触，以便哈哈大笑地跟着他跑，做着鬼脸，并用指头直戳向他的脸。

在一切东西后面，在蓝衣车夫那瘦削的后背上，在每个行人身上，在那些后面似乎藏有一张张幸灾乐祸而又好奇的面孔的窗户上，在塔纳罗夫那只扶着他腰部的手臂上，挨了揍的扎鲁丁都觉得好像有一种沉默的、却又是公开的蔑视，这一感觉如此地出乎意料，让人痛苦不堪，竟使得扎鲁丁一时间真的晕了过去。这时，他觉得自己精神失常了，他希望要么死去，要么醒来，大脑拒绝相信所发生的事情，他始终认为，事情并非如此，而是有点什么差错，他自己有什么东西没搞清楚，可这"什么东西"却使一切彻底变了样，完全不是那么可怕、不那么难以挽回了，但是，一个清晰、确凿的事实摆在他的面前，于是，绝望的暗影便越来越浓地笼罩着他的心灵。

扎鲁丁觉得有人在扶着他，感到很痛苦很不舒服，感到双手满是尘土和血迹，甚至，他觉得奇怪，他居然还能感觉出什么东西来，他的身体还没有被毁掉，还在糟糕而又软弱地照例活动着。此时构成那个漂亮、时髦、自信而愉快的扎鲁丁的一切都无影无踪、一去不回地消失了。时而，当马车在拐弯处有些倾斜的时候，扎鲁丁微微睁开眼睛，透过浑浊的泪水，辨认着那些熟悉的街道、房屋、教堂和行人，一切都与往常一样，可如今却让他觉得无比的遥远、陌生和敌对。行人们停下脚步，困惑地在后面看着他们，于是，扎鲁丁再次急忙地闭上眼睛，由于羞耻和绝望差点失去了知觉。道路无止境地延伸着，他觉得这种折磨是没有尽头的，"再快点就好了，再快点就好了……"他脑中忧伤地闪过了这个念头。但是，他立即想到了勤务兵、女房东和邻居们的脸，于是他又觉得最好还是这样躺在马车上，无止境地走下去，永远不要睁开眼睛。

而塔纳罗夫却在痛苦地为扎鲁丁而害臊，他目不斜视，用莫名其妙的方式竭尽全力地向每一个迎面碰见的人证明，他与此事毫无关系，挨揍的也不是他。

起初，他还说了些什么，愤怒过，不自然地安慰过，但后来就不言语了，只是从牙缝里挤出几个字来催促马夫。由于这些举动，同时还由于他那只不知是在搀扶还是在躲避的不诚实的手，扎鲁丁猜透了塔纳罗夫的感情，扎鲁丁意识到，这个卑微的人，这个较之于他一直无比低贱的塔纳罗夫，竟突然获得了为他而害臊的权利，这给了他的意识一个最后的，决定性的揭示：一切全都完了。

扎鲁丁无法自己走过院子，他几乎是被塔纳罗夫和迎面跑出来的勤务兵抬着走的，勤务兵惊恐万状，两手发抖。扎鲁丁没有去看院子里还有没有别的人，他被放在沙发上，起初，大家不知道该怎么办，荒诞地站在他面前，他们的这些举动引起了他极大的痛苦，后来，勤务兵忽然醒悟过来，一阵忙乎，端来热水，拿来毛巾，小心地擦起扎鲁丁的脸和手，扎鲁丁害怕和他的目光相遇。但是，这士兵的脸上完全没有幸灾乐祸，没有蔑视，没有嘲笑，而只有恐惧和怜悯，就像是一位善良的老太婆。

"您在哪儿弄成了这个样子，大人……哎呀，我的上帝，怎么会这样？"他悄声地数落道。

"这不关你的事！"塔纳罗夫满脸通红，透过牙缝喊了一声，然后不知为何，又胆怯地四下看了看。他走到窗边，机械地取出一支香烟，但是当着扎鲁丁的面是否可以抽烟呢，他想了想，然后又悄悄地将烟盒放回了口袋。

"要去请大夫吗？"勤务兵习惯性地立正站着，但丝毫不怕受责备，仍缠着塔纳罗夫说道。

塔纳罗夫困惑地张开手指头。

"我不知道。"他用完全异样的声调答道，然后又四下看了看。

扎鲁丁却听见了，一想到还会有一位大夫看到他的脸，他就害怕了。

"谁也别请……不需要……"他用不自然的软弱声音说道，一直在竭力使自己相信，他就要死了。

现在，当他脸上的血污和脏东西被擦去，这张脸就已经不显得可怕了，而仅仅有些难看和可怜。

塔纳罗夫怀着本能的好奇看了他一眼，立刻匆忙地调转了目光，这个几乎难以觉察的动作，和此刻包围着扎鲁丁的一切东西一样，被扎鲁丁非常敏感地觉察到了，一阵绝望几乎使他窒息。扎鲁丁突然紧紧地眯起那只肿起的眼睛，用纤细、痛苦的声音喊道：

"离开……请你们离开我！"

塔纳罗夫皱着眉头，害怕地斜了一眼，突然一阵发自内心的轻蔑的怨恨使他火了起来。

"还在喊呢……都什么时候了……"他幸灾乐祸地想道。

扎鲁丁静了下来，一动不动地躺着，紧闭着双眼。塔纳罗夫轻轻地用手指头敲了敲窗台，又捋了捋唇髭，四下里看看，再次望了望窗户，他感到一种无聊、冷漠的愿望，想要走开。

"不自在,见鬼……要不,"他怀着一种敌意的忧愁想道,"等一等,等他睡着了?……那时就可以……"

又一刻钟过去了,但扎鲁丁还是显得很不安定。塔纳罗夫无聊至极,感到难以忍受,终于,扎鲁丁完全安静了下来。

"他好像睡着了,"塔纳罗夫不放心地想道,偷偷地看着扎鲁丁,"是睡着了。"

他轻轻地挪动脚步,马刺发出了轻微的响声。扎鲁丁马上睁开了眼。塔纳罗夫立刻停了下来,但扎鲁丁已经猜出了他的心事,而塔纳罗夫也知道扎鲁丁明白了一切。于是,他们俩之间立即发生了某种奇怪、可怕的事情:扎鲁丁急忙闭上眼睛装作睡着了,而塔纳罗夫在使自己相信扎鲁丁是睡着了,与此同时他显然意识到,两个人都知道是怎么回事,他有些笨拙地猫着腰,踮着脚走出房间,他感到背叛行为被揭穿了,心里充满了疑虑和羞愧。

房门轻轻地合上了,他们之间那种似乎非常牢固、友好、持久地存在的某种关系,突然之间便永久地消失了。无论是扎鲁丁还是塔纳罗夫都感到,他们俩之间永久地横亘着一片分离的虚空,在人世间,他们再不彼此相互依存了。

然而在隔壁房间里,塔纳罗夫较为自如地喘了一口气,便觉得自己重又轻松自在了,他同扎鲁丁一起度过多年,现在两人之间的一切都完了,可对于这一点,塔纳罗夫并不感到惋惜和遗憾。

"听我说!"他对勤务兵说道,匆匆看看四周,着急忙慌的,似乎是在履行最后的形式,"我现在要走了。如果有什么事——就……你听清了?……"

"是,听清了。"兵士惊恐地回答。

"好吧,就这样……这些敷布要常换。"

他匆匆地走下了石阶,再次轻松地喘了一口气,走出院门来到空荡荡的大街上,天色已经完全黑了,塔纳罗夫高兴的是路人看不清他那张通红的脸了。

"我大概会被牵涉到这桩讨厌的事情中去。"他想道,在拐向林荫道的时候,心里忽然涌起一阵冷意,"不过,这与我有什么相干呢?"

他在安抚自己,竭力不去想起,他曾扑向萨宁,但被伊万诺夫推开了,还差点被推倒在地。

"唉,见鬼,事情弄得多糟啊!"塔纳罗夫皱着眉头想,一边往前走,"这个傻瓜!"他怨恨地想到了扎鲁丁,"非要和各种各样的败类来往呀……唉,真糟糕!……"

他愈是想这件事情弄得很糟糕、很丢脸,他那耸着肩膀、挺着胸脯、并不高大的身子就本能地绷得越直。他穿着紧绷绷的马裤、时髦的靴子和在黄昏中泛着白色的制服,威严地昂首提肩。

在每一个迎面而来的人身上,他都感觉到了一种嘲笑,对此只要有一丝暗示,就足以使那紧张到极点的某种东西立即断裂,他就会拔出军刀,冲过去劈死随便什么人。但是,迎面而来的人很少,他们又都走得很快,像一些平平常常的影子,顺着这条昏暗的林荫路的栅栏溜过去了。到家后,塔纳罗夫已经平静下来了,可他又一次想到,伊万诺夫怎样推了他一下。

"我为什么没给他一个嘴巴呢?……应该直接给他一个嘴巴!……可惜,军刀没有拔出来……否则的话……要知道,我的口袋里还装着枪呢!他就在跟前,我可以开枪干掉他,就像干掉一条狗!啊!我忘了手枪……当然,忘了,否则我就会当场开枪干掉他,就像干掉一条狗……啊,不过,忘了也好,我要是杀了人就会上法庭……也许他们那也有人带着枪……鬼知道还会为什么事吃苦头呢?……现在,谁也不知道我带了枪,因此……一切都会慢慢过去的……"

塔纳罗夫小心地环顾四周,小心翼翼地从口袋里掏出手枪,将它放进了抽屉。

"应该今天去找上校,并且说明我跟这件事不相干……"他打定了主意，弄得钥匙哗啦啦作响。然而突然有一种比这个主意更加强烈的愿望，一个神经质的、不可克制的，甚至好像是夸耀似的愿望：去俱乐部，作为目击者，向大家详细谈谈事情的经过。在黑暗的城市中，军人俱乐部却灯火通明，一些兴奋地高声喧闹的军官聚集在这里，他们已经知道了花园里发生的事情，对那位总是能以其漂亮和考究压倒他们的扎鲁丁，他们暗暗幸灾乐祸，他们怀着本能的好奇迎接了塔纳罗夫。于是塔纳罗夫不知怎么便觉得自己是当晚的英雄了，他详细地描述了整个场面，在他的嗓音里，在他那双黑色的细眼睛里，胆怯地滚动着有节制的、无意识的复仇感：那位往日朋友的所有压迫，因为钱而发生过的事情，他的随意态度，他的优越感，都遭到了塔纳罗夫的报复，借助对扎鲁丁挨揍细节无休止的重复和品味，塔纳罗夫完成了自己的复仇。

而扎鲁丁却与整个世界相隔绝，完全孤独地躺在自己房间的沙发上。

勤务兵已经从什么人那里得知是怎么回事了，他依然带着那副惊恐怜悯的老太婆一般的神情，支起茶炊，跑去买了酒。又把那条因为扎鲁丁在家而非常兴奋、亲热的长毛狗赶出了房间。

然后，他悄悄地又走到老爷的身边。"大人……您最好喝一点酒。"他用勉强能听见的声音提议道。

"嗳？什么？"扎鲁丁问道，他睁开眼睛，立刻又闭上了。然后皱起眉头，艰难地嚅动肿起的嘴唇，透过牙缝，丢脸又可怜地说道：

"把镜子拿来……"

勤务兵叹了一口气，顺从地拿来一面镜子，并点燃了蜡烛。

"这还有什么好看的？"他不以为然地想道。

扎鲁丁朝镜子里看了一眼，不由得呻吟起来，一张被烛光从侧面映红了的脸正自那阴暗的镜面对着他。在那张浮肿的、青红又发黑的脸上，只能看到一只眼睛，浅色的唇髭荒谬地乱翘着。

"啊！拿开……"扎鲁丁嘟哝道，突然歇斯底里地啜泣着，"拿水来!"

"大人,您别伤心,它会长好的……"勤务兵怜悯地说道,把那只散发着冰凉的甜茶气味的黏糊糊的杯子里盛着的水递过去。

扎鲁丁没有喝下去,只是牙齿碰着杯子边儿,把水洒到了胸前。

"出去!"他微弱地呻吟道。

他觉得好像世上只有勤务兵一个人可怜他,然而对这个士兵的温情立即被一种他无法忍受的意识压下去,那就是如今连个勤务兵也能可怜他了。

勤务兵眨着眼睛,怀着一种显然想要哭出来的愿望,走到露台上,坐在台阶上,叹着气,抚摩着跑到身边来的长毛狗那柔软的脊背。长毛狗将那嘴上流着口水、好看的脸靠在士兵的膝盖上,抬起那双令人莫名其妙、却又仿佛在说着什么的黑眼睛,自上而下地望着,默默无语的灿烂星辰,在花园的上空闪耀。勤务兵不知为何突然忧伤、害怕起来,似乎预感到了某种可怕的、不可避免的灾难。

"唉,生活啊,生活!"他悲戚地想道,思绪转向了故乡的小村。

扎鲁丁哆嗦着翻过身去,脸对着沙发的靠背,一动不动,也没有感觉到在他脸上滑落的那条湿热的手巾。

"一切都完了!"他歇斯底里地重复说道,"什么完了?一切!我的一生——毁了!为什么?因为我被侮辱了——我就像一条狗那样挨了揍……一拳砸在脸上……我再不能待在军队中了……再不能了……"

他非常清晰地看到,自己四肢着地趴在林荫道当中,毫无意义地讲一些空洞无力的威胁话,他一次又一次体验这可怕的瞬间,而这瞬间在他眼前显得越来越明显,越来越糟糕。所有的细节都被回忆起来了,好像被电光照亮了一般。不知为何,最使他感到痛苦的,就是这些荒谬的威胁,以及当他说出这些威胁时在他面前闪过的季娜·卡尔萨维娜的白色连衣裙。

"是谁扶我起来的呢?"他脑中冒出这么一个问题,但他竭力不去想，还故意打乱自己的思路，"是塔纳罗夫吗？或者是那个和他们一道来的犹太孩子！一定是塔纳罗夫。啊……啊……问题不在这里……问题在哪儿呢？……问题在于，整个生活都毁掉了，无法在团队里待下去了。决斗……可他又死活不愿决斗……无法在团队里待下去了……"

扎鲁丁回忆起来，在他参加过的一次军官审判中，两名已有家室的中年军官就因为拒绝决斗而被赶出了团队。

"他们也会要我离队的……那些人彬彬有礼，却不会伸手相助……就是他们……谁也不会再因为与我手挽手走在林荫道上而骄傲了，谁也不再会嫉妒我，不再会模仿我的举止……但还不止于此……耻辱、耻辱，这才是主要的，为什么耻辱？挨了揍？但是要知道，我在武备学校里也挨过揍啊！……当时，胖子夏瓦兹揍过我，把我的牙都打掉了……却什么事都没有……后来我们和解了。毕业时还成了好朋友……也没有一个人看不起我，现在为什么不能那样了呢？不都是一回事吗？我同样地出了血，同样地倒在地上……为什么呢？……"

扎鲁丁的脑海中对这个充满无法解脱的苦恼的问题也没有答案。他只是觉得，他陷进了一个没顶的浑浊、无底的沼泽，无法自拔地向下沉去，身边的一切，他既看不清、也弄不懂。

"如果他同意决斗，用子弹射中我的脸……我的脸会比现在更疼，更难看呀……可是任何人都不会为此事看不起我，大家都会惋惜，那就是说在子弹与……拳头之间……有什么区别吧？有什么区别呢？为什么呢？"

思路急剧改变。在思想深处有某种新东西，为无可挽回的不幸与深切体验的痛苦所加剧，开始增强了，这种东西好像在过去什么时候也曾有过，但是他在自己这段轻率、空虚而喧闹的军官生活期间却忘记了。

"这个封·杰伊茨还和我争论过，说要是有人打你的左脸，你就应该把右脸也伸过去，可他自己回来的时候，却也大喊大叫，挥舞着手臂，为'那个人'拒绝决斗而愤恨不已……其实，在我想用马鞭抽'那个人'这件事情中,他俩也有错……而我的全部过错就在于我没来得及打上……但这是无意义的,不正当的……毕竟是耻辱……再不能待在团队里啦……"

扎鲁丁无助地抱着头,在枕头上来回翻滚,机械地注意着眼窝里那种虚空的、折磨人的疼痛,他突然感觉到了一阵可怕的,使他自己痛苦不堪的怨恨。

"抓起一把手枪,冲过去杀人……一枪又一枪。当他倒下后,就去踢他的脸……直接踢脸,踢牙齿,踢眼睛!……"

敷布沉重地掉在了地上,发出一声沉闷的声响,扎鲁丁惊恐地睁开眼睛,便看见灯光暗淡的房间,放着一条湿毛巾的盛水的脸盆和昏暗、可怕的窗户,它就像一只黑眼睛在神秘地望着他。

"不,不,不管怎样……这也没有什么用!"他闷闷地失望地想道,"大家还是看见了,我的脸是怎样挨揍的,我是怎样四肢着地的……挨揍了,挨揍了,脸被打了……没办法,没办法挽回了……我已经永远不可能幸福、不可能自由了……"

他的脑海里再次闪现出一个尖锐的、非常明晰的想法。

"难道我什么时候自由过吗?要知道,我如今要死去了,就是因为我的生活一直是不自由的,不是自己的……难道是我自己要去决斗的吗?难道是我自己要挥起马鞭打人的吗?……我也许就不会挨揍了……一切也许就会美好、幸福了……应该用鲜血去洗刷屈辱,这是什么人在什么时候想出来的……要知道,这都不是我,这倒是洗刷……他们用血把我给洗刷了……什么?——我不知道,但是,应该离开团队!……"

那既无力又不灵的思绪起伏不停,有如折断翅膀的小鸟,而且无论他脑子转到什么念头上,总是兜个圈子又回到应该离开团队的想法上,他还想到他永远是受过侮辱的人了。

他曾经看到,一只落到浓痰上的苍蝇,痛苦地在地上爬行,爪子和翅膀都被粘住了,一道让人厌恶的、残酷无情的黏丝长长地拖在它身后，让人不堪目睹，感到难受，显然，对它来说，一切都完了，尽管它还在爬动，费尽力气。当时，扎鲁丁厌恶地颤抖了一下，转过身去，而今好像记不太清了，但某种像梦境一样的隐秘意识，却使他想起了这只苍蝇。然后，应该还是梦境：突然之间，扎鲁丁模模糊糊看见两个农夫，他俩在叫骂，在厮打，其中的一位给另一位一个耳光，被打的是一个白发苍苍的老人，他倒下了，然后又站了起来，用衣袖擦着鼻子里流出来的血，坚定地说道："瞧这个傻瓜！"

"这场面我什么时候见过，"扎鲁丁完全回忆起来了，便又有意地看了看半明半暗的毫无生气的房间与桌上的蜡烛。"后来他们还在'皇冠酒店'喝了酒。"

黑夜在延续，窗外是一片沉重的寂静，仿佛，在这个世界上，只有扎鲁丁一个人在孤独地生活，孤独地痛苦。桌子上，一支蜡烛在燃烧，流下一滴滴烛泪，蜡烛那平稳的黄色火苗，一动不动地举向上方。扎鲁丁抬起那双因为狂热和绝望而闪亮的眼睛，看着烛光，却又视而不见。浑身都被那由无比混杂、软弱的思绪所构成的黑雾所笼罩。

在那些片断般的回忆、想象、感受和思想组合而成的混乱中有一个意识最为突出：它像一根忧愁的琴弦纵贯他的整个心灵。这便是，他痛苦而又悲哀地意识到了自己的完全孤独，在那边的什么地方，有成千上万的人在生活，在欢乐，在笑，也许，甚至在谈论他，而他却孤身一人，扎鲁丁徒劳地唤出一张又一张熟悉的面孔，那些面孔排成了苍白、陌生和冷漠的一长列，在那些面孔冷冷的五官中间，只能感觉出幸灾乐祸和好奇的神情。于是，怀着胆怯的忧愁，扎鲁丁想起了丽达。

在他的想象中，丽达还是他最后一次见她时的模样：郁郁不快的大眼睛，穿着家常衣衫的柔弱身子，蓬松的大辫子。在她的脸上，扎鲁丁没有感觉出她脸上有什么幸灾乐祸的轻蔑的神情；她的脸带着忧伤的责备望着他，那双抑郁不快的眼睛里还闪现出了一丝似乎还有可能挽回的意思。他回忆起了他在她痛苦至极的时刻拒绝她的一幕。这是一种难以挽回的损失。这个意识像刀子一样锐利，刺入了扎鲁丁内心的最深处。

"她当时比起我现在，大概还痛苦得多吧……而我却推开了她……甚至想让她去投水，让她去死。"

他的整个身心都想念着她，忧郁地渴求她的爱抚与同情，他立即想到，他如今经受的苦难能够弥补过去的一切，然而，扎鲁丁知道，她是永远不会再来了，一切都结束了，于是，那完全的空虚就像深渊一样，环绕在他四周。

扎鲁丁抬起一只手，将它紧紧地按在脑袋上，一动也不动，他闭上眼睛，咬紧牙关，竭力想什么也不看，什么也不听，什么也不想，但是很快他就放下手来，挺起身，坐了起来。他的头痛得厉害，嘴里发烫，从头到脚都在颤抖。然后他站起身来，摇晃着突然变得又大又沉的脑袋，走到桌子跟前。

"一切都完了，一切都完了，生活，丽达，以及一切……"

一个空前明晰的思想像一道耀眼的闪电，在一瞬间把他照亮：他突然明白了，在那逝去的生活中完全不曾有过任何美丽、良好、轻快的东西，一切都是混乱、肮脏和愚蠢的。那个特殊的、漂亮的、有权享受一切乐事的扎鲁丁也同样不曾拥有过，有的只是这个软弱、胆怯、淫荡的躯体，这躯体先前曾享乐过，如今却在体验痛苦和屈辱。当成功的幻影飘去，一个赤裸的、可怜的形象便显露了出来。

"不能再活下去了，"他想道，"为了重新生活，就必须抛弃从前的一切，换一种方式开始生活，做完全不同的另一种人，可是我又做不到……"

扎鲁丁费劲地把头垂到桌上，一动不动，那紧靠烛台边沿摇摆不定的烛光，不祥地映照着他的脸。

第三十二章

同一天晚上,萨宁独自去找索罗维伊契克。这犹太人孤身一人坐在他那间侧房的台阶上,看着忧伤、荒芜的院子,院中寂寞地蜿蜒着几条泛着白色的小道,不知道是供何人行走的,落满尘土的草地上,草也枯萎了。一间间挂着锈锁的库房,磨坊那一扇扇阴暗的窗户,以及这整个似乎已多年无人居住的空旷之地,都会唤起一阵难受的钻心的忧愁。

索罗维伊契克的脸色立刻让萨宁大吃一惊:没有笑容,不像往常那样讨好地龇着牙,却是又悲哀又不自然,从这犹太人的黑眼睛里可怕而激动地流露出某种深藏在内心的思想。

"啊!晚上好。"他冷淡地握了握萨宁的手,无动于衷地说道。然后又将脸转向了空旷的院落和暗淡的天空。映衬着这样的天空,库房那死寂的屋顶显得更黑了。

萨宁坐在对面的石阶上,点燃一支香烟,默默地看着索罗维伊契克,猜测着他内心某种独特的情感。

"你在这里做什么呢?"他过了一会,问道。

索罗维伊契克缓缓地把目光转向萨宁,忧伤地看着他。

"我住在这里……磨坊停了,我在账房干过……我从前也住在这里,大家都走了,我一个人留了下来。"

"您一个人不会感到寂寞和害怕吗?"

索罗维伊契克沉默了片刻。

然后,他耸耸肩说道:"在我看来,都是一样的。"

一阵持久的安静,在一片安静中只听到库房旁狗窝里的铁链发出单调的响声。

　　索罗维伊契克突然开口，声音出乎意料的响亮，热情而过火："可怕的不是这儿……不是这儿，而是这里和这里……"他指着自己的脑门和胸口。

　　萨宁平静地问道："怎么讲？"

　　"听我说，"索罗维伊契克更响亮、更激动地继续说道，"你今天揍了一个人，打了他的脸……也许你甚至毁了他的一生……我要问您几个问题，请您别生我的气，因为我想了很多……我就坐在这里，一直在想，我觉得非常不好……请您回答我吧！"

　　那种常见的讨好的微笑转瞬间便扭曲了他的面容。

　　"您想问什么，就请问吧，"萨宁和气地答道，"你怕惹我生气吗，这些事是不会让我生气的。我做过的事，也就做了……如果我认为做糟了，我自己也会说出来的……"

　　"我想问您，"索罗维伊契克激动地说起来，"您想到过吗？您可能把那个人打死吧？"

　　"对此我毫不怀疑，"萨宁答道，"像扎鲁丁这样的人，很难用其他方式摆脱，不是我完蛋，就是他自己完蛋……但是，要我完蛋……他错过了一个心理关头：想立即过来杀死我，可他还太软弱了，后来就勇气不足了……他的事情也就完了……"

　　"您还能平心静气地谈这件事？"

　　"什么叫平心静气地？"萨宁反问道，"我甚至无法平心静气地看人家杀鸡，何况这毕竟是一个人呢……打人是很难受的……的确，自己很有力量，觉得有点开心，但这毕竟是糟糕的……结果竟闹得这么粗野，真是糟透了，但是我的良心是平静的。我么——这只不过是偶然的事。扎鲁丁的灭亡，在于他一生都在走这样的路，在这一条路上一个人毁了并不奇怪，他们那伙人还没毁掉反倒叫人感到奇怪！人们学习怎样杀人，学习怎样保养身体，却完全不明白他们做的是什么，其目的又是什么……这是一些疯子，是些白痴！如果把这些疯子放到大街上，他们就会互相厮杀……我有什么过错，我为了保护自己免受这样一个疯子的攻击，有错吗……该受到责备吗……"

"但是您揍了他。"索罗维伊契克固执地答道。

"这就要让他去抱怨上帝，是上帝让我们狭路相逢的。"

"但是您可以拦住他，可以抓住他的手啊……"

萨宁抬起头。

"在那种情况下，人们就不会推出结果了？他的生活法则要求不择手段地复仇……我也不能一直抓着他的手啊！……对于他来说，这又将是一种多余的屈辱，仅此而已！……"

索罗维伊契克奇怪地摊开双手，沉默起来。

黑暗从四面八方涌来，那道被黑色屋顶的边缘截断了的晚霞，越来越遥远，越来越冷漠了。库房旁边聚集起一些可怕的黑影，有时会使人觉得，那儿聚集了一些神秘、可怕的人物，他们来到这里，要使这个荒芜的、被废弃的院落彻夜充满他们那神秘的生活。似乎他们那悄无声息的脚步声惊动了沙尔丹，因为它突然钻出狗窝，坐在那里，惊慌地弄响了铁链。

"也许您是对的，"索罗维伊契克忧闷地说道，"但是难道永远必须这样做吗……啊，也许，您自己挨打要更好些……"

"怎么更好些呢？"萨宁说道，"挨打总是糟糕的，为了什么？……有什么理由？"

"不！你听我说，"索罗维伊契克急忙抢过话头，甚至还哀求地伸出一只手来，"可能，这会更好些吧！——"

"对于扎鲁丁来说，当然是啊。"

"不，对您也是……对您也是……请您自己想想吧！"

"唉！索罗维伊契克，"萨宁带着淡淡的遗憾说，"这全都是些精神胜利的古老神话！而且是个非常愚蠢的神话……精神胜利并不在于一定把脸送给别人打，而在于要能清白地面对自己的良心，至于如何赢得这种清白，反正都一样，这要看突发事件和环境因素……没有什么比奴性更可怕了，如果一个人因为针对自己的暴力而愤怒到极点，但又为了某种比自己更强大的东西而俯首帖耳，这就是世界上最可怕的奴性。"

索罗维伊契克突然抱住脑袋，但是在黑暗中，已经看不清他脸上的表情了。

"我脑子很笨，"他悲戚地说道，"我现在完全糊涂了，我完全不知道该怎样生活下去了。"

"你为什么要知道呢？像鸟儿一样生活吧：想振右翅——就振右翅吧，该绕过树去——就绕过去吧……"

"可那是鸟，而我是一个人呐。"索罗维伊契克带着天真的严肃说道。

萨宁哈哈大笑起来，他那愉快的男子汉的笑声使这片昏暗又荒废的地方的各个角落顿时充满生机。

索罗维伊契克摇了摇头。"不，"他伤心地说道，"所有这一切，不过是闲谈而已。您教不会我怎样生活！没有人能教会我怎样生活……"

"这是实话：没有人能教会谁怎样生活。生活的艺术，这也是一种天赋呀。谁要是没有这种天赋，他要么会自己灭亡，要么会虚度一生。将自己的生活变成可怜的苟且偷生，没有阳光和欢乐。"

"瞧您现在平心静气地讲着，似乎您什么都知道……啊……请您别生我的气……您一直是这个样子吗？"索罗维伊契克怀着强烈的好奇心问道。

"啊！不，是的，我一直非常镇静，但也有过一些时候，我曾经体验到各种各样的怀疑……有过一个时期，我曾经严肃地有过基督教生活的理想……"

萨宁若有所思地沉默了，可是索罗维伊契克却伸长脖子看着萨宁，像是在期待某种他无法理解的重要事情似的。

"我那时上一年级,我有一个同学叫伊凡·兰特,是学数学的大学生。他是一个奇怪的人,他有无敌的力量,他是一个基督徒,但不是出于信仰,而是出于天性。在他的一生中,体现出了基督教所有那些重要的内涵:当他挨打时,他不自卫,他宽恕敌人,对待每个人都像对待兄弟一样,能够容人——容得下像荡妇一样的女人所给出的否定,你还记得谢苗诺夫吗?"

索罗维伊契克带着天真的快乐点了点头,因关注和期待而满脸通红。

"唔,是这样的……谢苗诺夫当时觉得非常不舒服,他在克里木教书。他在那里很孤独,预感到了死亡,陷入了阴暗的绝望中。兰特知道了这件事,当然,他认定自己应该去拯救那个濒死的灵魂……于是他真的动身了,他没有钱,谁也不肯借钱给他这个'傻子',他就徒步走了上千里路!在途中的什么地方,他倒下了,就这样,把生命献给了自己的朋友……"

"可是请您……告诉我,"索罗维伊契克整个人都冲动起来,两眼狂热地发亮,"您认同这个人么?"

"他在世时对他就有很多争论,"萨宁思索地说道,"一些人完全不认为他是一个基督徒,并以此为依据不愿接受他;另一些人认为他不过是一个有点任性的像傻子似的人而已;还有些人否认他身上的力量,理由是他没有斗争过,没有成为先知,没有获得胜利,而是相反,只引起了众人对他的疏远……不过,我对他却另有看法。当时我正处在他的影响下,几乎到了愚蠢的地步,结果有一次,一个大学生打了我一个耳光……起初我的脑子都懵了,但这时兰特在场,恰好我又向他看了一眼……我不知道自己心中发生了什么变化,只是默默地站起身来,走开了……唔,首先,因为这件事,我后来非常地,想必还相当愚蠢地感到骄傲。其次,我心里非常痛恨那个大学生。倒并不是因为他打了我,这还没什么,而是由于,我的行为再也无法让他感到满意了。我完全偶然地察觉到自己无聊地处在虚伪中,便深思起来,像个疯子似的度过了两个星期之后,就不再为自己虚假的精神胜利而骄傲了,而当我一看到那个大学生洋洋得意地发出嘲笑,就上前把他揍得失去了知觉。在我和兰特之间出现了内在的裂痕。我开始更清晰地观察他的生活,我发现,他的生活是非常不幸的,非常可怜的!"

"唉!您说的什么话呀?"索罗维伊契克叫道,"您难道能够想象出他感受的丰富吗?"

"那些感受是单调的:他生活的幸福就是顺从地接受各种各样的不幸,而那种幸福只不过是越来越厉害地完全否认生活的任何丰富。他是一个自愿的乞丐,是为那种连他本人也不完全了解的东西而生活的幻想家……"

索罗维伊契克突然激动地搓着手。

"唉!您不了解您使我多么痛苦!"他叫道。

"可是,索罗维伊契克,您是多么歇斯底里啊。"萨宁诧异地说道,"我并没有说什么特别的话啊!要不,就是这个问题使您感到非常痛苦了……"

"非常!我现在一直在想啊,想啊,我的头很疼……难道这一切都是一个错误吗?……我自己,就像待在一个黑暗的房间里……谁都无法告诉我该怎么办……人究竟为什么活着?请您告诉我。"

"为什么要知道?这个问题谁也不清楚!……"

"难道不能为未来而活着吗?哪怕是为了让人们将来能有一个黄金世纪……"

"黄金世纪永远也不可能有,如果生活和人们能够立即变好,这样也许就会有黄金般的幸福。可这是不可能的!变好的过程要经过一级级难以觉察的阶梯,而人却只能看到前一级和后一级阶梯……您和我过的都不是罗马奴隶的生活或石器时代野蛮人的生活,因此,我们意识不到我们的文明所造就的幸福,就这样,在那样一个黄金世纪中,人也意识不到自己和父亲的差异，就像父亲和祖父的差异，祖父和曾祖父的差异……人站在一条永恒的道路上，在铺砌一条通向幸福的路，就像是在一个无穷数上再加上一些新的数目……"

"那么说，一切都是空虚吗？——一切都是无用的了？连'没什么'也没有？"

"我想是的，什么也没有。"

"哎，您的兰特呢？要知道，您刚刚还……"

"我爱过兰特，"萨宁严肃地说道，"不是因为他是一个基督教徒，而是因为他是真诚的，在自己的道路上从不停下脚步，无论遇到什么样的障碍，无论是可笑的还是可怕的……对于我来说，兰特本身是宝贵的，而随着他的逝世，他的价值也就消失了……"

"您不认为这样的人会使生活高尚起来吗？这样的人会拥有追随者吗……啊？"

"为什么要使生活高尚起来呢？这是其一。其二，不可能去追随那样的人……兰特是天生的，基督是卓越的，基督徒却是卑微的。"

萨宁说累了，便沉默起来。索罗维伊契克也沉默着。周围的一切也都沉默了，只有天上那些闪烁的星星，似乎在进行一场无休止的无声交谈。突然索罗维伊契克嘟哝起什么话来，在萨宁听来是那么诡怪又可怕，他耸耸肩，问道：

"你刚才说什么？"

"请您告诉我，"索罗维伊契克嘟哝道，"请您告诉我您是怎么想的……假如一个人不知道他应该往哪去，总是想来想去，老是在受苦，一切都让他感到可怕，感到难以理解……也许，这样的一个人最好死掉？"

"是啊，"萨宁在黑暗中皱起眉头，说道，他清楚又强烈地意识到，有一种东西钻进了犹太青年那幽暗的心灵，在悄悄地向他靠来。也许，最好是死掉。去受苦是没有意义的，反正任何人都不能长生不老。只有那些在自己的生活已经发现快乐的人应该活下去，而受苦的人，死掉更好。

"我自己也是这样想的。"索罗维伊契克用力喊道，突然紧紧地抓住了萨宁的手。天色完全黑了下来，在黑暗中，索罗维伊契克的脸色像死尸一样苍白，眼睛看起来像两只虚空的黑洞似的。

"您是一个死人，"萨宁怀着不由自主的不安在心里说，同时站起身来，"也许对于一个死人来说，最好的所在便是坟墓……别了……"

索罗维伊契克似乎没有察觉出什么，他一动也不动地坐着，就像一个有着僵死的白色面孔的幽灵，萨宁沉默了一会，等了等，然后悄悄地走了，他在院门旁停下来，听了听动静，四周一片静谧，台阶上的索罗维伊契克呈现出一个隐隐约约的黑影，与黑暗融为一体。一个不快的、痛苦的预感涌上了萨宁的心头。

"反正一样，是这样活着，还是死掉……而且不是今天，就是明天。"他迅速转过身去，吱呀一声推开院门，走到了街上。外面像往常一样静谧。

当他走到了林荫路时，远处传来了一阵惊慌、奇怪的声音，有人脚步声很响，在黑暗中急速地奔跑，也不知是哭诉着什么，还是在哭泣。萨宁停了下来，一个黑影在黑暗中出现了，而且越跑离他越近。不知为何，萨宁再次感到了可怕。

"怎么回事？"他高声问道。

那奔跑的人一下站住了，于是萨宁看见了一张惊慌而愚蠢的士兵的脸。

"出了什么事？"萨宁不安地喊道。

然而那个士兵嘟哝了一句什么，便又奔跑起来，脚步声很响，也不知是哭诉，还是哭泣。夜色与寂静吞没了他，真像个幽灵似的。

"这是扎鲁丁的勤务兵啊。"萨宁想了起来，于是一个明确的念头清晰又完整地浮现在他的脑海里。

"扎鲁丁开枪自杀了!"

一阵淡淡的凉意,掠过萨宁的两鬓。他立即默默地望着黑夜那昏暗的面孔,似乎,在黑夜中那些神秘恐怖的东西和他这位高大有力、目光坚定的人之间,展开了一场短暂的、可怕的、无声无息的斗争。

城市入睡了,人行道泛着白光。树林呈现黑色,那些阴暗的窗户迟钝地张望着,守护着这荒凉的沉寂。萨宁突然摇了摇头,笑了笑,用一双明亮的眼睛看了一下面前的一切。

"这不是我的错,"他大声说道,"多一个也罢,少一个也罢——"

接着,坚挺而刚毅的他向前走去,在黑暗中勾勒出一个高大的黑影。

第三十三章

小城里永远没有秘密,于是很快,所有的人就都得知,有两个人在同一个晚上自杀了。是伊万诺夫把这个消息告诉给尤里的。伊万诺夫白天来找尤里,当时,尤里刚刚上完课回来,正坐在那里给柳丽娅画像。柳丽娅摆着一个姿势,她穿着一件又轻又薄的浅色上衣,细细的脖子裸露着,粉色的手臂隐约可见,阳光照进房间,金色的光芒将柳丽娅脑袋四周那蓬松的头发映得透亮,她是那样的年轻、纯洁和快乐,就像一只金色的小鸟。

"你们好。"伊万诺夫说道,走进门来,将帽子扔在椅子上。

"啊!是你。唔,有什么新闻?"尤里微笑地问道。

他心满意足,情绪快乐,因为他终于找到了教课的工作,觉得自己已不用靠父亲养活,而自食其力了。此外,还因为阳光,因为幸福、娇好的柳丽娅就在身旁。

"啊!新闻多着呢。"伊万诺夫说道,他那双灰眼睛含有一种不确定的神情。

"一个上吊自杀了,另一个开枪自杀了,第三个又被魔鬼抓去了,为了不让他太累。"

"真的吗?"尤里大吃一惊。

"第三个人是我以自己的名义加上的,为了更大的激情,而那两个人确是真的……昨天夜里,扎鲁丁开枪自杀了,紧接着,据说,索罗维伊契克也上吊死了……就是这样。"

"这不可能!"柳丽娅喊了一声,跳了起来。脸色苍白,眼睛里充满惊恐和好奇。

尤里惊讶地、恐惧地放下调色板，走到了伊万诺夫面前。

"你不是在开玩笑吧？"

"这有什么玩笑好开啊。"

像平常一样，他竭力想装出一副哲学家似的冷漠神情，但是看得出来，他也感到可怕，感到不快。

"他为什么要开枪自杀呢？是因为萨宁打了他吗？"

"萨宁知不知道？"柳丽娅焦急地问道。

"显然知道……萨宁昨晚就知道了。"伊万诺夫答道。

"他怎么说？"尤里不禁问道。

伊万诺夫耸了耸肩膀。他已经不止一次和尤里争论过对萨宁的看法，所有，没等尤里问完，他已经提前生气了。

"什么也没说……与他有什么关系呢？"

"他毕竟是个起因。"柳丽娅摆出一个庄重的神情说道。

"那又怎么样……那个傻瓜硬要往前冲，萨宁在这事上没有过错，这一切都非常不幸，但这一切都完全应该归咎于扎鲁丁自己的愚蠢。"

"唉！我以为，发生此事还有一些更深的原因，"尤里忧愁地反驳说道，"扎鲁丁生活在那样一个众所周知的环境里……"

伊万诺夫耸了耸肩膀。

"不错，无论是他生活在那个愚蠢的环境，还是屈从于那个环境，也只能证明他本人是一个傻瓜。"

尤里沉默不语了，机械地搓着手指头，这样去谈论一位死者，使他感到有些不快，虽然他自己也不知道为什么。

"好啦……扎鲁丁的事算清楚了，"柳丽娅高高地扬起眉毛，犹豫不决地说道，"但索罗维伊契克呢？我从来没想到！他干嘛要死呢？"

"天知道！"伊万诺夫答道，"他一直是个傻瓜。"

这时，梁赞采夫乘车来了，在门口遇见了季娜·卡尔萨维娜，还在台阶上就听见卡尔萨维娜那带着询问的高声和梁赞采夫那愉快而轻薄的玩笑语声，他往往用这种语调同年轻漂亮的女人说话。

"阿纳托利·帕夫罗维奇刚刚从那边来。"季娜首先进了房间，她带着惊慌的好奇神情说道。

梁赞采夫跟在她后边，像往常一样笑容满面，还边走边抽着烟。

"瞧这事弄得！"他说道，他那健康、自信而又欢快的声音响彻整个房间，"这样的话，我们城里很快就没什么年轻人了！"

季娜默默地坐了下来。她那张漂亮的脸又悲伤又困惑。

"喂，您给说说吧！"伊万诺夫说。

"是这样的，昨晚我刚从俱乐部出来，"梁赞采夫开始道，"一个士兵跑过来，他说，'老爷开枪自杀了！'我就雇了辆马车就奔去了那里……等我赶到，整团的人几乎都在那里了……扎鲁丁就躺在床上，制服没扣扣子……"

"他开枪打在什么地方呢？"柳丽娅好奇地问道，挽起梁赞采夫的手。

"在太阳穴上。子弹穿过了他的头颅……然后打在天花板上。"

"是勃朗宁手枪？"尤里不知为何问道。

"是的。一个可怕的场面，甚至连墙上都溅满了脑浆和鲜血，再加上他那张脸又被打残废了……这太可怕了……他把他打得多惨啊……"梁赞采夫笑了起来，再次耸了耸肩膀，"一条壮汉！"

伊万诺夫赞同地点点头。

"没得说，一个棒小伙子！"

"太不像话了！"尤里厌恶地皱起眉头说道。

季娜胆怯地看了他一下。

"但我认为，他也没有过错，"她说道，"他也没想到……"

"是啊……"梁赞采夫皱了皱眉头，"不过却将人打得那么惨……要知道！扎鲁丁要找他决斗……"

"真是奇怪!"伊万诺夫激动地耸了耸肩膀。

"不,有什么办法……决斗可是件蠢事!"尤里说道。

"那当然!"季娜迅速表示支持。

尤里觉得季娜似乎很高兴有机会为萨宁辩解,于是,他感到很不愉快。

"但那样毕竟是……"他不知道如何去贬低萨宁。想了想,反驳道。

"不管您怎么说,这都是一种兽行!"梁赞采夫提示道。

尤里想到这位梁赞采夫自己倒是和一头终日饱食的动物差不多,于是没有作声,甚至还希望梁赞采夫同卡尔萨维娜争论起来,尖锐地谴责萨宁。卡尔萨维娜捕捉到了尤里脸上不快的表情,便不再作声了。虽然她在内心深处还是喜欢萨宁的力量和勇敢,并且觉得梁赞采夫关于文明所谈的那些话完全不对头,她和尤里一样,认为梁赞采夫不配来谈论这件事。但是伊万诺夫却动了气,争论起来。

"你想想,所谓高度文明,"伊万诺夫冷笑道,"竟是用枪打掉人家的鼻子,或者把铁钎捅进别人的肚子。"

"用拳头打脸就好些吗?"

"我认为就好些!拳头算什么?拳头有什么害处!鼓出个包来,消下去也就没什么了……拳头不会给人带来任何不幸!……"

"问题不在这里!"

"在哪里呢,请问?"伊万诺夫轻蔑地撇了撇扁平的嘴唇。

"在我看来,一般地说,不应该打架……为什么要干这种不成体统的事呢?但是如果非打不可,也至少不能对人有任何伤害……这是一件很明白的事情……"

"他差点把扎鲁丁的眼珠都打出来了。好一个'不能对人有任何伤害'!"梁赞采夫冷笑地答道。

"眼睛么,当然……如果眼珠被打出来,那对这个人是伤害,眼珠比起一个包来,无论怎样毕竟是不能忍受的……不过这并没有谋杀啊！……"

"但是，扎鲁丁却死了？"

"啊！那是他愿意。"

尤里犹豫地捋着胡子。

"其实，我坦白地讲，"他说了起来，并为自己将道出完全真诚的话来而感到高兴，"对我个人来说，这也是一个难题……我不知道，我处在萨宁的境地会怎么办。当然，去决斗是愚蠢的，但是用拳头打架也是不太妙的！"

"可一个人被逼到这个份上，又该怎么办呢？"季娜说道。

尤里悲哀地耸了耸肩膀。

"不，该可怜的是索罗维伊契克。"梁赞采夫沉默了片刻，然后说道，但是，他那张自得、愉快的脸却与他说的话不相吻合。大家突然想到，他们甚至没有问起索罗维伊契克，于是，不知为何，众人都觉得不自在起来。

"他在什么地方吊死的？你知道吗？"

"就在库房边，狗窝旁边……他解开拴狗的链子，然后就上吊了。"

在季娜与尤里的耳边，同时响起了那个细细的声音：

"别动，沙尔丹！"

"你们知道吗？他留下了一张字条。"梁赞采夫继续地说道，抑制不住眼中愉快的光芒，"我还把它抄下来了，真是一份人类的文件啊！"他从侧面口袋里掏出一个笔记本来。

"当自己也不知道应该怎样生活时，我为什么还要活下去呢？像我这样的人，是无法给人们带来幸福的。"

梁赞采夫念道，却又十分突然地，不自在地闭口了。房间里十分安静，仿佛有一个苍白、哀伤的身影在一旁滑过。季娜的眼睛充满了大滴的泪珠，柳丽娅欲哭的脸涨得通红，尤里则病态地笑一笑，走到窗前。

"只有这些。"梁赞采夫机械地添了一句。

"你还要什么更多的呢?"季娜嘴唇颤抖地问道。

伊万诺夫站了起来,拿起桌子上的火柴。

"一件大蠢事,没错。"他嘟哝道。

"您真不害臊!"季娜激动地冒火了。

尤里厌恶地看了一眼伊万诺夫那又长又直的头发,转过身去。

"是啊……您瞧索罗维伊契克,"梁赞采夫摊开双手,眼睛里又出现了那种快乐的闪光。"我曾经认为,这是一个废物,不客气地说,就是一个犹太佬,仅此而已,可是瞧他!简直不是这个世界上的人……一个人为自己的朋友们献出了生命,没有比这更高尚的爱了!"

"喂,他的生命可不是为朋友们献出的……"伊万诺夫反驳道。他想怀着仇恨和轻蔑斜眼看了看梁赞采夫那张由于终日饱食而没有皱纹的脸。不知为何,还瞥了一下那鼓肚皮上满是褶皱的西服背心。

"他在这里装什么样子,他本人就是畜生!"

"这反正一样……一时冲动……"伊万诺夫固执地反驳说,而他的那双眼睛也变得凶狠起来,"一个窝囊废,仅此而已!"

他对索罗维伊契克的某种奇异的仇恨使大家感到不快。

季娜·卡尔萨维娜起身告辞,她多情地表示信任似的,亲昵地低声对尤里说道:"我要走了……他简直让我感到讨厌……"

尤里点点头。"是的,非常无情……"

柳丽娅和梁赞采夫也跟在季娜的身后走了。伊万诺夫沉思一阵,默默地抽着烟,目光凶狠地看了一眼屋角,然后也走了。

走在街上,他老习惯地挥动起双手,气愤、怨恨地想道:

"当然,这帮傻瓜认为,我不懂他们懂得的事情,奇怪……我知道他们在想什么,比他们自己知道得还清楚,我知道,一个人为亲人牺牲生命,就是最大的爱,但如果就因为对人们没用而去上吊,这就是扯淡!"

于是,伊万诺夫想到了他读过的那些数不清的书籍,首先想到的是

《福音书》。他开始在这些书中寻找一种意义,这种意义能如他希望的那样,向他解释清楚索罗维伊契克的行为。那些书籍顺从地翻动数页,翻到他需要的那些段落,用一种死的语言向他解释他该怎么办,他的思维在紧张地运转,与书中的思想完全纠缠在了一起,竟使得他自己也弄不清楚哪些是自己的想法,哪些是阅读的印象。

回到家中,他倒在床上,伸开两条长腿,一直在思考,直到入睡。待他醒来,已是傍晚。

第三十四章

当人们在号声中为扎鲁丁送葬的时候,尤里从窗口看到了这个悲伤而又壮观的出殡行列。一匹拉着殡车的马,一阵送葬的乐曲,一顶孤零零的摆在棺材盖上的军官帽。有许多鲜花,许多若有所思、神态忧郁的女性,还有动听而又悲哀的音乐。这天夜里尤里感到尤其忧伤。

傍晚,他和季娜·卡尔萨维娜一起久久地散着步,他一直看着那双漂亮的、充满爱意的眼睛和那挨近他的好看的身子,然而,即便与卡尔萨维娜在一起,他也感到沉重。

"想起来真是奇怪、可怕,"他说道,乌黑的眼睛紧张地看着前面,"扎鲁丁已经不在了。这位军官曾是那么漂亮,那么开心,无忧无虑,似乎能一直……生活的恐惧,及其苦难、疑虑和死亡,对他来说似乎是不可能存在的……这再也没有什么意义了。终于有一天,这个人被击倒了,化成了灰烬,体验到了那种只有他一个人明了的可怕悲剧,他没了,永远不会有了……只有棺材盖上的这顶帽子……"

尤里不再说话,忧愁地看了看地面,季娜从容地走在一旁,专注地听着,那双丰满好看的手在转动着一把白伞,不停地抚弄着小伞的花边。她没有去想扎鲁丁。而在全副身心地因为尤里的贴近而快乐,但是,她也在无意识地服从他,讨好他,做出一副忧郁的神情,显出激动的样子。"是啊!看上去多伤心啊……这音乐也很悲伤!"

"我不认为萨宁有错。"尤里突然口气很硬地说道。

"他没办法不这样做,然而可怕的是两人狭路相逢了,总要有一个人必须让路……可怕的是,这个偶然的胜利者看不出自己得胜的可怕之处……他把一个人从大地上抹去了，还以为是正确的……"

"他是正确的……就是呀……"季娜没听清楚，就激动起来，甚至连她高耸的乳房也颤起来。

"不……我是说，这真可怕！"尤里带着嫉妒的敌意打断她的话，并斜眼看了看她的胸脯和兴奋的脸庞。

"为什么呢？"季娜非常难为情，胆怯地问。不知为何，她那双眼睛立即暗淡了下去，两颊也发红了。

"因为对于别人来说，会是一个最深重的苦难……"尤里说道，"会有疑虑和动摇……应该有一场内心斗争，可他却像是什么事都不曾有过！……'非常遗憾，'他说道，'可是我没有过错……'难道事情就在于要么全对，要么全错……"

"那事情在于什么呢"季娜犹豫地轻声地问道。她低垂着脑袋，看来是怕惹尤里生气。

"我不知道在于什么，但是，人没有权利去充当野兽。"他愤愤地答道。声音中带着痛苦。

他们默默地走了许久。季娜因为与尤里意见不合而痛苦，她与他之间那种可爱的、特殊的、温暖到心底的交情，转眼间就消失了，而尤里觉得，他的脑中是一片混乱和糊涂，也因为心头这层沉重的迷雾和自尊心受到伤害而感到痛苦。

他很快回家去了，将那位姑娘扔在不满、恐惧和孤苦屈辱的境地中，尤里看到了她的惊慌，但不知为何，这却使他获得了一种病态的快感，似乎，他将某种怨恨转移到了他喜爱的这位女性身上。

可在家里，他却感到非常难受。晚饭时，柳丽娅说，据梁赞采夫讲，磨房里的一些小孩子好像看到了索罗维伊契克怎样被从绳套上解下来，他们隔着围墙喊道：

"犹太人上吊啦！……犹太人上吊啦！……"

尼古拉·叶戈罗维奇哈哈大笑起来，还让柳丽娅一再重复：

"犹太人上吊啦!……"

尤里回到自己的房间里,坐下来批改学生的作业,怀着一种难以形容的愤恨,他想道:

"人间还有多少的兽行啊!……难道有必要为这些迟钝、愚蠢的野兽去痛苦、去牺牲自我吗?……"

可是他立即意识到这个念头不好,他因自己的怨恨而羞愧。

"他们没有过错……他们'不知自己之所为'!……但是,无论知与不知,他们终归是野兽,一看就是野兽!"

他想道,可他又竭力不愿得出这一结论,于是,便回忆起索罗维伊契克来。

"人毕竟是十分孤独的,瞧这位可怜的索罗维伊契克,活着的时候,有一颗为整个世界而痛苦、准备作出任何牺牲的伟大心灵……可是没有一个人,甚至连我也没有……没有发现他、看重他,而是相反,几乎在蔑视他!为什么呢?仅仅是因为他不善于、或者不能够表达自我,因为他忙忙乎乎的、有些讨厌。可就在这种忙乎和讨厌之中,体现出了他那种想接近大家、帮助和取悦大家的热烈愿望……他是一个圣人,可我们却将他当成了傻瓜……"

负罪的痛苦感觉折磨着尤里的心灵,使他扔下了工作,久久地在房间走来走去,他整个人都被一些混乱、难解、痛苦的问题控制了。后来,他坐到桌旁,拿起一本《圣经》,随意地翻开,读起了他最常阅读的一处,这个地方的书页已经被他翻旧了。

"我们生而偶然,而后将去,如不曾有过一般,当那火花消逝,肉体化为灰烬,灵魂散去如稀薄空气。

"因为我们的生命是浮云,我们注定要死,因为烙印已经烙下,无人能够返回。"

"这是多么可信、可怕和不可避免!"他这样想道。他竭力想象自己的灵魂在他死后会如何飘散,可是,他却想象不出。

"这真可怕，我坐在这里，一个活人，一个渴望着生活和幸福的人，却读着自己这份不可抗拒的死亡判决……我读着，甚至无法作出抗议！"

尤里抓着自己的头发，怀着内心的绝望走来晃去，就像笼中的一头野兽。他闭上眼睛，带着无尽的疲倦在向某个人诉说，他的诉说带有怨恨，但又是无力的，带有仇恨，但又是愚钝的，带有忏悔，但又是他自己所不承认的。

"他人对你做了什么，使得你要如此地嘲弄人？如果你存在，你又为什么躲避人？如果我信仰你，就无法拥有自己的信仰了，你为什么要把事情弄成这样呢？就算你能做出回答，我也不能相信这是你而不是我自己！……如果说，我要活下去的愿望是合理的，那你又为什么要从我这里夺走你自己赋予的权利呢？……如果你需要苦难，那就请吧！……要知道，我们是出于对你的爱才承受苦难的！但是，我们甚至不知道，你更需要的是什么，是树木还是我们……

"甚至树木都有希望……它被砍倒之后还能生根发芽并长起来，可是人一死，就消失了……我要是倒下，就再不能起来，而且永远不会知道我将要发生什么事情……也许我还会再生，可是我并不知道这一点……如果我知道哪怕过亿万年我还会再生的话，这段漫长时间我会在永恒的黑暗中，耐心、无怨无悔地等待……"

他又读了起来：

"人一切的劳碌，就是他在日光之下的劳碌，有什么益处呢。

"一代过去，一代又来，地却永远长存。

"日头出来，日头落下，急归所出之处。

"风往南刮，又向北转。不住地旋转；而且返回转行原道。

"已有的事，后必再有，已行的事，后必再行，日光之下并无新事。

"已过的时代，无人纪念，将来的时代，后来的人也不纪念。

"我传道者在耶路撒冷做过以色列的王。"

"我传道者，做过王……"他怀着连他自己也不理解的忧郁心情，甚至威严地大声重复一遍,却为自己的声音吓住了,四下里看了看,是否有人听见?然后他拿起一张纸,一边思考脑海的问题,一边机械地写起来,像是被一种潜意识的需求控制着。

"我开始写这种笔记,这该随着我的死亡而完结……"

"呸!太庸俗了!"他厌恶地说道,猛地推开那张纸,纸从桌上飘了起来,轻盈地翻转着,落到了地上。

"瞧索罗维伊契克,那个渺小、可怜的索罗维伊契克,在确信自己无法理解生活的时候,也没对自己说过,这太庸俗了……"

尤里没有觉察到,他已将那个被他称为渺小、可怜的人当成了自己的榜样。

"没办法……我感到,我早晚也会那样结束……因为没有别的出路……为什么没有?因为……"

尤里停了下来,他觉得他很好地明白了他刚刚想到的东西,可此刻他完全找不到话语来回答自己的问题。他内心的什么东西似乎迅速地衰弱了。思维也不活跃了,混乱了。

"胡说,全都是胡说!"他怀着怨恨高声说道。

那盏灯的灯油几乎已经耗尽,它闪着昏暗的、恼人的光,撕破黑暗,在尤里的脑袋旁边勾勒出一个微亮的小圆圈。

"我为什么没在小时候得肺炎的时候死掉呢?如果那时死了,我现在就会更好些,更平静些……"

就在这一刻,尤里想象自己当时就死了,他大为恐惧,体内的一切都僵住了。

"那么,我就看不到那些见过的东西吧……不,这也很可怕……"

尤里摇了摇头,站起身来。

"这样会发疯的……"

他走到窗前,推了推窗子,但是,闩着的护窗板却挡住了窗子,尤里拿起一支铅笔,用力顶开了窗闩,窗外发出很大的声响,护窗板轻盈、缓慢地敞开了，于是一阵纯净、凉爽的空气从窗口拥了进来。尤里呆呆地看着那已现出朝霞的天空。

清晨是纯净、透明的。大熊星座的七颗星星已经暗淡了，低垂了，那颗浅蓝色水晶似的启明星悄悄地射出鲜亮而水灵的光芒，照到逐渐变红的朝霞上边。一阵清新的微风把白色的晨雾吹到园中有露水的青草上，飘到靠近岸边的许多睡莲和白百合上，透明的蓝色天空缀满一片片泛着粉色的浮云，潮湿的白雾不断地从河上腾起，缓慢地飘过蓝色的冰冷的水面穿过树林，涌向花园那潮湿的、绿色的深处。一切都如此的美妙，如此恬静，仿佛钟情的大地完全显露出来，迎接充满喜悦的伟大秘密——日出，太阳还没升起，然而它那柔和的玫瑰色的光芒已在大地上若隐若现。

尤里躺下睡觉，可光线却使他不安，头疼起来了，有什么东西在他眼前病态地闪烁不定。

第三十五章

一大清早,太阳刚升上不久,伊万诺夫和萨宁就出城了。露珠在阳光下闪烁,闪耀着许多光点,披着露水的青草像是生出了满头的白发。在道路两边,在那些细矮的柳树下,已经有一些祈祷者在缓缓地往修道院赶去,那些红色白色的头巾、草鞋、裙子和衣衫,在篱笆缝隙透过的阳光中斑斓地闪现。修道院里敲钟了,沐浴在早晨的纯净中的叮当声格外清晰地回荡在四周的原野上空,或许,一直传到了天边那静静的森林中。路上,一辆折返的三套马车的铃铛发出尖利刺耳的响声,还能听到几个祈祷者那粗鲁的事务性的交谈。

"出来太早了。"伊万诺夫说道。

萨宁精神抖擞、神情愉快地看着四周。

"我们等一会。"他说道。

他们径直坐在篱笆跟前的沙土地上,快活地抽着烟。

那些跟在大车后面进城的农夫们常回头打量他俩,那些在大车上摇来晃去的农妇和姑娘们,嘻嘻笑着,彼此交换着嘲讽的、开心的眼神,看着他俩,伊万诺夫对她们毫不在意,萨宁却与她们相视而笑,于是整条大路上都充满了女人们响亮的笑声。

终于,那个掌柜的,一个身穿西服背心的高个男人,走上了酒类专卖店前的台阶。那酒店是一座白房子,绿色的屋顶很是醒目,掌柜的打着哈欠,把门锁弄得哗哗响,打开了店门,一个扎着红头巾的妇人随他也进了屋。

"门开了!"伊万诺夫叫道,"我们走,还等什么!"

他俩走过去，买了一些伏特加酒，又从那个扎红头巾的妇人手里买了一些新鲜的绿黄瓜。

"啊哈！你真是个富人，我的朋友。"在萨宁掏出钱包的时候，伊万诺夫说道。

"是定金。"萨宁笑了起来，"我受雇当了一家保险公司的文牍员，这使我妈妈感觉受到了奇耻大辱……所以，我获得了资金，也立即获得了母亲的怨恨……"

当他们重又走到了大路上时，伊万诺夫叫道：

"啊！我现在觉得舒服多了！"

"是啊……如果再脱下靴子，怎么样？"

"来吧。"

他们脱下了皮鞭与袜子，赤脚走在温暖、柔软的沙地上，在摆脱了沉重、夹脚的靴子之后，两只脚感到舒服极了，温暖的沙子从脚趾间滑过，不是在摩擦，而是在抚摸脚板。

"愉快啊，是不是？"萨宁说道，深深地吸了一口气。

太阳越来越热了，他俩出了城，沿着大路走下去，远方笼罩着一片雾霭，那雾霭随后消融了，在横贯道路的那排电线杆上，电流嗡嗡作响，一些燕子循规蹈矩地站在细细的电线上。在一旁的路基上，一列挂有蓝、黄、绿等各色车厢的旅客列车加速驶过，在车窗里和车厢连接处的小平台上，可以看到一些睡眼惺忪、无精打采的面孔。

在最后一节车厢的小平台上，站着两位姑娘，她们头戴浅色的帽子，那年轻、健康的脸庞由于早晨的空气而焕发着清新。她俩执拗地、惊奇地盯着两位赤脚的快乐男子。萨宁冲她们笑着，在沙地上蹦跳，还高高地亮出那光光的脚后跟。

后来展现出一片草地，那儿的青草浓密而又潮湿，赤脚走在那草地上，同样很舒服，很开心。

"多幸福啊！"伊万诺夫叫道。

"不应该去死啊。"萨宁赞同道。伊万诺夫斜眼瞥了萨宁一下,他不知为何觉得,萨宁在此时此刻,应该想起了扎鲁丁,尽管扎鲁丁下葬了一段时间,但是,萨宁显然什么都没想起,这使伊万诺夫有点诧异,可也让他喜欢。

走过了草地,又是一条大路,大路上是同样的大车,农夫和嘻笑颜开的妇女,然后出现了树木和苔草,接着,在阳光下闪烁的水面和修道院所在的山头也映入了眼帘,在那座山头上,一个十字架金星似的闪着光芒。

岸边有一些五颜六色的小船,还坐着一些身穿马甲和花衬衣的农夫,在经过一番漫长、愉快、开玩笑的讨价还价后,萨宁和伊万诺夫在他们那里租了一条小船。伊万诺夫坐下来划桨,萨宁掌舵,小船迅速、轻盈地沿着河岸飘去,在暗影和亮处一划而过,船后留下一道道狭窄的、平缓的银色波纹,伊万诺夫划得又快又好、迅捷而平稳,时而,船桨会沙沙作响地碰到树枝,于是那些树枝便会在岸旁那幽暗的深渊上方若有所思地久久摆动。萨宁心满意足地用力扳动舵桨,使得河水发出一阵欢快的喧闹,翻滚起来,让小船一个急转弯,驶进一个两边都是低矮灌木的狭窄水道。这里的水很深,四周很潮湿,很凉爽,也很暗,这里的水非常清澈,连水下两三米深处的黄色小石子和红鳍鱼也能看得清,那些小鱼一群一群的,在快速地来回游动。

"最合适不过的地方。"伊万诺夫说道,他的声音在幽暗的树枝间发出了愉快的回音,小船带着轻轻的吱呀声靠在河边浓密的草丛中,一只不会叫的鸟儿从岸上飞了起来,伊万诺夫跳上了岸,萨宁跟在他后面一跳,齐膝地落在那茁壮的草丛里,接着便迅速地往高高的岸上跑去。

"找不到更好的地方啦。"他喊道。

"也不必找啦,阳光之下,哪儿都好……"伊万诺夫在下面答道,他从船上取下伏特加酒、面包、黄瓜,还有一小包下酒菜。他把这些东西全都拿到大树旁松软的高坡上,在草地上摆放开来。

"卢库鲁斯①在卢库鲁斯家欢宴。"他说道。

"他很幸运啊!"萨宁总结道。

"不尽然,"伊万诺夫带着玩笑的伤心反驳说,"我们忘带酒杯了。"

"不要紧!我们总有法子可想。"

萨宁像是什么也没想,只在享受着阳光温暖、绿阴和自己迅速灵活的动作,他爬到树上,选中一截不太老的绿树枝,用刀子砍了起来。柔嫩的树枝很容易砍进去,一些散发着清香气味的白色小木屑纷纷落在绿色的草地上。伊万诺夫抬头看着萨宁,这个姿势使他能够轻松、愉快地呼吸,所以他一直在欢快地微笑着。一根树枝断开了,轻轻落在草地上。萨宁从树上跳下来,开始用那截树枝凿一个小杯子,他努力地不弄破树皮,最后,一个像模像样的、好看的小杯子做成了。

"老兄,我想过一会下水洗洗澡?"伊万诺夫说道,同时认真地看着萨宁干活。

"好主意。"萨宁愉快地同意了,他用刀子剜了剜,把做好的杯子扔到了空中。

他们俩坐在草地上,有滋有味地喝着伏特加酒,就着嫩绿、芳香、多汁的黄瓜下酒。

"太热了,我受不了了,我要去洗澡了。"

伊万诺夫说着,便匆匆地脱了衣服,因为他不会游泳,便找了块最浅、最清澈的水面钻了进去,在那里,能清楚地看到水底那淡黄色的平缓沙地。

"哎嗨,真好啊!"他说道,蹦跳着,闪亮的水花溅得很远。

萨宁望着他,不慌不忙地脱了衣服,然后飞快地跃进水中,他一起一伏,向对岸游去。

---

① 卢库鲁斯(公元前106—前56),古罗马统帅,生活奢侈,故有"卢库鲁斯的酒宴"一语。

"你会淹死的。"伊万诺夫叫道。

"淹不死我!"萨宁愉快地喷出水花,笑着回答。

他们俩愉快的声音在明亮的河流和绿色的草地上久久地、欢乐地回响着。然后,他俩爬上岸来,赤身裸体地躺在柔软、清新的绿草上。

"好极了……"伊万诺夫说道,一边把身子翻过来,将自己宽阔的后背朝向太阳,背上的那些小水珠闪着亮光。

"我们在这里建两间茅屋吧……"

"让茅屋见鬼去吧!"萨宁活泼地叫道,"没有茅屋也好啊,无论什么样的茅屋,都早让人讨厌了!"

"哎嗨,啊,完全无所谓!"伊万诺夫喊道,开始跳着奇怪而愉快的舞步。萨宁放声大笑起来,在他对面站着,同样跳起那种舞步,他俩赤裸的身体在阳光下闪亮,在绷紧的皮肤下面,肌肉在急速、有力地运动。

"哎呵!"伊万诺夫喘着气道。

萨宁一个人又跳了一阵,然后来了个前滚翻。

"快来,不然我要把酒喝光啦。"伊万诺夫向他喊道。

他们穿上了衣服,吃完了剩下来的东西,这时伊万诺夫叹了一口气,颇想喝一口冰冻的啤酒。

"我们走吧,好不好?"他说道。

"好的!"

他们俩争先恐后地跑下河岸,跑到小船上,接着迅速地划动了小船。

"闷热啊!"萨宁说道,幸福地眯起眼睛看着太阳,伸开四肢平躺在舱底。

"要下雨了。"伊万诺夫答道,"起来掌舵,你这懒鬼!"

"你一个人也能划得动。"萨宁反驳道。

伊万诺夫搅动船桨往萨宁身上溅水,无数光亮的水花被阳光映得透明，不断四溅。

"谢谢你。"萨宁淡然地说道。

当他们经过一个绿色小岛旁时，听到了一阵愉快的叫声，水声和女人们欢乐响亮的笑声。这天是节日，有许多人出城来这里散步和游泳。

"姑娘们在游泳。"伊万诺夫说道。

"我们看看去。"萨宁提议道。

"她们会看见我们的。"

"不，她们不会看见的。我们就在这里靠岸，穿过芦苇走着去。"

"别去管她们吧。"伊万诺夫说道，微微地有点脸红。

"来吧。"

"怪不好意思的……"

"什么？"

"唔，但……她们可是女孩子……年轻的小姐们……这不好……"

"你这个傻瓜！"萨宁笑道，"你看一看就会满意啦……"

"如果是一个姑娘的话……那么些姑娘，谁敢……"

"得了，我们走吧。不要婆婆妈妈的！没有一个男人不想看漂亮的裸体女人，甚至没有一个男人一生中没看过一次，至少也粗粗地看过，而……"

"这话不错，可毕竟……如果你自己有这个看法，那就直接走过去呗，还躲什么躲！"

"朋友，这样能看到更多的美妙啊。"萨宁快乐地答道。

"当然，这非常愉快，可是你得控制……"

"为了童贞？"

"至少……"

"别至少了，再多也没什么用！唉，要知道，你我都没有了这样的童贞……"

"如果是眼睛诱惑你，就把眼睛抠掉！"伊万诺夫说道。

"别像尤里·斯瓦罗日奇那样说蠢话了！上帝给了你眼睛，干嘛要把它们抠掉呢？"

伊万诺夫微笑着，耸耸肩膀。

"这样吧，老兄，"萨宁说道，让小船向岸边驶去，"如果你在看到裸体女人的时候没有产生任何欲望，那你就是一个纯洁的男人……我就会头一个为你的童贞感到吃惊……虽说我不会模仿你，很有可能还会把你送进医院……如果你的内心有了欲望，还表现了出来，那你就克制它吧，就像制伏院子里的一条狗，这样一来，你那个童贞就一钱不值了！"

"是这样的，只是如果不克制的话……只怕有人会闯出祸来的！……"

"什么祸？如果说情欲有时也会弄出祸来，那这也不是情欲自身的错……"

"也许不是的，但是……"

"好吧，我们走？"

"可是，我难道……"

"傻瓜，瞧……脚步轻点！"萨宁笑着说。他俩几乎是匍匐着经过清香的草地，悄悄地拨开簌簌作响的苔草。

"看那边呀！"伊万诺夫激动地低声说道。

从放在草地上的漂亮的外衣、帽子及小衫上来看，游泳的是一些小姐，有几位小姐在水中，她们拍打起水花，笑个不停，河水轻柔地浸润着她们丰满娇嫩的肩膀、手臂和乳房。有一个身材匀称的高个姑娘，挺直身子站在岸上，她浑身洒满了阳光，像是通体透明的，她的皮肤是粉红色的，很是娇柔，并且笑个不停，她那粉红色的腹部和一对高耸而结实的少女的乳房因为发笑而快快地颤动。

"啊！老兄！"萨宁狂喜地说。

伊万诺夫胆怯地往回爬去。

"你干吗?"

"轻点!这是季娜·卡尔萨维娜!"

"真的吗!"萨宁大声说道,"我倒没认出来……她多美啊!"

"可不是吗?"伊万诺夫咧开嘴贪婪地笑着,说道。

这时,姑娘们听见了他俩的声音,大概还看见了,响起了一阵喊声和笑声。卡尔萨维娜惊慌失措地迎面向他们这边跑来,迅速地跳进清澈的河水中,河面上只露出她那张粉色的脸庞。萨宁和伊万诺夫感到既幸福又激动,他俩慌慌张张地在苔草丛中磕绊着,往回跑去。

"啊!活在世上真好啊!"萨宁伸了一个舒服的懒腰,然后高声地唱了起来:

随河而下,泛流而前,
向前泛流,流到于海。

在那些绿树后面,很久还能听到女人们惊慌、不安和欢快的笑声,她们既感到害臊,又觉得有趣。伊万诺夫看了看天上。

"快要下雨了。"他说道。

树林变得更黑了,一阵深沉的阴影迅速浮游在绿色的草地上。

"嘀—嘀,老兄……跑吧!"

"往哪儿跑?没处躲!"萨宁愉快地说道。

没有风,乌云悄悄地越飘越近,已经变成铅灰色了。一切都沉寂下来,四周的湿气越来越浓,天色越来越暗。

"淋湿了也好啊,"伊万诺夫说道,"给我根烟抽抽吧。"

一个微弱的火团燃了起来,一阵风出人意料地刮来,翻滚着,呼啸着,吹灭了火苗。一颗硕大的雨水砸在小船上,又一滴落在萨宁的脑门上,紧接着,树叶沙沙地响了起来,水面也啪啪有声。顷刻之间,天地都暗了下来,大雨倾盆而下,用其美妙的雨声盖过了所有的声响。

"这很好呀?"萨宁说道,耸了耸肩膀,那件湿衬衫一下子就紧裹在双肩上了。

"不坏啊。"伊万诺夫回答,但他像一只落汤鸡,闷闷不乐地坐在那里。

虽然乌云还没有散开,但雨很快地变小了,已是断断续续的了,洒向潮湿的草木、行人和水面,似有一枚枚铁针在跳跃。天空一片黑暗,在森林那边的什么地方,有闪电掠过。

"好啦……回家吧,啊?"伊万诺夫说道。

"好的,反正一样,可以回了。"

他们把船划向开阔、灰暗的水面,河面上覆盖着低低的、沉沉的乌云。闪电越来越频繁地闪现,而从此处就能看见闪电威严的光亮划破黑暗的天空。雨完全停了,空气变得干燥起来,雷雨的气息在不安地扩散。一些黑色的、羽毛不整的鸟儿,低低地紧贴着水面惊慌地飞过,那些黑黝黝的树木一动不动地挺立着,在铅灰色的天空下清晰地显出轮廓来。

"轰!轰!"伊万诺夫叫道。

当他们走到被雨水打湿的沙地上时,一切都变得昏暗而沉寂了。

"哦,马上又要下雨了。"

乌云翻滚着,越来越低,将那不祥的、白花花的肚皮贴向地面。突然,风又带着新的力量刮了起来,卷起落叶与尘土团团地狂转着。随着一道闪光,整个天空裂成了两半,紧接着电闪雷鸣。

"啊呵——呵——呵!"萨宁喊道,试图压倒那充斥四周、惊天动地的雷声。但是,甚至连他自己都没听见自己的声音。

当他们走上田野,天色已完全黑了。只有在闪电掠过的时候,他俩那走在沙地上的清晰黑影才从黑暗中显现出来,雷声轰鸣,响成一片。

"噢!赫!呵!"萨宁高声喊道。

"什么?"伊万诺夫竭尽全力地叫了一声。

一道闪电闪过，于是，他看到了一张幸福的脸，脸上有一双闪亮的眼睛，伊万诺夫没听清楚，他有些怕雷雨。当闪电再度亮起，萨宁伸开双臂，全身心地感受着生机和力量，他敞开喉咙，久久地、幸福地拉长声音对着雷声喊叫，那雷声隆隆作响，从天空那强大旷野的一端滚向另一端。

第三十六章

阳光灿烂,像是在春天。可是在树木之间明显存在的那种难以察觉的平静的沉寂中,已有了些秋意,树木的不同部位染上了枯黄的死亡色彩,就在这样的寂静中,单调的鸟语零乱地响起,一些大昆虫发出响亮、慌张的嗡嗡声,在他们那行将灭亡的王国上方不祥地跑来飞去,在那个王国里,已没了绿草和花朵,只生长着高大、粗壮的蒿草。

尤里不慌不忙地漫步在花园的小径上,用那双陷入沉思的大眼睛看着四周——看着天空,看着黄色和绿色的树叶,看着寂静的小径和玻璃似的水面——似乎是在最后一次地看这一切,竭力想要记住,刻骨铭心,永远也不忘记。一阵愁绪轻轻地涌上心头,其原因是模糊的,总觉得可能有一种宝贵的东西在每时每刻地越离越远。这东西也许从未有过,也许永远不会再有。于是他痛苦地感到,这是因为自己的过失造成的,但是不知这东西是青年时代及其青春的幸福呢,还是巨大而宝贵的工作,他不曾得到青春的幸福,而这也再不复返。这种工作不知为什么从他面前消失了,虽说有一段时间他曾处于这种工作的最中心,这是怎么发生的尤里也不能理解。他曾相信,在他的本性中蕴藏着那些足以摧毁世界上整座山岩的力量,还具有比世上任何人见识更广的智慧。这种自信从哪里来的,尤里也说不出,还羞于在任何人面前讲出来,哪怕是最亲的人呢。当他清楚地感觉到疲惫,很多事情都干不了,他只会也只能袖手旁观地思考生活。

"嗯,好啦……"他想道,忧伤地看着河水,"也许这就是最好的、最聪明的事情,不管怎样,死亡总是要终止这一切,不管一个人是要活下去或者不想再活下去。瞧!柳丽娅来了。"他看见绿色和黄色灌木丛中有粉红衣服轻盈地闪过,"快乐的柳丽娅,她像一只蝴蝶似的活着,过一天算一天,她什么也不需要……唉,我要是能这样生活就好了!"

但是,这个念头只是表面的,尤里觉得,他的智慧、他的忧愁、他的苦难,以及那些给他带来极大痛苦的思索,都是非常罕见的,无比珍贵的,不能将它们替换成柳丽娅那种蟪蛾般的生活。

"尤里!尤里!"她用响亮悦耳的声音喊道,虽说相距不过几步远,她还是满脸露出顽皮的阴谋家的笑容,不言不语地递给他一个玫瑰色的窄信封。

尤里疑惑着会是什么事。

"谁写来的?"他觉得出了什么事,不大友好地问。

"季娜·卡尔萨维娜。"柳丽娅得意又神秘地宣布道,还立即伸出一个指头,吓唬尤里。

尤里满脸通红,他觉得,这种由妹妹传递书信的行为,这玫瑰色的信封与香味,有某种庸俗的东西,而他自己,一个幸福的收信人,也是相当可笑的,他突然一下子缩起身来,似乎向四面八方伸出了刺状的羽毛。而柳丽娅与他并肩走着,充满了特别的欣喜,那些多愁善感的姐妹们总是带着这样的欣喜参与亲兄弟们的婚事,她开始唧唧喳喳地说道,她非常喜欢卡尔萨维娜,她感到非常高兴,等到他们结婚,她会感到更加幸福的。

"结婚"这个不幸的字眼在尤里的脸上表现为浓重的羞红和凶狠的目光。一段外省罗曼史,伴有粉色的书信和代理人姐妹,伴有合法的婚姻、家务、夫人和孩子,呈现在他的面前,却恰恰带有那种庸俗、软弱的甜腻,他在世上最怕的就是这样的甜腻。

"唉!饶了我吧,求求你……这有多愚蠢啊!"他几乎是在带着仇恨挥手赶开柳丽娅,结果显得非常粗鲁,使柳丽娅生起气来。

"你装腔作势干什么……"她任性地叫道,"爱上了就爱上了呗,这有什么呀！我不懂你为什么总要把自己装扮成不同寻常的英雄呢。"

她晃了晃粉色尾巴似的衣服下摆，轻蔑地露了露透花的长袜，朝屋里走去，就像一个受了欺负的公主。

尤里用他那双严厉的黑眼睛恶狠狠地目送着柳丽娅，脸红得更厉害了，他拆开了信。

"尤里·尼古拉耶维奇：如果你有时间，如果您愿意，请在今天来修道院，我将和姨妈一起去那里。她在斋戒，不会走出教堂，我很无聊，也有很多话要对您说，请您来吧，我给您写信，这也许很不好，但请您还是来吧。"

尤里淡忘了他想过的一切，怀着某种肉体欢乐的奇异激动读了这封信，在短短的一句话里，突然之间就能非常鲜明地感觉出一个年轻、纯洁的姑娘，她正在信赖地、天真地敞开自己的爱的秘密。仿佛，她已经走来，她是无力的、胆怯的、恋爱着的，她已经无法抗争，完全不知道将来会怎样，而把自己的全副身心都交到了他的手里，最终的结局在意外地逼近，这种感觉令人颤抖，令苦恼充满了他的整个身体，他如此近距离地、已不可避免地感觉到，她那女性的青春，那初次裸露的还有些害羞的纯洁躯体，那女性头发的气息，那双畏惧的、幸福的、噙着泪珠的眼睛，全都属于自己了。他试图嘲讽地笑一笑，但没能笑出来，一切都淹没在贪婪幸福的冲动之中，他感到自己是一只鸟儿，飞过树冠，飞向蔚蓝的、充满阳光的天空。整整一天，他的心都是明朗的，他感到体内充满着如此多的力量，每个动作都会使他获得新鲜、充实的快感。

临近傍晚，他雇了一辆马车，向修道院赶去，一路上，面对整个世界他无意识地感到害羞，便朝这个世界微笑着。在码头，他换乘上一只小船，一个汗流浃背的健壮农夫快速地划起船送他去山脚。

直到船离开了芦苇到了广阔开敞的河面上时，尤里才自觉地明白了，他是幸福的，这个幸福是那封小小的玫瑰色的信带给他的。

"这有什么……还不一样，老实说……"他觉得有必要自我安抚一番,"她生活在这样一个小天地里……一段县城的罗曼史,就算是段罗曼史吧……"

河水发出有节奏的潺潺声,拍打着船舷,在一旁流过,绿色的山冈带着它那独特的、充满了昏暗与森林湿气的气息,迅速地迎面逼近了,尤里走下小船,不好意思地给了船夫半个卢布,然后往山上走去,静静的黄昏已徘徊在林间,它的暗影远远落在了山脚。沉寂的湿气从地面腾起,黄色的树叶上覆盖了一层昏暗,于是,森林似乎又像夏天一样,翠绿而又浓密。在山上,修道院的围墙内,既清洁又安静,就像在教堂里。一棵棵杨树整齐、严峻地站在那里,像是在做祈祷,在那些杨树之间,有一些身材瘦长的、一袭黑装的僧侣走过,就像是悄无声息的傍晚的幽灵,在教堂那一个个黑暗的门洞里,闪现着一星星祷告的灯火。周围散发着一种非常淡的气味,没办法分辨出,这究竟是陈年神香溢出的气息,还是刚刚枯萎的杨树叶散发出的味道。

"啊,您好啊,斯瓦罗日奇!"有人在他后面叫道。

尤里迅速地回头一看,见是沙夫洛夫、萨宁、伊万诺夫及彼得·伊里奇,他们经过天井而来,高声地愉快地谈着。僧侣们不安地看着他们,甚至连那些杨树似乎也丧失了它们在"祷告"时应保持的静立,因这突如其来的喧闹和运动而惶恐起来。

"我们都在这里了。"沙夫洛夫说道,走到尤里跟前,他很尊敬他,透过圆圆的眼镜友好地看着尤里。

"好事啊!"尤里懊恼地嘟哝道。

"要不,您也和我们一起吧?"沙夫洛夫走得更近了,恳求地说。

"不了,谢谢,我在这里不是一个人。"尤里拒绝了,迫不及待地想要离去。

"呀!能有什么事啊!我们走吧!"伊万诺夫不以为然地说,带着粗鲁的好心抓住了尤里的一只胳膊,尤里不友好地固执己见,于是,他俩便有点可笑地各自往不同方向拉扯起来。

"不行，真的，我去不了……"尤里迫不得已又说了一遍，"也许我可以随后再去找你们……"伊万诺夫这种不拘礼节过分亲昵的拉扯对他来说非常不妥而且是有损尊严的。

"那好吧。"伊万诺夫什么也没觉察出来，放开了尤里，"那我们就等你，你要来啊。"

"好的，好的……"

他们笑着挥手，走出了院墙，四周复又肃穆、寂静起来，像在祷告。尤里脱下帽子，怀着一种嘲笑和胆怯相互混杂的情感，走进了教堂。他一眼就看见了季娜紧靠在一根黑柱边。她穿着一件灰色外衣，戴一顶圆形的草帽，看来像一个女中学生，他的心颤抖了一下，有如鸟儿的恐惧，猫在跃起之前的颤抖，她身上的一切都让他感到有趣而可爱：她的短衫、帽子、脑后那白皙脖子上方编成辫子的黑头发，以及那在一位修长、丰满、成熟的姑娘身上所体现出的十分迷人的女中学生模样。她感觉到了尤里，便回首一望。于是，她那双黑色的眼睛虽然还是谦逊严肃的，眼里却流露出惊喜。

"您好"尤里压低声音说道，但声音还是太响了，他不知道，在这种地方能不能握手，几个在近处做祷告的女人回头看了看他俩，她们那愚昧干瘪的脸让尤里感到害羞，他满脸通红，而卡尔萨维娜似乎猜出了他的害羞，便怀着母性的感情来替他解围，她微微一笑，用那双钟情的眼睛温柔地向尤里递来一个威吓的眼神，尤里幸福地一笑，僵在了那里。

季娜不再看他，频频地画着十字。然而尤里知道，她只感到的是只有他在场，于是，他俩之间便形成了一种隐秘、柔韧的联系。心灵因这一联系而跳动，而紧缩，周围的一切也都显得神秘、奇异起来。教堂那黑色的面孔，歌唱或朗诵的奇异声音，如夜间的小灯一般闪烁的烛光，沉重的叹息声以及入口处那些单调而响亮的脚步声，在用一副庄重、严厉的眼睛看着尤里。在这片昏暗、严厉的寂静之中，他清晰地听见了自己那颗渺小的、轻盈的、正在有力跳动的心脏,他静静地站着,看着她黑头发下方那白皙的脖子,看着灰色短衫勾勒出的腰身的柔和曲线,他感觉到这一切都如此之好,连心都酥软了。于是,他想这样站着,好让大家全都看见,虽然他不相信这里的所有东西——唱诗、诵经、烛光,但他对大家怀有的情感,却完全是善良的好意。尤里自己也发觉了,自己的情绪与早晨有过的那种忧愁的怨恨已大不相同了。

"这就是说,还是能够幸福的?"他满心欢喜地问,并立即严肃地回答,"那当然……我思考过死亡,思考过生活毫无意义,思考过缺乏明智的目的以及诸如此类的问题,我思考过的这一切的确是正确的、合理的,但毕竟还是能够幸福的……我此刻就是幸福的,而这正是由于这位奇异的姑娘,不久前我还完全不认识她呢……"

尤里的脑中产生一个有趣的想法,似乎在从前,在他俩都还是可笑的小男孩和小女孩的时候,他们有可能在什么地方见过面,彼此看了一阵,又分开了,并没有料到,他们都将成为对方在世上最为珍贵的东西,他将彼此相爱,她会为了他而脱光衣服,赤身裸体……最后那个想法不知怎么突然涌进了脑海,尤里感到非常害羞,却又那么美妙,他竟满脸通红,并且好久都怕看她。可是在想象中已是赤身裸体的这位姑娘却站在前面,穿着灰短衫、戴着圆草帽的她,可爱而又清纯,她在无声地祈祷,希望他也能那样温情、热烈地爱她,就像她爱他一样。似乎,某种净化的东西由她传导给了他,因为那些无耻的想法消失到不知什么地方去了,尤里的内心也变得安宁和纯洁了,于是,感动和爱的泪水温暖地涌上了尤里的眼睛,他举目往上看,看见了圣像壁上那被烛光映出星星亮点的黄金,再往上些,是十字架上的两根横木,于是他怀着那种早已忘却的情感,带着不习惯的紧张,在心里喊道:

"啊,上帝,如果你存在,就让这位姑娘爱我吧,也让我永远爱她,就像此刻一样!"

他为自己的冲动感到有点难为情,但是这次他只是宽宏大量地笑自己而已。

"这只不过是……就这样吧。"他想道。

"我们走吧。"季娜用叹息般的耳语悄悄地招呼了他一声。

他俩怀着内心的宁静,庄重地走出教堂来到台阶上,仿佛随身带走了这些唱诗和诵经、叹息和闪烁的烛光似的。他们并肩走过院墙,穿过陈旧的院门,向山崖走去。这里空无一人,一堵古老的,带有几座斑驳小塔楼的白色院墙,将他俩与众人隔开了,在他俩脚下的悬崖上,几株橡树的树冠枝繁叶茂,而在远处的山脚,河流泛着白光,绿色的草场和原野铺向远方,一直伸展到暗淡的天边。

他俩默默走着,在悬崖的最边缘停了下来,不知道该做什么。有什么东西让他俩感到害怕,不敢去做,似乎他俩永远也不会有足够的力量去说出什么话,做出什么事,但是,卡尔萨维娜抬起了头,结果,事情完全出乎意料,变得非常简单了,她的嘴唇碰上了尤里的嘴唇。她脸色苍白,浑身颤抖,僵在那里,尤里则默默地拥抱了她,自己的手第一次感觉到那温暖、柔软的身子。四周一片宁静,他俩觉得,整个世界都在这庄严而又紧张的安宁中静止不动了。耳朵里似乎在嗡嗡作响,但尤里觉得是一口无形、无声的大钟在威严地报出相会的时辰。然后季娜挣脱开来,微笑了一下,往回跑去。

"姨妈在找我……您等等……我马上回来……"

后来尤里再也想不起来了,是她用那响亮的、在黑树林中引起回声的嗓音喊出了这几句话,还是温暖的晚风给他递来了这轻盈的、断断续续的耳语。他坐在草地上,用手抚摩着头发。

"这一切多么愚蠢,又多么美好!"他幸福地微笑着,想道,他闭上眼睛,耸了耸肩膀。仿佛就在这一时刻,他抛弃了自己先前所有的思想、疑虑和痛苦。

卡尔萨维娜跑到院门旁,停了下来,她的心在剧烈地跳动,脸也在发烧。她把手紧紧地按在起伏不定的胸前,在墙上靠了一小会儿。

然后，她睁开眼睛，神秘地看了看四周，轻松地喘了一口气，撩起黑色的裙子，快速地迈动年轻的双腿，在通向客房的小道上跑了起来，还离得老远，她就对那位坐在台阶上等候着的面色阴郁的老姨妈喊了一声：

"我就来，姨妈，我就来！"

第三十七章

起初，远方暗淡下来，接着，雾中的河流也变得朦胧了，从山下绿色的草场上，传来了遥远的马儿的嘶鸣，草场上的篝火也亮了起来。而尤里却一直坐在悬崖上，一边等着，一边机械地数着草场上的篝火堆：

"一，二，三——不，还有一个……在最天边……勉强能看见……就像一颗小星星！……要知道，那里此刻也坐着些高大的人们，那些在夜间出来放牧的农夫，他们正在煮着土豆，说着话……篝火愉快地燃烧，腾起火焰，劈啪着响，可以听见马儿在打着响鼻……可从这里看去，却完全像个小火星……眼看就要熄灭了。"

他此刻很难思考任何问题，一直在感受着自己与那年轻的、暂时还被一层薄薄的衣料所掩饰着的身体的第一次接触，与那微微启开的鲜嫩双唇的第一次接触，时而，他会惊恐地对自己说道：

"她马上就要来啦！"心颤抖了一下，像是要停止跳动，身体却绷得越来越紧，变得有力、活跃、大胆了。

就这样，满怀期待的他，坐在悬崖上、无意识地倾听着遥远的马儿的嘶鸣，河对岸大雁的叫声，还有树林和夜晚那成千上万种难以觉察到的声响。在大地上方高高的空中，这些声响就像是琴弦上的颤音，当他听见一阵急促的、不匀称的脚步声时，他不转身就知道是她，于是，他整个身体都颤抖起来，在决定命运的关头充满爱怜、情欲和恐惧。卡尔萨维娜走到近旁，站在那里，连她那断断续续的喘息声都能听见。突然，尤里感到一阵欢乐的自信，要去做一切应该做的事情，他立刻转过身去，带着一种突如其来的胆量和力量，一把搂住她，抱起她，顺着草地轻轻地往下边走。

"我们会摔倒的！"她小声说道，由于幸福和害羞而喘不过气来。

又一次尤里把她的身子搂在了怀里，他时而觉得她像个妇人一样高大而丰满，时而又觉得她像小姑娘那样娇小而柔弱，透过裙子，他的手感觉到了她的大腿，他要抚摸她的大腿，这个想法甚至让他感到害怕。

在下方，在树林里，已是一片黑暗，尤里把姑娘放在草地上，自己也坐了下来，借着暗淡的光线，尤里找到了她滚烫的、柔软的嘴唇，便用一阵柔韧的、急切的吻折磨起那柔唇来。这些热吻就像是烧红的铁块发出的白色火焰，灼烧他俩陶醉的躯体。这时，出现了一股为霸道的兽性的力量所左右的彻底的疯狂。当尤里的手胆怯却又放肆地摸了一下她的大腿，卡尔萨维娜没有抗拒，只是在发抖，似乎，还从未有人这样摸过她。

"你爱我吗？"她断断续续地问，那隐没在黑暗中的嘴唇发出的絮语是奇异的，就像森林中一阵轻盈的、神秘的响声。于是，尤里突然恐惧地问自己道：

"我在干什么？"

这个冰冷的明晰概念触到了滚烫的大脑，于是，一切都一下子变得空虚了，变淡了，变浅了，就像是在冬日里，其中已无生命，也没了力量。她微微睁开闪着白光的眼睛，带着朦胧、慌乱的疑问向他靠去。但是突然，她也迅速地向四周看了一眼，看清了他的脸，她全身产生一种难以忍受的羞耻之感，便急忙整理好衣服，坐了起来。一大堆痛苦的情感，充满了尤里的内心，他觉得就此罢手是不可能的，这似乎很可笑也叫人反感，他慌乱地荒谬地试图继续下去，想朝她扑过去，然而，她也同样慌乱地、荒谬地自卫着，一阵短暂无力的拉扯，使尤里内心充满可怕、无望，意识到这种可笑、可耻、可厌又不像样子的处境，结果这拉扯真的就显得可笑又不像样子了。又一次，似乎就在她已经失去力量，正准备顺从他的那个瞬间，他又慌乱地放开了她。卡尔萨维娜短促地、

断断续续地喘着气,犹如惊弓之鸟。有一阵毫无办法而又令人难受的沉默,而后他突然开口说:

"原谅我吧!……我是个疯子。"

她的呼吸更急促了,于是他明白了,不应该这样说,这是侮辱人的。汗水流遍他软弱无力的全身,他的舌头似在违抗他的意志,他嘟嘟囔囔地说了起来,说他今天的见闻,然后说到自己对她的感情,再说到自己种种想法与怀疑,这些思想经常充满他的内心,让他感到迷恋,也常常因此令她迷惑。但是,这一切如今都显得是不得体的、不自如的、没有活力的、声音听起来也是虚假的。终于,尤里打住话头,他突然感觉有个愿望,就是让她走开,无论如何也要让这难以忍受的可笑处境告一段落,哪怕是暂时的中止。于是,他终于沉默不语了。

也许,她也感觉到了这一点,或者是有同样的感受,因为她也在刹那间屏住呼吸,胆怯地、央求地低声道:

"我该走了……我要走了。"

"怎么办,怎么办?"尤里自问,浑身发冷。

他们站了起来,都不看对方,尤里为挽回先前的一切做了最后一次努力,他软弱无力地拥抱了她一下。于是,在她心中突然又产生了某种母性的情感,似乎,她觉得自己比他更有力,姑娘温柔地靠在他身上,直对着他的眼睛,露出一个鼓励性的可爱笑容。

"再见……明天来找我!"她吻了他一下,那么温情,那么用力,使尤里束手无策地头晕起来。于是,一种类似对她仰慕的情感,温暖了他那颗惊慌不安的心。

当她离去时,尤里久久地倾听着她的脚步声,然后找到了自己那顶沾着落叶和泥土的帽子,抖了抖,戴在头上,便向坡下走去,走向那家旅馆,远远地绕开卡尔萨维娜可能经过的那条小道。

"有什么办法?"他在黑暗中迈着步,想道,"难道该玷污这个纯洁、神圣的姑娘吗……一定要那样结束吗,就像每个处在我这种境地的俗人都会做的那样？……上帝保佑她……这会很卑鄙的，谢天谢地，如果说我还能够拒绝做那样的事情。这有多卑鄙啊……马上就干，几乎不说一句话，就像野兽一样！"他想到不久前还使自己充满了幸福和力量的东西，在这样想着的时候，他已经带有了厌恶的感情。但是，他的内心仍有什么东西在忧伤，在徒劳的苦闷中破碎；激起一阵无声的沉重的羞耻感。他觉得，甚至连手脚都有些笨拙了，动的不是地方，帽子扣在头上，就像尖顶帽子一般。

"难道我有能耐活下去么！？"他在一阵突如其来的绝望中问道。

第三十八章

在修道院旅馆的宽走廊里散发着面包、茶饮和神香的气味。一个动作麻利的健壮僧侣捧着一个像西瓜那么大的茶饮,快步往什么地方走去。

"神父。"尤里叫道,不由得因这一称呼而窘迫起来,他料到,那僧侣也会感到窘迫的。

"您有什么吩咐?"那人透过一团水蒸气看着尤里,恭敬而又镇静地问。

"你们这里好像有一帮从城里来的人?"

"是的,他们在七号客房。"僧侣立刻答道,仿佛他早已料到了这个问题,"请,这边走,在阳台上。"

尤里推开七号客房的门。这个大房间里很暗,整个房间似乎都充满了烟雾。门外的阳台上是明亮的,开酒瓶声不断,人们在笑着、叫喊着,不停地来回移动。

"生活——是不治之症。"尤里听见了沙夫洛夫的声音。

"你才是一个难以治愈的傻瓜呢!"伊万诺夫大声地应他,"你呀……就会玩弄辞藻!"

当尤里进屋时,大家全都发出了欢乐的、醉醺醺的喊叫声来迎接他。沙夫洛夫跳了起来,他从桌子后面挤过来,差点蹭掉了桌布,双手握住尤里的手,深情地低声说道:

"您来了,这太好啦,谢谢,真的!……的确,真的……"

尤里在萨宁与彼得·伊里奇之间坐了下来,四下看了看,阳台被两盏灯和一只灯笼照得很亮，而在亮光之外好像立着一堵不透光的黑墙似的。但是，转身背对着灯光，尤里依然相当清楚地看到了晚霞映衬下那淡绿色的山峰隆起的剪影，以及近处树木的树冠和远处山脚下那微微闪亮着的睡意惺忪的河面。一些飞蛾和甲虫从树林中飞向灯光，它们旋转着，落下来，再跳起来，又悄悄地在桌子上爬，毫无意义地死了。尤里看着它们，忧伤起来，他想道：

"我们人类也是这样，我们也同样飞向灯火，飞向每一个闪亮的思想，我们围绕着那思想乱撞，在痛苦中死去。我们以为这思想就是世界意志的表现，而它只不过是我们大脑的一阵发热……"

"喂，我们喝酒吧！"萨宁说道，他友好地将酒瓶递给了尤里。

"好的。"尤里伤心地同意了，他立即想道，这也许就是留给他的唯一东西了。

他俩碰一下酒瓶，喝了一口，伏特加酒让尤里感到厌恶，就像是滚烫、苦涩的毒药，他探下身去拿下酒菜，浑身都在嫌弃地颤抖着。然而，就连下酒菜也久久地带有一种讨厌的味道，咽不下去。

"不！"他自言自语道，"无论如何……死亡、苦役……应当逃避它们，不过……往哪里逃呢？……到处都一样，你也逃脱不开自我呀，当一个人站得比生活更高的时候，生活就不能让他满足了，无论在什么地方，无论以什么样的形式……无论在这个小城，还是在彼得堡……反正都一样。"

"在我看来，"沙夫洛夫高声喊道，"一个人就自身而言，什么都不是……"

尤里看了一眼沙夫洛夫的脸，那张脸是不聪明的、乏味的，脸上有一副眼镜，一对浑浊的小眼睛。尤里想到，这样一个人，就自身而言，的确什么都不是。

"个人是一个零……一些个人只有成为群众的人，并且不失去与群众的联系，不把自己同群众对立起来，像资产阶级的'英雄'爱做的那样——只有这样,他们才具有真正的力量。"

"他们的力量表现在什么地方呢,请问?"伊万诺夫挑战似地问道,威严地抱着双手,将两肘支在桌面上,"就在于同现有的政府作斗争吗?——是啊!……可是,在争取个人幸福的斗争中,群众怎么会帮助他们呢?"

"啊!对了……你是一个'超人',您需要某种特殊的幸福!自己的幸福!而我们这些大众之人,却认为,我们只有在为争取普遍幸福而进行斗争中才能获得自己的幸福……思想的凯旋,这才是幸福。"

"如果那思想是错误的呢?"

"反正一样,只需要相信……"沙夫洛夫固执地摇了摇头。

"呸!"伊万诺夫轻蔑地说道,"每个人都相信他自己做的事情就是最重要的、最必需的,甚至连女装裁缝也这么以为……你是知道这一点的,但是,大概是忘记了……提醒你一下,也算是朋友的分内事!"

尤里怀着无由头的仇恨看了看他那张因为伏特加酒喝过量而显得苍白的满是汗珠的面孔,以及那双无光的灰色的大眼睛。

"那么在您看来,幸福究竟在什么地方呢?"他撇了撇嘴唇,问道。

"当然不在于终身诉苦,每走一步都要问自己:瞧,我打了一喷嚏……哎呀,我做得好不好呀?……这会不会对谁有害啊?……我有没有通过这个喷嚏完成自己的使命呀?……"

尤里想到伊万诺夫大概以为自己比他聪明而想嘲笑他,从他那双冷漠的眼睛里明显地看出对自己的憎恨,便全身发抖了。

"哼,我们走着瞧!"他在心里说道。

"这可算不上一个纲领。"他声明道,嘴撇得更厉害了,竭力想使他脸上的每一道纹理都表现出一种不愿争论、完全蔑视的神情。

"你一定需要一个纲领?……我想做什么,能做什么,我就做什么!这就是你要的纲领!"

"没说的,一个出色的纲领!"沙夫洛夫动气了,但是,尤里却只轻蔑地耸了耸肩膀，有意不说话。

他们不声不响地喝了一会酒，然后，尤里转身面向萨宁，说了起来，他并不望向伊万诺夫，但话却是说给伊万诺夫听的，他说到了他眼中最好的东西是什么。他觉得，此刻，只要他合乎逻辑地说上几句话，道出自己完整的思想，那么就没有任何人能驳倒他的思想。然而，让他愤怒的是，他刚说了两句，伊万诺夫就回过头来说道："这个——听说过。"尤里火了。"喂，您知道吗？您这句'听说过'我们也'听说过'……找不到反驳的话说就说上一句'听说过'来安慰自己，没有比这更轻松的了，如果您只会说什么'听说过'，我就有权也说上句：您什么都没听说过！"伊万诺夫脸色苍白，他的眼睛也完全是恶狠狠的了。

最后，萨宁站起身来，在他那张像平常一样平静的脸上显出无聊的神情。

"别争了，先生们，"他说道，"你们不觉得无聊吗？不能因为一个人有自己的思想，就去仇恨他。如果你们想要打架，就请你们马上出去，找个你们喜欢的地方打架……你们没有任何权力强迫我们来听你们这场毫无意义的争吵。"

他徐徐地点着了一支香烟，向门口走去，他来到旅馆的院子里，蓝色的夜晚便温柔而又清新地拥抱了他那滚烫的身体。月亮像金球一样从树林后面升了起来，将它那近乎童话般的月光淡淡地洒在黑色的大地上。花园散发出李子和梨那浓郁、甜蜜的味道，在花园的后面，另一家旅馆的房子泛着朦胧的白光，绿树丛中有一扇窗户，对着萨宁明亮地敞开着。黑暗中，响起一阵赤脚走路发出的脚步声，萨宁睁大那双还没有习惯黑暗的眼睛，模模糊糊地看到了一个小男孩的侧影。

"你在干吗？"他问道。

"我要见老师卡尔萨维娜小姐，"赤脚的小男孩用细细的嗓门应道。

"有什么事？"

萨宁问，一听卡尔萨维娜的名字就让他想起她站在岸上的样子，赤身裸体，一身灿烂，不知是在焕发着青春的光彩，还是因为正沐浴着明媚的阳光。

"送信给她。"小男孩回答。

"啊！她大概住在那家旅馆里，不在这里……你去吧。"

小男孩像小兽一样，又一次吧嗒着赤裸的脚后跟，消失在黑暗中，他的动作如此之快，像是一下子躲进了灌木丛。

萨宁慢慢地跟在他的后面，敞开心扉呼吸着那像蜜一样浓郁的花园气息。

他一直走到旅馆的跟前，站在亮灯的窗户下，带状的灯光照在他恬静沉思的平静脸庞上。在深暗的绿叶丛中，一些又大又沉的梨在光照下泛着明亮的光泽。萨宁欠身抓住树梢，摘下一只梨来，而在窗户里，他看到了卡尔萨维娜。

看到的是她的侧面，她只穿了一件衬衣，灯光倾泻在她那滚圆的、像缎子一样的肩头上。她始终在看着脚下，想着什么，看来，她所想的事情让她既害羞又开心，并使她激动起来，因为她的眼皮在颤动，嘴角却在微笑。她的微笑让萨宁震惊：那微笑中有一种无比温柔、充满激情的东西在颤抖，似乎，这姑娘正在微笑着迎接那近在眼前的亲吻。他站在那里看着，为一种比他自己还要强大的情感所控制。

而卡尔萨维娜仍在想着在自己身上发生的那件事，她觉得非常害羞，又感到非常愉快。"主啊！"她问自己，"难道我是如此地放荡吗？"然后，她又带着最刻骨铭心的欢乐，第一百次地回忆起了她第一次服从于尤里时所体验到的那种难以名状的诱人感受。"亲爱的！亲爱的！"她激动不已，一动不动，在想象中依偎着尤里。姑娘没有回忆到后来发生的那不成体统，极其荒谬的一幕，某种隐秘的情感使她绕开了那个黑暗的角落，那种像枚尖针一样病态屈辱的疑虑，被留在了那个角落里。

有人敲了客房的门。

"谁呀？"季娜问道，抬起头来。于是，萨宁清晰地看到了她那白皙、柔嫩、有力的脖子。

"我是来送信的。"小男孩在门外尖声尖气地说。

季娜站了起来,打开了门。膝盖以下沾满了泥水的赤脚男孩走进房间,赶忙摘下了帽子,说道:

"小姐叫我送来的。"

"西诺契加,"杜博娃在给卡尔萨维娜的信中这样写道,"如果可以,你就今天回城来,督学来了,明天早晨要到我们学校来。如果你不在的话,会很不好的。"

"什么事?"季娜的老姨妈问道。

"奥尔加让我回去。督学来了。"季娜深思地答道。

小男孩用一只脚蹭着另一只脚。

"小姐一再吩咐,请您一定回去。"他说道。

"你回吗?"姨妈问道。

"我一个人怎么回啊⋯⋯这么黑⋯⋯"

"月亮升上来了,"小男孩反驳道,"什么都能看得见。"

"应该走。"季娜说道,仍然有点踌躇。

"走吧,可别闹出什么不愉快的事情来。"

"好吧,我走。"季娜坚决地点了点头。

她迅速穿好衣服,戴上了帽子,走到姨妈面前。

"再见,姨妈。"

"再见,孩子,基督保佑你。"

季娜问小男孩:"你和我一起走吗?"小男孩踌躇了,又蹭起两只小脚来,"我是来找我妈的⋯⋯我妈在修道士的洗衣房里。"

"我一个人怎么走啊,格里沙?"

"好吧!我们走吧。"小男孩甩甩头发,带着坚定的神情同意了。

他们出门来到花园里,于是,蓝色的夜晚也同样温柔而又小心地拥抱了姑娘。

"空气多香啊!"她说道,一下撞见萨宁,她又大喊一声。

"是我。"萨宁笑着说道。

季娜在黑暗中伸出了那只因恐惧还在颤抖不止的手。

"天色太黑了,什么都看不见。"她为自己辩解道。

"您这是去哪儿?"

"进城去。这不,派人来找我了。"

"什么,独自一个人吗?"

"不,和他一起……他是我的骑士。"

"骑士,哈!哈!"格里沙把两只小脚踩得叭叭响,心满意足地重复了一句。

"你在这里做什么呢?"她问道。

"唉!我们正在一块儿喝酒来着。"

"你们还有谁?"

"——沙夫洛夫,斯瓦罗日奇,伊万诺夫……"

"啊!尤里·尼古拉耶维奇也和你们在一起吗?"季娜问道,黑暗中她的脸红了。大声地说出这个名字,让她感到既可怕又愉快,就像在探头去看一道深渊。

"怎么?"

"没什么。我碰见过他……"她答道,脸红得更厉害了。

"好吧,再见!"

萨宁亲热地拉着姑娘递过来的那只手。

"如果你愿意,让我送您去对岸吧,要不您还得绕上一大圈。"

"啊!不了,不要麻烦您。"季娜怀着一种莫名其妙的羞怯说道。

"让他送吧,"小格里沙富有权威性地劝说道,"要不,坝子上尽是烂泥。"

"那么,好吧……这样的话,你就去你妈那里吧。"

"那您一个人在野地里不害怕吗?"格里沙神气地问道。

"我一直送她到城里。"萨宁说道。

"但是你的朋友们怎么办?"

"啊!他们要在这里待到天亮,再说,他们也让我非常厌烦了。"

"唔,好吧,如果您这么客气的话……你去吧,格里沙。"

"再见,小姐。"小男孩又一下子躲进了灌木丛。就剩下了季娜与萨宁两个人。

"请把手递给我,"他建议道,"要不,您会从山上摔下去的……"

季娜伸出了一只手,便感觉出那在薄衬衣下面像钢铁般结实的肌肉,心中充满了奇怪的羞涩与模糊的激动,他们在黑暗中不由得互相碰撞,而且每走一步都感觉出彼此身体的弹性与温暖。他们穿过树林,向山下的河流走去,树林里,是伸手不见五指的,仿佛是永恒的黑暗,似乎没有树木,而只有这稠密的、沉静的、散发着温暖的黑暗。

"哎呀,多黑啊!"

"不要紧。"萨宁贴着她的耳朵轻轻地说道,声音有点颤抖。"我最喜欢夜间的树林。在夜间的树林里,人们会失去他们惯常的面孔,会变得更神秘、更大胆、更有趣……"

脚下的地很滑,因此,他俩艰难地控制着自己,以免跌倒。由于这黑暗,由于那富有弹力的结实的身体的碰撞,由于这个她一直喜欢的有力男人的贴近,姑娘为一阵陌生的激动所控制了。黑暗中,她满脸通红,她的手也在滚烫地灼着萨宁拉她的那只手,姑娘常常发笑,她的笑声是高亢的、短促的。

在山脚下,夜色亮一些,月亮已经清澈、宁静地照耀在河面上。宽阔的河流腾起的凉气迎面扑来,阴暗的树林忧郁地、神秘地向后退去,似乎在把他俩让给那条河流。

"你的船在哪里?"

"这就是。"

小船就像是画出来的,又像被清晰地镌刻在平坦、明亮的水面上。

在萨宁装桨的时候，卡尔萨维娜微微伸开手臂，保持平衡。轻盈地走到舵把旁，坐了下来，映着蓝色的月光和摇曳的波光，她立刻披上了一层梦幻色彩。萨宁推了一下小船，然后跳上船来，小船带着轻轻的声响滑过浅沙滩，河水哗哗作响，向那片月光驶去，在船尾留下一道道长长的、平稳地荡漾开去的波浪。

"让我来划桨吧，"季娜说道，浑身始终充满着某种急切的、躁动的力量，"我喜欢自己划……"

"喂，你坐过来吧。"萨宁站在船中间，笑了一下说道。

她又一次跨过小船上的隔板，从他身旁擦过，她轻盈而又灵活地用指尖稍稍碰了碰他递过来的手，在她从一旁经过的时候，萨宁抬头看着她，她的乳房在他脸旁蹭过，带有一阵香水的味道和年轻女人的体味。

他们划了起来，蓝天上悬挂着一轮沉思的明月，倒映在丰满的河水中，仿佛小船浮在一个明亮、寂静的空间里，卡尔萨维娜直直地坐着，轻轻地划着桨，搅动河水，乳房向前挺得老高。萨宁坐着把舵，看着她。他看着她的乳房，要是能把滚烫的脑袋贴到那乳房上去就太好了。他看着那圆圆的、灵活的胳膊，这副胳膊能有力地、温情地搂住脖子。他看着那充满了柔情和青春的身子，这身子适合无所顾忌地、疯狂地紧贴。月亮照耀着她那有两道黑眉毛和一双发亮的眼睛的白皙脸庞，滑过胸脯上的白短衫，滑过丰满膝盖上的裙子，于是，萨宁生出一种感觉，似乎他正与她一起，越来越远地漂浮进一个童话王国，远离人群，远离理性，远离种种明辨是非的人类法则。

"多可爱的夜色呀！"季娜环顾着四周说道。

"是啊，真好。"萨宁低声地答道。

她突然笑起来。

"不知道为什么，我想把帽子扔到水里去，还想把辫子松开……"她说，竟为一阵不由自主的冲动所支配。

"那有什么，您就松开呗！"萨宁声音更低地说。

但是她突然害羞起来，不做声了。

于是，姑娘的内心又一次闪现出了那些由夜晚、温暖和旷野所唤起的回忆，她看着四周，又一次感到害羞和美妙。她始终觉得，萨宁不可能不明白在她身上发生的一切，但是由于这一点，她的感受只会变得更丰富、更复杂。她生出一种难以遏制的，却又朦朦胧胧的愿望，想暗示他，她，并不总是这样一个安静谦虚的姑娘，她也可能变成完全不同的另一个样子，赤裸的、毫不害羞的，因为这个没有意识到的愿望，她感到了愉快和燥热。

"你早就认识尤里·尼古拉耶维奇吗？"她用一种不流畅的声调问，感觉到有一种如临深渊似的无法克制的要求。

"不，"萨宁答道，"怎么了？"

"啊！没什么……我不过随便问问而已。……他是一个聪明人，一个好人，是吗？"

她的嗓音里有一种近乎孩子气的胆怯，似乎在向一个大人索要礼物，那人可能对她亲切，也可能惩罚她。

萨宁笑着看了看她，答道：

"是……的！"

卡尔萨维娜凭声音猜出他在笑，于是，她满脸通红，几乎羞出了眼泪。

"不……真的……他像个……唔，他可能吃过很多苦。"她吃力地把话讲完了。

"大概是吧。说他不幸，这话不错。您可怜他吗？"

"当然。"季娜故作天真的口气说道。

"是啊，这很容易理解，"萨宁说道，"不过，您对'不幸'这个字眼有着奇怪的理解……您认为，一个精神上永不满足、满怀恐惧思索一切的人，不仅是不幸的，可怜的，而且也是一个独特、高大的人。甚至可能是一个强有力的人！他从右向左永远不停地改变自己的行为，这也被您视为一个美好的特征,这特征使那个人有权认为自己比其他人优秀,使他有权得到很多东西,与其说是能得到同情,不如说是能得到尊敬和爱情……"

"怎么会这样呢?"季娜天真地问道。

她从未和萨宁谈过那么多的话。但是她常常听说他是一个非常独特的人,因此,他的在场使她感觉到,某种新奇、有趣、激动人心的东西正在逼近。

萨宁笑了起来。

"曾经有过一个时代,人过着狭隘的、畜生般的生活,弄不清他所做的所想的是什么,目的又是什么,后来,有理智的时期到来了,其最初阶段——就是重新评价自己一切感情、要求与愿望。而尤里·斯瓦罗日奇就处在这个阶段上,他是人类发展过程中那个步入永恒的阶段所留下的最后一个莫希干人。像所有终结的东西一样,他吸收了时代的所有精华,那些精华却毒害了他,直至心灵深处……他没有自在的生活,他所做的一切,在他那里都会引起无休止的争论:好不好呀,坏不坏呀?……这使他落到了一个可笑的境地:加入党派的时候他一直在想,与其他人站成一排,这是否贬低了他的长处。而退出党派之后他又感到痛苦,对大众的运动袖手旁观,这是否有损尊严呢?……而且,那些人是群众,他们是大多数……尤里·斯瓦罗日奇只有一个例外,他不像其他人那样愚蠢。因此,与自我所进行的斗争在他那里采取的形式不是可笑的,而时常的确是悲剧性的……那位诺维科夫只会因为自己那些疑虑和痛苦而发胖,就像关在猪圈里的一头肥猪,而斯瓦罗日奇是真的胸怀苦难的……"

"我不明白,"季娜胆怯地说道,"您这样说尤里·尼古拉耶维奇,似乎他是这个样子,而不是另一个样子,倒是他自己的错了……如果一个人不满足于生活,这就是说,他是高于生活的……"

"人不可能高于生活,"萨宁反驳道,"他本人只是生活的一小部分而已……他可能是不满的，但这种不满的原因就在他本人身上，他不过是不能或不敢从丰富的生活中获取他真正需要的足够的东西。一些人终生坐在监牢中，另一些人自己害怕飞出笼子，好像一只在笼子中待久了的小鸟……人，就是肉体和精神的和谐结合，一种还没有遭到破坏的和谐结合，只有死亡临近才能自然地将它破坏。但是，我们自己也会用畸形的世界观来毁坏它……我们将肉欲斥为兽性，以此为耻，给它们披上有失体面的外衣，从而创造出一种不对称的生存状态……我们当中那些生性软弱的人，看不到这一点，他们戴着镣铐生活。然而，有些人软弱却仅仅因为，他们将他们的荒谬观点和生活、和自己联系在了一起，这些人就成了受难者：被压抑的力量会爆发出来，肉体会要求欢乐，会折磨他们自身，他们终身在二重人格之间徘徊，想抓住新的精神理想范畴中的每一根稻草，归根结底，他们害怕生活，他们闷闷不乐、害怕去感受……"

"是啊，是啊。"季娜带着一种突如其来的活力应道。

许多突然出现的想法悄悄涌上了她的心头。她用明亮的眼睛看着四周，于是，在静止的河面，在黑色的树林挂有一轮沉思月亮的蓝盈盈天空的深处，那荡漾着的雄伟力量之美，像一道道汹涌的波浪，涌进了她的肉体和灵魂。姑娘开始被一种奇异的感觉所控制，这种感觉她已经不陌生了，她既喜欢又害怕这种感觉，这是一种朦胧地渴求着力量、运动和幸福的感觉。

"我一直希望能有这样一个幸福的时代，"萨宁沉默片刻后又说，"那时候人与幸福之间不再有任何障碍，到那个时候，人能够自由自在地，毫不恐惧地沉浸于他所能获得的所有快感之中。"

"但那又会怎么样呢？又一个野蛮时代？"

"不。人们只像畜生一样生活的那个时代才是野蛮粗暴而可怜的，我们的时代是毫无意义而脆弱的，这时候肉体受精神支配而落到最糟地位，但是人类并未徒然生活：人类创造出新的生活条件，在这些条件下,无论是野蛮期,还是禁欲主义,都不再有存在的余地……"

"请问,那爱情呢……它还要承担责任吗?"季娜突然问道。

"不。爱情承担使人感到沉重的责任,仅仅是由于嫉妒,而嫉妒又是由奴役产生的。任何奴役制度都产生灾难……人们应该去尽情地享受没有恐惧和禁忌、没有限制的爱情……而那时,爱情的形式本身也会扩展为一个由无数的偶然、意外和聚合连接而成的没有尽头的链条。"

"那时候我可就什么也不怕啦!"季娜骄傲地想道,突然,她觉得自己像是第一次看到萨宁,他坐在舵位上,高大,有力,一双眼睛因为夜晚和月亮而显得乌黑,他那宽阔的肩膀一动也不动,就像铁铸一般。卡尔萨维娜带着强烈的兴趣,仔细地看着他。她突然想到她所不理解的拥有独特感情与力量的世界整个出现在她面前,于是她突然想要接触这个世界。

"他真有意思!"这个念头在她的脑海里顽皮地闪过。她独自羞怯地笑了起来,可是一种奇异的激动使她的全身产生一阵神经质的颤抖,或许他也感觉到了那阵突然袭来的女性好奇心,因此,他的呼吸也变得更加有力、更加急促了。

小船在一个狭窄的河道里打转,船桨挂住了河道里的树枝,从姑娘的手里轻飘飘地坠落了,在姑娘的心里,也似乎有什么东西坠落了。

"我在这儿划不了……太难了……"她腼腆地说道。她的声音温柔而悦耳地回响在昏暗而狭窄的河道上,看不见的水流淙淙作响。

萨宁站了起来,向她走去。

"您要干嘛?"她怀着莫名的恐惧问道。

"让我来吧……"

季娜也站了起来,想要到舵位上去。

小船摇晃起来,似乎要从脚下滑走,于是,卡尔萨维娜不由自主地抓住了萨宁,她那富有弹性的乳房重重地撞在萨宁的身上,在这个时候,几乎没有意识到甚至不相信有这种可能性。姑娘以一个难以觉察的迅疾动作固定了那接触,像是随意贴上去的。突然之间,他的全副身心都感受到了女人贴近时那种神话般的诱惑,而她也全身心地明白了他的感受,感觉出了他的渴望的全部力量,在她意识到该如何行事之前,她已经为他而陶醉了。

"啊!"萨宁异常欢快地喊了一声,便紧紧地,热烈地抱住了她,使得她的身子向后仰去。

她觉得自己悬在了半空中,便本能地抓住了跌落的帽子和下垂的头发。

小船摇晃得更厉害了,看不见的波浪带着恐惧的喧嚣,向岸边涌去。

"您干什么呀?"她低声地叫道,"请您放开我……看在上帝的分上……您在干吗呀?"

在一段短暂、可怕的沉默之后,她一边急促地呼吸,一边挣脱他那双钢铁般的手臂,但萨宁却用力地将姑娘搂在怀里,几乎压扁了她那富有弹性的乳房,让她感到喘不过气来。

所有成为他们中间障碍的东西也不知消失到哪里去了。四周是一片黑暗,是流水和草地的芬芳气息,是奇异的寒意,还有激动,还有沉默。接着,她突然陷入一种莫名的软弱,她松开双手,躺了下来,什么也不看,什么也不想,带着钻心的疼痛和强烈的快感,服从了那个陌生的男性的意志和力量。

第三十九章

之后过了很久,她才恢复意识,才弄明白,黑色河面上洒着斑驳的月光,她半躺在小船上,萨宁的脸上有一双奇异的眼睛,他抱着她,就像是抱着自己的女人,船桨抵着她那赤裸的膝盖。

于是,她控制不住地轻声哭了起来,并未从萨宁的怀中挣脱出来,依然顺从着他。

在她的泪水中,有为某一种一去不回的东西而生的悲伤,有恐惧,有对自己的怜悯,还有一份对他的淡淡柔情。

小船静静地漂向一个更为宽阔、有些微光的去处,在黑暗、神秘的水面上不停地摇晃,水面上,一道道水流奔涌着,扬起轻微的、永恒的涛声。萨宁抱起她,将她放在自己的膝头上,卡尔萨维娜无助地、慌乱地坐在那里,就像一个小女孩。仿佛在梦中,她隐约听到他在安慰她,与她说话时以"你"相称,他的嗓音里也充满着温情、感激和变得柔和了的力量。

"我随后就投河。"她听着他的话,朦胧地想着,似乎有个旁观者问:"你都做了什么呀?你现在怎么办呢?"

"现在怎么办呢?"她突然机械地问道。

"我们再说。"萨宁答道。

她想从他的膝头滑下来,但是他抓住了她,姑娘就顺从地一动不动了,不知为何,连她自己也感到奇怪,她对他既没有愤恨,也没有厌恶。一阵绝望像寒气一样在她心中掠过,使她生出一些堕落的、胆怯的念头。

"现在反正无所谓了，反正无所谓了……"她自言自语道，而肉体那隐秘的好奇心却似乎想要知道，这个如此疏远又如此亲近，如此对立又如此有力的男人，还会对她做出什么样的事情来。

过了一会，他放开她，坐在一旁划起桨来，卡尔萨维娜半卧在那里，闭上了眼睛，竭力保持不动。萨宁那副有力的、她已经熟悉的手臂，正在她的乳房上方有节奏的运动着，他每划一桨，都会使她颤抖一下，小船带着轻轻的吱呀声靠上了河岸，季娜睁开了眼睛。四周是原野、河水和白色的雾，月亮发出苍白、朦胧的光芒，就像是将在黎明时分逝去的幽灵。天已经很亮了，显得透明，空中吹着黎明前那刺骨的微风。

"要送送你吗？"萨宁温柔地问道。

"不了。我自己走……"她机械地答道。

萨宁将她抱起来，怀着一种强大有力的快感将她抱下小船，心里对她充满着强烈的爱意和感激的柔情。他紧紧地搂了她一下，将她放到地上，卡尔萨维娜摇摇晃晃的，没能站稳。

"美人！啊！"萨宁深情地说道，似乎他的整个心灵都在渴求她，满怀着温情、欲望和怜悯的冲动。

她感到不自觉的骄傲，微笑着。萨宁拉住她一只手，又把她拉到自己跟前。

"吻我！"

"现在反正无所谓了……他为什么这么可怜又可亲呢？……反正一样，最好别想。"她的脑中闪过这些不连贯的思想，于是，她久久地、温情地吻着他的嘴唇。

"好了，再见……"她小声说道，她的声音含糊不清，她也没察觉到自己在说话。

"不要生我气，亲爱的。"萨宁轻声地请求道。

随后她摇摇晃晃地沿着河坝走去，不时被裙子的下摆绊一下。这时，萨宁久久地、忧郁地看着她的背影，由于预见到了她必将承受的那些不必要的痛苦，他开始感到痛心。他认为，她是无法超越那些痛苦的。

她的身影越来越淡，逐渐消失在雾中。

待她的身影彻底消失之后，萨宁用力跳上小船，于是，在船桨那一次次有力的推动之下，四周的河水喧嚣地、欢乐地涌动着，在河面上的开阔处，在激动翻滚的白雾中，在清晨的天空下，萨宁扔下船桨，挺直身子，用尽全身的力气高声地、欢快地喊了起来，树林和晨雾醒了过来，用同样持久的、欢快的、逐渐遁去的喊声回应他。

第四十章

像是脑袋上挨了一击,卡尔萨维娜立即睡去了,在一阵短暂的沉睡之后,一大清早,她又突然醒了过来,全身疼痛,像死尸一样冰冷。似乎,她心中的绝望一直没有睡去,她连一秒钟也未能忘记所发生的事情。她敏锐地环顾四周,默默地、专注地看着屋里的每一件物件,仿佛是在探寻昨天以来发生的变化,然而,墙角的圣像、窗户、地板、家具,以及沉睡在另一张床上的杜博娃那长着一头浅发的脑袋,一切都像平常一样简洁,只有她那件被扔在椅子上的皱巴巴的白裙子,在诉说着什么。

所经历的一切又呈现在她眼前,最为清晰的,是她清晨在城郊那些还在沉睡的街道上行走的场景。太阳刚刚从被露水染白了的屋顶和围墙的上方露出脸来,无情地射出从未有过的耀眼光芒。那一扇扇关上的护窗板,就像是佯装合上的眼皮,透过这些护窗板,小市民家那些敌意的窗户在盯着她,身后也有几个行人在张望。她披着清晨的阳光走着,不时被长裙子的下摆绊一下,手里抓着自己那个绿色的绒毛小包,她像个罪人一样,沿着围墙,摇摇晃晃,脚步不匀地走着。她回忆起昨天夜里,就像是在回忆一次酩酊大醉,发生了某件不同寻常、让人疯狂的事情,其强烈程度像是从未有过的,可此刻她却无法弄明白,这件事情怎么可能发生,她怎么可能忘乎所以到那样的程度,竟丧失了羞耻和理智,丧失了那似乎充满了其全部生活的另一桩爱情。卡尔萨维娜感到一阵生理上的厌恶,就像是临死前的恶心,她从被子里钻出来,不声不响地忙乎起来。她开始穿衣服,她感到,杜博娃的每一个轻微的动作都会使她全身掠过一阵寒意。然后,她坐到窗前,用那双紧张的、一动不动的眼睛看着花园。花园里沐浴着晨光的树泛出鲜绿和金黄的色调,她的思绪积成一大堆,飘荡起来,就像是被风卷起的一团黑雾。自杀的幽暗念头浮现在她的意识中,对尤里的那种纯洁、明朗的爱情消失了,由此而生的挥之不去的强烈忧伤,在压抑着心房,面对眼前出现的大群熟悉和不熟悉的面孔而产生的恐惧,像浑浊的波浪一样汹涌不息。时而,她想到应该去找尤里,在他的面前颤抖,哭泣,把整个生命都献给他,然后永久地躲到什么地方去。时而,面对尤里的恐惧又压倒了她,她想死去,干脆就地结束生命。

时而又闪过这样一个念头,一切还都可以补救,昨夜不可能真的存在过,然而在她的内心却闪过一段回忆,自己的赤身裸体、男人身体的重压,那瞬间忘怀的激情。这回忆就像一声野性的呼号,于是,卡尔萨维娜惊慌失措,被所发生的事情那毋庸置疑的力量击昏了,她趴在窗台上,没有力量,没有思想。这时,杜博娃醒了过来,她已经听到了女友的动静和惊叫。

"啊,你已经起床了……真是少见啊!"她叫道。

清晨,在季娜回来时,睡眼惺忪的杜博娃只问了她一声:"你怎么弄得披头散发的啊?"然后就又睡着了。但是此刻,她却嗅出了点什么,她只穿了件衬衣,光着脚,走到了卡尔萨维娜的身边。

"你怎么啦?身体不舒服吗?"她像一个大姐姐似的温柔、关切地问道。

季娜缩起身子,像是在等待打击,但她那粉色的嘴唇却露出一个虚假的微笑,过分愉快地答道:

"啊,亲爱的,没什么!我只是根本没睡……"

第一个谎言就这样道出了,于是,这谎话便将有关先前那个自由、勇敢姑娘的回忆彻底地清除了。那姑娘当时是一个模样,如今却成了另一个模样。这另一个姑娘是说谎的、胆怯的、肮脏的。在杜博娃洗漱、穿衣的时候，卡尔萨维娜偷偷地看着女友，她觉得女友是明亮的、纯洁的，而她自己却是阴暗的，就像一条被压扁的爬虫。这种感觉如此强烈，甚至使卡尔萨维娜感觉到，杜博娃占用的那部分房间是阳光灿烂的，而她这个角落却沉进了潮湿、黏糊的黑暗。卡尔萨维娜回忆到，罩在自己那年轻、美丽和纯洁的光环中时，她曾觉得自己高于那个年纪不小、面无光彩的女友，于是，一阵忧伤在她心中恸哭起来。由于那不可补救的损失而流出了一颗颗硕大的、像血滴一样的泪珠。

然而这一切只发生在她内心，表面上的卡尔萨维娜却是镇静的，甚至似乎是愉快的。她穿上一件蓝色的漂亮连衣裙，戴上帽子，拿起一把小伞，迈着平常那种似乎有点摇晃的步伐，到学校去了，她在那里一直待到午饭前，然后便回家了。

路上，她遇见了丽达·萨宁娜。这两位身材匀称、年轻漂亮的女子，沐浴着阳光站在那里，热情的嘴角露着微笑，她们谈起一些琐事来。但是，丽达的心里却涌起一阵对那位无忧无虑的幸福姑娘的病态仇恨，而季娜也在嫉妒那样一种幸福，而这幸福就是，做一个像丽达这样一个漂亮、快乐和自由的姑娘。

"我本来要比她好，可为什么她可以那么快活而我不能呢？"这个思想同时占据着她们俩的心中。

午饭后，季娜拿起一本书，坐到窗前，再次漫不经心地、一动也不动地看着最后夏日里洋溢着阳光和温暖的花园。那阵强烈的冲动过去了，她内心的一切都陷入了冷漠的、病态的疲惫。

"没办法……我要倒下了……这是我的路……"她不断地念着，"我要死了……"

季娜看见了萨宁，在他发现她之前。高大镇静的萨宁沿花园走来，他一边环顾四周，一边用两手抚摩着灌木的枝叶，似乎在和那些枝叶打招呼，在萨宁缓慢地走近窗口的时候，卡尔萨维娜向后仰着身子，把书本紧贴在胸口前，怪异地看着他。

"您好。"他说道,伸出一只手。

在她能够站起来从百感交集中清醒过来之前,他又带着坚持不懈的爱怜重复了一遍:

"您好啊。"

他的嗓音使季娜丧失了起身离去的可能性,她失去了意志,轻轻地回答道:

"您好。"

萨宁靠在窗盘上说道:

"请您到花园里来一趟,我们要谈一谈……"

季娜站起身来,全身被一种奇异的力量控制着,她不知道该怎么办,该去哪儿,怎么去。

"我在那边等着您。"萨宁加上去说。

她只点了点头。同时又因为她回答了他而感到万分害羞。

萨宁迈着缓慢、镇静的步子走了,卡尔萨维娜害怕看他的背影,她紧握双手,一动也不动地站了几秒钟。后来,她突然忙乱地动了起来,走出屋子,甚至还撩起裙子来,好走得更灵活些。

阳光照在色彩鲜艳的秋叶上,花园似乎沐浴在金色的雾中。还离得老远,季娜就看见了站在小道上的萨宁,他冲她笑着,在他的注视下,姑娘羞于向前走了,她觉得,面对萨宁,她身上的裙子已经遮挡不住自己了,他已经熟悉了她的裸体,无助、羞耻的感觉在她心中迅速生成,她跌跌撞撞、慌慌张张地跑到离萨宁非常近的距离,于是萨宁抓住她的两手,将她拉进枝叶交错的树林的最深处。在那里,他把她按坐在自己的膝头,自己则坐在一棵老苹果树的树桩上。

"小季娜,我不知道,"他开始道,"也许,面对您,我有很大的罪过,我是不应该来的……但是,我不能就这样扔下您……我非常希望您能够理解我……也别讨厌我,别恨我……我该怎么办呢?到了那种时刻,当时我感到我们之间的某种障碍消失了,而且如果我要放过的话,在我的一生中这种时机永远不会再来……您会从一旁滑过，我就永远也不会体会到那种快乐和幸福……您是这么美丽，这么年轻……"

季娜沉默不语，那只被头发遮住一半的白净的耳朵变成了粉红色，连眼睫毛也颤动起来。

"您觉得痛苦，可昨天是多么的美妙啊！"他说道，"但是要知道，这些痛苦的原因，就在于我们的生活安排得很糟糕，人们为自己的幸福制定了价码……如果我们换一种方式生活，这个夜晚就会成为我们两人记忆中最珍贵、最有趣、最美妙的感受之一，正是因为有了这样一些感受，生活才是最可贵的……"

"但愿那样……"她机械地说道。突然出乎自己的意料，她竟调皮地笑了一下。仿佛太阳升起来了，仿佛是群鸟在歌唱，草地在喧嚣，由于她那个微笑，她的心灵变得轻松、明朗了，那微笑在转瞬之间竟使先前那个快乐、大胆的姑娘复活了，但是，这只是一道闪光，它很快就熄灭了。

她突然想象到，她未来的全部生活都将是由流言、嘲笑、痛苦和近乎耻辱的害臊构成的一块块暗淡、肮脏的破布。所有那些熟悉的面孔都浮现出来，所有的面孔都是挖苦的、挑剔的，一些不成体统的形象在周围跳动，于是，一阵阴暗的恐惧覆盖了她的心灵，激起了她的仇恨。

"您走吧！离开我！"她脸色苍白，咬紧牙齿，神情残酷地说道，似乎在为自己的那个微笑而向他复仇，她推开他的胸膛，站起身来。

一种无能为力的沉重感觉控制住了萨宁，他感到，她面临着痛苦、耻辱和贫乏的威胁。无论什么样的话语都无法使她宽慰。她的愤怒和屈辱是有道理的，他没有力量在瞬间改变整个世界。在那一瞬间，他曾产生一个念头，想向她献上自己的名誉和帮助，但有什么东西制止了他，他感到，这样做太微不足道了，也没什么必要。

"没办法，"他想道，"就让生活照常进行下去吧！"

"我知道，你爱尤里·斯瓦罗日奇……"他说道，"也许这才是最让您感到痛苦的原因吧?"

"我谁都不爱。"季娜病态地抱着双手,忧伤地低声说道。

"您以后不要把我当成一个恶人……"萨宁以一种尤其动人的哀求声调说道,"您是这么美丽,您给了我幸福,您还可以把那种幸福再给任何一个男人……给出更多的幸福,多出许多倍……而我祝福您,我所有的祝愿都是最美好最温情的,我会永远记着您昨天的模样。再见了……如果您需要我做什么事情,就来找我吧……如果需要,我愿意为您献出生命……"

季娜静静地看了他一眼,不知为何竟生出了些恻隐之心。

"这一切也许都会过去的!"她的脑中闪过这一念头,转眼之间,一切都显得完全不那么可怕、不那么艰难了。过了片刻,他俩的眼睛彼此对视着,在这时,某种美好的东西从他俩心灵的最深处流淌了出来,汇聚在一起,似乎他俩突然变成了亲人和近友,他俩有一个共同的秘密,这秘密不能让任何人知道,它将永远留在他俩的内心,化做一段温暖、明亮的回忆。

"好吧……再见。"季娜用压低的温柔声调说道。

欢乐和温情使萨宁容光焕发。她向他伸出一只手,但是不知怎么他俩却大方、单纯、温情地相互吻了一下,就像兄妹一样。

季娜一直把萨宁送到大门口,当萨宁离开时,她若有所思、满面愁容地久久看着他的背影。然后,她静静地走进花园,躺在草地上,两手枕在头下。那有些干枯,却依然芬芳的草地,在四周沙沙地说着什么,卡尔萨维娜闭上眼睛,一动也不动,既没有思想,也没有感受。一个幽暗的思想在她的大脑中闪现,她想到了尤里,想到该不该向他坦白自己的这个秘密,这个想法带来了新的恐惧和羞愧,但是,卡尔萨维娜却赶紧对自己说道:

"别想这件事了,别想了……就这样吧!……"

于是,她再一次沉浸在了静静的期待之中。

第四十一章

第二天早晨，尤里起得很晚，他心情很压抑，嘴里有股难闻的味道，太阳穴钻心地疼痛。起初，他什么都记不起来了，除了那些叫喊声、玻璃的磕碰声、暗淡的灯光和那对于醉醺醺的、呆滞的眼睛看来很是奇异的明朗而又透明的晨光。后来他想了起来，沙夫洛夫和彼得·伊里奇怎样摇摇晃晃、哼哼唧唧地走进房间睡觉去了，而他却和那位因过量的伏特加而脸色煞白却像平常一样不打晃的伊万诺夫一道，在阳台上待了很久，并没有注意到，灿烂清晨的来到，天上一片蔚蓝，地下一片碧绿，它就呈现在草场上，呈现在白金般耀眼的河流上。

他们仍然在辩论着。伊万诺夫洋洋得意地向尤里证明，像他这样的人是毫无用处的，他们不敢向生活索取属于他们的东西，他们最好不留痕迹地死掉。他怀着一种莫名其妙的幸灾乐祸心情，一遍遍地重复彼得·伊里奇的那句话："这类人我是避免称他们为人的。"同时还粗野地笑着，似乎是在践踏尤里。不知为何，尤里却不生气，一个劲儿听着，只对那些感受贫乏的指责提出了反驳，他说道，恰恰相反，这些人的生活是非常细微、非常复杂的，不过，的确，他们最好还是死掉。于是，尤里感到无比忧伤，想要哭泣，想要忏悔。他羞愧地想到他似乎曾试图忏悔，却一直围着卡尔萨维娜的事情绕圈子，几乎将这位纯洁、可爱的姑娘送到了那位洋洋得意的粗鲁的男人脚下。但是，伊万诺夫醉得太厉害了，似乎什么都未觉察出来，而尤里此刻却非常愿意相信，事情的确如此。伊万诺夫无缘无故地嚎叫着，到院子里去了，突然之间，一切似乎都消失了。四周非常空旷，尤里完全是孤身一人了。醉意的迷雾缩小了他的视野,在他眼前晃动的,只有那块肮脏的桌布,只有那些啃剩下的萝卜头,那些漂着烟头和残渣的啤酒杯。尤里垂头坐在那里,摇摇晃晃,觉得自己是一个被整个世界抛弃了的人。

他又回忆着,过了一会,伊万诺夫回来了,和他一起来的还有那个不知跑到哪里去了的萨宁。他很开心,吵吵闹闹,完全是清醒的,他有些奇异地看着尤里。似乎过于亲热,又似乎是带有嘲笑的。接下来,记忆中出现了一个白色的空点,后来,尤里又回忆起了小船,河流和一片从未见到过的粉红色的雾。他们驾船行在一片冰冷、透明的水面上,他们徒步走在一片平坦的、阳光灿烂的沙滩上,那沙滩似乎是向下倾斜的。脑袋非常疼痛,胸中很是恶心。

"鬼知道有多卑鄙!"尤里想,"竟醉成这个样子……"

他厌恶地拂去所有这些回忆,像是拂去沾在脚上的脏东西,他开始深思发生在树林中的那件事。

在最初的瞬间,他的眼前出现了那片不同寻常的、神秘的树林,树下是深重的、静止的黑暗,还有那奇异的月光,那洁白的、微凉的女性躯体,她紧闭的双眼,那浓烈的、醉人的体味,那强烈的、近乎疯狂的欲望。

这种回忆使他的全身产生了一阵困倦而又淫荡的颤抖,但又有什么东西可怕地刺痛太阳穴,压迫着心脏,于是那个惊慌失措、不成体统的场景又过分详尽地浮现了出来,当时,他不带任何欲望地将姑娘放倒在草地上,她不情愿,在推搡,在挣脱,他也清楚他已经不可能做了,也不想做,却仍旧向她爬去。

尤里因羞耻而颤抖了一下,他想要躲到黑暗中去,钻进地里,以免目睹自己的耻辱。但是,片刻之后,尽管非常艰难,尤里还是让自己相信了,令人感到厌恶的,并不是他破坏、歪曲了那阵强大情欲冲动的举动,而是他在一瞬间几乎与姑娘发生了关系的行为。

尤里作出了一阵可怕的,几乎是肉体上的努力,似乎是在摔倒一个比他强大很多倍的人,他以这样的努力转换了自己的感觉,他发现,他的所作所为是合适的。

"我如果利用了她的冲动,那就是卑鄙的!"但是在他面前却出现了一个新的,更加痛苦的问题,"往后怎么办呢?"于是在各种纷繁的思想和欲望构成的混乱中,最后形成了这样一个决定——

"应该抛弃一切!……去占有她,玩上一阵,再将她抛弃,这我无法做到,我不是那种人,我对他人的痛苦过于感同身受了,这使我无法去造成这样的痛苦。而结婚呢?……"

结婚!在尤里看来,这个字眼甚至非同寻常的庸俗。他尤里,有着非同寻常、绝对特殊的本性,这一本性永远在伟大思想和伟大苦难的范围内摇摆,他不能为自己缔造那种伴有妻子、孩儿和拥有家业的小市民般的幸福。尤里甚至脸红了,似乎有人利用这个想法侮辱了他,这样一个解决办法可能在他心里出现过,虽说只有短短一会。"那么,抛弃她,走开吗?"姑娘远去的身影在他面前掠过,就像一去不返的最伟大幸福,就像生活本身的一个损失,如果拒绝她,他就将她从自己的心里掏了出来,她的身后还连着一根根血管,上面布满了一个个致命的、血淋淋的伤口,四周的一切都暗淡下来,心里也空了,沉重了,甚至连整个身体似乎也衰弱了下来。"可是我爱她呀!"他带着痛苦的困惑内心喊,"我怎么能就这样断送自己的幸福呢?……这是荒唐的……不成体统的……"

"那怎么办?……结婚吗?……"

于是,甚至连这个想法出现的可能性,都让尤里再次羞愧起来,他陷入了痛苦、困惑的愁思。他不能再看到太阳了,不再能意识到自己的生活了,他也丧失了去看、去听的兴致。

尤里竭力不再去想这些事,他坐到桌旁,开始阅读他近些日子模仿《传道书》写下的文字:

在这个世界上,既没有好,也没有坏。

有的人说道:自然的东西乃是好的,而人有自己种种欲望也是对的。

但那是虚伪的,因为一切都是自然的。从黑暗与空虚中什么也不能产生,一切都有其开端。

然而有的人又说:一切出之于上帝的都是好的。然而那也是一样的虚伪;因为,如果上帝存在的话,那么一切都出自上帝,甚至是渎神行为。

再者,还有些人说:善是存在于对别人做善事之时。

但那怎么能够?对这一个人是善的,对另一个人便是恶的了。

奴隶希求他的自由,而他的主人则要他仍为一个奴隶。有钱的人要保守他的金钱,而穷人则要毁掉富人;被压迫的人,想要解放;得胜利者则又要维持着不失败;没有爱的,希求被爱;生的,希求不死。人希求毁灭了野兽,正如野兽之想要毁灭了人。这是如此的开始,这也将如此的永久下去;也没有任何人有一个特别的权利去得到善,那是仅仅适于他自己的善。

人常常地说,爱的仁慈是比之憎忌好些的。然而那是虚伪的,因为如果有一个报应在着,那么,一个人当然最好去做一个仁慈而不自私的人了,但如果没有的话,那么,一个人则安分守己于世间。

又是虚伪的一个例子:在社会里有某种人为别人而毒害自己的生命。但是人家对他说:你的精神比你本人存在更长久,因为这保存在人们的事业中,有如永恒的种子。但这是虚伪的,因为人们都知道在时间的链条中同样存在着创造的精神与破坏的精神,而不知道什么东西将要出现,什么东西将要消失。

又有一例:人们想到在他们死后大家将会怎样生活,便对自己说:这会很好,他们的孩子还会享用他们的成果。但是我们不知道我们死后他们将会怎样生活，也不能想象由于他们将要沿着我们的生活道路前进而造成的黑暗。而且我们也不能对他或爱或恨，正如我们不能对那些比我们更早生活的人或爱或恨一样，时间之间的联系中断了。

人们如此说：在快乐和忧愁的源泉面前人人都要平等，并且同等程度地给予一切人。但是没有任何一个人能理解大多数人的欢乐、痛苦、悲痛、快活，比他对自己更深，而当人们的命运不平等时，——他们就是不平等的。而当其程度同等时，他们的心也永远不会平等。

骄傲的人才那么说：伟大的人和渺小的人！但是每个人——有升有落，有高峰与深渊，有原子有世界。

有人说：人类的智慧真伟大呀！但还是虚伪的，因为视觉有限，在这意识和无意识像浓厚的空气一般交流着的无穷尽的宇宙内，人看不见自己的意识或无意识。

人知道什么？亚当会知道如何饮食，如何按着需要穿衣，于是保存了自己的种族；我们也知道这个，也可以保存自己的种族直到将来。但是亚当不知道他该怎么做才能免于死亡与恐惧，而我们也不知道这种事。想出了许多的知识，都没有想出生命和幸福，以充实知识。

人从鞋子到王冠都有使自己身体免于疼痛与死亡的目的，于是我们就看到：卡因把阿魏里打倒，既是用的普通的棍棒，那不就是可以用同样的棍棒毁掉站在知识的最后阶段的人吗？玛福萨不是比大家活得更长久吗？但是他也死了！约夫不是比大家都更幸福吗？但是悲痛使他不得安宁！不是每个人在一生里经受自己所能承担的幸福和痛苦，抬起肩膀支撑着，却也要同样地死去，和他们的祖先一样……当今人们给知识诸神加冕时，他们便大喊大叫，自吹自擂。

真像一些蛆虫吞食啊!

一阵寒冷的感觉在尤里的背上滑过,他仿佛看见许多许多白色蛆虫满地乱爬的景象。这景象让他颤抖。

尤里觉得,他所写的东西非常重要。

"一切正是如此!"像有只锤子在他心里砸了一下,于是,那高傲的创作感与一阵强烈的忧愁交织在一起了。

他走到窗前,毫无目的地久久看着花园。花园的小道上,那层黄色和红色的树叶在空中静静地翻滚着,无声地落到地上。四处都是衰亡的黄色,树叶死去了,无数仅靠阳光和温暖为生的昆虫死去了。一切全都死去了,在这白昼静谧的光照下。

尤里无法理解这种安静,显在的死亡在他心里唤起一种无端的、沉重的怨恨。

而窗外却是金色的花园,花园那边是河流,河面映着碧绿、蔚蓝的秋天的天空。河流那边是原野,蛛网使原野泛着银光,原野那边又是河流,在河中投下倒影的是树林,然后是河岸,是橡树,是静静的小路,那路上有人在行走。

第四十二章

路上走的是醉醺醺的歌手彼得·伊里奇。

当秋天来临,别墅区就空旷、安静了下来,像是安葬逝去的欢乐的一片小小的墓地,它体现出了某种特别的、雅致的美:一道道精致的小栅栏像花边一样圈起树木和灌木,栅栏上挂着一串串红色的草球果;一幢幢玩具似的小别墅,从已经稀疏了的枝桠那金色的条纹间显现了出来;在荒芜的花坛上,红色的菊花孤独地站在那里,一边想着什么,一边冷漠地摇摆着漂亮的小脑袋;阳台和绿色的长椅似乎还保留着往日欢乐、喧嚣生活的痕迹。仿佛,那种生活是一种特别美妙的生活,它所充满的全都是愉快、欢乐和幸福。有时,在空旷的林荫道上,也会出现一个孤独的、沉思的女性身影,就像一只掉了队的鸟儿,因此,她便显得非常美丽、忧愁和神秘,紧闭的门窗衍生出一片寂静,似乎,正是它,这秋天的寂静,如今在这里过起了它那种神秘的、超人的生活。

彼得·伊里奇缓慢地走在荒芜的小道上,他那根手杖将黄色的落叶拨得沙沙作响。当此处人头攒动、喧闹开心的时候,他从未来过这里。也许,他本能地感觉到了自己的衰老、贫穷和丑陋,而那些人,连同他们的欢笑和明朗的面孔,会妨碍他去倾听那只有他一人能听见的声音。

他走过几座别墅,在一个被遗弃的凳子上坐了下来,久久地看着眼前,直到已经变凉的秋天的天空暗淡了下来,或许,他是在感受永恒的临近,那永恒正在这片人间欢乐之地的上方无形地掠过。

后来他下坡朝河边走去,站在那些庄重的、绿黄相间的橡树下,看着静静的、水晶般的河水。他躺在干枯、稀疏的草地上,一连躺了好几个小时,脑袋贴着地面,谛听着大地无声的话语,呼吸着大地那庄重、安宁的气息。

他来到最荒凉的地方,在这里,河流淌到山脚下,大山想压住河流,可是却做不到。河流在嘲笑大山,浑身颤抖着发出一阵蓝色的、银色的笑声,大山则皱起了眉头,树木也在喧闹。时而,有几棵巨大的橡树自陡峭的河岸向河流探过身去,使那些低垂的、被折断的树枝浸入在那奔流的、嬉笑的深深的河水里。

河流泛出一道道波纹,那些波纹因天空而发蓝,因大地而发绿,仿佛,有谁在那冰面上急速地书写着一些难解的、神秘的文字。他写了又擦,再重新急速地书写,又重新擦去。这些文字是什么意思,从来没有任何人能读懂,但是这些文字显然抵达了一连数小时紧盯着他们的彼得·伊里奇的心灵,使他变得安静起来,就像是人的一生那已然暗淡的傍晚。

树林、河流、原野和大地赋予他某种东西,那是醉意的、贫乏的生活所难以提供给他的,这东西充盈他内心的最深处。当老歌手进行此类漫游时,其模样是若有所思的,是庄严持重的。

返回途中,遇到不多的几个熟人,老歌手总会说些什么,会神态庄重地试图传达那种他无法传达出来的东西。不知为何,他每一次都会用同样一句话来结束谈话:

"冬天……那里真漂亮!……安静啊……雪花在飘……灰雀在唱!……"

他的声音会变成男高音,在空气中逐渐散开,这使人觉得,这个人尽管处处平凡,却善于以特殊的方式接受某种生活之美,当他摆脱了为糊口而不得不干的工作,摆脱了伏特加和疾病,那么,他将使自己的生活变得美好而又充实,他的内心也将幸福起来。

第四十三章

"秋天……已经是秋天……然后将是冬天,将是落雪……然后是春天,是夏天,又是秋天……冬天、春天、夏天……无聊啊!到那个时候,我会做什么呢?还不是和现在一个样!最好的情况就是我昏过去,完全不去想任何事情!那就是衰老和死亡!"尤里忧愁地冷笑了一下。

各种思绪又一次没完没了地涌进了他的脑袋:他想到,生活在他身边滑过,他想到,完全没有任何特别的生活,任何一种生活,甚至连英雄们的生活,都充满了无聊,充满了痛苦的准备时期和缺少欢乐的结局。他想到,他一直生活在期待中,期待着某种新东西的开端,他将此时所做的一切都看成是短暂的,而这短暂的东西却像一条毛毛虫一样伸长了,展开了所有那些新生的环节,已经显而易见,这条毛毛虫那苍白的尾部已隐入了衰老和死亡。

"功勋啊,功勋啊!"尤里绝望地扭绞着他的双手,"但求一下子耗尽精力就死去,没有恐惧,没有痛苦。人生就是这样。"

成千上万的功勋,一个比一个更英勇,都呈现在他的眼前,但每个功勋都似一个死亡头骨,朝他的脸庞扫了一眼。尤里闭上眼睛,却非常清晰地看到了彼得堡那苍白的早晨。看到了潮湿的砖墙,看到了那在灰蒙蒙的天幕中现出的一道苍白侧影的绞架……要不,就是一张凶恶的面孔,一支顶住太阳穴的手枪枪管,一种似乎难以承受、却又必须经历的恐惧,一次直冲着面孔的射击……要不,就是鞭子抽在脸上,抽在背上……还抽在裸露的屁股上……

"应该去做这种事情?……已不再考虑啦?"他对自己说道,烦恼地挥着手。

功勋变得苍白了，溜到什么地方，烟消云散了，在功勋置身过的地方，却出现了软弱，出现了这样的意识：所有这些关于功勋的幻想，都是孩子们的游戏。

"我有什么理由使自己遭受侮辱和死亡，好让三十二世纪的工人们不再尝到缺乏粮食与性爱的滋味呀！……去他们的，让全世界所有工人和非劳动者都见鬼去吧！……"

于是尤里又感觉到了一阵无能为力的怨恨，这怨恨是没有对象的，却使他自己感到很痛苦，想把什么东西扔下、抖落，这样一个难以遏止的需求控制了他。但是，一双看不见的爪子却紧紧地抓住了他，于是，一阵彻底疲惫的感觉渐渐涌起，涌进了大脑和内心，使活生生的躯体充满了死亡的冷漠。

"哪怕让某个人来杀了我，"他委靡地想道，"突袭，从后面出手，让我看不到自己的死亡……呸，脑子里竟爬进这么愚蠢的念头！……为什么一定是某个人，而不是我自己呢？难道我真的如此渺小，甚至在完全意识到生活仅仅为痛苦的时候，仍没有力量结束自己的生命？……要知道，反正迟早不都是要死的吗……干吗还要打这……小算盘……"

他觉得心头有一点好奇而胆怯的寒意。打开放手枪的抽屉，把手枪拿在手中。

"假如我试一试？不是认真的，因为我……只是开玩笑……可不是……毕竟有趣……"

尤里把手枪偷偷装进口袋，走到通向花园的台阶上。台阶上同样落着些干枯的、像尸体一样蜡黄的树叶。尤里用脚尖拨动那些落叶，听着那微弱的沙沙声，并吹起口哨来，那是一段悠长、悲伤的旋律。

"你吹的什么呢？"柳丽娅快乐地问道，她手拿一本书和一把伞，正从花园向屋子走去，"你像是在埋葬自己的青春！"

柳丽娅去河边与梁赞采夫幽会，回来时她容光焕发，因为接吻而幸福不已。谁也不会妨碍他俩随时随地地见面,但是在隐秘处,在荒芜花园的空旷和沉静之中,还是会有某种强烈的体验,因此,接吻就变得热烈了,它们已经在柳丽娅的心中激起了一些新的愿望。

"愚蠢!"尤里生气地反驳道,就从这个时刻起,他感觉到了某种东西的迫近,那东西比他自己还要强大,就像一只处在濒死烦恼中的动物,他痛苦不堪,开始为自己寻找一个去处。院子里没有地方,于是,尤里向河边走去,河面上漂浮着黄色的落叶和蛛网,尤里将一根枯枝投进水中,久久地看着,被树枝激起的一道道细小的涟漪在急速地扩散,漂浮的落叶在颤动。然后,他又回到屋前。在屋前那几个被踩踏的,枯黄了的花坛上,最后几朵红花在孤独而又悲哀地挺立着,就像是红色的丧服。尤里在花坛旁站了一会,然后又走到了花园的中央,那儿已是一片黄色,树枝显出丝绒般的黑色,镶着金黄树叶的花边。只有一棵树是绿色的。那是株橡树,它庄重地保留住了自己那些轮廓清晰的叶片。在橡树下的长椅上,躺着一只棕色的大猫,它正在晒着太阳。尤里忧郁、温柔地抚摩着猫儿毛茸茸的后背,他感觉到,泪水涌进了喉头。

"整个生活都完了,整个生活都完了……"他机械地重复这些话,他认为这些话毫无意义,可它们却触到了他内心的最深处,像有一把锋利的刀刺穿了他的心。

"但是要知道,这全都是胡说!……我的全部生活都还没有开始!……我才二十四岁!唉,问题不在于二十四岁,也不在于生活还没有开始!……那问题在什么地方呢?……"

他突然地想到了季娜,他想,在昨天那极其耻辱的一幕之后,已经无法再和她见面了。可是又不能不见面。一想到见面,羞愧的感觉便无比强烈地充斥了他的内心和大脑,有一个念头一闪而过:与其这样,还不如死掉。

猫弓了弓后背,发出了可爱的呼噜声,就像是茶炊在歌唱,尤里仔细地看了看那只猫,然后来回踱起步来。

"生活是痛苦的：无聊、苦闷……而且，我又不知道……但是，我宁愿死去，也不能和她见面！"

季娜将永远地走出他的生活。将来是冰冷、灰色、虚空地躺在他的面前，无爱情、无希望的日子让尤里觉得他和周围一切东西之间的联系开始消融了，断裂了。

"不，我宁愿死去！"

车夫提着一桶水，脚步沉重地走了过去。水桶里漂着几片枯死的黄叶。透过树枝能看到屋前的台阶，女仆出门来到台阶上。望着尤里，在说着什么。尤里很久都没弄明白她在对他说什么。

"哦，好的，知道了！"他说道，终于弄明白了，女仆是在唤他去吃饭。

"去吃饭？"他恐惧地对自己说道，"去吃饭吧！……也就是说，一切按老样子，再去生活，去受难。还得去决定，如何面对卡尔萨维娜，如何面对我的那些思想，如何面对一切，是这样的吗？……应当赶紧些……要不就该去吃饭，我迟到啦！"

一阵奇怪的焦急控制了他，颤抖传遍整个躯体，尖锐地刺入所有的关节，刺入了手臂、腿脚和胸膛。

女仆将双手放在白围裙下面，站在台阶上，没有走开，看来，她是想呼吸呼吸花园里秋天的空气。

为了不让台阶上的人看到，尤里偷偷地走到一棵橡树后面，他朝那位女仆看了几眼，看他是否发现了自己——然后非常迅速，突然地对准自己的胸口开了一枪。

"没打响！"伴随着瞬间出现的想活下去的强烈愿望和面对死亡的恐惧，他脑中欢快地闪过这个念头。但是他的眼前已经出现了橡树的树冠、蓝色的天空，他还看到那只不知跳到何处的黄猫在空中一闪而过。

女仆叫喊着冲进屋去，接着，尤里觉得，在他身边立即出现了许多人。有人在往他头上浇凉水，于是他的额头粘上了一片很碍他事的黄色树叶，一些惊慌的声音在四周响起，有个人在哭喊：

"尤拉，尤拉！这是为什么啊？为什么？"

"这是柳丽娅在哭！"尤里想道。他在这时睁开了眼睛，在动物般野性的绝望之中，他发起抖来，呻吟道：

"快去叫医生来——快点！"

但是，怀着极度的恐惧，他明白一切都已经结束了，什么都帮不上忙了。落在他额头上的几片树叶，迅速地变得沉重起来，压迫着脑袋。尤里伸了伸脖子，想透过树叶再看到些什么，然后那些树叶却更加迅速地向四方扩展，覆盖了一切。于是，尤里已不再能意识到在他身上所发生的事情了。

第四十四章

尤里·斯瓦罗日奇死后,那些认识他的和不认识他的人,那些爱他的和看不起他的人,那些从来没有想到过他的人全都为他感到惋惜。

谁都弄不明白他为什么要这么做,但众人又觉得,他们能够理解,并在内心深处共享着尤里的那些思想,自杀仿佛是优美的,而美则能唤起眼泪、鲜花和好话。葬礼上不见亲人,因为尤里的父亲中风了,柳丽娅也守在父亲的身边。只有梁赞采夫一个人在张罗葬礼。于是,前来送葬的人见死者如此孤独,便感到更加忧伤了。死者的形象也就变得更崇高、更悲哀、更庄重了。

人们给他送来许多美丽的、但没有香味的秋天的花朵,在那些红花、白花和绿叶的包围中,死者尤里的脸庞看上去真的很安详,他所经历的那些情感和事件没有在那张脸上留下任何的痕迹。

当人们抬着灵柩走过杜博娃和卡尔萨维娜的住处,她俩走出门来,加入了送葬的队伍。卡尔萨维娜一副孤立无援、失魂落魄的模样,就像一位即将面对辱骂和耻辱死刑的姑娘。虽然她明白,尤里并不知道在她身上所发生的所有事情,可她却始终觉得,在尤里的死和已成为永久秘密的"那件事情"之间,存在着某种联系。她使自己承受着莫名的罪孽的重负,她觉自己是整个世界上最不幸、最有罪的人。她哭了整整一夜,她在想象中拥抱着、抚爱着那个永远逝去的人,到天快亮的时候,她的内心已充满了对斯瓦罗日奇绝望的爱恋,和对萨宁强烈的仇恨。她把他俩偶然的亲近想象成一场不成体统的梦,而接下来的一天就更加不成体统了,萨宁对她说的那些话,她当时本能地相信了,可此刻却觉得它们全都是卑鄙下流的，觉得自己坠入了一个一去不返的深渊。当萨宁走到她身边，她用那充满厌恶和恐惧的目光看了他一眼，立即转过身去。那只伸出来的手，原想进行一次友好的紧握，却在一瞬间触到了她冰冷的指尖，这使萨宁明白了她此刻全部的所思所想。

于是，他自己也觉得，他已经永远成了她的陌生人。他撇了撇嘴唇，想了想，便朝伊万诺夫走去，伊万诺夫正若有所思地跟在众人后面，忧伤地耷拉着他那长着又黄又直的头发的脑袋。

"瞧，彼得·伊里奇！"萨宁说道，"他多卖力！"

在远远的前方，人们跟在微微起伏的棺材盖的后面，高声地唱着悲伤的送葬曲。彼得·伊里奇的男低音发出了清晰、忧伤的颤音，在空气中久久地回荡。

"真是怪事？"伊万诺夫说道，"要知道，这个人是窝囊废，可是……你瞧！"

"朋友，我认为，"萨宁答道，"他在开枪前的三秒钟还不知道他会开枪自杀……怎么活的，也就怎么死。"

"是这么回事……"伊万诺夫说道，"就是说，这人还是找到了自己的终点！"

伊万诺夫猛地甩了一下自己那黄色的头发，变得开心起来，显然，他捕捉到了某种只有他一个人明白，也只能使他一个人感到安慰的东西。

墓地里已完全是一片秋色，树上像是洒满了金色和红色的雨滴。只有那覆盖着一层落叶的草地，还有些地方是绿的，而在一条条小径上，风儿却在吹动一堆堆落叶。于是，在整个墓地里，仿佛流淌着一道道黄色的小溪。一个个十字架泛着白光，一座座大理石墓碑显出柔和的黑色和灰色，一道道栅栏则闪着金辉，而在那些无声无息的坟墓之间，却似乎有什么无形的，但却忧郁的东西在场，仿佛，在这些打破寂静的人们到来之前，有一个忧伤的人曾在这些小径上徘徊，曾在这些坟墓上落座，他欲哭无泪、满心绝望，曾感受到深深的悲伤。

黑色的土地接纳了尤里，掩埋了尤里，而人们仍长久地聚集在墓穴上面，他们带着可怕的、探询的好奇心看着命运的黑暗，高声唱着哀悼的歌曲。

在那个可怕的瞬间，当棺材的盖板消失了，当永恒的黄土永远横隔在了生者和死者之间，卡尔萨维娜大声痛哭起来，于是，这个女子痛哭的高音响彻那沉寂的墓地和人们的上空。她已经不去考虑，人们有可能获悉她的秘密，于是大家猜到了这桩秘密，但是死亡的可怕竟那么明显，它永远断绝了这位痛哭的年轻漂亮的女子与死者之间的联系，她想把自己的生命、青春与美貌献给他，而他却进入地下了。谁也没以阴暗的思想侮辱这颗袒露的女性的心，而在不知不觉的尊敬与怜悯中，有些人的头只是垂得更低了。

卡尔萨维娜被扶走了，她的痛哭渐渐变成了轻声的、无望的啜泣，最后在远处消失了。墓穴上垒起一个长方形的土堆，它不祥地勾勒出了它所掩埋着的那副人的躯体，在那个土堆上，人们麻利地而又沉静地栽下了一棵绿色的云杉树。

这时沙夫洛夫张罗了起来。

"先生们，应该有人讲讲话啊……先生们，怎么样？"他认真地，同时又是抱怨地说道，时而冲着这个人，时而又面对另一位。

"您去请萨宁。"伊万诺夫阴险地建立道。沙夫洛夫吃惊地看了他一眼，但伊万诺夫的脸却是不动声色的，于是，沙夫洛夫信以为真了。

"萨宁？萨宁？萨宁在哪里？"他着急地叫道，"啊！弗拉基米尔·彼得罗维奇，请您讲几句话吧……讲讲吧。"

"您自己讲吧。"萨宁闷闷不乐地回答，同时在谛听着卡尔萨维娜那已经消失了的哭声。

"如果我能讲，我当然会讲的……要知道，说实话，这可是一位出类拔萃的人啊！……喂，请吧……讲两句！"

萨宁直直地盯了他一眼,遗憾地说道:

"讲什么呢?……世界上又少了一个傻瓜。仅此而已!"

他那刺耳、响亮的声音显得意外地有力和清晰。起初,众人似乎都愣住了,当许多人都没来得及断定他们有没有听清的时候,杜博娃便用激动的嗓音喊了一声:

"真卑鄙!"

"为什么?"萨宁问道,耸了一下肩膀。

杜博娃想喊出什么话,想挥起手臂,但一些小姐却将她围了起来。众人全都动了起来,响起一些胆怯的、然而却愤怒的声音,闪过一些涨红的、激动的脸庞,于是,似有一阵风吹向一堆干枯的落叶,人群迅速地散开了。沙夫洛夫跑到什么地方去了,随后又返回身来,在另一小群人的包围中,梁赞采夫在激动地挥舞着双手。萨宁心不在焉地看了看一张愤怒的脸,这张戴着眼镜的脸不知为何突然出现在他的鼻子底下,却又完全是沉默不语的,于是他转身找伊万诺夫去了。伊万诺夫面无表情地张望着。他唆使沙夫洛夫去找萨宁,多多少少预感到会出现某种不愉快的场面,但实际发生的事情却超出了他的预料。一方面,这个事件的强烈效果使他惊叹不已,另一方面,他也感到有些可怕和不快。他不知该说些什么,因此面无表情地张望着,越过林立的十字架,望向遥远的田野。

一群年轻的学生站在他旁边,正在热烈地谈着。伊万诺夫用冰冷的眼睛直望着他们的脸。

伊万诺夫的眼中闪过一道凶狠的光。

萨宁看着这一幕,微笑了。

"一群傻瓜!"他带着真心的忧愁说道。

伊万诺夫感到不好意思了,于是,他便装出一副不动声色的样子,将手杖放到屁股后面,斜倚着手杖。

"我们离开这里吧!"他说道,"让他们见鬼去吧!"

"好吧！我们走！"

他俩绕过敌意地盯着他俩的梁赞采夫以及与他站在一起的那帮人，朝出口走去。但是，还离得老远，萨宁就看到了一群他不大认识的年轻人，他们像羊群一样将脑袋挤在一起。沙夫洛夫站在圈子中间，忙乱地挥舞着双手，在说着什么，但一看到萨宁就打住了话头。所有的面孔都转向萨宁，每张脸上都带着一种奇怪的表情：那是高尚的愤慨、胆怯和好奇的混合体。

"这是一场反对你的险恶阴谋。"伊万诺夫说道，萨宁突然皱起眉头，他脸上的表情甚至连伊万诺夫也感到吃惊。沙夫洛夫从他们当中走了出来，他满脸通红，就像一棵红甜菜，他眯缝着那双近视眼，朝萨宁走来，而萨宁则转身站下了，那架势似乎想对第一个靠近者予以打击。

沙夫洛夫也许也正是这么想的，因为他停步的位置，比实际需要的更远一些，而且脸色苍白。大学生们和小姐们挤在他的身后，就像跟在公羊后面的一小群羊。

"你们还想干什么？"萨宁声音不高地问道。

"我们什么也不想干……"沙夫洛夫慌乱地答道，"但我们想代表全组同学，向您表达我们的谴责和……"

"我非常需要你们的谴责！"萨宁带着不善的表情咬着牙回应道，"你们请我对死者斯瓦罗日奇讲几句话，可当我讲了我的看法，你们就要对我表达你们的愤怒？……好吧！……如果你们不是一些愚蠢、伤感的男孩子，我就要对你们说，我是对的，斯瓦罗日奇的生活的确过得很愚蠢，他用一些鸡毛蒜皮的小事折磨自己，又像傻瓜一样死掉了。但是你们……你们的笨拙和愚蠢让我讨厌，你们全都见鬼去吧？我招惹你们啦？……走开！……"

他径直走去，推开了挡着他道的那些人。

"请你不要推人！"沙夫洛夫用尖细的嗓音抗议道，他满脸通红，几乎落下泪来。

"这太不像话了——"有人开了腔，但没把话说完。

"你又何必吓唬人！"当他们走到街道上，伊万诺夫说，"从今以后你就是一个恶人了！"

"如果这些热爱自由的年轻人一辈子都没完没了地纠缠你的话，"萨宁严肃地答道，"你也同样会去吓唬他们的人……不过，还是让他们见鬼去吧！"

"振作精神，我的朋友！"伊万诺夫说道，不知是当真，还是在开玩笑。"你知道吗？……我们去买些啤酒，追悼一下上帝的奴仆尤里·斯瓦罗日奇……啊？……"

"好吧，请便！"萨宁随意地答道。

"等我们去的时候，大家都散了，"伊万诺夫兴奋地说道，"我们在他的坟头上喝几杯。……向死者致敬，也让我们自己满意！"

"好吧！"

当他们回到墓地时，墓地里已空无一人。那些十字架和墓碑静静地压迫着黄土，竖立在那儿，似乎在等待，一条滑溜溜的黑蛇爬过小径，使落叶发出了沙沙的响声。

"蛇！"伊万诺夫哆嗦了一下，说道。

在尤里的新坟上散发出刚挖出来的冰凉的泥土气味，一些旧棺材的腐烂气味和绿色的云杉气味，就在这坟墓旁的草地上，他俩摆出了一堆沉重的啤酒瓶。

第四十五章

"你知道吗?"萨宁说道,此时又过了一两个钟头,他们俩已经来到一条昏暗的街道上。

"唔,什么?"

"你送我去车站吧,我要离开这里。"

伊万诺夫停住了脚步。

"为什么?"

"因为这个地方使我厌烦。"

"怎么,你害怕了?"

"怕什么,我愿意走,没别的意思。"

"那又为什么?"

"朋友,不要再提这些愚蠢的问题啦!我愿意,仅此而已……在你还不了解人们的时候,总觉得好像他们会给出什么东西……这里曾有过一些有意思的人……卡尔萨维娜变得像个路人,谢苗诺夫死了,丽达好像曾有可能走上一条不寻常的道路……而此刻,却感到无聊了。一切都叫人厌恶。这还不够叫你烦的吗?你明白吗,我忍让过这些人,尽我所能地忍让……我再也无法忍受了。"

伊万诺夫久久地看着他。

"喂,我们走吧!"他说道,"要和家里人告个别吧?"

"他们……他们最叫我厌烦了。"

"你要取行李吧?"

"我没有多少行李,你到花园里去,我进房间,从窗口把箱子递给你。否则，他们会看见的，又要提出一大堆问题，而我又能说什么样的话来安慰他们呢？"

"是——啊……"伊万诺夫拖长声音说道，他垂下了脑袋，然后又挥了挥手，"你走了我很难过，我的朋友……以后会怎么样呢？"

"和我一起走吧。"

"去哪儿？"

"去哪里都一样。到时候就知道了。"

"但是我没有钱？"

萨宁笑起来。

"我也没有。"

"不，你自己走吧……十五号起，我的课就开始了，那样就会平静一些啦。"

他们默默地直视着对方，突然伊万诺夫感到有些不自在，他缩起身子，似乎在镜子里发现自己的影像很丑恶。萨宁也转过了身。

他们穿过了院子，萨宁走进屋子，伊万诺夫则走进了黄昏时分暗淡的花园，在花园里忧伤地迎接他的，是秋天黄昏的暗影和淡淡的腐烂气味。伊万诺夫走过草地和灌木丛，把落叶和枯树枝弄得沙沙作响。最后来到萨宁房间的窗户前。那窗户是敞开的，没有灯光。萨宁则悄悄地走过大厅，面对着阳台的门停了下来，他听到了两个熟悉的声音。

"你想要我干什么？"从阳台上传来了丽达的声音，使萨宁感到吃惊的，是那种呆板、痛苦的腔调。

"我什么也不想要，"诺维科夫恼怒地答道，"我只是感到奇怪，你这么看着我，好像是你为我作出了牺牲似的……要知道，是我……"

"好吧……不是我。"丽达的话语中断了，随后，那含泪的清脆声音在晚间昏暗的寂静中突然响起。

"不是我……是你作出了牺牲……是你！……我知道！……究竟还

需要我干什么呢?"

诺维科夫困惑、窘迫地哼了一声,听得出来,他有些不好意思,并在竭力掩饰这一点。

"你怎么就是不理我呢!"他说道,"我爱你,因此才作出了这样的牺牲。但是你如果把我们的亲近看成是某一方作出的牺牲,那我们的生活还怎么过呢?你要明白……我们只可能在一种前提下生活,这就是:无论是你还是我,谁都没有作出过任何牺牲……两者必居其一:要么我们彼此相爱,那样的话,我们的亲近就会是合理的、自然的,要么我们彼此不相爱,那样的话……"

丽达突然哭了起来。

"你这是干什么呀?"诺维科夫惊讶而激动地说,"我真不明白……我好像也没说什么伤人的话呀……别哭啦!……我的意思和你一样……鬼知道这是怎么回事……你哭什么呢?……什么话都不能讲……"

"我……不知道,"丽达啜泣道,"但……"

萨宁皱了皱眉头,走进了他的房间。

"唉,看来,丽达是完了!"他想道,"也许,如果她当时真的投水自杀了,会是一种更好的选择!……也许,她能对付过去……"

伊万诺夫在窗外听到,萨宁在慌慌忙忙地摸索着,把纸张弄得沙沙直响,还碰掉了什么东西。

"你快好了吗?"他焦急地问道。

"这就好!"萨宁答道,他离窗口居然如此之近,使伊万诺夫不禁颤抖了一下。窗外的黑暗波动起来,一只箱子和萨宁那张白色的面孔从窗子里探了出来。

"接着!"

萨宁轻盈地跳到地面上,拿起了箱子。

"好了,我们走!"

他们迅速地走过了花园。花园里笼罩着一片苍白的朦胧,凉下来的土地散发着轻微的冷意。树木的叶子已落得很厉害了,园子里因而显得格外空旷。对岸的晚霞燃尽了,河水泛着单调的光泽,这河水已经被遗忘了,被抛弃在这谁都不再需要了的花园的尽头。

当他们走到车站时,只见无数的路轨上闪着一盏盏信号灯,一列火车的车头在有节奏地喷着蒸汽。一些人跑来跑去,弄得门响个不停,彼此还打招呼,并且骂出粗鲁而恶毒的话来,仿佛大家都觉得忧愁难受,便想在别人面前用故意作出的凶恶来掩饰自己的感情似的。一群愁闷而惊慌的农民带着包袱,在站台上忙忙碌碌。

在小吃部里,萨宁和伊万诺夫喝了些酒。

"好了,一路顺风!"伊万诺夫忧郁地说道。

萨宁微笑着。

"朋友,我的路总是一成不变的,"他说道,"我对生活既没有什么要求,而没有什么期待。而人生的结局也从来不会是幸福的:只有衰老和死亡,仅此而已。"

他们走上站台,站在一块没有人的地方。

"好了,再见吧!"

"再见!"

几乎不知道什么缘故,他们俩还是不由自主地亲吻了一下。

长笛叫了一声,火车喷着汽,哐哐作响,动了起来。

"啊!老弟,我爱上你了,真的爱上你了!"伊万诺夫突然喊了起来,"你是我所见到的唯一的真实的人。"

"也就只有你一个人爱上了我呢。"萨宁笑了笑,跳上了身边移动着的车厢踏板。

"走啦!"他开心地叫道,"再见!"

一节节车厢在伊万诺夫的身旁迅速地驶过,似乎是约定好了要奔向何处,红色的信号灯在暗中一闪,然后似乎静止了。伊万诺夫悲戚地望着它消失不见,他有些忧伤,有些无聊。他忧郁地在城里的街道上徘徊,看着城中那稀疏却整齐的灯火。

"去喝上一杯?"他问自己,于是,漫长的平淡生活那苍白、修长的幽灵,便同他一起走进了小酒馆。

第四十六章

车厢里的灯在气闷和拥挤中喘息，在摇曳不定的雾蒙蒙的暗影中，在朦胧的灯光下的斑点中，蠕动着一些满脸倦容、疲惫不堪的人。萨宁坐在三个农民的旁边。当他进去时，他们正在说着什么，其中一个坐在暗处，不大看得清面容的人说道：

"你是说？很糟？"

"不能再糟了，"坐在萨宁身边的那个头发蓬乱的年老农夫用颤抖的高音说道。"他们硬是要搞自己那一套，不会放过我们，爱怎么讲就怎么讲吧，但是一到性命攸关的时候，谁力量大，谁就能喝血。"

"可是你们等待什么呢？"萨宁问道，他已经猜出这场沉重的、讨厌的谈话内容。

老人向他转过身来，摊开双手。

"我们还能怎么办呢？"

萨宁站了起来，走到另一个地方。他了解这些人，他们过着牛马一样的生活，但直到今天，他们既没有毁掉自己，也没有毁掉别人，而继续让他们那牛马一样的生活蒙一层朦胧的希望，希望出现某种奇迹，这种奇迹他们永远也等不到，成千上万和他们一样的人，已经在对那种奇迹的希望中死去了。

黑夜降临。大家都睡了，只有坐在萨宁对面那个穿着厚呢长外衣的小市民在凶狠地骂老婆。他的女人胆战心惊，一言不发，只是哆哆嗦嗦地闪动着恐惧的目光。

"等着瞧，你这个臭娘们，我要你好看！"他低声说道，就像一个憋着气的恶人。

萨宁已经打起盹来，这时，那女人病态地喊了一声，惊醒了萨宁。小市民急忙缩回手去，但萨宁还是及时地看到，他用指头拧了那女人的乳房。

"老兄，你简直是个畜生！"萨宁愤怒地叫道。

那人胆怯地沉默不语，用他那双恶毒的小眼睛慌张地看着萨宁，似乎还在那里咬牙切齿。

萨宁厌恶地看了他一眼，然后向车厢连接处的平台走去。穿过车厢时，他看到了那许多几乎是摞在一起的人。天已经亮了，浅蓝色的晨光照进了车厢，于是，那些人的脸就更像死人的脸了，一些胆怯、悲哀的暗影落在他们脸上，增添了无力的痛苦的表情。

萨宁站在平台上，深深地呼吸着黎明的清新空气。

"人真是个讨厌的东西呀！"他并非想到，而是感觉到了，因此，他想立即离开，哪怕是暂时地离开所有这些人，离开这列火车，离开污浊的空气，离开烟雾和轰鸣。

朝霞已经清晰地浮现在地平线上。最后的夜色，那苍白、病态的夜色，了无踪迹地逃回了那弥漫在草原上的蓝色的昏暗中。萨宁并未多想，就下到了火车的踏板上，他也不再关心那只箱子，纵身跳下车去。

火车带着轰鸣和呼啸从他身边驶过，大地在脚下一颠，于是，萨宁摔倒在潮湿的沙土路基上。火车上那盏红色的尾灯已经远去了。这时，萨宁站起身来，冲自己笑着。

萨宁发出了一声欢呼。"真好啊！"他大声叫道。

四周是多么宽广辽阔啊。还有些绿意的草地向四面八方延伸成无边无际的平坦的原野，最后消失在遥远的晨雾中。萨宁轻松地呼吸着，用欢乐的目光看着大地那没有尽头的远方。他迈动有力的大步，朝着明亮、欢乐的朝霞，越走越远。这时，草原醒了过来，露出绿色和浅蓝色的远方，将天空那无边的穹顶戴在头上，接着太阳在萨宁对面冉冉升起，放出万道光芒，宛如萨宁迎着朝阳走去。

导 读[1]

◎ 奥托·波尔

一

一九〇八年春天,列夫·托尔斯泰收到奥蒂莉亚·齐默尔曼女士写来的一封信,后者是彼尔姆市一所私立男子学校的校长。她在信中写道,她发现一个糟糕的现象:她心爱的学生并不像她所认为的那样纯洁。他们读淫秽小说,常去小酒吧,狂饮作乐,甚至还有性生活。

这真是很让人痛心,因为这位女校长已尽自己最大努力,为学生们提供了各种各样振奋人心的娱乐活动。她组织过巴拉莱卡琴课[2],开设过可以让学生掌握木工技艺的工作坊。她甚至还订购了一些托尔斯泰写的关于性欲本质的小册子,以满足男孩们的好奇心。然而,男孩们的放纵行为仍在继续。怎么办?她直接写信给托尔斯泰本人:

如果我有这个才能的话,我就写点什么了。我会写一些可以让他们苏醒过来,恢复人性,回归家庭生活的东西。但是他们现在都在读些什么啊?他们居然沉溺在《萨宁》当中。他们说里面的主人公比任何人都好,因为他并没有隐藏自己的堕落,而是大胆公开地

---

[1] 本文译自康奈尔大学出版社《萨宁》导读。作者奥托·波尔(Otto Boele)是荷兰莱登大学俄罗斯文学助理教授。
[2] 俗称三角琴,俄罗斯独有的民间弦乐。

表达了那些别人只敢想不敢说的东西。①

彼尔姆市的其他地方情况则更糟糕。有八名女生竟生下了小孩,她们是一个秘密堕落组织的活跃分子,其中一名最后自杀了。虽然这位女士自己的学生并未牵扯到这个组织里,但还是很担心他们会被引诱加入其中。她很想知道托尔斯泰是否愿意写一些东西来教导年轻人,帮助他们从这些恶劣行径当中摆脱出来。

据我们所知,托尔斯泰并没有回复齐默尔曼女士的这一绝望恳求,并把另外一个请求也一并忽略了——他本应在读过这封信后就立即将其销毁的,可他没这么做,也因此我们拥有了这样一份机密文件,后者就俄罗斯帝国末期最为敏感的话题之一——知识青年的"放荡",以及他们对阿尔志跋绥夫最畅销"色情"作品《萨宁》中的同名主人公的崇拜——为我们提供了一种个人观点。实际上,这封信最为引人注目的地方不在于这位女校长对自己学生们的性放纵行为的惊愕,而在于她的这样一种假设:后者的性行为与一个"没有隐藏自己堕落"的文学作品主人公具有直接联系。尽管二十一世纪的读者或许会将这些男孩的行为看作青少年性觉醒时期的典型表现,这位女校长却从中觉察到了一种新的、不道德的意识形态,以及一种与之呼应的行为符码:屈服于自己的生物本能,像弗拉基米尔·萨宁一样。

关于八位年轻母亲及她们所牵涉的秘密性俱乐部是否真的存在,我们已无从判断,或许只是八卦小报和地方小道消息所散布的哗众取宠的流言。然而,正因为这件事情如此不清不楚而齐默尔曼又对其报以真心关切,她的信便为我们生动地呈现了一九一七年革命之前俄罗斯文学史上最大的也是最有争议的丑闻。《萨宁》在一九〇七年连载发表之后很快

---

① 参见 1908 年 4 月 15 日 O. V. 齐默尔曼写给托尔斯泰的信,收藏于莫斯科托尔斯泰国家图书馆手稿部。——原注

遭到当局禁止，就连作者本人也差点被开除教籍。像齐默尔曼女士一样，很多评论家认为阿尔志跋绥夫笔下的主人公萨宁是那种愤世嫉俗的"及时行乐"心态的化身，一九〇五年革命失败后，这种心态便弥漫在俄罗斯知识人中间。正如一位评论家所言："你可能并不赞成萨宁的想法，但是你却无法忽略他：他将生活中一种显而易见的情绪给具体化了，而且这是很多人都具有的情绪。"① 这就是《萨宁》的范式意义，"萨宁主义"一词很快就变成了一个合适的标签——人们用它来形容那种广泛存在于革命知识人中间的"道德堕落"。通过齐默尔曼女士的信我们可以判断，在某个特定的时点，萨宁主义甚至扩展到了大城市的高校学生群体中。

这部小说为何会激起如此大的愤怒？为什么《萨宁》一方面被认为色情，而另一方面又被看作对激进知识人的有力表述呢？批评家们屡屡将这部小说的主人公称作一个"当代英雄"，这个词会立刻让我们想到莱蒙托夫笔下那个愤世嫉俗的主人公皮却林，这表明：仅仅研究其政治背景并不能使我们对上述诸问题得出一个全面的答案。因此，更加仔细地考察十九世纪末的俄国社会文化背景，以及这部小说赖以产生和被读者接受的文学传统，就变得至为重要了。谁对《萨宁》感兴趣，这本书实际上是如何被阅读的？因为仅将其视为衡量被认为是沙俄末期特点的道德堕落的一种方式，现代作者长期以来都忽略了这部作品，然而出于同样理由，我们也可以说这部作品是一个极有价值的发现。《萨宁》可以作为我们了解俄罗斯最动荡也最为复杂的一个历史时期的坚实起点。

二

社会道德在"政治反动"时期（一九〇五年动乱之后的几年）发

---

① 参见伊·A.科托诺维斯卡娅："Nasledniki Sanina"，重印于"Kriticheskie etyudy"（圣彼得堡，1912），第70页。——原注

生了急剧恶化，这是苏联历史编纂学里非常流行的观点。如果将沙皇独裁统治制度的腐败视为其主要原因，也就意味着一九一七年的十月革命既是有净化意义的，也是无法避免的。然而，在二十世纪的最后几十年里，无论是历史学家还是文学研究者都开始质疑这一假设，即便有关世纪初文化道德危机的诸种观念正是建基于这一假设之上。如果对当时的流行文化进行研究，我们就可以发现，很多忧虑的知识分子所指责的俄罗斯社会的"庸俗化"，实际上是现代化进程的一个直接结果，而这一进程在十九世纪末就已经开始。技术革新催生出新的娱乐形式，其中尤为值得注意的便是电影；而诸如体育运动等过去仅限贵族参与的活动，此时也已开始在普通大众中流行。这些进步也影响着文学领域。印刷技术的不断提高和读写能力的不断增强，势必导致商业出版产业的迅速扩张，因为它要加速迎合不断增多的受过部分教育的读者。随着越来越多的人学会了阅读，廉价流行小说的市场需求也在不断增长。实际上，"严肃"文学——这种在知识分子看来具有政治和社会意识的艺术——在整个俄罗斯的文学产出中仅占据一个很小的份额。虽然可以肯定，色情文学和低俗小说在沙皇统治的最后十年里变得非常流行，但如果仅仅将这种流行归因于知识人对一九〇五年革命的失望情绪，而忽略其时社会环境或那一时期的诸多变革的话，会是非常幼稚的。一九〇五年出版审查制度的废除使得俄罗斯实现了真正的出版自由，就其在俄罗斯文化的"庸俗化"过程中的作用而言，上述因素要远比人们对革命运动的失望情绪来得重要。

要想理解《萨宁》为何会成为俄罗斯最大的文学丑闻之一，最重要的是，我们要明白，尽管这个社会正在经历政治和社会变革，但是激进批评、或者说"realnaya kritika"（"真正的批评"）的老旧教条依然享有相当大的权威。在今天，借助于一种后见之明，我们或许可以很明显地看到，这些教义在现代主义和商业出版兴起之时就已经被边缘化了——

"大部头杂志"①在俄罗斯的衰落便最具说服力,证明了这一变化。然而,许多知识分子的代表仍坚持将文学看作是国家政治情绪的晴雨表。甚而,一些在商业上取得成功、其作品放在今天大概会被归入"中产趣味"的作家——阿尔志跋绥夫也名列其中——对于那些呼唤具有社会意识的艺术的传统呼声会深表赞同。其后果便是,像杜勃罗尼波夫和德米特里·皮萨列夫这样的激进评论家所留下的遗产不仅在接受"严肃"文学时继续显现出来,而且对通俗小说作家也产生了一定的影响。

吊诡的是,当文学创作越来越多地变为一种普通职业时,作家作为老师以及真理传播者的传统形象却仍在出人意料地延续。对"国家良心"托尔斯泰的狂热崇拜,以及"平民"诗人谢苗·内德森(直到一九一七年革命前他始终是俄罗斯人最喜爱的作家)仍留存在人们脑海中,都非常生动地说明了这种形象的持久性。阿尔志跋绥夫也非常符合这一传统。他的作品出现在"Mir Bozhii"(《神的世界》)"Zhurnal dlya vsekh"(《大众杂志》)和"Sovremennyi mir"(《当今世界》)中,这些都是明显偏爱现实主义小说的体面杂志。它们为诸如阿尔志跋绥夫这样的作家(时刻都能意识到自己的社会责任,对现代主义实验几无好感)提供了一个引人注目的平台。在一九一三年的一次采访中,阿尔志跋绥夫清晰地表达出自己的文学观:"常识,一致性,逻辑论证,一个构成作品情节的清晰而具体的思路,对引入小说中之现象的深刻评价,清晰性,以及具体性——这些是我对一部文学作品的要求。"②

这种对"具体性"和"常识"的要求不仅仅显示出阿尔志跋绥夫在风格上扎根于现实主义传统,也说明了他那种带有典型十九世纪特征的,对于读者启蒙的关切。通过提出重要和话题性的议题,作者有意强

---

① The thick journal,一种产生于沙俄时代的文学杂志类型,这类杂志每年出版数期,兼收文学作品及评论,每期往往厚达三五百页,因此得名。"大部头杂志"是沙俄时代最主要的文化传播媒介,在知识分子群体中影响巨大。
② 参见1908年6月5日"Birzhevye vedomosti",第6版。——原注

化读者的社会意识,从而为创造一个更好的社会作出自己的贡献。《萨宁》当中的那些说教成分(这可能会激怒一些现代读者)不仅仅是阿尔志跋绥夫风格的一种特质,抑或证明他才华不足的证据;它们还反映了一种常见于俄罗斯现实主义当中的说教热情,显示了来自于托尔斯泰的影响——后者是阿尔志跋绥夫非常崇敬的作家。

　　一些现代研究者简单地把阿尔志跋绥夫归入通俗作家的行列,这一做法并不像它看起来的那样顺理成章。① 从了解俄罗斯文学其后发展成就的文学史家的苛刻立场来看,《萨宁》的确显得有些老套;而小说流露出的肯定生命的享乐主义信息,则是庸俗实证主义与尼采哲学的混合产物。然而对于二十世纪早期的读者,甚至对于知识渊博、久经世故的评论家来说,阿尔志跋绥夫文字中的轻率肤浅之处可能并没有那么明显。比如说诗人和评论家勃留索夫,他对阿尔志跋绥夫第一部故事集《俄罗斯变奏曲》(1905—1906)做出了比较有利的评价;亚历山大·布洛克,一位杰出的象征主义诗人,被《萨宁》深深吸引,并把它看作是阿尔志跋绥夫最值得关注的作品。无可否认,人们或许会争辩说,我们今日所理解的阿尔志跋绥夫的追随者们都被他欺骗了——他忠实地维护着自己作为一个从任何方面而言都"名副其实"的作家的形象。他还遭受着肺结核的痛苦。然而,以处在世纪转折点的俄罗斯的标准来看,他是一位"严肃"作家,而他在当时也正是被如此看待的。他的说教,发表其作品的那些享有声望的期刊,还有他对诸如自杀和贫困这类议题的公开言论,都与作为一名道德权威的传统作家的形象相符合。虽然偶尔会因其刻板、公式化的语言而受到攻击,阿尔志跋绥夫的作品还是被他的绝大多数同代人视为真正的文学。

　　因此,当我们发现《萨宁》实际上是一部非常传统的俄罗斯小说

---

① 参见尼娅·佐卡娅:"Na rubezhe stoletii: U istokov massovogo iskusstva v Rossii, 1900—1910 godov"(莫斯科,1976),第 160—164 页。"像看起来那样顺理成章"(指"一些现代学者")。——原注

时，也就没什么可惊讶的了。这是一部经典的主题小说①，有着一名非常出众的理想化的主人公，以及一个无所不知、甚至有点爱管闲事的叙述者。这部小说的中心思想通过其引言表达了出来，这段话引自《传道书》的7:29篇："我所明白的，只有这件事：神造人原是正直的，他们却找出许多巧计。"在《萨宁》里，"巧计"实际上数不尽数：社会主义，禁欲主义，基督教教义，托尔斯泰主义，还有虚荣、傲慢和贞操。另一方面，这位正直的主人公却依然对自己保持诚实，并"简单地"拥抱了快乐。用主人公自己的话来说就是："我只知道一件事，那便是，我活着时不想让我的生活变成苦难……为此，首先就必须满足自己的种种愿望。这愿望就是一切，当一个人心中的愿望死亡了，他的生命也便停止了；如果他扼杀了愿望，他就是扼杀自己。"

当然，上面这段话首先适用于这部小说声称要辩护的性伦理学，我们在此可以发现阿尔志跋绥夫受到尼采的影响之深（这种影响从未被这位俄罗斯作家承认过）。然而，如果说这部小说全部的中心思想就在于其对性的关注，也将会大错特错。**在阿尔志跋绥夫看来，现代社会不只是不完美和压抑而已；它还是一种对更加自然的生活方式的扭曲，通过去除所有的人为事物，我们需要且能够将其恢复原貌。**

从情节发展和挑起争论的意图来看，《萨宁》明显效仿"倾向性"小说，这类小说检视了十九世纪四十年代的唯心主义者和六十年代的虚无主义者之间的意识形态冲突。在典型的倾向性小说当中，一个激进知识青年进入一个"不相容的"群体，比如说一个家庭，或者一个由"自由党"所管理的地产，或者，对《萨宁》来说，是主人公很多年都没有回去过的家乡。主人公的出现对于这个群体产生了巨大的影响。一些人震惊于他不合传统的行为，另一些人被他的想法深深吸引。在有些情况下，主人公还会和一位急于从压抑环境中逃离出来的心高气傲的年轻

---

① 原文使用法语"roman à these"，是指具有道德说教作用或者阐释一定理论的小说。

女性互生情愫。在故事结尾，这位主人公会再次消失，他的最终命运取决于作者的政治立场。在那些抨击激进分子的反虚无主义小说中，主人公实际上死了［屠格涅夫的《父与子》(1862)，陀思妥耶夫斯基的《恶魔》(1871—1872)］或者要经受其他形式的挫败。而在那些更富于同情心的作品，也就是所谓的关于"新人"(New People)的小说里面，主人公则令人信服地揭穿了老一代比较过时的思想，或者成功地将他的思想付诸实践［车尔尼雪夫斯基《怎么办？》(1863)，斯雷普索夫《艰难时代》(1865)］。

阿尔志跋绥夫这部最畅销的作品让人回想起倾向性小说的左派亚类，也就是那些关于"新人"的小说。**萨宁的享乐主义哲学呈现为一种全新的、可行的意识形态；这与其他人物那些过时的、站不住脚的价值体系形成了对比。**在为自己进行辩护，驳斥自负的上尉扎鲁丁时，他轻松抛弃了托尔斯泰所奉行的对于邪恶的不抵抗主义教条。他能言善辩地阐释了他关于无限制的性自由的观点，然后通过强奸教师季娜伊达·卡尔萨维娜来将其付诸实践。在这两种情形里，萨宁所扮演的仅仅是催化剂的角色，去加速一个业已开始的进程。是扎鲁丁自己挑起了与萨宁的对抗，而他也因此成了自己的自负的受害者。甚至连"强奸"场景也有意暗示读者：卡尔萨维娜本人享受这种体验，她开启了一种新的、更"自然的"生活方式。从功能上来说，萨宁只是一个工具，设计他出场是为了论证一个更高级真理的优越性。他不装模作样的享乐态度被作为所有人的榜样清晰地呈现出来。

在了解这种带有明确倾向性的事件编排后，我们就不难看出，为什么这部小说会让如此众多的作者同代人感到灰心了。对于一个只追求"自然欲望"的满足的"强奸犯"，对其进行理想化处理的做法实在糟糕透顶；一些读者甚至为这部作品创作了另外一个结尾——这位主人公因为自己的罪行而遭受了惩罚。一位多产的作家希望利用阿尔志跋绥夫的成功写一部续集，命名为《萨宁归来》(1913)；在这部作品中，主人公被放逐到西伯利亚，在精神上得到了重生。①

将萨宁变成一个痛改前非的罪犯，就像陀思妥耶夫斯基《罪与罚》当中的主人公拉斯科尔尼科夫一样，这对于一名俄罗斯非知识分子读者来说也许是可以接受的，然而，对于那些有经验的读者而言，这部作品最让人气馁的地方是它非常显著的时效性。**很多评论家同意，萨宁不仅仅是某个性变态作者构思出的一个独一无二的玩弄女性者，也是一个体现了革命后知识分子心态的历史人物（虽然是以典型化的形式呈现的）。**关于萨宁，最重要的一点是他的过去。他之前是托尔斯泰的追随者，也曾是革命者，而现在却似乎只关心女人和伏特加。评论者相信，从一种基于社会团结与共同理想的世界观转向更为坎坷的个人主义道路，此一转变反映出了俄罗斯社会的一个主要变化。萨宁被理解为一个在一九〇五年革命后放弃自己的政治理想并"转向内心"的人，他开始致力于追求自己的个人幸福。据一位为社会主义期刊"Obrazovanie"（《教育》）撰写评论的温和评论家伊莲娜·科托诺维斯卡亚所言，阿尔志跋绥夫：

> 不仅是第一个将当代个人主义作为一种新道德观念的代表向我们展示出来的人，而且还将其描绘得比任何其他人更好。萨宁这个人物具有惊人的逻辑性和连贯性，因此其在艺术上是可信的。他所有的行为都依从着自己的观点，其行为和观点彼此结合，非常完美地相统一。这就是这个人物富于生命力的原因所在，他是有可能存在于生活中的，他源于生活。②

阿尔志跋绥夫抗议这类评论家将《萨宁》简化为对革命之后的俄

---

① 参见 Count Amori [I.P. Rapgof]: "Vozvrashchenie Sanina"（里加，1931）。——原注
② 参见伊·A. 科托诺维斯卡娅："Nasledniki Sanina"，重印于 "Kriticheskie etyudy"，第 70 页。——原注

罗斯的政治发声，他声称自己早在一九〇三年就写完了这本书。然而这种反驳看起来更加证实了评论家们的结论。著名的评论家彼得·皮萨列夫很快就指出，小说虽然在一九〇五年事件之前就写出来了，但是直到一九〇七年才发表。皮萨列夫还认为，这不仅仅是一个巧合①。民粹主义者雅科夫·单宁林提醒他的读者注意阿尔志跋绥夫将尤里·斯瓦罗日奇——他在小说中虚构的学生，因有参与政治活动的嫌疑而被莫斯科大学开除——作为小说主要人物的原始动机（在其小说完成后不久发表的一次访谈中，阿尔志跋绥夫确实提及了这种影响）。根据单宁林所言，作品的焦点从现革命者斯瓦罗日奇转移到前革命者萨宁身上，而且后者被描述得远比所有其他人物更为优越，这种调整只能源自一九〇五年事件的影响。②

萨宁和俄罗斯文学中另一个具有非凡魅力的反叛者——屠格涅夫小说《父与子》的主角巴扎罗夫——之间显而易见的相似点，进一步激化了人们的恼怒情绪。这两个人物有着同样令人印象深刻的体形，以及随意却不乏自信的风度。他们都善于和平民打交道，虽然他们都属于知识分子。最后，他们身上都有种严苛的气质，这使得他们既令人害怕，又引人同情。

初看，似乎相似性到此为止，尤其是当我们回想起，屠格涅夫认为《父与子》是对虚无主义者的一种抨击，而《萨宁》则延续着"新人"小说更加富于同情心的传统。不过，我们不应忘记的是，鉴于皮萨列夫将其重新阐释为一种将会出现于俄罗斯的新的历史类型，屠格涅夫的主人公也早被转变为激进知识分子的原型。非常典型的是，皮萨列夫毫无顾虑地把巴扎罗夫和拉卡梅托夫——车尔尼雪夫斯基小说《怎么办？》

---

① 参见 P. M. 彼斯基："Reaktsiya zamuzhem"，刊载于"Problema pola, polovye avtory i polovoi geroi"（圣彼得堡，1909），第 112 页。——原注
② 参见雅·达尼林："Sanin v svete russkoi kritike"（莫斯科，1908），第 6 页。——原注

中的那个禁欲"新人"——划归为同一类人。这种将巴扎罗夫视为一个"新人"的乐观观点——在二十世纪的最初十年,这一观点受到民粹主义评论家和马克思主义评论家的普遍认同——使得通过《父与子》的棱镜来阅读《萨宁》成为可能。

因此,我们也就不难理解,为什么在萨宁和巴扎罗夫之间的任何类比对于左派而言都那么令人反感。对一个具有巴扎罗夫特性,却又嘲笑激进知识分子价值观的主人公进行理想化处理,这一举动似乎在暗示:历史正在一再重复。它暗示着存在于父与子之间的一个新的冲突,不同之处仅在于,过去的儿子已经变成了如今的父亲。很多读者惊愕于《萨宁》结尾处的那个场景:主人公意味深长地朝着初升的太阳大跨步走去。阿尔志跋绥夫是不是在暗示读者,萨宁这个人物正预示着一些新的"新人"的到来?

准确地说,由于巴扎罗夫作为一个勇敢无畏的革命者的形象代表了很多激进主义者的神圣理想,所以关于他和萨宁的对比触动了很多知识分子最为敬畏的传统。萨宁是不是背弃了巴扎罗夫的遗产?他是不是一种缺乏任何道德基础的唯物主义世界观的最终倡导者?前一种观点来自马克思主义评论家瓦斯拉夫·罗夫斯基,他认为萨宁标志着与第一代"raznochinnaya intelligentsiya"——那种在十九世纪五十年代进入大学的非贵族阶层知识分子——的决裂。在十九世纪六十年代,知识分子曾是革命的先驱,这可以用历史人物巴扎罗夫作为例证。然而,渐渐地,他们开始与自己生存的土壤——俄罗斯人民——相疏离,而结果便是,他们失去了自己的革命潜力。罗夫斯基承认萨宁也勉强称得上是一个虚无主义者,但他坚持认为,在一九〇五年的历史背景之下,萨宁的虚无主义只能用来证明他的反动本质。[①]

---

① 参见 V. V. 罗夫斯基:"Bazarov i Sanin. Dva nigilizma",刊载于"Estetika, Literatura, iskusstvo"(莫斯科,1971),第229—255页。——原注

另外一位马克思主义评论家 G. 诺夫柏林——一个题为《俄罗斯文学中的色情元素》的雄心勃勃的研究的作者——也承认萨宁和巴扎罗夫有很多相似之处。他甚至还指出了他们各自的世界观在哲学上的相似之处。萨宁那句令人震惊的话："我的生活，就是我这些愉快的和不愉快的感受"，肯定会让我们想起巴扎罗夫的那句宣言："没有原则，只有感受。"然而，这位评论家强调，萨宁不是巴扎罗夫。他和巴扎罗夫之间不过是一种表面意义上的相像，他的愤世嫉俗与巴扎罗夫对于实际工作的热情形成了强烈反差。当然，巴扎罗夫也嗜好那种更为平等的性爱，但诺夫柏林猜测，他并非什么女人都喜欢，他只喜欢知识女性，而萨宁显然来者不拒。①

越过政治上的分歧，谢苗·弗兰克得出了一个完全不同的结论。在一篇题为《虚无主义的伦理学》的文章当中，他主张萨宁主义深深植根于十九世纪六十年代的政治遗产里。萨宁一代以自我为中心的享乐主义并未与巴扎罗夫精神相决裂，相反，它是后者的一种逻辑延伸。在弗兰克看来，萨宁这代人的危机暴露了激进知识分子在意识形态上的破产，正是后者导致了今日的恶果——一种丧失了道德原则的世界观。

这些关于萨宁和巴扎罗夫的彼此排斥的观点揭示出阿尔志跋绥夫小说非常特别的一面：虽然它广受欢迎，而且一般认为它对读者产生了一定影响，但事实上却没有任何政治派别愿意将萨宁作为自己的精神领袖。马克思主义者强调他的反动心态和对大众的疏离；保守主义者将他视为自由主义运动的产物；民粹主义者相信萨宁仅对有权有势者和圣彼得堡的精英有吸引力，他们相信普通大众排斥这部作品堕落的中心思想。尽管一直充当政治或社会"他者"的捍卫者，弗拉基米尔·萨宁似乎却未曾吸引到任何的真实追随者。

---

① 参见 G.S. 诺夫柏林：《俄罗斯文学中的色情元素》（圣彼得堡，1909），第 244 页。——原注

三

那么,《萨宁》究竟有多成功呢？在有关这部小说的第一批西方学术讨论中，一位有影响力的评论家米尔斯基称它是"一整代人的《圣经》"——这一缺乏根据的断言引致了诸多负面回应。此事所激起的义愤足以证明，俄罗斯社会在道德上是健康的。另外，米尔斯基的上述表述有以偏概全之嫌，因为它们是从一个有关"虚构作品如何影响其读者"的过分简单化的观点中衍生出来的。我们可以知道一个读者对于一个文本会有怎样的回应，但是我们却很难说得清后者会如何影响前者的行为。

不过，有关《萨宁》对其读者行为的影响问题并不是完全不重要的。就我们所知，并无详细记录表明时人曾试图将这部小说中的理念付诸现实生活（在诸如车尔尼雪夫斯基的《怎么办？》这样的案例中，我们确实有相关记录）。然而，如我们所见，这部小说是一部经典的主题小说，因此难免有人疑心，它会被有些读者理解为一部"生活指南"。作为一名演讲者于一九〇八年春天在各省旅行之后，彼得·彼斯基注意到，读者们竟然真是如此看待这部小说的。他们对于文学分析根本没什么兴趣，他们只是想要有人告诉他们，该如何去生活，而且他们相信《萨宁》会给出答案。评论家伊莲娜·科托诺维斯卡纳也认为，那正是读者们在这部小说中所期待的：不光是性，还需要某个生活信条，某种意识形态方案。正如我们在本文最开头看到的那样，这正是女校长齐默尔曼所担忧的事情。

不再受新闻审查束缚的娱乐报刊将上述观点推展到了极致，提出《萨宁》与其读者的性行为具有直接的关系。在一九〇八年，有刊物针对一个所谓"自由恋爱联盟"的活动发表了一系列颇为刺激的报告，据说在这个秘密组织当中一些知识青年沉溺于性狂欢。尤为特别的是，这些集会都会以豪饮和诵读《萨宁》作为开场仪式（尽管这部小说与群体性行为没有丝毫关系）。等这些仪式结束之后，狂欢才会开始。

一些报纸甚至开始发现在日常生活中真实存在着的萨宁们。新闻记者们称，这些人不仅是与阿尔志跋绥夫笔下的主人公相像，甚至还为自己成为萨宁主义者而感到骄傲。一九〇八年三月，《莫斯科之声》报道称：在一场献给《萨宁》的文学之夜活动进入尾声时，有超过三百人高呼："我们是萨宁主义者！我们不再认同过时的那套规矩！"[1] 在对这同一事件进行报道时，另一家有着广泛读者群的报纸《俄罗斯之声》坚称，这群人不止三百人，而是足足有三千个小流氓，"都是学生，大部分是女性！"[2]

俄罗斯小报可能会为了增加发行量而大肆传播此类流言，但后者确实促使人们开始关注"普通"读者及其对阿尔志跋绥夫这部小说的看法。一方面，这部作品让评论家感到愤怒，另一方面，它又是一部绝对的畅销书，此种吊诡现象，我们或许可以解释为丑闻的胜利。可以想见，《萨宁》之所以能吸引到如此众多的读者，靠的是它作为色情时尚小说的名声，而并非因为它所传达的观点得到了世人的广泛认同。从六部多少有些严肃的《萨宁》改编舞台剧就可以看出，公众向喜欢见风使舵的三流作家们提供了多大的商业前景。其中有三部是在一九〇八年三月遭审查否决的，其时距这部小说结束连载还不到半年。[3]

然而，我们也可以猜测，评论家们的愤怒仅能代表这部小说所激起的反应中的一部分，虽然这是很重要的一部分。比如，一位圣彼得堡的居民彼斯基就惊讶于外省读者接收最新文学，尤其是那些倡导性自由的作品时的一本正经态度。尽管民粹主义者达尼林也曾在外省看到过与上

---

[1] 参见1908年3月4日《莫斯科之声73》，第3版。——原注
[2] 参见1908年3月4日《俄罗斯之声53》，第4版。——原注
[3] 所有这些戏剧都未审查通过。这些手稿现存于圣彼得堡剧院图书馆手稿部。——原注

述态度相反的对于《萨宁》的反应，但职业评论家与"普通读者、半吊子读者"（达尼林如此称彼斯基）之间的巨大隔阂依旧无法立即消除。

针对学生报以及各种各样的外省报中"给编辑的信"这一版块的调查似乎证实了达尼林的说法，那就是，《萨宁》无法获得相当数量的追随者。主人公追求感官快乐的方案太过模糊和片面，或者简单地说和俄罗斯的"真实"政治和社会问题不相符。总的来说，知识青年——据说萨宁的追随者有可能在他们中间产生——之间的辩论显示出和"成熟"媒体一样的倾向，倾向于将萨宁视为"敌人"的英雄。尽管有学生承认自己已受到其理念的玷污，他们还是呼吁自己的同伴们净化自身，坚持走正路走窄门。一名被有关"自由恋爱联盟"的流言惊吓到的学生甚至呼吁他的同伴们签署一份请愿书，以谴责"那些放纵者们骇人听闻的活动"。①

有没有可以佐证彼斯基观点的相反事例呢？有人在一本旧版《萨宁》的空白处发现了某读者草草写下的一条热情的反馈："这本书真好！读完它让人想再多活一阵子！"② 不过我们无法说清这种观点是不是代表了成千上万没有在书里记录下感受的不知名读者的心理。即便情况真是如此，它也不见得像有些评论家所说的那样暗示着俄罗斯帝国末期有很多《萨宁》的模仿者。一九一二年，一名学生在一份读者调查中承认，他有一小阵子是萨宁的追随者，但他说自己从未真正想过要把他的理念付诸实践③。种种迹象表明，由阿尔志跋绥夫的小说所激发的热情即便是真诚的，也并未持续很久。

尽管《萨宁》并没有很多的主动追随者，但这部小说还是具有另

---

① 参见 1908 年 4 月 12 日 "Minskii kuer 66"，第 3—4 版。——原注
② 发现于彼尔姆高尔基国家图书馆的一本《萨宁》中。——原注
③ 参见伊·P. 拉金："Dushevnoe nastroenie sovremennoi uchashcheisya molodezhi, po dannym Peterburgskoi obshchestvennoi ankety 1912 goda"（圣彼得堡，1913），第 59 页。——原注

一种意义上的影响力。由于维持着现实主义文学典型的真实性和客观性，它被看作当时生活的编年史，而非虚构作品。据说它并不只是在描绘现实，而且将生活原原本本地呈现出来。另外，因为缺乏新闻自由的缘故，激进评论者对于文学非常重视，把它作为表达有关俄罗斯社会的"真实"观点的一种渠道。对于他们而言，文学更为鲜活生动，从某种意义上来说，也比现实更加真实。

正如我们所见，一九〇五年十月审查制度的放松对文学界产生了巨大的影响。然而，人们通过文学透镜观看当时生活的根深蒂固的行为并未立即消失。现实主义小说继续作为一种解释说明的工具存在着，利用这一工具，人们可以掌握社会现实的主要趋势和冲突。《萨宁》正是以这种方式被阅读的。它为读者提供了一个棱镜，后者通过这个棱镜来感知政治反应，回顾一九〇五年的那场叛乱。它也使人们得以发现日常生活中的萨宁主义者。那些原本可能是一次普通的饮酒作乐或学生狂欢的事情，突然之间就被当成了绝望的前革命分子决意摧毁社会道德基础的阴谋。

娱乐报刊在那些年里达到其鼎盛期，它们在上述"发现"当中扮演着非常重要的角色。新闻记者们调查传闻，窃听"匿名但可信的信源"，每日一丝不苟地记录着萨宁主义所产生的影响。当然，这并不是说任何人都相信每一个传言。然而，关于知识青年纵情酒色的铺天盖地的报道间接地强化了阿尔志跋绥夫小说作为对当时社会之真实描绘的地位。更多持怀疑态度的评论家承认，尽管关于"自由恋爱联盟"的流言可能是一种骗局，但无风不会起浪。他们认为，俄罗斯正在经历着前所未有的道德恶化，而《萨宁》的广泛成功正是其最显著的标志。

萨宁主义不只是一个历史现象，还是一个从两种不同论述的相互作用中诞生的神话。一方面，"严肃"文学和相当数量的评论假装向我们提供一种对社会现实的客观生动描绘，另一方面，小报新闻也声称，他们只提供在对革命后的俄罗斯的丑陋真相进行过毫不留情的搜索后所得出的事实。因此,阿尔志跋绥夫这部小说的重要性就在于:它是我们构建和理解一个迅速变化的社会中那些令人困惑的现实时的一个框架。无论它对于知识青年的堕落负不负有责任,无论它是被视为一种客观记录还是对现实的模仿,《萨宁》似乎都握有理解"俄罗斯究竟发生了什么"的钥匙。这部小说因此成为今日俄罗斯历史、文学专业学生的指定阅读书目。

(王雪纯　骆玉龙　译)

企鹅经典丛书书目

第一辑

长夜行	【法】塞利纳
大都会	【美】唐·德里罗
纪伯伦经典散文诗	【黎巴嫩】纪伯伦
磨坊文札	【法】都德
去吧,摩西	【美】福克纳
人间失格	【日】太宰治
苏菲的选择	【美】威廉·斯泰隆
丧钟为谁而鸣	【美】海明威
神曲	【意大利】但丁
人间天堂	【美】菲茨杰拉德

第二辑

我是猫	【日】夏目漱石
看不见的人	【美】拉尔夫·艾里森
流浪的星星	【法】勒克莱奇奥
微物之神	【印度】阿兰达蒂·洛伊
漂亮冤家	【美】菲茨杰拉德
玻璃球游戏	【德】赫尔曼·黑塞
绿房子	【秘鲁】马里奥·巴尔加斯·略萨
炼金术士及其他鬼故事	【英】蒙塔古·罗兹·詹姆斯
老虎!老虎!	【英】吉卜林
小王子	【法】圣埃克絮佩里

第三辑

契诃夫短篇小说选	【俄】契诃夫
死屋手记	【俄】陀思妥耶夫斯基

双城记	【英】狄更斯
洪堡的礼物	【美】索尔·贝娄
局外人	【法】加缪
一九八四	【英】乔治·奥威尔
世界末日之战	【秘鲁】马里奥·巴尔加斯·略萨
圣殿	【美】福克纳
魔山	【德】托马斯·曼
暗店街	【法】帕特里克·莫迪亚诺

第四辑

飘	【美】玛格丽特·米切尔
海底两万里	【法】儒勒·凡尔纳
罪与罚	【俄】陀思妥耶夫斯基
了不起的盖茨比	【美】菲茨杰拉德
交际花盛衰记	【法】巴尔扎克
少年维特的烦恼	【德】歌德
一个女人一生中的二十四小时	【奥地利】斯蒂芬·茨威格
奥吉·马奇历险记	【美】索尔·贝娄
美妙的新世界	【英】阿道斯·赫胥黎
英国病人	【加拿大】迈克尔·翁达杰

第五辑

简·爱	【英】夏洛蒂·勃朗特
虹	【英】D.H. 劳伦斯
坟墓的闯入者	【美】福克纳
雨王亨德森	【美】索尔·贝娄
汤姆·索亚历险记	【美】马克·吐温
你好，忧愁	【法】萨冈
茵梦湖	【德】施托姆
上尉的女儿	【俄】普希金
莎士比亚悲剧选	【英】莎士比亚
施尼茨勒中短篇小说选	【奥地利】阿图尔·施尼茨勒

第六辑

动物农庄	【英】乔治·奥威尔
八十天环游地球	【法】儒勒·凡尔纳
纯真年代	【美】伊迪丝·华顿
呼啸山庄	【英】艾米莉·勃朗特
当代英雄	【俄】莱蒙托夫
德伯家的苔丝	【英】托马斯·哈代
失窃的孩子	【美】凯斯·唐纳胡
格列佛游记	【英】乔纳森·斯威夫特
小人物，怎么办？	【德】汉斯·法拉达
罗马爱经	【古罗马】奥维德

第七辑

金钵记	【美】亨利·詹姆斯
红与黑	【法】司汤达
有产者	【英】约翰·高尔斯华绥
萨宁	【俄】阿尔志跋绥夫
月亮和六便士	【英】毛姆
包法利夫人	【法】福楼拜
城堡　变形记	【奥地利】弗兰茨·卡夫卡
恶之花	【法】波德莱尔
大卫·科波菲尔	【英】狄更斯
泰戈尔经典诗选	【印】泰戈尔